ro
ro
ro

Chris Portman ist in vielen Genres zu Hause, unter anderem schreibt sie Fantasy, Thriller und Frauenromane. Lange Jahre lebte sie in Los Angeles, dem Setting ihrer Choice-Novel, wo sie als Softwarespezialistin für 3-D-Animationen arbeitete.

Chris Portman

Choice

Wege der Lust

Rowohlt Taschenbuch Verlag

Originalausgabe

Veröffentlicht im Rowohlt Taschenbuch Verlag, Reinbek

bei Hamburg, Oktober 2014

Redaktion Sarah Heidelberger/Amrei Korda

Umschlaggestaltung any.way, Cathrin Günther

Umschlagabbildung Vasko Miokovic Photography/Getty Images

Satz Arno Pro OTF (InDesign) bei

Pinkuin Satz und Datentechnik, Berlin

Druck und Bindung CPI books GmbH, Leck

Printed in Germany

ISBN 978 3 499 23886 4

Du entscheidest, wie es weitergeht

Immer wenn Choice vor einer Entscheidung steht, darfst du bestimmen: Wähle aus zwei oder mehr Varianten, welchen Weg Choice einschlagen soll, und folge den Seitenangaben (▸ Weiter auf Seite …). Die von dir gewählte Variante beginnt mit folgendem Symbol: ■

Du möchtest dich anders entscheiden? Am Ende jedes Weges hast du die Möglichkeit, eine andere Variante auszuprobieren und zur letzten Entscheidungsmöglichkeit zurückzukehren (◂ zurück zu Seite …).

Ob sanft oder zupackend, sinnlich oder fordernd: Hier wählst du, was dir gefällt.

Inhalt

1

Der Latino aus Apartment 212 mit den tätowierten Schultern und der dunkelblauen Bandana sitzt wie jeden Morgen auf der Treppe vor dem Haus, als ich zur Arbeit gehe. Und wie jeden Morgen mustert er mich von oben bis unten, mit dieser lasziven, latent mit Sex aufgeladenen Arroganz, die der Grund dafür ist, dass ich kein Kleid anziehe. So schmal, wie die Treppe ist, würde er die Gelegenheit nutzen, mir unter den Rock zu schauen.

Er lächelt mich so unverschämt an, dass ich ihm schon wieder eine runterhauen könnte. Dass mein Herzschlag bei seinem Anblick stolpert, macht es nicht besser. Meine Freundin Amy, mit der ich auch zusammenwohne, hat mir erzählt, dass er Vicente heißt und Argentinier ist. Sie würde sich gern von ihm flachlegen lassen, aber er scheint wählerisch zu sein. Amy behauptet, dass er der Kronprinz in einer der hiesigen Latino-Gangs ist. Ich kann das nicht so recht glauben – wäre er eine so große Nummer, müsste er doch nicht in diesem Dreckloch wohnen, wo der Fahrstuhl ständig voll von Hundescheiße ist und die Nachbarn sich in ohrenbetäubender Lautstärke anbrüllen, bevor sie im Drogenrausch aufeinander losgehen. Wir haben mindestens dreimal pro Woche die Cops zu Besuch. South Central gehört zu den schlimmsten Vierteln der Stadt, aber die Miete ist billig. Außerdem liegt die Grand Station nur zwei Blocks entfernt, und von dort kann ich in zehn Minuten mit der Metro zum Pershing Square in Downtown fahren, wo ich tagsüber im Viceroy Café arbeite.

Wie immer gebe ich vor, ihn nicht zu bemerken. Was ziemlich schwierig ist, da ich mich praktisch an ihm vorbeidrängeln muss. Er trägt sandfarbene Cargohosen und ein eng anliegendes weißes Ripp-Shirt, dessen wichtigste Funktion darin besteht, seine muskulösen Arme und den durchtrainierten Körper zu betonen. Typisch Macho, eitel wie nur was. Los Angeles ist voll von diesen Typen, aber der hier ist mit Abstand der Schlimmste. Er sieht verdammt gut aus und weiß das genau.

Eine Hand über dem Kopf ins Geländer geschlungen, kaut er auf einem Holzstäbchen herum. Im Sommer ist es schon morgens glutheiß hier draußen, doch er scheint die Sonne zu genießen. Er sieht so entspannt aus, dass man glatt neidisch werden könnte.

Ich dränge mich an ihm vorbei und spüre seinen Blick auf meinem Hintern, während ich die Stufen hinabsteige, bis die Bananenstauden des Vorgartens mir Sichtschutz bieten. «Vielleicht in deinen Träumen», sage ich leise vor mich hin.

«Hey!», ertönt es plötzlich hinter mir. «Hey *Chica! ¿Cuál es su nombre?*»

Ich fahre zusammen und stocke mitten im Schritt, unschlüssig, wie ich reagieren soll. Bisher hat er mich immer nur angestarrt, aber nie etwas gesagt.

Er lässt sich Zeit, während er die Treppe heruntersteigt, setzt lässig einen Fuß vor den anderen. Schließlich nimmt er das Hölzchen aus dem Mund und wirft es weg. «*Qué bien hueles.*»

Mir fällt auf, dass ich ihn nie zuvor reden gehört habe. Seine Stimme hat ein warmes, dunkles Timbre und schlägt mich gegen meinen Willen in ihren Bann. Plötzlich wirkt sein Grinsen nicht mehr dreckig, sondern auf verruchte Weise charmant.

«Ich verstehe kein Wort», gebe ich zurück.

Er hält meinen Blick mit seinem fest und legt einen Daumen an die Lippen. «Ich sagte, du riechst gut.» Sein Englisch hat einen leichten Akzent.

Ich bin so perplex, dass mir keine Antwort einfällt. Deshalb hat er mich aufgehalten? Um mir zu sagen, dass ich gut rieche? Das ist ja die blödeste Anmache, die –

Ich bringe den Gedanken nicht zu Ende, denn zu meiner Überraschung beugt er sich vor und kommt mir so nahe, dass sein Atem meine Haut streichelt. Er holt tief Luft. Sein eigener Duft steigt mir in die Nase, eine Mischung aus Aftershave, frisch gewaschenem Haar, Kaffee und Salz. Gerade, als ich zurückweichen will, greift er nach dem Hibiskusstrauch auf der anderen Seite des Geländers, bricht eine Blüte ab und reicht sie mir mit einer Grazie, die ich ihm nie im Leben zugetraut hätte. Wie zufällig streift sein anderer Arm dabei meinen Oberschenkel.

Ich stolpere rückwärts die letzten drei Stufen hinunter, drehe mich um und versuche nicht zu rennen, während ich mit steifen, weit ausholenden Schritten Abstand zwischen uns bringe. Den ganzen Weg die Straße entlang glaube ich seinen Blick zu spüren. Zwischen meinen Schulterblättern kribbelt es unangenehm.

Erst kurz vor der Metrostation lässt meine Anspannung nach. Ich rekapituliere die seltsame Begegnung und komme mir im Nachhinein blöd vor. Okay, es ist eine üble Gegend, und ich hatte wirklich Angst, er würde mich in die Bananenstauden verschleppen, um dort … Ja, was? Mich zu vergewaltigen? Wohl kaum, am helllichten Tag, vor den Augen aller Nachbarn. Selbst wenn er ein Gangsterprinz ist, ist er nicht bescheuert. Aber was dann? Um ausgiebig an mir zu riechen? Ich umklammere die Hibiskusblüte noch immer, mit schwitzigen Fingern.

Beim Einsteigen in den vollgestopften Metrowaggon muss ich schon lachen. Was habe ich mir da bloß eingeredet? Er wollte mich vermutlich nur provozieren. Sein Duft war allerdings eine Überraschung. Ich hätte erwartet, dass er nach Schweiß riecht, aber Kaffee und Salz? Wenn er nur nicht diese Macho-Allüren hätte.

Der Pershing Square liegt genau zwischen dem Financial District mit seinen glitzernden Siebziger-Jahre-Wolkenkratzern und dem heruntergekommenen Historic Core. Der Eingang zum Viceroy Café befindet sich auf der Rückseite des berühmten Millennium Biltmore Hotel, wo die Celebrities absteigen.

Als ich zur Tür hereinkomme, ist es noch ruhig. Das kühle Halbdunkel des hohen, von Säulen gestützten Raums ist Balsam nach der Hitze draußen. In einer Ecke unterhalten sich zwei Anzugträger mit gedämpften Stimmen. Eine junge Asiatin tippt auf ihrem Laptop. Erst mittags bricht hier die Hölle los, wenn die Bankangestellten aus den umliegenden Blocks einfallen.

«Hey, Choice!», ruft mir mein Kollege Aaron zu, während er Bohnen in die Espressomaschine einfüllt. «Alles klar?»

«Alles super.» Ich fühle mich immer noch leicht benommen von Vicentes Annäherungsversuch. Der Typ geht mir einfach nicht aus dem Sinn. Ich weiß nicht, ob ich geschmeichelt sein oder Angst vor ihm haben sollte. Oder nur den Kopf schütteln soll über seine Unverschämtheit.

«Du wirkst ein bisschen durcheinander.»

«War ein verrückter Morgen.» Oh Gott, wenn ich das Amy erzähle, fällt sie hintenüber. Ich stelle die Blüte in ein Glas Wasser und binde mir die Barista-Schürze um.

Die Tür geht auf, und eine Gruppe geschniegelter junger Banker betritt das Café. Ich setze mein geschäftsmäßiges Lächeln auf und steige auf den flirtenden Tonfall der Typen ein, weil es die Chancen auf Trinkgeld erhöht. Nicht ganz das, was ich mir ausgemalt habe, als ich vor ein paar Jahren nach L. A. gezogen bin, um eine Schauspielkarriere zu starten.

In Wickenburg, Arizona, wo der Hund begraben liegt, habe ich schon in der Highschool Theater gespielt und Tanzkurse belegt. Einmal wurde ich sogar zur Queen Halloween gekürt, das ist eine Art Miss-Wahl mit Halloween-Kostümen und das glamouröseste Ereignis, das Wickenburg zu bieten hat. Jedenfalls brachte mich die frisch gewonnene Krone auf die Idee, mein Glück in Hollywood zu versuchen. Ich stieg bei Nacht und Nebel in den Greyhound-Bus nach Kalifornien, statt den Job in der winzigen Wickenburger Buchhandlung anzutreten, den meine Mom mir besorgt hatte. Ganz nebenbei stahl ich mich damit auch aus der Verpflichtung, Frank Johnson zu heiraten, der eines Tages das Autohaus seines Vaters übernehmen würde. Wenn ich jetzt darüber nachdenke, ist es ein Glück, dass ich Frank nicht geheiratet habe. Und in der Buchhandlung hätte ich mich sicher zu Tode gelangweilt. Niemand in Wickenburg liest Bücher.

Leider verlief der Start in mein L. A.-Abenteuer aber auch nicht so rosig, wie ich gehofft hatte. Ich meine, ich habe nicht erwartet, dass ich gleich die Hauptrolle in der nächsten Twilight-Fortsetzung kriege. Aber dass es so dermaßen mies anläuft, hatte ich auch nicht gedacht.

Von der Kohle, die ich im Viceroy und durch gelegentliche Einsätze bei Belagio Catering, meinem Zweitjob, verdiene, könnte ich mir inzwischen was Besseres als das Loch in South Central leisten. Aber ich investiere das Geld in Schauspielstunden und Tanzunterricht. Ich habe meinen Traum noch nicht aufgegeben. Nur eingesehen, dass ich vielleicht etwas mehr Zeit brauche.

«Choice Baby, sieh mal.» Ich richte mich vom Tisch auf, den ich gerade abgewischt habe, und drehe mich um. Aaron hält ein schwarz und silbern glänzendes Kärtchen hoch. «Muss jemand verloren haben.»

Es ist kurz nach vier, und wir beseitigen die Spuren des Nachmittagsansturms, bevor die Gäste einfallen, die sich auf dem Heimweg von der Arbeit noch einen Coffee to go kaufen.

Ich trockne mir die Hände an der Schürze ab. «Zeig her.»

Das Papier fühlt sich schwer und edel an, wie die Visitenkarte einer teuren Anwaltskanzlei. *Club Onyx.* Auf der Rückseite steht in versilberten Lettern: *Du bist eingeladen.* Darunter ein achtstelliger Zahlencode und ein Ornament, eine stilisierte Blume.

Ich lege es neben die Kasse, falls der Besitzer sich meldet. Mein Blick fällt auf die Hibiskusblüte. Beim Gedanken an den Heimweg wird mir mulmig zumute. Was, wenn Vicente mir an der Treppe auflauert? Wie soll ich dann reagieren? Ihn cool anlächeln und so tun, als sei heute Morgen nichts geschehen? Mir geht das Bild nicht aus dem Kopf, wie er den Daumen an seine Lippen legt. Amy schwärmt immer davon, wie sinnlich sie sind, und hat letztens den ganzen Abend lang laut darüber nachgedacht, wie es wäre, von ihm geküsst zu werden. Also nicht nur auf den Mund, sondern auch … auf andere Stellen. Amy ist kein Kind von Traurigkeit, kein bisschen verklemmt. Wären wir nicht so gut befreundet, wäre ich neidisch, denn sie hat auf jeden Fall mehr und besseren Sex als ich. Meine letzte Affäre ist gut ein Jahr her, und der Typ war nicht nur unzuverlässig und ständig pleite, sondern hatte auch keine Ahnung davon, was Frauen im Bett gefällt.

Also, Vicente. Das Schlimmste ist, dass ich aufgeregt bin. Nicht in Panik vor dem bösen Gangster, sondern aufgeregt wie vor einem Date. *Choice, geht's noch?*, weise ich mich selbst zurecht. *Typen wie er sind schlecht für dich!* Das kann nur im Desaster enden, und wenn er noch so einen göttlichen Körper hat. Deshalb ignoriere ich ihn, seit wir vor drei Monaten in dieses Apartment gezogen sind. Wie kommt er gerade jetzt dazu, mir Avancen zu machen?

Kurz vor Schichtende ruft mich Amy an, um mir zu sagen, dass sie für zwei Wochen zu ihrer Mutter fährt.

«Es ist doch nichts Schlimmes mit deiner Mom?», frage ich.

«Ach wo. Sie fühlt sich einsam, und bevor sie in Depressionen versinkt, besuche ich sie lieber und muntere sie ein bisschen auf. Mach keinen Scheiß, während ich weg bin, okay?» Amy kichert. «Oder wenn ich's mir recht überlege, lass es krachen, Baby. Du hast die Bude für dich allein. Geh aus, schnapp dir einen heißen Lover und mach die Nacht zum Tage.»

Oh Gott, soll ich ihr wirklich von Vicente erzählen? Sie würde mir alle möglichen schmutzigen Phantasien in den Kopf setzen. Mein Blick fällt auf das schwarze Kärtchen. «Hey, hast du mal von einem Club Onyx gehört?»

«Wer hat das nicht?»

«Ich zum Beispiel.»

«Ach Choice», neckt sie mich, «du solltest öfter mal die Klatschspalten lesen.»

«Ich habe hier ein todschickes Kärtchen liegen, das ein Kunde verloren hat. Vorn steht *Club Onyx* drauf und hinten *Du bist eingeladen.*»

«Geil!», ruft sie aus. «Dann reiß es dir unter den Nagel und geh hin. Die Gelegenheit kriegst du nie wieder.»

«Aber ich kann doch nicht …»

«Klar kannst du. Wenn du's nicht willst, gib es mir.»

Die versilberten Buchstaben funkeln, wenn man das Kärtchen in der Hand bewegt. Das Papier riecht ganz leicht nach Parfüm. Oder Aftershave. Vicente, raus aus meinem Kopf!

«Ehrlich, Choice.» Sie klingt wieder ernst. «Betrachte es als Wink des Schicksals. Der Club Onyx ist *die* Location für die

Reichen und Schönen. Und sogar die lecken sich alle zehn Finger nach einer Einladung. Geh hin. Wer weiß, vielleicht triffst du da den Typen, der dir eine Filmrolle verschafft. Schnapp dir die Karte, und erzähl mir hinterher, wie's war.»

► Weiter auf Seite 17

2

«Ich weiß nicht», jammere ich, als ich mich in dem großen Spiegel neben unserem Wandschrank betrachte, barfuß, in Amys weißem Calvin-Klein-Kleid und mit dem Telefon am Ohr. Der Seidenstoff schmiegt sich eng an meinen Oberkörper und der weite, luftige Rock endet eine Handbreit über meinen Knien. Die Träger bestehen aus aneinandergenähten Stoffblüten.

«Komm schon», ermuntert mich Amy. Sie sitzt in Sausalito bei ihrer Mom auf der Veranda, so nahe am Meer, dass ich die Möwen kreischen höre. «Du wirst doch jetzt nicht kneifen?»

Gestern war ich beim Friseur und habe mir honigfarbene Strähnchen ins Dunkelblond färben lassen. Ich habe mich stundenlang geföhnt, damit mir die Haare mit weichem Schwung über die Schultern fallen. Meine Sommersprossen habe ich mit Make-up überschminkt, die Wimpern schwarz getuscht und auf die Lippen ein bisschen von Amys Bronze-Gloss getupft. «Ich bin mir nicht sicher, ob das eine gute Idee ist. Ich wünschte, du würdest mitkommen.»

«Es gibt aber nur eine Einladung, Babe.»

«Und was, wenn es nicht so funktioniert? Vielleicht muss mein Name auf einer Liste stehen, und dann blamiere ich mich tödlich, weil ich –»

«Hörst du jetzt auf? Natürlich wirst du dich nicht blamieren.» Ihr Tonfall wird neckisch. «Was trägst du drunter?» Erwähnte ich, dass Amy vollkommen schamlos ist? Mit ihr befreundet zu sein ist schlimmer als *Sex and the City* in Endlosschleife.

«Toms Fick-mich-Wäsche.» Ich werde tatsächlich rot, als ich das sage. Tom, der mir die Unterwäsche geschenkt hat, ist ein lange verflossener Ex. Ich ziehe diese Dessous sonst nicht an, wegen der kratzigen Spitzenbesätze. Aber vorhin nach dem Duschen fühlte ich mich abenteuerlustig und dachte, dass es toll wäre, mal wieder mit jemandem die Nacht zu verbringen. Selbst wenn es nur ein One-Night-Stand wird – dann wenigstens einer mit Stil.

Vicente habe ich seit zwei Tagen nicht getroffen. Nach unserer Begegnung der dritten Art ist er nicht wieder aufgetaucht. Nicht mal auf der Treppe, wo er sonst immer sitzt, habe ich ihn morgens gesehen. Auch wenn ich es nur ungern zugebe – ich bin schon ein bisschen enttäuscht.

«Gute Wahl», kichert Amy. «Fühl dich sexy, dann bist du es auch. Schuhe?»

«Die schwarzen mit den weißen Absätzen.»

«Klingt gut. Du wirst sie alle umhauen, Babe.»

Na, wenn sie das sagt. So richtig sexy fühle ich mich in den skandalösen rosa Spitzenfähnchen nicht. Eher verrucht. Das Höschen hat hinten einen String und unten einen schmalen Schlitz, gerade so breit, dass ein Finger hindurchpasst. Der trägerlose BH ist mit schwarzen Nähten gesäumt und hebt die Brüste leicht an. Ich bin eine wandelnde Einladung. Der Mund wird mir trocken. Abenteuerlustig, von wegen. Mir wird bange vor meiner eigenen Courage. «Hey, ich muss Schluss machen. Das Taxi kommt gleich. Wünsch mir Glück.»

«Ich drück die Daumen. Ruf mich an, wenn du befürchtest, etwas Dummes anzustellen, damit ich dich ermutigen kann.»

Ich stecke das Handy ein und sehe auf die Uhr. Noch zehn Minuten.

Ich bin so nervös, dass ich mir am liebsten auf den Lippen herumkauen würde. Aber das geht nicht, dann verschmiert der Lipgloss.

Auf dem Weg nach unten bekomme ich schwitzige Finger vor

Aufregung. Es ist nur ein Club, versuche ich mich zu beruhigen. Ein stinknormaler Edelclub, und es ist nicht das erste Mal, dass du allein ausgehst.

Die Absätze meiner High Heels klappern so laut auf den Treppenstufen, dass kleine Echos von den Hauswänden widerhallen. Ich fühle, wie meine Abenteuerlust zurückkehrt. Ich sollte so was öfter machen. Amy hat recht. Was kann schon schiefgehen?

Die Straßenlaterne vor unserem Haus ist kaputt, deshalb liegt der Gehweg im Dunkeln. Der Himmel über der Stadt ist sternenklar, und die Laserstrahlen von den Clubs und Diskotheken flackern in die Nacht. Ein leichter Wind zupft an meinem Kleid. Unser Apartmentgebäude steht in der achtzehnten Straße, nur einen Block entfernt vom zehnspurigen Knoten, an dem sich die 110 und der Santa Monica Freeway kreuzen. Der Verkehr rauscht so laut, dass man denken könnte, wir wohnten unter den Niagarafällen. Ansonsten gibt es hier nur Parkgaragen, graffitibesprühte Lagerhäuser und Outlet Stores mit Stacheldrahtzäunen.

Beschwingt nehme ich die letzten Stufen und renne fast Vicente über den Haufen, der hinter den Bananenblättern auftaucht. Sein Auto, eine Dodge Viper in Mattschwarz, parkt direkt vorm Eingang. Er fängt mich praktisch auf, und dann stehen wir da und starren einander an, er genauso verblüfft wie ich.

Ich werde mir überdeutlich seiner Hände an meiner Taille bewusst. Statt sie wegzunehmen, bewegt er seine Finger, ganz leicht, und reibt den Seidenstoff über den winzigen Widerstand des Strings auf meinen Hüften. Die Überraschung in seinen Augen verwandelt sich in etwas anderes, während er mich ansieht. Was immer es ist, in meinem Unterleib löst es eine verräterische Hitze aus. Sein Blick bleibt in meinem Dekolleté hängen, bis ich überzeugt bin, dass er das mit Absicht tut. Nur so aus Spaß, um mich zu provozieren.

Als er wieder hochsieht, schießt mir das Blut ins Gesicht. Ich will mich aus seinem Griff befreien, bin aber wie erstarrt. Die Spannung zwischen uns droht sich zu entladen, und ich will mir nicht näher vorstellen, wie. Ich stöhne innerlich auf. Daran ist allein Amy mit ihren schmutzigen Phantasien schuld. Sie hat schließlich lautstark darüber spekuliert, wie es wohl wäre, von Vicente in Ekstase geleckt zu werden. Mist, daran hätte ich gerade jetzt besser nicht denken sollen. Ob er ahnt, dass mir gleich die Knie weich werden, weil die Vorstellung, wie seine Zunge den Schlitz in meinem Höschen erkundet, sich in meinem Kopf breitmacht? Wenn meine Mutter im beschaulichen Wickenburg, Arizona, das wüsste. Ein Latino-Gangster mit tätowierten Schultern und langen Haaren! Der Schock würde sie glatt umbringen.

Mir fällt auf, dass Vicente heute Abend keine Bandana trägt, sondern sein glattes schwarzes Haar zu einem Zopf gebunden hat. Dass an einer Kette um seinen Hals ein kitschiges, mit Rosen verziertes Silberkreuz hängt. Dass seine Arme und die muskulösen Schultern einfach toll aussehen. Und dass, oh Gott, mein Körper auf ihn reagiert, als hätte ich ein Jahr im Zölibat gelebt. Was ja irgendwie auch stimmt. «Sorry», stammle ich. «Tut mir leid.»

Er sagt etwas auf Spanisch, bei dem ich nicht sicher bin, ob es eine Anzüglichkeit oder ein Kompliment ist, aber so, wie er dabei lächelt, tippe ich auf Ersteres.

Ein Paar Scheinwerfer blitzen im Halbdunkel auf, dann hält das Taxi vor dem Haus. «Das ist für mich», stoße ich hervor.

«*No hay problema.*» Sein Grinsen nimmt den spöttischen

Zug an, den ich von ihm bereits kenne. Er lässt mich los und tritt zurück. «Triffst du einen Mann?»

Und was zur Hölle geht dich das an? Ich spreche es nicht laut aus, sondern hebe nur eine Braue. Ich bin wahnsinnig stolz auf meine Coolness, unter diesen Umständen. «Vielleicht.»

«Vielleicht? Oder vielleicht auch nicht?»

Der Taxifahrer stellt den Motor ab.

«Jedenfalls, hübsches Kleid.» Vicente verzieht einen Mundwinkel, was ihn noch arroganter erscheinen lässt. Dann dreht er sich ohne ein weiteres Wort um und steigt die Treppe hinauf. Während ich ihm nachsehe, fällt mir mit leisem Schrecken noch etwas auf. Dort, wo sein Shirt über dem Rücken hochgerutscht ist, glänzt schwach der Griff einer Pistole.

Der Club Onyx liegt am anderen Ende von Downtown, ein paar Blocks hinter der Union Station, in einem dieser mehrstöckigen alten Lagerhäuser, die neuerdings zu Luxuslofts umgebaut werden. Mit den langen, schmalen Fenstern wie Schießscharten gleicht das Gebäude einer Festung. Der Eingang zum Club führt durch die Tiefgarage. Nachdem ich den achtstelligen Code von meiner Einladungskarte ins Zahlenfeld getippt habe, öffnet sich das Tor.

Wir fahren ein paar Rampen hoch und halten vor einer grauen Metalltür. Optimistisch, wie ich bin, bezahle ich den Taxifahrer und lasse ihn wegfahren, bevor ich die Klingel drücke. Während ich darauf warte, dass jemand öffnet, sehe ich mich um. Es ist ein gewöhnliches Parkdeck mit weiß gestrichenen Betonwänden, aber die Autos, die hier stehen, stinken nach Geld.

An der Tür tut sich was. Direkt vor mir gleitet eine Klappe zurück. «Ihre Einladung, bitte?», sagt eine melodische Frauenstimme über eine Sprechanlage.

Meine Fingerspitzen sind feucht, als ich das Kärtchen in die Öffnung lege. Die Nervosität ist zurück. Und dass die hier so tun, als wären sie ein Hochsicherheitsbunker mit streng geheimer Alien-Technologie, macht es nicht besser. Ich frage mich, was passiert, wenn sie herausfinden, dass die Karte nicht mir gehört.

Die Klappe fährt zu.

Eine gefühlte Ewigkeit lang passiert nichts.

Dann öffnet sie sich wieder. Ich bekomme mein Kärtchen zurück. Ist das nun gut oder schlecht?

«Vielen Dank», sagt die Frau. «Herzlich willkommen im Club Onyx.»

Die Tür schwingt lautlos auf. Der Korridor dahinter ist einschüchternd luxuriös. Ein dicker, dunkelblauer Teppich bedeckt den Boden. An der Wand hängen versilberte Barockleuchter. Ein junger Mann mit akkuratem Haarschnitt empfängt mich und führt mich zu den hohen Teakholz-Türen am anderen Ende des Flurs.

«Ich bin Demetrius», sagt er. «Ich freue mich, dass du unsere Einladung angenommen hast. Wenn du nichts dagegen hast, zeige ich dir alles und erkläre dir die Regeln des Spiels.»

Spiel? Was für ein Spiel?

Demetrius, ganz Kavalier, öffnet mir eine der hohen Türen. Der Saal auf der anderen Seite sieht aus wie eine Kreuzung zwischen Designerloft und den Haremsgemächern des Sultans von Kaschmir.

Vor uns erstreckt sich ein weites, schattiges Vestibül mit einem ovalen Wasserpool in der Mitte, der mit blaugoldenen Mosaiken ausgelegt und von unten beleuchtet ist. Um das Wasserbecken liegen Polster und Kissen verteilt. Manche sind zu Sitzgruppen zusammengeschoben, andere unter Baldachinen arrangiert, die Privatsphäre vortäuschen, aber noch immer die Silhouetten derer preisgeben, die sich hinter den Schleiern verbergen. Der Raum ist voller gut gekleideter Menschen, wirkt aber nicht überfüllt. Ich bin zu überwältigt, um auf die Gesichter der Gäste zu achten.

Rechter Hand entdecke ich eine geschwungene Bar. Auf der anderen Seite führen Treppenstufen zu einer Galerie hinauf. Die hinteren Bereiche, mit Säulen abgeteilt, verlieren sich im Schatten. Lämpchen mit durchbrochenen Papierschirmen filtern das Licht zu phantasievollen Mustern.

Die Musik scheint von überallher zu kommen, ein treibender Rhythmus, der Adrenalin freisetzt. Sie ist allgegenwärtig, aber nicht so laut, dass man sich anschreien müsste. Teure Düfte schwängern die Luft, Orangenöl und Edelholz. Eine Kellnerin in einem schwarzen Etuikleid bietet mir ein Glas Champagner und Schokofrüchte an. Auf den Süßigkeiten glänzt der silbrige *Onyx*-Schriftzug. Nobel geht die Welt zugrunde.

«Sollen wir uns setzen?» Demetrius deutet zu einer leeren Sitzgruppe. Die Kellnerin folgt uns und stellt die Früchteschale auf dem Tischchen ab. Mir fällt auf, dass ich die Champagnerflöte umklammere, als wäre sie eine Waffe. Entspann dich, ermahne ich mich selbst.

Vorsichtig lasse ich mich in das weiße, leinenbezogene Polster sinken. Von hier aus habe ich einen guten Blick auf den Pool. Sechs oder sieben Gäste vergnügen sich im Wasser. Ich sehe eine Frau, die eng umschlungen eine andere Frau küsst. Eine Blondine in einem luftigen roten Kleid sitzt am Beckenrand, die nackten Füße im Wasser, die Arme hinter sich aufgestützt. Ich halte mich eigentlich nicht für prüde. Aber mich durchfährt ein leiser Schock, als mir klar wird, was sie da macht. Oder vielmehr, was der Typ macht, der vor ihr im Wasser steht und ihre Schenkel umfasst. Keiner scheint es anstößig zu finden. Im Gegenteil, ein paar Leute schauen interessiert zu. Jetzt schiebt er ihr den Rock bis zu den Hüften hoch, spreizt mit beiden Händen ihre Beine und taucht mit dem Kopf dazwischen. Sie lässt sich auf den Rücken sinken und hebt sich seinen Lippen entgegen. Vor Schreck greife ich mir eine Erdbeere und schiebe sie mir in den Mund. Meine Zunge wird verzaubert von einem Duett aus Süße und fruchtiger Schärfe.

Ist das der Grund, weshalb man ins berühmte Onyx nur mit Einladung reinkommt? Weil sie hier spätrömische Dekadenz zelebrieren?

Oh Gott, ich bin in einem Luxuspuff gelandet.

Amy wird sich totlachen, wenn ich ihr das erzähle. Vorausgesetzt, ich komme hier unbeschadet wieder raus.

Das Spiel, schießt es mir siedend heiß in den Sinn. Was wird das für ein Spiel sein, wenn sich alles hier um Sex dreht?

Das Allerschlimmste ist, dass ich nicht wegschauen kann. Die Szene am Pool erregt mich, so peinlich mir das ist. Der Reiz der verbotenen Frucht, das muss es sein. Ich merke, wie meine Wangen glühen, und bin froh, dass das Licht hier drin so gedämpft ist.

«Gefällt es dir?», fragt Demetrius.

Meint er den Club im Allgemeinen oder die Blondine, die sich von ihrem Liebhaber die Klit lecken lässt? Ich stopfe mir eine weitere Erdbeere in den Mund, um nicht antworten zu müssen, und nicke vage. Zu allem Übel steigt mir der Champagner zu Kopf, das Glas ist schon fast leer. Dabei sollte ich's besser wissen. Alkohol mit Sprudel schlägt schnell bei mir an. Mir reicht schon ein Gläschen Sekt für einen anständigen Schwips.

«Ist es dir recht, wenn ich dir jetzt die Spielregeln erkläre? Oder möchtest du dich zuerst etwas umsehen?»

«Die Spielregeln», krächze ich. Je früher ich weiß, was mich erwartet, desto besser.

«Sehr gern.» Demetrius hat eine kultivierte Stimme und ausgezeichnete Manieren. Er winkt der Kellnerin, mir ein frisches Champagnerglas zu bringen, und erkundigt sich, ob ich sonst noch etwas trinken möchte. Wasser vielleicht? Oder frisch gepressten Mangosaft? Oder vielleicht hätte ich auch Hunger, es gäbe Filet Mignon oder preisgekröntes Sushi, falls ich das lieber möchte? Ich stammle was von keinen Hunger, obwohl das Steak verlockend klingt. Aber ich will nicht riskieren, mein ganzes Monatsbudget an einem einzigen Abend zu verfressen.

Einen Augenblick später sagt er: «Du bist natürlich eingeladen. Alle Speisen und Getränke gehen aufs Haus.»

Verdammt! Aber jetzt kann ich nicht mehr zurück, ohne blöd dazustehen.

Die Blondine unten am Pool kommt mit einem heftigen Keuchen. Ich höre es nicht, kann aber sehen, wie ihre Lippen sich öffnen und ein Zittern ihren Körper durchläuft. Einen Moment später weicht die Anspannung aus ihren Gliedern. Ihr Liebhaber drückt sich mit beiden Armen am Beckenrand hoch und steigt aus dem Wasser. Ein schmaler Körper, durchtrainiert wie ein Schwimmer. Die knappe Badehose verbirgt nicht seinen Ständer. Halb fasziniert, halb fassungslos beobachte ich, wie er sich auszieht. Er tut es nicht, um sich besser abtrocknen zu können, das wird mir klar, als er sich über die Blondine kniet.

«Es gibt nur drei Regeln.» Mit kühler Gelassenheit legt Demetrius ein Handy vor mir aufs Tischchen. Kriegt er eigentlich mit, was dort am Pool abgeht? «Die erste Regel. Du bekommst ein Telefon. Trage es immer bei dir.»

Es ist kein Smartphone, sondern ein einfaches Modell zum Aufklappen. Ich nehme es in die Hand und betaste das schwarze

Plastik. In die Rückseite ist ein winzig kleiner Onyx-Schriftzug eingraviert.

«Die zweite Regel lautet, du schaltest es ein, wenn du bereit bist. Wenn nicht, schaltest du es aus.»

Bereit wofür? Mich öffentlich am Pool vögeln zu lassen?

«Die dritte Regel lautet, was im Club geschieht, darf den Club nicht verlassen. Du wirst einen Anruf bekommen. Der Anrufer ist dein Blind Date. Er bestimmt die Regeln. Du lässt dich darauf ein. Du wirst nicht wissen, wer es ist und was dich erwartet.»

Ich kann meinen Blick nicht von dem Paar abwenden. Er zieht sie an den Händen hoch, bis sie rittlings auf ihm sitzt und er unter ihr kniet. Als ich ein Stück nach vorn rutsche, um bequemer zu sitzen, merke ich, dass der Spitzenstoff zwischen meinen Schenkeln nicht nur feucht ist, sondern klatschnass. Verlegen schlage ich die Beine übereinander, nicht dass noch jemand einen Blick auf mein unanständiges Höschen erhascht. Die Performance der beiden hat mich nicht nur peinlich berührt, sondern auch ziemlich in Wallung versetzt. Heißt das, dass ich eine perverse Ader habe? Inzwischen bin ich heilfroh, dass ich allein ins Onyx gegangen bin, ohne Amys Begleitung.

«Nach einiger Zeit verändert sich dein Status im Club. Dann kannst du selbst aus den Nummern wählen und Regeln aufstellen.» Demetrius lächelt mich an, als hätte er mir soeben die Vorzüge einer Küchenmaschine erklärt. «Möchtest du es jetzt einschalten?»

Ich habe das Gefühl, dass es schlecht wäre, wenn ich mich weigere. Ich schwebe in einer seltsamen Blase aus Panik, Abenteuerlust und verbotener Faszination. Das alles fühlt sich unwirklich an. Als würde mir das eigentlich gar nicht passieren, als würde ich nur träumen und dann mit der Hand zwischen meinen Beinen aufwachen. Was würde Vicente wohl sagen, könnte er mich hier sehen? Ein Bild flackert in meinem Kopf auf. Ich am Pool mit Vicente, der mich mit schlanken, kräftigen Fingern zwischen den Beinen massiert.

In einem Anfall verzweifelter Entschlossenheit schalte ich das Handy ein. Ich meine, was soll's? Ich hatte mir sowieso vorgenommen, mich heute Nacht flachlegen zu lassen. Warum also nicht von einem stinkreichen Clubmitglied? Ich hoffe nur, dass mein Blind Date kein sechzig Jahre alter Lüstling mit Playboy-Allüren ist.

«Demetrius», sage ich. «Was ist, wenn mir mein Blind Date nicht gefällt?»

«Dann brichst du es ab. Wie bei jedem anderen Blind Date. Und wartest, bis du erneut angerufen wirst.»

«Ich bin also zu nichts verpflichtet?»

«Es ist ein Spiel. Es dient dem Vergnügen.»

Ich nicke und betrachte das Display. Das kann ja heiter werden. Als mein Blick zurückzuckt zum Pool, dringt der Mann mit der Schwimmerfigur mit einem kraftvollen Stoß in die Blondine ein. Mit beiden Händen umfasst er ihren Po, so fest, dass ihr Fleisch zwischen seinen Fingern hervorquillt. Sie hat ihre Füße hinter seinem Rücken verschränkt und die Arme um seinen Nacken gelegt. Ihre Leiber sind eng aneinandergepresst, als wollten sie miteinander verschmelzen.

«Wenn du möchtest, kannst du dir den Club ansehen. Dort hinten», er deutet zum Bereich jenseits des Pools, «gibt es weitere Räume. Oben haben wir zwei Restaurants und eine Bibliothek, die allerdings manchmal für private Stelldicheins genutzt wird.» Er hüstelt leicht und reicht mir ein silbrig-schwarzes Plastikkärtchen. «Du kannst alle Räume betreten, deren Türen sich hiermit öffnen lassen. Pass gut darauf auf. Die Karte hat auch eine Kreditkartenfunktion. Für alle Ausgaben kommt dein Sponsor auf.»

«Mein was?»

«Der Gentleman, der deinen Mitgliedsbeitrag fürs erste Jahr beglichen hat.»

Ach du lieber Himmel. Ein ganzes Jahr?? Mir wird flau im Magen. Ich habe mir nicht nur eine fremde Einladung unter den Nagel gerissen, sondern liege auch noch einem Unbekannten auf der Tasche? Wer weiß, wen der in Wirklichkeit einladen wollte? Er wird aus allen Wolken fallen, wenn er herausfindet, dass eine gewisse Choice, Ex-Halloween Queen aus Wickenburg, Arizona, sich auf seine Kosten mit Champagner volllaufen lässt. «Und darf ich fragen, wer das ist?»

Demetrius hält meinen Blick fest. «Leider nein.»

«Noch eine Sache.» Er setzt sein distinguiert-höfliches Lächeln auf. «Bei Dates zwischen unseren Mitgliedern setzen wir ein grundsätzliches Maß an Verantwortungsgefühl voraus. In allen Toiletten gibt es Kondome zur freien Verfügung.» Äh, ja. Sollte bis zu diesem Zeitpunkt noch nicht klar gewesen sein, welcher Natur die Stelldicheins im Onyx sind, so lässt diese letzte Bemerkung keinen Zweifel mehr.

Nachdem ich eine halbe Stunde im Club herumgeirrt bin, mich viermal verlaufen und dem Drang widerstanden habe, vom Klo aus Amy anzurufen, stehe ich nun auf der Galerie und blicke von oben auf den Pool hinab.

Inzwischen habe ich mich halbwegs beruhigt. Ich bin immer noch aufgekratzt wie ein Eichhörnchen auf Speed, aber die Panik hat sich gelegt. Zu meiner Erleichterung bin ich in keine Orgie gestolpert und wurde auch von niemandem gezwungen, mich mit weit gespreizten Beinen über einen Tisch zu beugen.

Bis auf die Szene am Pool habe ich nichts Schockierendes gesehen. Die Leute essen, unterhalten sich oder tanzen im Disco-Bereich, den man durch eine ledergepolsterte Tür hinter den Säulen erreichen kann. In ein paar Lounges lümmeln knutschende Pärchen, aber keines hat Sex. Sogar am Pool ist wieder Sittsamkeit eingekehrt. Die meisten Gäste sind edel gekleidet und sehen gut aus. Faltige alte Lustmolche konnte ich auf Anhieb keine entdecken.

Und dann klingelt das Telefon.

In meiner Hand. Ich habe es die ganze Zeit mit mir herumgetragen, und nun summt es, und das Display leuchtet.

Oh Gott.

Ich starre es an, als könnte es mich beißen. Hopp oder topp, jetzt wird es ernst. Demetrius hat gesagt, ich könnte das Date abbrechen, wenn's mir nicht passt.

Soll ich rangehen? Unwillkürlich suche ich den Saal nach gutaussehenden Männern mit Handys am Ohr ab.

▶ Weiter auf Seite 29

Oder lieber nicht? Für einen Moment bin ich abgelenkt vom Anblick einer atemberaubenden Blondine.

▶ Weiter auf Seite 40

■ Also gut.

Das Herz pocht mir bis in die Kehle, als ich das Handy aufklappe und ans Ohr drücke. «Hallo?»

«Hey, Choice!», sagt eine Männerstimme. «Wie geht es dir?»

Wieso weiß dieser Typ, wie ich heiße? Okay, ich habe mich Demetrius gegenüber mit meinem Namen vorgestellt. Aber hat der den gleich am Schwarzen Brett öffentlich gemacht? Gibt's hier womöglich eine stündlich aktualisierte Liste der jüngsten Neuzugänge, und alle stürzen sich gleich aufs Frischfleisch? Verdammt, das geht ja gut los!

«Danke», stottere ich ins Telefon. Mir ist heiß. Mein Nacken prickelt. Ich bin aufgeregt wie ein Teenager vorm ersten Fummeln im Auto. «Bestens.»

«Wollen wir uns treffen? Ich würde dich gern kennenlernen, Choice.»

«Ähm», sage ich.

Er scheint das als Zustimmung zu werten. Vielleicht ist mein Gestammel normal, und alle Clubneulinge stellen sich so an. «Hast du schon was gegessen?»

«Tja, nicht wirklich.» Der Mann wird mir schlagartig sympathisch. Der weiß, was Frauen wollen.

«Dann würde ich dich gern zum Essen einladen. Danach werde ich dich verführen, wenn du mich lässt.» Wenigstens lässt er keinen Zweifel an seinen Absichten. Andere denken das Gleiche, sie sagen es nur nicht. Ich wette, Vicente hat auch so was Ähnliches gedacht, als ich ihm vorhin in die Arme gelaufen bin.

«Tja», ich versuche entspannt zu klingen, «okay.»

Er bittet mich, ins *Ypsilon* zu kommen, das ist eines der beiden Restaurants, die Demetrius erwähnt hat.

Als ich der Empfangsdame meinen Namen nenne, führt sie mich zu einem Tisch mit einem halbrunden Sitzsofa. Sie lässt mir warmes Rosmarinbrot mit Ziegenkäse und gesalzener Butter bringen, zum Knabbern, während ich auf mein Date warte.

Das Ypsilon ist modern eingerichtet. Die Tische stehen in eleganten kleinen Nischen. Es gehört zu der Sorte von Restaurants, die ich nie im Leben betreten würde, außer ich werde eingeladen. Eierschalenfarbene Damastservietten, versilberte Buttermesser, die hintere Wand ein Weinregal. Viele Tische sind besetzt, trotz der mittlerweile fortgeschrittenen Uhrzeit. Gedämpfte Gespräche mischen sich mit Klaviermusik.

Mein Date entpuppt sich als ein schlanker, drahtiger Mann in gut sitzenden grauen Stoffhosen und einem legeren weißen Leinenhemd. Ein bisschen erinnert er mich an die Banker, die bei uns im Viceroy Mittagspause machen. Er bleibt vor meinem Tisch stehen. Ich blicke ihm ins Gesicht und verschlucke mich beinahe vor Schreck.

Es ist der Typ vom Pool!

Der mit der Blondine ... Oh Gott. Oh Gottogottogott.

«Ich stehe aber nicht so auf Zuschauer», platze ich heraus. Und werde feuerrot.

«Oh.» Er lächelt ein ganz entzückendes Lächeln und schafft es sogar, es ein wenig verlegen aussehen zu lassen. «Ach das. Das war nur Marlaine. Wir kennen uns schon ewig.»

Dann beugt er sich vor und küsst mich leicht auf die Wange. «Hallo, Choice», sagt er. «Du siehst toll aus.»

«Hallo», bringe ich hervor. Ich hab's gleich mit dem ersten Satz vermasselt. Aber das scheint ihn nicht zu stören. Trotzdem, wie kann er erst diese Marlaine am Pool vögeln und dann erwarten, mit mir weiterzumachen, als sei nichts gewesen? Am selben Abend, nur eine Stunde später? Womöglich klebt ihr Geruch noch an seinen Fingern. Ich muss an den Ausdruck verzückter Ekstase in ihrem Gesicht denken, als sie gekommen ist, mit seinem Kopf zwischen den Beinen.

Erde, tu dich auf, dass ich in dir versinken kann!

Er sieht gar nicht schlecht aus. Nicht direkt ein Posterboy, aber mit einem ganz ansehnlichen Gesicht. Dunkelblond, graue Augen, ein fest konturiertes Kinn mit goldenem Bartschatten.

Ich schätze ihn auf Mitte dreißig. Wenn er lächelt, bilden sich Grübchen in seinen Mundwinkeln.

«Hast du auch einen Namen?», frage ich.

«Du kannst mich Devon nennen, wenn du möchtest. Du bist zum ersten Mal im Onyx?»

Ich nicke.

«Und ich bin dein erstes Date?» Sein Lächeln bringt meine Abwehr zum Schmelzen. Charmant wie nur was. Er ist der Traum aller Schwiegermütter. Auf den ersten Blick jedenfalls. «Ich fühle mich geehrt.»

Wir bestellen Wein und Filet Mignon mit Cognac-Sauce. Es fühlt sich sogar noch unwirklicher an als die Show am Pool. Ich schwebe durch eine glamouröse, sinnliche Traumsequenz und kann nicht glauben, dass mir das passiert. Umso schlimmer, dass ich es geschehen lasse. Ich bin noch leicht beschwipst vom Champagner und stürze ein Glas Wasser nach dem andern hinunter, um einen klaren Kopf zu kriegen. Devon plaudert übers Nappa Valley, weil sie dort den Wein anbauen, den er trinkt. Ich weiß nicht, was ich erwartet habe, aber es fühlt sich tatsächlich an wie ein erstes Date. Sich kennenlernen, leichtfüßiges Flirten. Nur dass jetzt schon feststeht, dass wir Sex miteinander haben werden. Beim Nachschenken stoßen seine Finger wie zufällig gegen meine.

«Wie gefällt es dir hier?», fragt er.

«Das Essen ist großartig.» Wir müssen beide lachen, weil seine Frage sich nicht aufs Essen bezog und ich das ganz genau weiß. Und er weiß, dass ich es weiß.

«Möchtest du ein Dessert?»

«Ich bin süchtig nach Süßem.»

«Sieht man dir gar nicht an.» Sein Lächeln kriegt so eine Vertraulichkeit und jungenhafte Unverschämtheit, dass mir ganz warm ums Herz wird. Und an anderen Stellen. Ich habe mich entschieden. Ich will, dass er mich flachlegt. Das, was ich auf dem Gesicht der Blondine gesehen habe, will ich auch. Einen One-Night-Stand mit Stil. Meine Lust auf Abenteuer ist nach dem ersten Schock zurückgekehrt. Wenn er mich jetzt fragt, sage ich ja.

Er winkt dem Kellner und wechselt ein paar leise Worte mit ihm.

«Was hast du bestellt?», frage ich.

«Eine Überraschung. Magst du Überraschungen?»

«Kommt darauf an.»

«Worauf kommt es an?»

«Was für eine Überraschung es ist.»

«Aber dann wäre es ja keine Überraschung mehr.»

Seine Augen streicheln mich, ein Vorgeschmack auf seine Finger. Und seine Zunge.

Die Überraschung ist eine Schale mit handgemachten Schokoladen, die mit silbrigen und goldenen Kringeln bemalt sind.

«Warte», sagt Devon, als ich nach den Süßigkeiten greifen will. Er rückt näher an mich heran. Unsere Nische ist gut gewählt, es kann uns kaum jemand sehen. Er nimmt eine Praline zwischen zwei Finger, und seine Stimme verliert jede Unschuld. «Schließ die Augen.»

Ich zögere.

«Bitte», schmeichelt er. «Und lehn dich zurück.»

«Na gut.» Was kann schon passieren? Er wird mich mit Schokolade füttern. Das ist romantisch, oder nicht? Ich mache die Augen zu und spüre seine Hand an meiner Schulter. Sanft drückt er mich zurück in die Polster. Dann stößt etwas gegen meine Lippen, weich und cremig, teilt sie und berührt meine Zunge. Ich schmecke Schokolade, gefüllt mit etwas sehr Leckerem, Raffiniertem. Honig, Chili, Karamell und ... Koriander?

Sein Daumen zeichnet sanft meine Unterlippe nach. Die Karamellfüllung schmilzt in meinem Mund. Nun spüre ich auch seine andere Hand, die mein Knie umfasst. Der Tisch schützt uns vor neugierigen Blicken. Mir wird heiß. Er wird doch nicht vor allen Leuten ... ? Es fällt mir wirklich schwer, die Augen geschlossen zu halten.

Sein Atem streicht über mein Ohr. Er schiebt mir den Daumen in den Mund und lässt mich daran saugen. Dann zieht er ihn zurück, nur um mit einem zweiten Stück Schokolade zurückzukehren. Cassis, das feine Aroma schwarzer Johannisbeeren. Und Karamellsplitter, die sich mit einem salzigen Nachgeschmack auflösen. Zuletzt seine Zunge, die zwischen meine Lippen dringt.

Wir küssen uns. Einfach so, als wäre es der natürliche Lauf der Dinge. Kunstfertig tanzt seine Zungenspitze über die Innenflächen meines Mundes. Sie streift meine Zähne, neckt und flirtet und bohrt sich tiefer, gibt ein frivoles Versprechen.

Wieder zieht das Gesicht der Blondine vor meinem geistigen Auge vorbei. Ihre Lippen lustvoll geöffnet, die Augen geschlossen, der Kopf weit zurückgebeugt, während seine Zunge und seine Lippen sie dort unten verwöhnen und das Versprechen erfüllen, das er mir gerade gibt. Seine Finger spielen mit meinem Rocksaum. Er schiebt mit einer kleinen Bewegung meine Knie auseinander, nur eine Handbreit, sodass er die Innenseite meiner Schenkel hochstreichen kann.

Mir wird bewusst, wie viele Leute uns gerade beobachten könnten. Bin ich von allen guten Geistern verlassen?

Der Gedanke flackert auf und verflüchtigt sich wieder, weil es so *gut* ist. Kann man allein durch Küsse, Schokolade und eine wilde Phantasie zum Orgasmus kommen? In diesem Moment halte ich es für möglich.

Die dritte Süßigkeit teilt er mit mir. Er hält sie zwischen den Zähnen und lässt mich daran lecken. Kaffeelikör und zuckrige Orange. Sein Finger fährt am Ansatz meines Oberschenkels entlang und schlüpft unter das Spitzenbändchen, das meinen Slip auf den Hüften hält. Ich habe das Gefühl, gleich zu zerfließen, und spüre jeden Herzschlag bis hinunter in den Schoß. Wann hat mich das letzte Mal ein Typ so heiß gemacht? Es muss an der ungewöhnlichen Atmosphäre liegen oder einfach an der Faszination des Verdorbenen. Ich kann an nichts anderes mehr denken als daran, wie er mich nimmt. Ich bin kurz davor, *Fick mich* in seinen Mund zu stöhnen, obwohl ich so was nie laut sagen würde, sondern höchstens denke.

Seine Fingerspitze stößt unter den Stoff meines Slips, erkundet meinen sorgfältig rasierten Schamhügel und streicht durch die Löckchen, die ich als schmalen Streifen in der Mitte habe stehen lassen. Er taucht in meine Feuchtigkeit ein und verreibt sie rund um meine empfindlichste Stelle. Ich kann nicht mehr atmen, ich falle gleich in Ohnmacht. Dann, endlich, teilt er die zarten Häute und dringt mit einem Finger in mich ein.

Er löst sich aus dem Kuss und streichelt sacht meine Lippen, während er sadistisch langsam einen zweiten neben den ersten Finger schiebt. «Sieh mich an», flüstert er.

Ich gehorche, wie paralysiert vor Lust.

Sein Gesicht ist nur wenige Zentimeter von meinem entfernt. Seine Augen wirken jetzt dunkler und irgendwie verschleiert. Sein Atem geht schwerer als zuvor. Er ist genauso heiß wie ich.

«Gibt es hier einen Ort, wo wir ungestört sind?» Ich kann nicht glauben, dass ich das gerade gefragt habe. Amy wäre stolz auf mich.

«Gibt es.» Seine Lippen zucken und verziehen sich zu einem Lächeln. «Willst du aus Anstand vorgehen, und ich komme nach?»

«Wer will denn hier anständig sein?», gebe ich todesmutig zurück. Ein wollüstiger kleiner Schauer durchfährt mich, als er seine Finger aus mir zurückzieht.

«Dann komm.»

Als wir vom Tisch aufstehen, legt Devon seine Hand auf meine Hüfte. Es ist eine besitzergreifende Geste, die mir gefällt. Ich habe das Gefühl, dass jeder im Raum weiß, was wir gleich tun werden. Das sollte mir peinlich sein, aber wie so vieles an diesem Abend erregt es mich.

Hinter einer Glaswand führt eine Treppe nach unten. Devon stößt die Tür zur Damentoilette auf und wirft einen Blick hinein, dann schiebt er mich in den Vorraum und schließt hinter uns ab.

Hier drin ist es geräumig und schön ausgestattet. Alles besteht aus Marmor, Teakholz und geschliffenem Edelstahl. Energisch drückt Devon mich gegen die Wand. Mein Inneres zieht sich lustvoll zusammen, als sein Leib sich gegen meinen presst und ich seine Erektion durch den Stoff seiner Hose spüre. Ich will ihn in mir haben, ich brenne vor Gier, ich kann an nichts anderes denken als an seinen Schwanz. Und an den Anblick, als er ihn zwischen die Schenkel der Blondine gerammt hat.

Er fährt mit beiden Händen unter mein Kleid und umfasst meine Pobacken, zieht sie auseinander und liebkost mit seinen Fingerspitzen die Spalte dazwischen. Ich will unbedingt seine Haut spüren. Meine Hände zittern, als ich hastig sein Hemd aufknöpfe, dann die Hose. Ich lasse meine Handflächen an seinen Seiten hinabgleiten, streife ihm die Boxershorts von den Hüften. Er fühlt sich toll an. Warm und fest, kräftige Muskeln, samtweiche Haut. Als ich seinen Schwanz umfasse, zuckt er zusammen. Ich reibe mit dem Daumen über die Spitze, verteile die Tropfen Flüssigkeit, bis sein Atem sich in ein Keuchen verwandelt. Wer hätte gedacht, dass eine schnelle Nummer im Damenklo so erregend sein kann? Er küsst mich wieder, doch nicht mehr zärtlich, sondern fordernd und hart. Ich spüre das Pochen eines aufsteigenden Höhepunkts. Es braucht nicht mehr viel, nur zwei oder drei kräftige Berührungen mit seinen Fingern und –

«Nein», flüstert er zwischen zwei Küssen. «Noch nicht.»

Ich schiebe ihm meine Hüften entgegen, um den Druck seiner Finger zu verstärken, doch er zieht sie zurück, der Mistkerl. Er sieht mich an, seine Lippen rau und erhitzt vom Küssen. «Dreh dich um.»

Er bestimmt die Regeln. Du lässt dich darauf ein. Du wirst nicht wissen, was dich erwartet. Allmählich begreife ich, warum dieses Spiel so erregend ist.

Ich gehorche. Meine Kehle ist wie zugeschnürt. Ich höre das Rascheln, als er aus seinen Hosen steigt. Das Knistern von Plastik. Ein Kondom. Er hakt seine Finger in meinen Slip und zieht ihn hinunter bis auf meine Knie. Ich trage immer noch mein Kleid und die High Heels. «Nicht», sagt er, als ich aus den Schuhen schlüpfen will. «Dein Hintern sieht so sexy aus, wenn du sie anhast.»

Dann tritt er dicht hinter mich und umfängt mich mit beiden Armen. Sein Schwanz presst sich schwer und hart zwischen meine Pobacken, doch er dringt nicht in mich ein. Ich fühle mich wie eine Verdurstende, die ein Glas Wasser direkt vor sich hat und es dennoch nicht erreichen kann.

«Bitte», kommt es mir über die Lippen.

«Was?»

Ich bleibe ihm die Antwort schuldig, weil ich mich zu sehr

auf das phantastische Gefühl zwischen meinen Beinen konzentrieren muss, dieses erregende Drängen. Mehr, nur ein klein wenig mehr.

Er streicht meine Arme empor und schiebt mir die dünnen Träger von den Schultern, öffnet den Reißverschluss des Kleides. Das Oberteil fällt mir auf die Hüften hinab. Er hakt den BH auf und bedeckt meine Brüste mit seinen Händen, streichelt und knetet sie, bis meine Brustwarzen hart sind wie kleine Kirschkerne. Als er das Gewicht verlagert, spüre ich, wie seine Schwanzspitze gegen meinen Anus drückt. Ich kriege einen Schreck und versteife mich. Das ist nicht sein Ernst. Er hat doch nicht vor, mich dort …

«Was ist?», fragt er.

«Bitte nicht da», keuche ich. Bisher ist es mir gelungen, diese Art Sex zu vermeiden. Amy würde sagen, ich sei konservativ. Aber so weit geht meine Abenteuerlust dann doch nicht.

Spielerisch verstärkt er den Druck, eine stille Drohung, die das Blut in meinen Schläfen rauschen lässt. Zugleich streichelt er mit den Daumen über meine Nippel. «Du hast das noch nie probiert?»

Ich schüttle den Kopf.

Er nimmt eine Hand von meiner Brust und dirigiert seine Erektion zwischen meine Beine, fort von der kritischen Zone. Erleichtert stoße ich den Atem aus.

Er reibt über meinen Spalt und badet seinen Schwanz in meiner Nässe. Und dann, mit einem einzigen langen Stoß, dringt er in mich ein.

Mit seinem Umfang füllt er mich aus. Er dehnt mich und entlockt mir ein Keuchen. Zuerst verharrt er ganz still. Dann beginnt er sich zu bewegen, mit gemächlichen, kraftvollen Stößen, zieht sich fast ganz aus mir zurück, um erneut bis zum

Anschlag in mich hineinzustoßen. Er treibt mich ein paarmal an den Rand der Klippe und hält im letzten Moment inne, um es hinauszuzögern. Ich will schreien, doch er schiebt mir zwei Finger in den Mund. Seine andere Hand tastet sich nach vorn und massiert mir die Klit.

Es ist zu viel. Ich komme mit Wucht. Es ist ein Beben, ein endloser Sturz, sein Schwanz in mir, seine Lippen auf meinem Nacken, seine Finger so fordernd auf meiner Haut. Jetzt stößt er hart und schnell, sein Atem ein hämmerndes Stampfen. Ich fliege, ich lausche meinem eigenen Herzschlag, ich tanze auf den Wellen süßer Ekstase, die nur allmählich abebben. Ich spüre sein Zucken in mir und höre den rauen Laut in seiner Kehle, als er kommt.

«Kannst du noch?», wispert er an meinem Ohr, ein Lachen in der Stimme. Er scheint nicht wirklich eine Antwort zu erwarten. Wir bleiben noch einen Moment aneinandergeschmiegt stehen, genießen das Nachglühen unserer Lust. Es braucht keine Worte.

Er streichelt meine Brüste und küsst meine Schulter. Kurz bevor meine Knie unter mir nachgeben, zieht er sich aus mir zurück. Ich drehe mich um und lasse mich erschöpft zu Boden sinken. Wir grinsen uns an, als hätten wir zusammen einen Streich ausgeheckt. «Irgendwann», sagt er, «probieren wir die andere Variante aus.»

Ich bin zu satt und zu erschöpft, um ihm zu widersprechen.

► Weiter auf Seite 52

Nein, ich will mich anders entscheiden.

◄ Zurück zu Seite 29

■ Ich zögere zu lange. Als ich endlich abnehmen will, hat der Anrufer aufgelegt.

Mist. War das ein Fehler? Habe ich mich gleich beim ersten Versuch disqualifiziert? Ich starre auf das Display, aber das Telefon klingelt kein zweites Mal. Und die Nummer des Anrufers zeigt es auch nicht an. Meine Hand zittert. Und mir ist heiß.

«Hallo, Süße, neu im Club?» Ich zucke zusammen und drehe mich um. Ein Hauch Parfüm streift meine Nase, ein fruchtig-elegantes Bukett aus Pfirsich und Ylang-Ylang. Es ist ausgerechnet die Blondine, ich muss sie eben so offensichtlich angestarrt haben, dass sie mich nun anspricht. Eine zierliche Schönheit mit rauchgrauen Augen, die Haare an den Spitzen feucht, schlanke Beine unter einem roten Seidenkleidchen.

Oh mein Gott. Jetzt erkenne ich sie. Vor Schreck fällt mir keine Antwort ein. Diese Haare, dieses Kleid. Es ist die Frau, die sich gerade öffentlich am Pool hat vögeln lassen. Ihre Wangen sind ein wenig gerötet, die Lippen glänzen feucht. Als würde sie noch im Nachglühen ihres Höhepunkts schwelgen.

Von ihrem Duft wird mir fast schwindelig, als sie die Hand ausstreckt und mir eine Haarsträhne aus dem Gesicht streicht. Eine beiläufige Geste, die sich so intim anfühlt, dass ich feuerrot werde. Diese Frau verströmt Charme und eine natürliche Sinnlichkeit, die mich einschüchtert und gleichzeitig fasziniert. Sie ist so, wie ich nie sein werde. Selbst in Lumpen gehüllt und von oben bis unten mit Schlamm beschmiert, würde sie noch die Blicke aller Männer auf sich ziehen.

Und ausgerechnet diese Frau, von deren Liebesleben ich dank der Poolvorstellung mehr weiß, als ich jemals wissen wollte, lädt mich zu einem Drink ein. Ihr Lächeln ist umwerfend. «Du siehst aus, als könntest du etwas Starkes gebrauchen.»

«Ähm», stottere ich geistreich.

«Ich bin Marlaine. Und wie heißt du?»

«Choice», bringe ich hervor.

«Choice? Wie süß.» Sie legt ihre Finger um mein Handgelenk und zieht mich mit sich. Diese Finger, die sich gerade noch im Haar ihres Liebhabers verkrallt haben, bevor er sich in ihr verströmte.

Wir lassen uns an einer japanisch gestylten Bar mit schwarz lackierten Holzgitterwänden und roten, samtbespannten Hockern nieder. «Was möchtest du trinken?», fragt sie.

«Eigentlich habe ich eher Hunger», entschlüpft es mir, bevor ich mir auf die Zunge beißen kann. Wie peinlich. Ausgerechnet vor dieser heißen Frau präsentiere ich mich als verfressenes Krümelmonster.

«Magst du Sushi?»

Ich nicke.

«Die haben hier ganz phantastisches Sushi.» Sie lehnt sich vor, um dem Barkeeper unsere Bestellung aufzugeben. Ihr seitlich geschlitztes Kleid gewährt großzügige Einblicke. Nur ein Hauch Spitze hält ihre Brüste. Ich bewundere ihre Selbstsicherheit. Trotz ihrer offen zur Schau getragenen Reize wirkt sie nicht billig. Im Gegenteil, alles an ihr atmet Klasse. Sie ist eine toughe Lady, ihre Schönheit ist eine Waffe.

«Wie gefällt dir der Club?», fragt sie.

«Sehr interessant», bringe ich hervor.

Sie lacht. Es ist ein amüsiertes, herzliches Lachen, bei dem weiße Zähne hinter perfekten roten Lippen hervorblitzen. «Hat Demetrius dir erklärt, wie das Onyx funktioniert?»

Sie fasst nach meiner Hand, als ich nicke. Die Art, wie ihr Daumen über mein Gelenk streicht, fühlt sich verstörend sinnlich an. Ich will ihr beinahe die Hand entreißen, aus Angst vor dem, was als Nächstes passieren könnte. Sie scheint es zu ahnen und hebt meine Finger an ihren Mund. Sie haucht einen Kuss auf die Fingerspitzen, bevor sie sie loslässt. «Dieser Club ist etwas Besonderes, Süße.» Ihre Stimme zieht mich in eine unwiderstehliche, warme Tiefe hinab. Wie gebannt höre ich ihr zu. «Er erweitert deinen Horizont.» Ein kleines Kichern. «Und, hm, bestimmte Körperstellen. Du bist schön, Choice. Und womöglich klug. Du wirst sie anlocken wie eine Blüte die Bienen. Sie werden an dir naschen wollen und sich darin gefallen, dir die Welt zu Füßen zu legen. Genieß es, Choice. Triff deine Wahl.»

«Ich versuche es ja», bringe ich hervor.

«Wie hast du zu uns gefunden?»

«Jemand hat mir eine Einladung geschenkt.»

«Jemand?»

Verlegen mustere ich das schwarz-goldene Lackmuster auf der Theke. Ich kann Marlaine doch nicht erzählen, dass ich die Karte *gefunden* habe. «Ein Unbekannter», murmle ich. Das ist zumindest die halbe Wahrheit.

«Oh, wie spannend! Ein heimlicher Verehrer?»

In diesem Moment stellt ein Kellner Teller, Schälchen und kleine Bänkchen für die Stäbchen vor uns hin. Es folgt eine Platte aus poliertem Schiefer mit dem Sushi. In meinem Glas funkelt der Weißwein, den Marlaine für mich bestellt hat. Ich nehme mir ein Stück, bade es in Soja-Sauce und gebe einen winzigen Klecks Wasabi darauf. Es schmeckt scharf und köstlich.

Wir machen Small Talk. Marlaine steht auf Kunst. Ich bin nicht gerade eine Kunstspezialistin, aber zum Glück habe ich nicht alles vergessen, was sie mir auf dem College beigebracht haben.

Ich bin nicht sicher, was hier zwischen uns passiert, aber als

Marlaine ein Thunfisch-Sashimi zwischen die Stäbchen nimmt und es mir mit einem «Probier das, das ist gut» vor den Mund hält, öffnen sich meine Lippen wie von selbst. Ich lasse mich von ihr füttern, als wäre das ein heißes Date, bei dem wir schon wissen, dass wir es gleich draußen im Auto machen. Dabei stehe ich doch gar nicht auf Frauen!

Trotzdem ist dieses Ess-Ritual so sinnlich, dass sich Hitze in meinem Unterleib sammelt. Und immer, wenn Marlaine meinen Blick festhält und wir uns minutenlang in die Augen sehen, glaube ich, dass sie genau weiß, was sie tut. Und Spaß daran hat.

«Gibt es hier irgendwo Toiletten?», flüstere ich.

Sie gleitet von ihrem Hocker. «Komm. Ich zeige sie dir.»

Verdammt. So war das nicht gemeint! Ich wollte mich nur abkühlen. Mir kaltes Wasser über die Handgelenke laufen lassen. Aber doch nicht mit Marlaine im Schlepptau! Sie ist schließlich die Ursache für das Brennen auf meinen Wangen und in diversen tiefergelegenen Körperregionen!

Der Weißwein macht meinen Kopf leicht, und ich fühle mich ganz beschwingt, als wir uns nebeneinander durch die Menschen drängen. Sie dirigiert mich zu einer Treppe hinter edlen Holzpanelen. Schwarze Steinstufen führen in die Tiefe. Ein paar schmale Spots beleuchten die Wände, ansonsten ist es dunkel.

Wir landen in einem hohen Korridor mit vier Türen. In einer Nische steht ein Blumengesteck. Ein dicker Teppich schluckt alle Geräusche. Ich finde mich plötzlich an die Wand gedrückt wieder, Marlaine so dicht vor mir, dass ich ihre Schenkel an meinen spüre. Ihr Atem streift meine Wange. Die Seide ihres Kleides zerknittert zwischen unseren Körpern. Mir wird heiß – vor allem zwischen den Beinen. Was ist los mit mir? Ich schwanke zwischen Angst und einem seltsamen Hochgefühl. Da ist dieses Bedürfnis, mich treiben zu lassen, ohne mir Gedanken zu machen. Denn es fühlt sich gut an. Verrückt, aber gut. Ihre Finger streichen wie Schmetterlingsflügel über meinen nackten Oberarm. Ich kann nicht anders, als mir vorzustellen, wie sie die Innenseite meiner Oberschenkel emporwandern. Sie riecht so gut. Und ist so attraktiv. Schön wie ein Filmstar, oder wie ein Plakatmodel. Jedenfalls wie keine andere Frau, die ich kenne.

«Aber ich weiß nicht ...», stottere ich noch, bevor sie mir den Mund mit einem Kuss verschließt. Einfach so. Meine Angst schmilzt dahin unter dem Kuss einer *Frau*, unter weichen, verführerischen Lippen, unter einer Zunge, die sich Einlass erschmeichelt und unter ihren Zähnen, die lustvoll meinen Mundwinkel streifen.

Wie hypnotisiert erwidere ich den Kuss. Sie küsst mich drängender, vergräbt eine Hand in meinem Haar und legt ihre Finger um mein Kinn.

«Aber du weißt nicht, ob du auf Frauen stehst?», flüstert sie mir ins Ohr. Kann sie Gedanken lesen?

«Genau», keuche ich.

«Na dann», ihre Stimme verfällt in einen neckischen Tonfall, «finden wir es doch heraus?»

Ihre Zunge, heiß und samtig, fährt die Konturen meiner Ohrmuschel nach und wandert an meiner Kehle hinunter. Und tiefer hinab ins Dekolleté. Zugleich spüre ich ihre Fingerspitzen an einem Träger meines Kleides. Oh Gott, was, wenn jemand hereinkommt? Seltsamerweise heizt mich die Vorstellung nur noch mehr an. Ihre Berührungen machen etwas mit meinem Körper, das ich nicht mehr kontrollieren kann. Jedes einzelne Härchen auf meiner Haut richtet sich unter ihren Fingern auf. Mein Höschen ist so nass, dass ich fürchte, sie könnte meine Erregung schon riechen.

Ich nehme all meinen Mut zusammen und lege die Hände auf ihre Hüften. Es kommt mir gar nicht mehr seltsam vor. Ich ertaste ihre zarten Kurven unter der Seide. Ich bin berauscht von dem Abenteuer, mich erfüllt ein Hochgefühl.

Erst das Geräusch von Absätzen auf den Stufen reißt mich aus meinem Taumel. Marlaine grinst und zieht mich in die Damentoilette, bevor wir die Störenfriede überhaupt zu Gesicht bekommen. Mit einem satten Klacken schiebt sie den Riegel vor.

Wir stehen in einem großen, sparsam beleuchteten Raum mit einem langen Marmor-Waschtisch, hohen Spiegeln und samtbezogenen Sitzhockern. Kleine Handtücher sind zu einer Pyramide aufgestapelt. Es duftet nach Sandelholz und Orange. Aus versteckten Lautsprechern perlen ätherische Klänge.

«Wow», sage ich. Mir ist heiß. Ich bin außer Atem. Bevor ich darüber nachdenken kann, was ich hier mache und mit *wem* ich es mache, zieht mich Marlaine an sich für einen neuerlichen Kuss. Sie ist warm und weich, fordernd und süß, unvergleichlich sexy. Ihre Hände und ihre Lippen scheinen überall zu sein. Sie öffnet den Reißverschluss meines Kleides und streift es mir bis auf die Hüften hinunter. Geschickt hakt sie meinen BH auf. Als ihre nackte Haut meine berührt, ist es wie eine kleine Explosion. Meine entblößten Brüste sind unglaublich empfindlich. Als sie eine Brustwarze mit ihren Zähnen umfängt und die andere zwischen ihren Fingern zwirbelt, sacke ich mit einem Keuchen gegen die Wand. Der feine Schmerz lässt mein Begehren noch höher kochen. Ich kann es nicht mehr ertragen und giere zugleich nach mehr. Ich will ihre Hände überall haben, ich will mehr von dieser weichen, sahnigen Haut an meiner spüren.

«Ist das gut?», flüstert sie mir ins Ohr.

Ich keuche ein Ja.

Sie führt meine Hände unter ihr Kleid, unter das luftige

Röckchen. Entsetzt stelle ich fest, dass sie kein Höschen darunter trägt. Ich ertaste eine glattrasierte, seidenweiche Scham. Ein letztes Mal taucht der Gedanke auf, dass ich doch noch nie mit einer Frau –

Aber ihr Kuss und ihre Hände auf meiner Haut überwältigen mich. Es ist anders als alles, was ich jemals erlebt habe. Befremdlich und zugleich so intim, als würden wir uns schon ewig kennen.

Ich presse meine Nägel in ihre perfekten Pobacken, erforsche die feuchte Seide zwischen ihren Beinen, berausche mich an ihrem heftigen Atem und lasse mich von ihr zum Waschtisch drängen.

«Setz dich da drauf», fordert sie. «Na los.»

Der Marmor unter meinem nackten Hintern fühlt sich kalt an, doch der Schock ist vergessen, als sie sich auf die Knie sinken lässt und meine Beine spreizt. Sie betrachtet mich dort unten, mein vulgäres Fick-mich-Höschen, ein Lächeln auf den perfekten roten Lippen. Wie macht sie das, dass ihr Lippenstift nicht verschmiert ist? *Fick mich,* schießt es mir durch den Kopf. Ich flehe innerlich, dass sie der Aufforderung nachkommt. Sie sieht mir fest in die Augen. Zugleich fährt sie mit dem Zeigefinger den Schlitz im Höschen nach. Dann schiebt sie die Fingerkuppe zwischen den Spitzenbesatz und streift meine Schamlippen hoch, ohne meinen Blick loszulassen. Eine Welle purer Lust fegt die Reste meiner Zurückhaltung beiseite. Atemlos sacke ich gegen den Spiegel und hebe mich ihr entgegen.

Sie zieht ihren Finger zurück und macht mit der Zunge weiter. Heiß und geschmeidig presst sie sie durch den Schlitz und leckt mich, gerade genug, um mich in den Wahnsinn zu treiben.

«Oh Gott», keuche ich, «lass es mich ausziehen.» Ich schüttle mir die High Heels von den Füßen und stütze mich mit den Zehen auf der Waschtischkante ab, um mir den Stoff vom Leib zu reißen.

«Dabei ist es so hübsch.» Sie fährt mit beiden Händen unter meine Pobacken und stößt ihre Zunge in mich hinein, tief und fest, dass mir Hören und Sehen vergeht. Dann hilft sie mir und zieht mein Höschen so weit herunter, dass es nur noch an einem Fußknöchel hängt.

Mit beiden Daumen fährt sie über meine Schamlippen und zieht sie auseinander. Kühler Atem streift meine Hitze. Ihre Zunge leckt auf und nieder und umkreist meine geschwollene Klit. Sie reizt und neckt und foltert mich auf eine Art, die ich mir nie hätte vorstellen können. Und immer wenn ich glaube explodieren zu müssen, hält sie für einen kurzen Moment inne. Sie treibt mich eine Ewigkeit auf diesem schmalen Grat vor sich her, sie lässt mich nicht kommen, obwohl ich mich ihr wie irre vor Gier entgegendränge. Als sie mit einem Daumen in mich eindringt, entlockt sie mir ein heftiges Keuchen. Ein zweiter Finger schiebt sich in mich. Sie vögelt mich mit den Fingern und leckt mich dabei, bis ich komme. Komme und komme.

Warm und duftend fängt sie mich auf. Ihre Lippen auf meinen, ihr Haar kitzelt meine Wange. «Wie war das?», flüstert sie.

«Großartig», gebe ich zurück. Und es ist die Wahrheit. Zum besten Orgasmus meines Lebens geleckt von einer Frau, auf dem Toilettenwaschtisch eines Luxus-Clubs. Nichts, womit ich in meinen kühnsten Träumen gerechnet hätte. Und ich wette, Amy auch nicht.

«Bist du abenteuerlustig?»

«Immer», versichere ich im Rausch des Moments.

«Oh, gut.» Vergnügen blitzt in ihren Augen. «Dann lade ich einen Freund zu unserer kleinen Party ein.»

«W-wie meinst du das?», stottere ich.

«Schhhhh.» Mit der Zungenspitze fährt sie die Kontur meines Kinns nach. Verrückt, aber in meinem Unterleib regt sich schon wieder die Begierde. «Du wirst ihn mögen.»

Ihn? Was soll das werden? Ein Dreier? Vor meinem geistigen Auge steigt die Szene vom Pool wieder auf. Dieser Mann, der ihre Hüften umfasst und mit einem langen Stoß in sie eindringt. Meine Angst kehrt zurück, aber der Reiz der Versuchung bleibt stärker. *Was im Club geschieht, darf den Club nicht verlassen.* Vage erinnere ich mich an eine College-Party, auf der eine Freundin mit zwei Typen abzog und alle darüber spekulierten, ob sie es zu dritt in ihrem Lotterbett getrieben haben. Ich würde das ja nie offen zugeben, aber auch ich habe mich damals gefragt, wie das wohl wäre. Jetzt bietet sich mir die Chance, es herauszufinden.

Marlaines Blick ist die pure Verführung. Aus ihrer winzigen Handtasche, die im Eifer des Gefechts auf dem Boden gelandet ist, zieht sie ein Handy und tippt eine Nachricht. Ich rutsche vom Waschtisch. Meine Beine zittern so sehr, dass ich mich festhalten muss.

Sie zieht mich wieder an sich, lehnt sich mit dem Rücken an die Wand und lässt sich von mir küssen. Nur halb registriere ich, wie sie einen Arm ausstreckt und den Riegel an der Tür zurückschiebt. Sie schmeckt so gut, dass ich nicht genug von ihr kriegen kann. Sie nimmt meine Hände und führt sie an ihren Seiten nach oben, bis ich durch die Schlitze in ihrem Kleid nackte Haut ertaste. Offenbar will sie, dass ich mich revanchiere. Linkisch, aber mit wachsender Courage taste ich mich zum Verschluss ihres BHs vor. Ich bin erleichtert, dass er beim ersten Versuch aufgeht und mir hektische Fummelei erspart. Ihre Brüste sind klein und fest, die Nippel hart unter meinen Handflächen. Ich streichle und knete sie und höre Marlaines Keuchen. Ihre Finger wühlen in meinem Haar und drücken meinen Kopf nach unten.

Ich verstehe, was sie will. Ich lasse meine Hände auf ihren Brüsten und gehe in die Knie, küsse ihre rasierte Scham und taste mich mit der Zunge weiter abwärts. Immer tiefer, der Druck meiner Zunge wird fester. Sie schmeckt nach Salz und Wasserperlen, ungewohnt, doch nicht unangenehm. Ihre Reaktion auf meine Berührung weckt lustvollen Ehrgeiz in mir. Es macht mir Spaß, sie in Ekstase zu lecken. Es erregt mich, wie sie sich mir entgegendrängt, wie ihre Hände mein Gesicht noch fester in ihren Schoß pressen, wie sie unter meiner Zunge erzittert und sich windet. Wir tragen beide noch unsere Kleider, was es nur sinnlicher macht.

Hinter mir klappert die Tür. Ich will mich umsehen, doch Marlaine hält meinen Kopf fest. «Mach weiter», stöhnt sie. Ich gehorche, aber mir wird ganz heiß, weil ich die Gegenwart einer dritten Person spüre, ohne zu wissen, wer es ist.

Stoff raschelt, Ledersohlen flüstern auf den Marmorfliesen.

Dann packen ein Paar Hände von hinten meine Hüften. Ein harter Griff, so erotisch, dass ich zusammenzucke. Meine Phantasie schlägt Purzelbäume. Es ist der feste Griff eines Mannes, lange Finger voller Kraft.

Nur seine Hände spüre ich, mehr nicht.

Und dann einen Atemhauch auf meinem Rücken, direkt über meinem Po. *Seinen* Atem. Die unbekannten Hände kneten mein Fleisch, als wollten sie die Festigkeit prüfen. Er drückt meine Pobacken auseinander, und sein nächster Atemzug trifft die Spalte dazwischen.

Marlaine erzittert unter meiner Zunge. Ich lecke sie schnell und heftig, umkreise ihre Klit und nehme noch die Hände dazu, schiebe ihr zwei Finger in die feuchte Enge, bewege sie rein und raus.

Ein leises Knistern, Plastikfolie und Latex. Ein Kondom.

Kurz darauf spüre ich ihn schon an meinen Schamlippen. Etwas Hartes drängt sich dazwischen und fährt an der Klit entlang aufwärts, langsam und sinnlich, ein köstliches Versprechen. Ich zittere inzwischen ebenso wie Marlaine. Ich bin so nass, dass mir die Säfte gleich an den Innenseiten meiner Oberschenkel hinunterlaufen werden. *Fick mich endlich,* möchte ich schreien, obwohl das sonst gar nicht meine Art ist. Mein Körper weiß besser als mein Kopf, was gut für mich ist. Er giert danach, von diesem fremden Schwanz in Besitz genommen zu werden. Von diesen Händen, die ihn betasten und erforschen und bis zum Äußersten reizen. Von diesem Mund, diesem Atem, der meine Haut küsst.

«Warte.» Marlaine lässt sich zu Boden rutschen, als könnten ihre Beine sie nicht länger tragen. Ich nutze die Gelegenheit, um mich nach dem Fremden umzusehen, der mir mit seinen Berührungen so viel Lust schenkt, doch ich kann nicht mehr erkennen als dunkelblondes Haar. Dann hat Marlaine mich wieder eingefangen und zieht mich zurück in ihren Schoß. Sie hat die Beine weit gespreizt. Ich denke wieder, wie schön sie ist. Wie ungewohnt dieser Anblick für mich ist. Wie *aufregend.*

«Nimm die Hand», wispert sie, «so.» Sie führt meine Finger in ihrer Spalte auf und ab und zeigt mir, wie sie es mag. Ich vögle sie mit zwei Fingern, so wie sie es zuvor bei mir getan hat, ich sauge an ihrer Klitoris, umschließe die geschwollene Perle sacht mit den Zähnen, liebkose sie mit der Zunge. Scharf holt sie Atem und bäumt sich mir entgegen. Unter mir stöhnt die schönste Frau, die ich jemals kennengelernt habe, einen Orgasmus heraus. Mein unbekannter Liebhaber mit den göttlich harten Händen offenbart seinen Sinn für perfektes Timing. In dem Moment, als Marlaine erschauert, dringt er tief in mich ein. Kein weiteres Vorspiel, keine geflüsterten Zärtlichkeiten, und die braucht es auch nicht. Ich sterbe vor Begierde, ich bin mehr als bereit, ich erbebe unter der Härte, mit der er mich füllt. Er braucht nur drei oder vier Stöße, um mich über die Klippe zu treiben. Sein Schwanz in mir fühlt sich riesig an, ein köstlicher Schmerz, ein lustvolles Dehnen bis zur Grenze dessen, was ich aufnehmen kann. Einen Arm hat er um meine Hüften geschlungen, die Finger streicheln von vorn meine Klit. Mit der anderen Hand hat er mich im Nacken gepackt und presst mich nach unten, in die Umarmung von Marlaines Schenkeln, sodass mein Hintern emporragt wie ein Altar der Lust.

Mit langen, genussvollen Stößen vögelt er mich, zieht sich fast ganz zurück, um dann erneut bis zum Schaft in mich hineinzustoßen. Seine Finger zwirbeln meine empfindlichste Stelle, bis ich schreien möchte, weil ich nicht mehr unterscheiden kann, wo der Schmerz endet und die Lust beginnt. Vielleicht schreie ich tatsächlich. Ich komme noch heftiger als zuvor, ich schreie meinen Orgasmus in Marlaines Schoß, ich explodiere, ich zerfließe, ich kann nicht glauben, wie *gut* es ist.

Hinterher, als ich erschöpft in Marlaines Armen liege, erkenne ich den Mann. Es ist der Typ vom Pool. Ich bin nicht einmal überrascht. Er hat den Kopf auf meinen Bauch gebettet, seine Hand liegt wie beiläufig zwischen meinen Beinen, und ein Finger entfacht mit einer leichten Berührung die Flamme von neuem. «Ich bin übrigens Devon», sagt er.

«Angenehm», keuche ich. Die Nacht, das ahne ich, ist noch jung.

► Weiter auf Seite 52

Nein, ich will mich anders entscheiden.

◄ Zurück zu Seite 29

3

Als ich am nächsten Tag in meinem Bett aufwache, ist es früher Nachmittag, und ich habe drei Nachrichten auf der Mailbox. Amy platzt vor Neugier.

Stöhnend quäle ich mich aus den Kissen. In meinen Schläfen pocht ein milder Kater. Ein Glück, dass ich heute frei habe. Ich bin mir nicht sicher, ob ich die Ereignisse der letzten Nacht nur geträumt habe, doch ein leichtes Ziehen im Unterleib verschafft mir Gewissheit. Sieh den Tatsachen ins Gesicht, Baby. Du hast es dir in einer marmorgefliesten Damentoilette besorgen lassen, bis dir Hören und Sehen verging. Ich weiß nicht, ob ich bei dem Gedanken Entsetzen oder einen wohligen Schauer verspüren soll.

Ich mache mir einen Kaffee, schalte den Fernseher ein und schleppe mich zurück ins Bett. Vorsichtig fasse ich mir zwischen die Beine. Da unten ist alles hochempfindlich. Kein Wunder. Und ja, es hat mir gefallen. Ich hatte welterschütternd guten Sex. Nicht mehr und nicht weniger. Es muss kurz vor fünf gewesen sein, als Demetrius mir das Taxi gerufen hat. Vage erinnere ich mich, dass ich kaum noch laufen konnte.

Ich taste nach dem Telefon und wähle Amys Nummer.

Sie nimmt sofort ab. «Ich will alles wissen!»

«Willst du nicht», gebe ich zurück.

«Du hattest Weltklassesex.»

«Allerdings.»

«Echt?» Jetzt ist sie perplex. «Im Ernst? Im Onyx?»

«Hmhm.» Ich bin unschlüssig, wie viel ich ihr von dem Spiel erzählen darf. Demetrius hat sich klar ausgedrückt. Nach dem Rausch von gestern Nacht fühle ich mich irgendwie privilegiert, als hätte ich ein ganz besonderes Geschenk bekommen. Nicht zu vergessen das schwarz-silberne Mitgliedskärtchen mit der Visa-Funktion. *Wir sorgen dafür, dass es unseren Mitgliedern gutgeht,* hat Demetrius gesagt. Und es klang kein bisschen wie: Herzlich willkommen in deinem neuen Job als Edelnutte. Und ich bin mir sicher, dass es respektiert worden wäre, wenn ich gestern Nacht nein gesagt hätte. Als ich gegangen bin, hat Demetrius noch mal betont, dass ich zu nichts gezwungen werde. Außerdem hat er mich mit einem geheimnisvollen Lächeln vorgewarnt, dass sich jemand Besonderes für mich interessiert. Offenbar können sich betuchte Mitglieder des Onyx ein Exklusivrecht auf Telefonnummern kaufen. Und es hat sich bereits jemand meinen Kontakt gesichert. Aber auch dagegen kann ich Einspruch erheben. Demetrius hat keine Details ausgeplaudert, doch ich werde schon noch früh genug erfahren, wer es ist. Spätestens mit dem nächsten Anruf. Das Ganze ist sehr aufregend, und ich will nicht riskieren, dass sie mich rausschmeißen, nur weil Amy jedem weitertratscht, dass das Onyx ein Sex-Club ist.

«Komm schon, Baby. Details!»

«Ich war im Onyx. Ich habe dort jemanden kennengelernt. Und alles Übrige unterliegt der Schweigepflicht.» Ich versuche, es witzig klingen zu lassen. Trotzdem nagt das schlechte Gewissen an mir, weil ich Amy das Wesentliche vorenthalte, obwohl ich ohne sie nie den Mut gehabt hätte, auch nur einen Fuß ins Onyx zu setzen.

Zum Glück nimmt sie es mir nicht übel. Amy ist echt eine gute Freundin. «Tja, dann …» Sie klappert mit irgendwas herum. «Wie ist das Onyx so?»

Ich beschreibe das Interieur, die gutaussehenden Gäste, die Musik. Das ist sicheres Terrain, daraus kann mir keiner einen

Vorwurf machen. «Wie geht's übrigens deiner Mom?», frage ich dann, um das Thema zu wechseln.

«Alles prima. Wir gehen nachher zusammen shoppen. Was machst du heute noch?»

Gute Frage.

Eigentlich müsste ich Wäsche waschen und einkaufen, andererseits ist der Gedanke verführerisch, einfach liegen zu bleiben. Ich könnte mit einer warm gemachten Zimtschnecke die Kissen vollkrümeln und wieder einschlafen.

Bin ich nun faul oder pflichtbewusst?

Ich lasse mich tiefer unter die Decke rutschen. «Ich schätze, ich bleibe einfach im Bett.»

▶ Weiter auf Seite 54

«Aufstehen, Duschen, Besorgungen machen», befehle ich mir. Ich habe schließlich nur den einen freien Tag.

▶ Weiter auf Seite 59

■ Ich kann mich nicht mal daran erinnern, wieder eingeschlafen zu sein, aber als ich zum zweiten Mal aufwache, ist die Sonne so weit herumgewandert, dass das Abendlicht durch die Jalousien fällt. Ein Muster aus hellen und dunklen Streifen ziert meine Bettdecke. Der Fernseher hat sich irgendwann abgeschaltet. Vom Highway dringt das monotone Rauschen des Verkehrs herüber, in der Ferne heulen Polizeisirenen. Man hört sie andauernd, mal aus der Nähe, mal von weiter weg. Als ich nach L.A. gezogen bin, fand ich es zuerst beunruhigend. Doch man gewöhnt sich schnell daran – vor allem, wenn man in South Central wohnt.

Ein einzelnes *Pling* durchbricht die Geräusche der Stadt. Ich brauche eine Weile, bis ich kapiere, dass es das Handy auf dem

Nachttisch ist. *Das* Handy. Das Onyx-Handy! Mein Herzschlag stolpert. Blut schießt mir in die Wangen. Oh Gott.

Wieso denn gerade jetzt? Ich dachte, ich werde nur angerufen, wenn ich im Club bin?

Nun ja, genau genommen ist es kein Anruf, der auf dem Display leuchtet, sondern eine SMS. Ich setze mich auf und lese die Nachricht.

Lust auf ein Abenteuer? Union Station, Schließfach D-2508. Zugangscode 250578. I.

Mein Mund wird trocken, während in meinen tiefer gelegenen Regionen lustvolle Vorfreude aufflammt. Das Abenteuer im Damenklo muss einen Schalter in meinem Hirn umgelegt haben, von dessen Existenz ich bisher nichts ahnte.

Ich lese die Nachricht ein zweites Mal. Wieso sagt der unbekannte Absender nicht, was für ein Abenteuer? Was soll ich jetzt machen? Zur Union Station fahren und nachsehen, was sich in diesem Schließfach befindet?

Meine innere Ruhe ist dahin. Ich stehe auf und gehe duschen. Das Onyx-Handy lege ich auf den Waschbeckenrand. Nur für den Fall, dass sich der unbekannte Abenteurer persönlich meldet.

Aber er meldet sich nicht.

Auch nicht, als ich mein hellblaues Strandkleid anziehe. Oder als ich mir zwanzig Minuten später die Haare föhne. Das Handy bleibt still.

Ich könnte die Nummer ja zurückrufen, von der die SMS gesendet wurde. Vielleicht ist es das, was er will. Vielleicht ist es Teil des Abenteuers. Während ich das Display betrachte, frage ich mich, was mit mir nicht stimmt. Als brave, wohlerzogene Tochter meiner Mom sollte ich das Onyx-Handy und die Clubkarte mit spitzen Fingern in die Mülltonne werfen und den gestrigen Zwischenfall unter ‹vorübergehende geistige

Umnachtung› verbuchen. Aber es war *gut*, protestiert die neu erwachte wilde Seite in mir.

Ich hypnotisiere noch für ein paar Sekunden das Handy. Wofür das ‹I› wohl steht?

Ich hole tief Luft. Ein Geschenk, na gut. Ich wollte ja sowieso Wäsche waschen, und der Waschsalon ist nur ein paar Blocks von der Union Station entfernt. Da kann ich genauso gut den kleinen Umweg machen.

Mit frisch gewonnener Energie stopfe ich T-Shirts, Handtücher und Unterwäsche in den Wäschesack. Ich überlege, ob ich das Kleid gegen Jeans tauschen soll, entscheide mich aber dagegen. Ich fühle mich ausgesprochen sexy und beschließe, zur Feier des Tages meine Riemchensandalen mit den superhohen Absätzen anzuziehen.

Auf der Treppe kommt mir Vicente entgegen. Sofort fällt mir wieder ein, wie er mich gestern Abend gefragt hat, ob ich mich mit einem Mann treffe. Zu meinem Ärger werde ich rot. Seit wann, zum Teufel, bin ich ihm Rechenschaft über mein Liebesleben schuldig?

«*¡Guarda!*», ruft er mir zu. «Dein Schuh!»

Ich verstehe nicht, was er meint, bis ich auf den Schnürriemen trete, der sich gelöst hat. Ich verliere das Gleichgewicht, lasse den Wäschesack los und schaffe es gerade so, mich an der Wand abzufangen.

Mit einem unverschämten Lächeln bleibt er vor mir stehen. «Darf ich?»

Wieder rätsele ich noch, was er meint, da geht er schon mit einer geschmeidigen Bewegung in die Hocke. Sein Duft steigt mir in die Nase, diese sexy Mischung aus Kaffee, Salz und einem herben Aftershave.

Mit beiden Händen umfasst er meine Wade. Sein Daumen streichelt wie zufällig über mein Schienbein. Obwohl er gar nichts weiter macht, wird mir heiß. Seine Finger, warm und fest, wandern nach unten. Er nimmt die Lederriemen und schlingt sie über Kreuz um meinen Knöchel, bindet sie zu einer Schleife.

Aber anschließend lässt er nicht los, sondern fährt mit den Handflächen hoch bis unter mein Knie. Mit den Fingerspitzen liebkost er meine Kniekehle, bis ich ihn am liebsten anbetteln möchte, weiterzumachen. Doch leider stehen wir in aller Öffentlichkeit auf der Treppe, also schlucke ich nur und versuche, an etwas anderes als Sex mit ihm zu denken.

Er richtet sich auf, sehr langsam und so dicht vor mir, dass sein Körper meinen der Länge nach streift. Ich wage kaum hinzusehen, aber es kommt mir vor, als würde sich unter seiner Jeans eine Erektion abzeichnen. Seine Hände fahren wie zufällig an den Seiten meiner Oberschenkel empor, und durch das dünne Kleid spüre ich sie so deutlich, als berührten sie meine nackte Haut.

«Choice», sagt er, dicht an meinem Ohr, «gehst du morgen Abend mit mir aus?» Mein Herzschlag steigt mir hoch in die Kehle. Hat er das gerade wirklich gefragt? Und woher weiß er meinen Namen? «Bitte», fügt er hinzu.

«Ähm», krächze ich wenig geistreich.

«Ich hole dich um sieben ab. Okay?»

Und schon habe ich ein Date mit Vicente. Oh Gott. Vicente ist heiß auf mich, und wir werden miteinander ausgehen, und danach kann alles Mögliche passieren. Am liebsten würde ich hysterisch loskichern.

Ich bin so benommen, dass ich glatt aufhöre, über das geheimnisvolle Geschenk zu spekulieren. Erst im Auto fällt es mir wieder ein.

Auf dem Heimweg von der Union Station rufe ich Amy noch mal an. Das Paket, das ich im Schließfach gefunden habe, wippt hübsch in Geschenkpapier eingeschlagen auf dem Beifahrersitz neben mir. Ein Kärtchen lag obenauf: *Öffne es erst, wenn du ungestört bist. I.* Mister I hat eine kraftvolle, eckige Handschrift.

«Amy!», rufe ich ins Telefon. «Es gibt Neuigkeiten! Rate, mit wem ich morgen Abend ein Date habe!»

Sie stöhnt theatralisch. «Jetzt übertreib es nicht.»

«Mit Vicente.» Ich koste die Silben aus, als wären sie Schokolade in meinem Mund.

«Du machst Witze.»

Ich verschlucke mich vor Aufregung. «Er hat mich gefragt, ob ich mit ihm ausgehen will.»

«Wow! Das ist deine neue Ausstrahlung, Baby. Frauen, die Weltklassesex haben, ziehen Typen magisch an.»

«Das hast du dir gerade ausgedacht.»

«Nein, stand in irgendeiner Frauenzeitschrift.»

«Also findest du es nicht schlampenmäßig, dass ich gestern einen One-Night-Stand hatte und morgen mit Vicente ausgehe?» *Ganz zu schweigen von dem Päckchen, das neben mir steht,* füge ich in Gedanken hinzu.

«Eine Lady muss zusehen, wo sie bleibt», erklärt Amy im Brustton der Überzeugung. «Denkst du, die Kerle machen es anders?»

«Und du nimmst es mir nicht übel, wenn ich mit Vicente …»

«Schätzchen», unterbricht sie mich, «ich wollte ihn nur mal anfassen, nicht heiraten. Ran an den Mann und keine falsche Scham, hörst du?»

«Zu Befehl, Ma'am.»

Wir kichern beide wie unreife Teenager, die heimlich einen Softporno gucken.

► Weiter auf Seite 70

Nein, ich will mich anders entscheiden.

◄ Zurück zu Seite 54

■ Nachdem ich aufgelegt habe, kostet es mich echte Überwindung, mich aus dem Bett zu quälen. Ich lasse die Jalousien herunter, weil die Sonne mich blendet. Unten auf der Straße stehen die Cops, aber nur mit einem Wagen. Also kein Grund zur Besorgnis. Wenn sie vorhätten, jemanden zu verhaften oder eine Drogenküche hochzunehmen, wären sie mit Verstärkung aufgetaucht.

Die erste Zeit, nachdem ich nach L. A. gezogen war, hat meine Mom sich Sorgen gemacht, weil im Hintergrund fast immer Polizeisirenen jaulten, wenn wir telefonierten. Inzwischen weiß sie, dass das hier zum normalen Hintergrundrauschen gehört. Vor allem, wenn man in South Central wohnt.

Gerade als ich in die Dusche steigen will, klingelt es. Das Handy. Das Onyx-Handy! Nackt stürme ich zurück ins Schlafzimmer. Ich brauche einen Moment, bis ich es neben meinem Kopfkissen finde, und bekomme Herzrasen vor Aufregung.

«Hallo?»

«Hi, Choice», sagt eine Männerstimme. «Störe ich?»

«Äh, nein», keuche ich. Mist. Was denkt er jetzt von mir? Mein Atem geht stoßweise, als hätte er mich gerade beim Sex erwischt. «Alles bestens.»

«Hast du Lust auf ein Abenteuer?» Die Stimme ist dunkel

und sinnlich und klingt ein wenig amüsiert. Der Mund wird mir trocken, während in meinen tiefer gelegenen Regionen Hitze aufflammt. Das Tête-à-Tête im Damenklo muss einen Schalter in meinem Hirn umgelegt haben, von dessen Existenz ich bisher nichts ahnte.

«Kommt darauf an.» Vor Aufregung stolpern meine Worte übereinander. «Also ich meine, ja. Was für ein Abenteuer?»

«Es wird dir gefallen.» Wie Samt, diese Stimme. Schwarzer Samt, geöltes Leder. «Für den Anfang habe ich ein Geschenk für dich.» Er gibt mir eine Adresse in Downtown, bei der ich es abholen soll. «Sag ihnen, es ist das rote Päckchen mit den schwarzen Streifen. Ich rufe dich wieder an, Choice.» Und dann legt er auf.

Oh Gott. Was soll ich denn jetzt machen? Ich weiß nicht mal, wie er heißt.

Ich dusche in Rekordgeschwindigkeit und ziehe mein hellblaues Strandkleid an. Anscheinend haben meine niederen Triebe die Herrschaft über meinen Verstand übernommen. Wie sonst lässt es sich erklären, dass ich an nichts anderes denken kann als an das Geschenk und an den Mann, zu dem diese Verführerstimme gehört? Als anständiges Mädchen aus Wickenburg, Arizona, müsste ich das Handy und die Clubkarte in den Müllschlucker werfen und das gestrige Erlebnis unter ‹vorübergehende geistige Umnachtung› verbuchen. Aber es war *gut*, protestiert die neu erwachte wilde Seite in mir.

Die Hausnummer in der Spring Street, die der mysteriöse Anrufer mir genannt hat, liegt nur ein paar Blocks vom Waschsalon entfernt. Ich raffe meine Schmutzwäsche zusammen, schlüpfe in die total unpraktischen High Heels – hey, ich muss ja auf alles vorbereitet sein – und schließe die Tür hinter mir ab. Ich ertappe mich dabei, dass ich nach Vicente Ausschau halte und enttäuscht bin, ihn nicht zu sehen. Was stimmt bloß nicht mit mir?

Die Autofahrt ist kurz. Ich finde direkt vor dem prächtigen Eingangsportal einen Parkplatz, was gut ist, denn so muss ich in den hochhackigen Schuhen nicht so weit laufen. Der Eingang gehört zu einem Hochhaus mit verblichener Art-déco-Fassade und staubigen Fensterscheiben im leicht heruntergekommenen historischen Kern von Downtown. Firmenplaketten in unterschiedlichsten Formen und Farben sind an die Ziegel neben den großen Türen geschraubt. Mein Geschenk soll ich im dritten Stock am Empfang eines Ladens namens Play House abholen.

In dem schlecht beleuchteten Foyer mit den gesprungenen Terrakotta-Mosaiken beschleichen mich Zweifel. Was, wenn das ein Trick ist und mir da oben jemand auflauert? Woher weiß ich denn, dass dieser Typ seriös ist, nur weil er mich auf einem Handy anruft, das ich in einem Luxus-Sexclub bekommen habe?

Ich bin nahe daran, einfach auf dem Absatz kehrtzumachen, doch dann siegt die Abenteuerlust. Das hier ist immerhin ein Bürohaus und keine zwielichtige Ruine. Eins der Schilder verweist auf ein FedEx-Büro im zweiten Stock. Die würden sich doch nicht hier niederlassen, wenn es kein seriöses Gebäude wäre. Okay, wie jetzt weiter?

Rechts von mir führt ein Durchgang zu einer prachtvollen Treppe mit geschnitzten Geländern.

▶ Weiter auf Seite 62

In einer schattigen Nische auf der anderen Seite schimmern die Messingtüren zweier Aufzüge.

▶ Weiter auf Seite 63

■ Ich weiß nicht, warum, aber das Treppenhaus erscheint mir weniger einschüchternd. Trotz meiner High Heels. Außerdem sind es nur drei Etagen.

Sonnenlicht fällt durch die bunten Glasfenster und malt Farbreflexe auf die Stufen. Man kriegt eine Ahnung davon, wie prächtig dieses Gebäude früher einmal ausgesehen haben muss. Die Treppenpfosten sind mit geschnitzten Blüten verziert, an denen ich Reste einer Vergoldung erkennen kann.

Auf halber Strecke bleibe ich stehen, um mir die verblichenen Wandmalereien anzusehen. In Tanzszenen im Stil altrömischer Mosaiken bemühen sich halbnackte Krieger um Mädchen in durchsichtigen Schleiern. Ich muss grinsen, als ich pikante Details entdecke. Auf einer Art Diwan kniet eine Frau mit zwei Männern. Einer besorgt es ihr von hinten, der zweite hockt mit einer stattlichen Erektion hinter dem ersten. Jetzt, wo ich genauer hinschaue, finde ich noch mehr anrüchige Einzelheiten. Auf der Stirnwand wird eine Dame von zwei Männern umschlungen, beide mit Ständern, deren Größe mir ein Kichern entlockt. Einer der Männer hat sich ihre Beine über die Schultern gelegt, um tief in sie hineinzustoßen. Der andere hält sie von hinten, eine Hand an seinem Schwanz, um ihn in den richtigen Winkel zu bringen. Wow. Ein Bürohaus mit Art-déco-Wänden voller römischer Fick-Orgien. Ob das den FedEx-Leuten mal aufgefallen ist? Oder nehmen die alle den Fahrstuhl?

Ich zücke mein Handy. Nicht das vom Onyx, sondern mein eigenes. Das muss ich für Amy fotografieren, sonst glaubt sie es mir nicht. Als ich den Auslöser drücke, kommt mir ein Gedanke. Ist das womöglich Teil des Abenteuers? Hat mein geheimnisvoller Anrufer das Paket in diesem Gebäude deponiert, weil er *wollte,* dass ich diese Bilder sehe? Sind sie womöglich ein Hinweis auf das, was er mit mir vorhat?

Mir wird kurz schwindlig. Auf diesen Malereien frönen sie ziemlich interessanten Praktiken. In meinem Unterleib breitet sich eine wohlige Hitze aus.

Schnell setze ich mich wieder in Bewegung, bevor mir meine ohnehin wacklige Courage abhandenkommt. Der Flur im dritten Stock riecht nach Zitrusöl und Holzpolitur. Dort finde ich auch die Tür mit einer gravierten Bronze-Plakette: *Play House*.

Zu meiner Überraschung befindet sich auf der anderen Seite eine ganz gewöhnliche Rezeption, die keinen Hinweis darauf gibt, was das *Play House* eigentlich ist. An der Wand hängen großformatige Modefotografien in Schwarzweiß. Die Dame hinter dem Tresen weiß sofort Bescheid, als ich nach einem roten Päckchen mit schwarzen Streifen frage. Als sie es mir herüberreicht, bin ich überrascht. Es ist zwar nicht übermäßig schwer, aber so sperrig, dass ich es nur knapp mit beiden Armen umfassen kann.

► Weiter auf Seite 66

Nein, ich will mich anders entscheiden.

◄ Zurück zu Seite 61

■ Es dauert ein paar Sekunden, bis der eine Aufzug sich öffnet. Die Kabine ist mit Messing und Spiegeln verkleidet und hat Haltegriffe aus verblichenem Samt.

Mit einem Ruck setzt sie sich wieder in Bewegung und fährt quälend langsam nach oben. Ich kann kaum glauben, dass wir erst im ersten Stock sind, als sie erneut anhält.

Ein Pärchen steigt zu. Sie sehen so ungewöhnlich aus, dass ich mich zusammenreißen muss, sie nicht offen anzugaffen. Die

Frau lächelt mir fröhlich zu, ihr Begleiter dagegen würdigt mich keines Blickes.

Sie trägt ein leuchtend blaues Minikleid, Spitzenstrümpfe mit einer Ziernaht und Stilettos mit Acryl-Absätzen. Darüber bauscht sich ein rosa Plüsch-Jäckchen mit Straußenfedern am Kragen. Abgefahren. Er ist im Business-Look unterwegs – Maßanzughose und ein blütenweißes Hemd. Die beiden müssen schwer verknallt sein, denn meine Gegenwart hält sie nicht davon ab, in einem leidenschaftlichen Kuss zu versinken, noch während die Tür sich schließt.

Es ist wirklich schwierig, nicht hinzustarren, wenn zwanzig Zentimeter entfernt eine Frau lustvoll zu stöhnen beginnt und so was Ähnliches wie ‹Fick mich› von sich gibt. Ich kann nicht glauben, dass mir das gerade passiert. Ich bin in einer schneckenlangsamen Aufzugkabine mit einem Pärchen beim Vorspiel gefangen.

Das Schlimmste ist, dass es mich sogar anmacht, weil ich an die Poolszene im Onyx denken muss. Und an das, was danach geschehen ist. Mit feuerrot glühenden Ohren drehe ich mich zur Wand.

Fehler. Großer Fehler. Im Spiegel kann ich noch besser beobachten, wie zwei kräftige Männerhände den blauen Minirock hochziehen und den Hintern darunter kneten. Die Frau trägt Strapse und einen String, den ihr Liebhaber beiseiteschiebt, um mit zwei Fingern in ihrer Spalte zu verschwinden. Ich bin mir nicht sicher, was peinlicher ist. Dass ich Zeugin von spontanem Fahrstuhlsex werde oder dass es mich so erregt, dass mein Höschen feucht zwischen meinen Beinen klebt.

Ich hoffe, der verdammte Fahrstuhl geht auf, bevor der Typ die Finger durch seinen Schwanz ersetzt. Ich kann hören, wie er schon an seiner Gürtelschnalle nestelt. Meine Gegenwart scheint die beiden nicht im Geringsten zu stören. Im Gegenteil, vielleicht macht es sie sogar an.

Oben in der Anzeige leuchtet die Drei auf, gerade als der Typ seine Herzensdame hochhebt und sich mit ihr herumdreht, um sie gegen die Wand zu drücken. Bevor ich hinausstürme, erhasche ich noch einen Blick auf seinen muskulösen, durchtrainierten Hintern und auf ein nacktes Frauenbein mit hochhackiger Sandalette, das sich um seinen Schenkel schlingt. Ich schnappe nach Luft, als wäre ich die drei Stockwerke zu Fuß hochgerannt. Vielleicht wäre das die bessere Option gewesen.

Nach ein paar Minuten normalisiert sich mein Herzschlag, und ich muss kichern. Wow, das war eine Begegnung. Wer weiß, vielleicht ist sie ein Call Girl, das den Typen heimlich während der Arbeitszeit besucht, und er wollte keine Zeit verschwenden.

Vor mir befindet sich die Tür, die ich gesucht habe. *Play House* ist auf eine Bronze-Plakette graviert. Ich betrete eine nichtssagende Rezeption, die ebenso gut zu einer Arztpraxis wie zum örtlichen Bürgerbüro gehören könnte. An der Wand hängen großformatige Modefotografien in Schwarzweiß. Zu meiner Erleichterung will die Dame hinter dem Tresen meinen Namen nicht wissen, als ich mich nach einem roten Päckchen mit schwarzen Streifen erkundige. Es ist allerdings kein Päckchen, sondern ein ausgewachsenes Paket. Ich brauche beide Hände, um es hochzuheben.

Ich bedanke mich und drehe mich zur Tür. Gerade als ich überlege, ob ich meine sperrige Fracht wieder absetzen muss, um die Tür zu öffnen, geht sie von selbst auf. Schlagartig steigt mir das Blut ins Gesicht, als ich das liebeshungrige Pärchen aus dem Fahrstuhl erkenne. Er sagt etwas, sie kichert, Arm in Arm drängen sie sich an mir vorbei. Ich erhasche noch einen Blick auf sein notdürftig in den Hosenbund gestopftes Hemd, dann sind sie an der Rezeption vorbei und verschwinden durch eine weiß lackierte Tür. Die Empfangsdame wirkt kein bisschen befremdet und unternimmt keinen Versuch, die beiden aufzuhalten. Als würden hier alle so reinspazieren. Ich will lieber nicht so genau wissen, was das *Play House* eigentlich ist.

► Weiter auf Seite 66

Nein, ich will mich anders entscheiden.

◄ Zurück zu Seite 61

■ Während ich im Waschsalon darauf warte, dass der Trockner fertig wird, stelle ich die wildesten Spekulationen über den Inhalt des Geschenkpakets an. Unter der Schleife steckt ein Kärtchen: *Öffne es erst, wenn du ungestört bist. I.* Das bedeutet, es ist etwas Unanständiges drin. Aber was? Und wofür steht der einzelne Buchstabe? Isaac? Ivan? Mister I hat eine kraftvolle, eckige Handschrift.

Voller Vorfreude werfe ich den Wäschesack ins Auto und fahre nach Hause. Das Paket mit der üppigen Silberschleife wippt neben mir auf dem Beifahrersitz. Ein großer Teil unserer Straße ist wegen riesiger Schlaglöcher abgesperrt, was zu einem allabendlichen Gerangel um Parkplätze führt. Ich muss das Auto ein ganzes Stück vom Hauseingang entfernt abstellen. Deshalb trage ich zuerst die Wäsche und dann das Paket zur Treppe.

«*¡Que lo que!*», tönt es von oben. «Wie geht's, *Cielito*?»

Verdammt, das ist Vicente. Ausgerechnet ihm wollte ich nicht über den Weg laufen, wenn ich ein Paket mit zweifelhaftem Inhalt nach oben trage. Zu meinem Ärger werde ich rot. Da taucht er auch schon auf der Treppe auf, sein spöttisch-charmantes Grinsen auf den Lippen. «Soll ich dir helfen?»

Bitte nicht! Die Tatsache, dass er in seinem ärmellosen schwarzen Shirt und den verwaschenen schwarzen Jeans verboten sexy aussieht, macht die Situation nicht gerade angenehmer.

«Geht schon», versuche ich ihn abzuwimmeln, staple den Wäschesack auf das Paket, hebe beides hoch und steige die ersten Stufen hinauf.

Er zieht eine Augenbraue nach oben und greift sich trotzdem den Wäschesack. Dann nimmt das Unheil seinen Lauf. Während ich versuche, ihn daran zu hindern, entgleitet mir das Paket. Ich fasse nach, der Wäschesack rutscht, ich stolpere beim Versuch, ihn aufzuhalten. Mit einem unfeinen Fluch fange ich mich am Treppengeländer ab, doch das Paket poltert geräuschvoll die Stufen hinunter.

«*Perdón*, tut mir leid.» Er fasst nach meiner Hand und zieht mich hoch. Besonders zerknirscht wirkt er nicht. Sein Duft steigt mir in die Nase, diese sexy Mischung aus Kaffee, Salz und einem herben Aftershave. Mit einer geschmeidigen Bewegung dreht er sich um und sammelt die Wäschestücke auf, die beim Sturz herausgefallen sind. Zwei schnelle Schritte, dann bin ich bei ihm, gerade rechtzeitig, um zu sehen, wie er mein Höschen betrachtet. Das mit dem spitzengesäumten Schlitz in der Mitte. Oh nein. Nein, nein, nein!

Er streicht mit dem Daumen über die prekäre Stelle, ganz langsam, damit es mir auch ja nicht entgeht.

«Hübsch.» Er blickt zu mir hoch. Seine Augen verdunkeln sich und nehmen einen Glanz an, bei dem mein Herz stolpert. «Bestimmt ist es noch hübscher, wenn du es trägst.»

Ich will bitte auf der Stelle in Ohnmacht fallen. Aber leider bin ich eine Sekunde später immer noch wach, um meine Demütigung bei vollem Bewusstsein zu erleben. Mit einer lässigen Bewegung stopft er das Fick-mich-Höschen zu seinen harmlosen Brüdern und Schwestern. Er greift mit einer Hand nach dem Sack, mit der anderen klemmt er sich das Paket unter den Arm. Sichtlich gut gelaunt trägt er beides die Treppen hoch, während ich puterrot und zu Tode beschämt hinter ihm herstapfe und ihm auf den wohlgeformten Hintern und den muskulösen Rücken starre.

Vor meiner Wohnungstür setzt er seine Last ab und dreht sich zu mir um. Er steht viel zu nah. Ich will zurückweichen, da packt er meinen Unterarm. Sein Griff ist hart wie Stahl, obwohl er mir nicht weh tut. Sein Daumen streichelt über die Innenseite meines Handgelenks.

Seine Finger sind warm und fest. Und er riecht so gut. Obwohl er gar nichts weiter macht, überwältigt mich fast die Begierde, von ihm geküsst zu werden. Doch er tut es nicht. Er legt mir nur eine zweite Hand um die Hüfte und zieht mich noch enger an sich heran. Ich bilde mir ein, eine Erektion unter dem Stoff seiner Jeans zu spüren, und habe große Schwierigkeiten, an etwas anderes als an Sex mit ihm zu denken. Wir stehen hier auf einem öffentlichen Flur, da wäre es keine so gute Idee, ihm die Klamotten vom Leib zu reißen.

«Choice», raunt er, dicht an meinem Ohr, «gehst du morgen Abend mit mir aus?» Mein Herzschlag steigt mir hoch in die Kehle. Hat er das gerade wirklich gefragt? Und woher weiß er meinen Namen? «Bitte», fügt er hinzu.

«Ähm», krächze ich wenig geistreich.

«Ich hole dich um sieben ab. Okay?»

Dann lässt er mich los und zieht von dannen.

Ich bin so benommen, dass ich vier Anläufe brauche, bis ich

den Schlüssel ins Schloss kriege. Ist das meine neue magische Ausstrahlung, weil ich gestern so guten Sex hatte? Ich glaube, so was Ähnliches stand in einer von Amys Frauenzeitschriften.

Ich habe ein Date mit Vicente. Oh Gott. Vicente ist heiß auf mich, und wir werden miteinander ausgehen, und danach kann alles Mögliche passieren. Am liebsten würde ich hysterisch loskichern.

Amy wird tot umfallen, wenn ich sie anrufe und ihr davon erzähle. Ob es irgendwie schlampenmäßig ist, dass ich gestern einen One-Night-Stand hatte und morgen mit Vicente ausgehe? Ganz zu schweigen von I. und dem Paket zu meinen Füßen.

Ach Quatsch, denke ich. In der gleichen Zeitschrift stand auch, dass eine Lady sehen muss, wo sie bleibt. Und genau das tue ich jetzt.

► Weiter auf Seite 70

Nein, ich will mich anders entscheiden.

◄ Zurück zu Seite 54

4

Das Onyx-Handy klingelt, nur ein paar Minuten nachdem die Wohnungstür hinter mir zugefallen ist. Als hätte der Anrufer den Zeitpunkt genau abgepasst. Der geheimnisvolle Mister I. Oh mein Gott.

«Hast du mein Geschenk bekommen?»

Es ist verrückt, aber allein diese Worte verursachen ein Kribbeln in meinem Schoß. «Steht vor mir auf dem Tisch.»

«Wollen wir es zusammen auspacken?» Gott, diese Stimme! Wie Honig, den eine geschickte Zunge auf meine intimsten Stellen verteilt.

«Ja», wispere ich.

«Dann tu genau, was ich dir sage. Hörst du, Choice?» *Der Anrufer bestimmt die Regeln. Du lässt dich darauf ein.* Ein Spiel zum Verrücktwerden. Aber ich lege nicht auf, sondern spüre dem Pochen in meinem Schoß nach. Wieso erwarte ich automatisch, dass er Sex mit mir will? Vielleicht geht's ihm ja um was ganz anderes. *Genau, Choice. Wahrscheinlich braucht er jemanden, um die Relativitätstheorie zu diskutieren.* «Sag mir, wo du bist.»

«Zu Hause.» Ich blicke mich um. Ein unansehnliches Wohnzimmer mit einer Kochecke. Das Paket habe ich auf den Couchtisch gestellt.

«Dann nimm das Päckchen und geh damit in dein Schlafzimmer. Du hast doch ein Schlafzimmer, nicht wahr?»

«Ja», wispere ich. Ich klemme mir das Handy zwischen Ohr und Schulter und trage die Kiste hinüber in mein privates kleines Reich.

«Gut, Choice. Bist du allein?»

«Was glaubst du denn?», entfährt es mir.

«Es wäre immerhin möglich», sagt er mit seiner sinnlichen Honigstimme, «dass einer deiner Nachbarn dein Fenster beobachtet und darauf wartet, dass du dich ausziehst. Vielleicht kriegt er einen Ständer, wenn er nur daran denkt.»

«Das glaube ich nicht.» Aber ich bin plötzlich verunsichert. Weiß er etwas, das ich nicht weiß? Ich muss an Vicente denken und an die Härte seiner Erektion unter dem Jeansstoff. Unwillkürlich spähe ich durch die Vorhänge.

«Trägst du ein Kleid?»

«Hmhm.»

«Dann schieb es hoch und zieh dein Höschen aus.»

«Wie bitte?»

Sein Lachen, warm und sexy, verursacht mir Gänsehaut. «Du hast mich gehört, Choice. Dein nasses Höschen. Zieh es aus.»

Ich fand Telefonsex immer lächerlich. Also nicht, dass ich jemals das Vergnügen gehabt hätte. Aber allein die Vorstellung! Ich dachte, dass ich peinlich berührt das Kichern unterdrücken müsste. Doch das hier ist kein bisschen zum Lachen. Mein Mund ist trocken vor Erregung, in meinem Schoß pocht Begierde. Dieser Mann, dessen Namen ich nicht einmal kenne, schlägt eine Saite in mir an, die mich jeden Anstand vergessen lässt. *Genau wie dein Date gestern,* flüstert ein Stimmchen in meinem Hinterkopf. Was ist los mit mir? Oder liegt es daran, dass die nur Leute ins Onyx lassen, die das gewisse Extra haben?

«Choice», mahnt er mich. «Ich warte.»

Ich bücke mich und ziehe mit einer Hand den Kleidersaum hoch. Meine Finger zittern. Ich widerstehe dem Drang, nach der Feuchtigkeit zu tasten, die zwischen meine Schamlippen quillt. Stattdessen hake ich einen Daumen seitlich ins Höschen und ziehe es hinunter, bis es an den Knöcheln hängt und ich es abstreifen kann. Ich stehe von den Hüften abwärts nackt vor meinem Bett, mit einem Fremden am Ohr. Und es macht mich so heiß, dass ich es mir auf der Stelle selbst besorgen könnte. Oh Gott, das kann ich niemandem erzählen. Nicht mal Amy.

«Bist du feucht?», fragt er.

Ich krächze etwas, das er als Ja interpretieren könnte.

«Ob du feucht bist, Choice. Sag es mir, sodass ich es verstehen kann.»

«Ja.»

«Ja – was?»

«Ja, ich bin feucht.» Und knallrot im Gesicht. Oh – mein – Gott.

«Gut, Choice. Halt deine Finger unter Kontrolle. Ich will noch nicht, dass du dich anfasst.»

«Ich … fasse mich nicht an.»

«Gut.» Wie schafft er es, dass ich das Gefühl habe, er stünde direkt hinter mir und flüsterte mir ins Ohr? Dass ich glaube, seinen Atem in meinem Nacken zu spüren? «Dann darfst du jetzt die Schleife öffnen.»

Ich zupfe das silberne Tüllband auf und falte das Geschenkpapier auseinander. Gar nicht so einfach mit nur einer Hand. Aber ich wage es nicht, das Telefon auf Lautsprecher zu –

«Stell mich auf Lautsprecher, Choice. Für das, was jetzt kommt, brauchst du beide Hände.»

«Aber die Nachbarn!», protestiere ich.

«Hast du Angst, sie könnten neidisch werden?»

«Nein. Vergiss es. Das mache ich nicht.»

«Choice?»

«Nein.» Das Spiel ist erregend, aber es gibt Grenzen. Meine ist erreicht, wenn ich Angst haben muss, Mrs. Morris von nebenan in die Augen zu sehen, weil sie mich beim Telefonsex belauscht haben könnte.

«Nein?» Sein amüsierter Tonfall ärgert mich und macht mich gleichzeitig an. «Du widersetzt dich?»

«Nur in dieser einen Sache», hauche ich.

«Darauf werden wir noch zurückkommen.» Ach ja? Ich kann es kaum erwarten. «Jetzt schau in das Paket.»

Ich gehorche. Obenauf liegt ein dunkelrotes Seidentuch, das ich beiseiteschiebe. Darunter befinden sich … jede Menge kleinerer Schachteln.

«Welche Schachtel möchtest du öffnen?», fragt er.

Sie sind alle sehr hübsch. Doch am meisten fallen mir eine aus schwarzem Latex und eine mit violettem Samt bezogene ins Auge. Die violette ist mit einer kleinen Metallkette anstelle eines Geschenkbands umwickelt. Erinnert an Handschellen. Heiß. Und dann ist da noch eine hellgrüne mit weißen Punkten, die so unschuldig aussieht, dass es nur Tarnung sein kann.

«Die hellgrüne bitte.»

▶ Weiter auf Seite 73

«Die schwarze Latexschachtel.»

▶ Weiter auf Seite 81

«Das», ich habe plötzlich einen Frosch im Hals, «Samtkästchen mit der Stahlkette.»

▶ Weiter auf Seite 94

■ «Gute Wahl.» Ein leises Lachen. «Mach sie auf.»

Mit einer Hand löse ich das Klebeband an den Seiten und hebe den Deckel ab. Auf einem Bett aus hellgrünem Satin liegt ein Rasierer. Und ein Parfümfläschchen mit einem Stöpsel.

«Oh», sage ich. «Hübsch.»

Er lacht, ein warmes Geräusch, das mir eine wohlige Gänsehaut über den Körper jagt. «Choice, du bist süß. Du bist hinreißend. Ich kann es kaum noch erwarten. Ich freue mich darauf, all deine feuchten Stellen zu kosten. Ich werde –», er hält einen Moment inne, als könnte er sich nicht entscheiden, «ich werde dich auf ein Bett aus Blumen legen. Ich werde dir die Hände mit einem Seidentuch fesseln, damit du es genießen kannst, mir ausgeliefert zu sein. Dann werde ich jeden Teil deines Körpers berühren. Zuerst mit meinen Händen, dann mit meiner Zunge. Und dann, wenn du so heiß bist, dass du nicht mehr klar denken kannst, werde ich deine Körperöffnungen verwöhnen. Ich werde es langsam tun. Zuerst mit meiner Zunge. Dann mit einem Finger. Dann mit zwei Fingern … Choice?»

«Ja?», keuche ich. Unwillkürlich ist mir ein Laut entschlüpft, fast ein Stöhnen, das Geräusch meines heftigen Atems. Mit wenigen Worten malt er die farbenprächtigsten Phantasien auf die Leinwand in meinem Kopf. Ich habe das Gefühl, dass meine Klit auf die doppelte Größe angeschwollen ist und die Säfte mir schon an den Innenseiten der Oberschenkel hinunterlaufen.

«Deine Hände», ermahnt er mich. «Fass dich nicht an.» Oh Gott, er weiß, wie sehr es mich anmacht. Er sagt das alles, weil er weiß, dass ich gleich zerfließe, und er das genießt. Es macht ihm Spaß, es ist seine Vorstellung von einem aufregenden Vorspiel.

«Ja. Ich meine, nein. Ich fasse mich nicht an.» Keine Ahnung, wie lange ich mich noch beherrschen kann.

«Konzentrier dich, Choice. Hör genau zu, was ich dir sage. Geh ins Bad und rasiere dich zwischen den Beinen. Ich will, dass du ganz glatt bist. Kein Haar darf zurückbleiben. Aber wehe, du fasst dich an. Wenn du kommst, ohne auf mich zu warten, merke ich das, okay? Ich rufe dich wieder an.»

Er unterbricht die Verbindung. Einfach so.

Mir rauscht das Blut in den Ohren.

Es ist nicht normal, was hier passiert. Ich habe Telefonsex mit einem Kerl, den ich nicht kenne, und kriege weiche Knie, so gut ist es.

Okay.

Es war meine freie Entscheidung. Ist ja nicht so, als hätte ich es nicht herausgefordert. *Du schaltest das Handy ein, wenn du bereit bist,* hat Demetrius gesagt. Das Handy ist an, also muss Mister I. annehmen, dass ich auf seinen Anruf warte. Ich frage mich, was passiert wäre, hätte ich es heute früh vor dem Zubettgehen ausgeschaltet. Hätte er dann eine andere Nummer angerufen und eine andere Frau dazu gebracht, das Paket abzuholen?

In meinem Kopf dreht sich alles. Mein Schoß steht in Flammen. Ich muss ganz plötzlich an Vicente denken. Wenn er mich so sehen könnte. Für zwei Sekunden phantasiere ich darüber, seinen Schwanz aus der Jeans zu befreien und mich auf ihn draufzuschieben, hart und ohne weiteres Vorgeplänkel, und mich gegen eine von der Sonne aufgeheizte Backsteinwand ficken zu lassen.

Ich nehme den Rasierer und gehe mit wackligen Beinen in mein Bad. Unser Apartment hat zwei Schlafzimmer mit eigenen Badezimmern, jeweils eins für mich und eins für Amy. Meins ist so klein, dass man, wenn man auf dem Klo sitzt, mit den Knien gegen den Waschtisch stößt.

Der Rasierer hat eine ungewöhnliche, klobige Form, mit dickem Gelgriff und einem Knubbel am Ende. Ich tue, was Mister I. mir befohlen hat. Ich rasiere mich und widerstehe der Versuchung, es mir selbst zu besorgen. Obwohl ich die Schamlippen nur berühre, um die Haut straff zu ziehen, sind meine Finger mit meinen Säften bedeckt, als ich fertig bin.

Ich habe gerade die empfindlichen Bereiche mit einem feuchten Handtuch abgewischt, als das Handy wieder klingelt.

Der Mann hat ein gutes Timing. «Choice», murmelt seine köstliche Stimme in mein Ohr, «hast du mich schon vermisst?»

«Ich habe getan, was du wolltest.»

«Hast du dich angefasst?»

«Nur, wo es sich nicht vermeiden ließ.»

Er lacht. «Ich glaube dir. Deshalb habe ich eine Belohnung für dich. Hörst du mir zu, Choice?»

«Ich höre.» Und zittere vor Aufregung.

«Nimm den Rasierer und das Öl aus der Schachtel.» Ach das ist Öl und kein Parfüm? Mir wird noch ein bisschen heißer, auch wenn das kaum möglich scheint. «Leg dich auf dein Bett und spreiz die Beine. Spreiz sie, so weit du kannst. Als würdest du wollen, dass ich bis zum Anschlag in dich eindringe, damit du mich ganz tief in dir spüren kannst.» Das Bild von Vicentes Schwanz, der zwischen meine frisch rasierten Schamlippen stößt, um mich mit seiner Härte und seiner Schwere auszufüllen, wird so übermächtig, dass ich fast komme. Es ist leicht, die Stimme des Fremden auf das Objekt meiner Begierde zu projizieren. «Heb deinen süßen Hintern an und schieb dir ein Kissen drunter.»

Bilde ich mir das ein, oder kann ich ihn atmen hören? Wäre nur gerecht, wenn es ihm genauso ginge wie mir. Ich klemme mir das Telefon zwischen Kopf und Schulter und angle nach einem Kissen.

«Du solltest das Telefon auf Lautsprecher stellen.» Der Kerl ist unheimlich. Genau das habe ich gerade gedacht. Zum Teufel mit Mrs. Morris und der Sittlichkeit. Die Tussi im Stockwerk über uns brüllt so laut *‹Gib's mir›*, wenn ihr Lover sie vögelt, dass man es auf der anderen Straßenseite hören kann. Wenn mich jemand komisch anguckt, tue ich einfach so, als wäre sie es gewesen.

«Moment. Wo ist die blöde Taste?» Ich kann nichts dafür, dass ich ein Technik-Trottel bin. Liegt in der Familie. «Okay, geschafft.»

«Tropf dir Öl auf die Hände.» Der Lautsprecher des Handys ist ziemlich gut. Es klingt kaum blechern, sondern fast so, als würde er hinter mir sitzen. Als könnte er sich jeden Moment über mich beugen, um mich zu küssen. Das Öl duftet nach Orangen und Patschuli und einem Hauch Schärfe. Ist das Chili? Ich werde mir ganz bestimmt nicht …

«Und jetzt auf deine Spalte.»

Aber ich werde nicht … Ich beiße mir auf die Lippen. Sein Spiel, seine Regeln. Ich habe mich darauf eingelassen, ich werde es zu Ende bringen. Als der erste Tropfen auf meine Klit trifft, löst er eine kleine Explosion in meinem Unterleib aus, die mich aufstöhnen lässt.

«Ist das gut?», fragt mein namenloser Liebhaber.

«Ja … gut!», keuche ich. Es prickelt und brennt und kühlt zugleich, als würde jemand meine intimste Stelle mit flüssiger Seide und Pfeffer benetzen.

«Nimm noch etwas mehr», schmeichelt er.

«Oh Gott. Was ist da drin?»

«Jetzt zieh mit einer Hand deine Schamlippen auseinander und massiere dich mit der anderen.»

Er will, dass ich es mir selbst mache. Während er zuhört. Aber, wenn ich ehrlich bin, will ich es auch! Ein Schauder überläuft mich, als ich meine Klit berühre, vorsichtig zuerst, um dann mit dem Zeigefinger kleine Kreise um die glänzende Perle zu malen. Tief in meinem Unterleib zieht sich etwas zusammen. Ich kann spüren, wie es sich aufbaut, wie es –

«Choice?» Ich schrecke aus der Ekstase auf. «Nimm den Rasierer und entferne den Kopf mit den Klingen.»

«Okay.» Das ist einfach. Ein Knopfdruck, und er löst sich.

«Und jetzt, Choice, lass die Hand zwischen deinen Beinen liegen. Zwei Finger auf deiner Klit, aber beweg die Hand nicht.» Ich glaube, das Erregende ist die Präzision, mit der er mir seine Anweisungen erteilt. Er sagt ganz genau, wie ich's mir machen soll, und deshalb ist es fast so, als würde er mir die Hand führen. «Jetzt dreh den Rasierer um. Kannst du dir vorstellen, was jetzt passiert?»

Oh ja, das kann ich. Und wie ich das kann. Die Art, wie das Silikon unter dem Druck meines Daumens nachgibt, fühlt sich sehr erotisch an. Und dann die kugelförmige Verdickung am Ende des Griffs, der ohnehin viel zu groß und unhandlich für einen Rasierer ist. In das Silikon sind Rillen und Noppen eingeprägt. Ein neuer Schwall Hitze rollt über mich hinweg. Es bedarf größter Selbstbeherrschung, meine Finger still zu halten. Und das Ding nicht unverzüglich dorthin zu rammen, wo ich mir gerade noch Vicentes Schwanz hingeträumt habe.

«Nimm ihn in den Mund.» Äh, was? Ein wenig verblüfft gehorche ich. «Leck ihn, Choice. Hörst du mich? Verwöhne ihn mit deinen Lippen. Leck ihn, als wäre es mein Schwanz, für den du die Beine weit geöffnet hältst. Leck ihn warm und geschmeidig, bis er wie von selbst in dich gleitet.»

Ich murmle etwas Unverständliches und umschließe den als Rasierer getarnten Dildo mit meinen Lippen. Mein Gesicht brennt wie Feuer. Ich hätte es nicht erwartet, aber es heizt mich an, mit der Zunge über die Noppen dieses Silikonschwanzes zu fahren. In meinem Schoß pulsiert die Sehnsucht zu kommen. Ich vögle meinen Mund mit dem Silikonding und ertappe mich dabei, wie ich es langsam und sinnlich hinein- und hinausgleiten lasse.

«Und jetzt», sagt er sanft, «schieb ihn dir rein.»

Oh Gott, ja. Endlich. Hastig platziere ich die rundliche Kuppe an meiner Spalte. Ein großartiges Gefühl. Ich bewege sie auf und ab, dringe aber noch nicht ein. Nicht sofort. Erst als ich es wirklich nicht mehr aushalte, übe ich etwas Druck aus. Der Kunstschwanz teilt meine Schamlippen wie Butter. Sie sind geschmeidig und prickeln vom Öl. Es duftet nach Sex und Orangen.

«Langsam», flüstert der geheimnisvolle Anrufer. «Langsam, Choice. Ich will es mit dir spüren.»

Ich schiebe den Dildo tiefer und tiefer hinein, diesen köstlichen Eindringling, bis mein Daumen und Zeigefinger gegen das Fleisch stoßen. Dann ziehe ich ihn langsam wieder raus und keuche unter einem Schauder, der ein Versprechen auf Erfüllung ist.

«Wie fühlt es sich an?»

Ich spiele mit einem Finger an meiner Klit herum, ganz leicht nur, weil jede Berührung einen kleinen Blitzschlag durch meinen Schoß schickt. «Ah ... gut.»

«Willst du kommen, Choice?»

«Ja bitte!» Ich liege mit dem Hinterkopf in die Kissen gepresst, die Augen geschlossen, die Beine weit offen. Mein Herz hämmert wie verrückt. Gott, ist das gut. Nie wieder werde ich einen Rasierer ohne Hintergedanken ansehen können.

«Dann schalte ihn ein. Komm für mich, Choice.»

Ich habe die Vertiefung vorhin schon gespürt, den harten kleinen Schalter unter der Silikonhaut. Jetzt drücke ich drauf. Die Vibrationen reißen mich über die Klippe. Der Orgasmus ist eine heftige Welle, die mich von Kopf bis Fuß erschaudern lässt, unter der ich mich aufbäume und alle Muskeln anspanne, um das wundervolle Nachglühen noch länger festhalten zu können.

«Choice», liebkost mich die Stimme meines geheimnisvollen Fremden, «Choice, du bist so sexy. Du bist wunderbar.»

«Wow», bringe ich nach einer Ewigkeit heraus. Ich bin erschöpft, außer Atem und platze vor Hochgefühl. «Wie heißt du eigentlich?»

Sein Lachen ist flüssige Schokolade. «Vielleicht ist mein Name ein Geheimnis, das ich nicht teilen will?»

«Dann denk dir einen aus. Sonst tue ich's für dich.» Der Sex mit mir selbst hat mich mutig gemacht. Ich ertappe mich in meinem besten Flirttonfall, den ich normalerweise nur hinkriege, wenn ich betrunken und nicht zurechnungsfähig bin.

«Wie willst du mich denn nennen?»

«Hm.» Während ich nachdenke, verteile ich die kühle Nässe zwischen meinen Beinen. Ich fühle mich unglaublich dekadent. Geradezu spätrömisch. Ian? Zu spießig. Isaac? Zu intellektuell. Dann kommt mir eine Idee. Weil wir gerade bei Höhenflügen sind. «Wir wäre es mit Icarus?»

«Icarus? Wie der Grieche aus dem Mythos, der zu nah an die Sonne geflogen ist?» So wie er die Silben ausspricht, mit diesem weichen, leicht akzentuierten Zungenschlag, läuft mir gleich wieder ein Schauder durch den Schoß. «Das gefällt mir.»

«Und wie machen wir weiter?»

«Hast du noch nicht genug?»

Diesmal muss ich lachen. «Vielleicht habe ich Appetit bekommen? Wie steht es mit dir?»

«Ich stehe zu meinem Wort.» Die Ankündigung mit dem Blumenbett fällt mir wieder ein und sein Versprechen, meine Körperöffnungen mit seiner Zunge und den Fingern und wer weiß was noch zu verwöhnen. Oh Gott. Kann man von zu viel Sex einen Herzinfarkt kriegen?

Mann, was bin ich verdorben. Dass mir der Gedanke ein Kichern in die Kehle steigen lässt, macht es nicht besser. Zum Glück bin ich nicht religiös wie meine Mom. Sonst müsste ich zwei Wochen lang jeden Abend auf den Knien herumrutschen und Ave-Marias beten.

▶ Weiter auf Seite 110

Nein, ich will mich anders entscheiden.

◀ Zurück zu Seite 73

■ Oh, wie sexy sich das schwarze Latex über die Kanten der Schachtel spannt! Ich fühle mich verrucht und sehr mutig, weil ich sie der grünen mit den sittlich-weißen Punkten vorgezogen habe.

«Mach sie auf», sagt er mit einem dunklen Unterton in der Stimme, der meinen Unterleib prickeln lässt.

«Okay.» Als ich den Deckel abhebe, steigt mir Parfümduft in die Nase. Lilien und Weihrauch, irgendwie orientalisch. Auf einem weißen Satinbett liegt ein Hightech-Ohrstöpsel, darunter ein Klappkärtchen mit einer Geschäftsadresse. Silber auf hellblauen Karton geprägt, die untere rechte Ecke schwarz lackiert. *Sweet Little Secrets* steht da in geschwungener Schrift. East 10th Street Ecke Stanford, das kommt mir bekannt vor.

«Süße kleine Geheimnisse», lese ich vor. «Was ist das? Ein Rätselspielladen?» Und wieso braucht man einen Ohrstöpsel dafür?

Mein namenloser Verehrer lacht, ein warmes Geräusch, das mir eine Gänsehaut über den Leib jagt. «Choice, du bist süß. Ich werde von dir träumen, weißt du das? Ich träume davon, wie du dich nackt unter meinen Händen windest. Ich werde jeden Quadratzoll deiner Haut berühren, erst mit den Fingern, dann mit meiner Zunge. Ich werde deine Körperöffnungen mit Öl massieren, bis sie ganz weich und nachgiebig sind und du mich anflehst, sie gründlich zu erforschen.» Seine Stimme nimmt einen trägen, genießerischen Klang an. «Zuerst mit meiner Zunge. Dann mit einem Finger.» Er hält kurz inne, als würde er in der Vorstellung schwelgen. «Dann mit zwei Fingern. Und dann … Kannst du dir vorstellen, wie sich das anfühlt? Wie heiß es dich macht? Wie ich mit zwei Fingern in dich eindringe und dich dehne, bis du mich darum bittest, sie durch etwas Größeres zu ersetzen?»

Ob ich es mir vorstellen kann? Macht er Witze? Ich breche gleich mit Schnappatmung zusammen. Meine Klit ist geschwollen und pulsiert im Rhythmus meines rasenden Herzens. Ich taste verstohlen in die Feuchtigkeit dort unten und zucke zusammen, als meine Fingerspitze die Haut streift. Ich bin so nass, dass es für eine ganze Woche feuchter Träume reichen würde.

«Willst du das? Dass ich deine Körperöffnungen erforsche?»

Ich keuche etwas, das er für ein Ja halten könnte.

Ein leises Lachen kitzelt mein Ohr. Macht er sich etwa über mich lustig? Aber nein, eine Rauheit schwingt darin mit, die vorher nicht da war. Es macht ihn genauso an wie mich. Mit weichen Knien sinke ich auf mein Bett, während meine Hand ihren Weg zwischen meine Beine findet, als hätte sie einen eigenen Willen. Ich reibe über meine Klit, verteile die Nässe, koste die Anspannung aus, die sich tief in meinem Unterleib aufbaut, die ersehnte Erlösung schon in greifbarer Nähe –

«Fasst du dich an?», fragt er. Ich verharre mitten in der Bewegung, starr vor Schreck. «Nimm deine Hand da weg, Choice.»

«Warum?», krächze ich.

«Weil ich es sage.» Befehlsgewohnt, keinen Widerspruch duldend. Es macht mich so an, dass eine Gänsehaut in meinem Nacken prickelt. *Der Anrufer bestimmt die Regeln.* Er lässt keinen Zweifel daran, dass er sie durchsetzen wird. Etwas weicher sagt er: «Später, Süße. Hab Geduld. Jetzt sei ein braves Mädchen und zieh dir Schuhe an. Wir gehen shoppen.» Das Timbre seiner Stimme versetzt mein Innerstes in Schwingungen. «Siehst du das kleine Mikrophon in der Schachtel? Das verbindest du mit deinem Telefon und schiebst es dir ins Ohr, damit du keinen Strafzettel kassierst, wenn du beim Autofahren mit mir telefonierst.»

Ich fummle unschlüssig daran herum und ersticke den Gedanken, wo ich es sonst noch hinschieben könnte.

Mein umwerfender Telefonverführer erklärt mir, was ich tun muss. Ich bin nämlich ein Technikidiot. Ich kriege nicht mal meine Fernbedienung programmiert. Bevor Amy bei mir eingezogen ist, konnte ich nicht fernsehen, weil ich's nicht geschafft habe, die Sender zu finden. Peinlich, aber wahr.

«Kannst du mich gut hören?», fragt er.

«Bestens.» Auch wenn das kaum möglich schien, durch den Ohrstöpsel ist er mir noch näher als zuvor. Als würde er mir direkt ins Ohr wispern, als könnte ich jeden Moment seinen Atem an meiner Wange spüren, als müsste ich nur den Kopf drehen, um aus dem Augenwinkel seine Silhouette auszumachen.

«Ich möchte, dass du High Heels anziehst.» Nichts leichter als das. Ich bücke mich gerade nach meinem Höschen, als er hinzufügt: «Nur die Schuhe. Sonst nichts.»

Reflexhaft lasse ich das Höschen wieder fallen. Er scheint genau zu wissen, was ich gerade mache – das ist ja fast unheimlich. Verstohlen blicke ich zum Fenster. Doch selbst wenn er mich vom gegenüberliegenden Block aus beobachten würde, was nahezu unmöglich ist, ohne selbst gesehen zu werden, könnte er doch nicht durch die Vorhänge gucken?

«Ich soll ohne Unterwäsche gehen?», frage ich, unsicher, ob es mich anheizen oder in Panik versetzen soll.

«Hast du Angst, jemand könnte es merken?» Wie Honig, diese Stimme. Warmer, karamellfarbener Honig, der an der Innenseite meiner Oberschenkel hinabläuft, bis eine geschickte Zunge ihn aufleckt. Himmel! Ich muss für einen Moment die Augen schließen, atme tief ein und aus. Wie wird es erst sein, in einem halbdunklen Raum von ihm verführt zu werden, wenn er mich schon am Telefon in lustvolle Raserei versetzt?

«Die Schuhe», erinnert er mich. «Hast du sie an?»

«Gleich.» Mir wird heiß und kalt bei der Vorstellung, ich könnte draußen auf der Treppe Vicente begegnen. Mit dieser Stimme im Ohr, die die unanständigsten Phantasien in mir weckt.

«Vergiss die Club-Karte nicht. Unsere Shopping-Tour geht aufs Haus.»

«Was heißt das?»

«Dass du eingeladen bist.»

Es ist nicht weit zu diesem Laden, der süße kleine Geheimnisse im Angebot hat. Wie ich es mir schon dachte, mitten im Fashion District, nur ein paar Blocks entfernt. Die Sonne ist inzwischen untergegangen, doch in den Straßen staut sich die Glut des Tages. Obwohl wir schon Anfang Oktober haben, ist es immer noch irrsinnig heiß. Ich fahre durch ein Labyrinth aus Lagerhäusern und eingezäunten Industriebrachen, wie sie typisch für diesen Teil von L. A. sind. Sogar die Graffiti an den rosa und weiß gestrichenen Betonwänden sind in der Sommerhitze verblasst.

«Wie heißt du eigentlich?», frage ich.

Er lacht. «Wie willst du denn, dass ich heiße?»

Ich denke an seine Unterschrift auf dem Kärtchen, das *I.* Ian? Zu spießig. Isaac? Nett, aber passt nicht zu einer Stimme, deren bloßer Klang schon erotische Höhenflüge verspricht. Apropos

Höhenflüge. Da kommt mir eine Idee. «Wie wäre es mit Icarus?»

«Icarus?» Wenn er den Namen mit seiner dunklen Stimme ausspricht, klingt es geheimnisvoll und verführerisch; wie alles, was er sagt. «So wie der Grieche aus dem Mythos, der zu nah an die Sonne geflogen ist? Das gefällt mir.»

Dann sind wir auch schon da. Die Hausnummer gehört zu dem von Jacarandabäumen beschatteten Eingang eines großen, zweistöckigen Gebäudes, das von außen schäbig aussieht, innen aber tipptopp in Schuss ist. Die schwarze Eisentür steht halb offen. Ich tauche ein in die Kühle eines langen Korridors, auf beiden Seiten befinden sich Industrietüren. An der Wand hängt eine Glastafel mit Firmennamen. Bevor ich *Sweet Little Secrets* gefunden habe, sagt Icarus: «Die vorletzte Tür links, ganz hinten.»

Ich bin ziemlich nervös. Immer noch heiß, aber gleichzeitig unruhig, weil ich nicht weiß, was mich erwartet. Weil ich mir einbilde, dass man mir auf zehn Meilen ansieht, dass ich kein Höschen unter dem Kleid trage. Weil meine Absätze auf dem Steinfußboden einen Höllenlärm verursachen und ich befürchte, dass jeden Moment jemand in einer der Türen auftaucht, um die Quelle des Lärms zu suchen. Was soll ich sagen, wenn man mich fragt, was ich hier zu suchen habe? Dass ich notgeil und ohne Unterwäsche mit einem sexy Fremden im Ohr einen Laden suche, in dem sie mich höchstwahrscheinlich nötigen werden, etwas Unanständiges zu kaufen? Ich bleibe stehen und ziehe die Karte aus meiner Handtasche, starre sekundenlang auf die Schrift. Die Rückseite ist in Schwarz lackiert. Und erst jetzt, im hellen Licht der Neonröhren, fällt mir auf, dass da noch etwas steht. Mattschwarz ins Hochglanzschwarz geprägt. *Noch tiefer.* Nur das, in dicken Lettern. Was soll das heißen, noch tiefer? «Icarus», flüstere ich, damit meine Stimme nicht von den weiß gestrichenen Ziegelwänden widerhallt. «Was ist das für ein Laden?»

«Das wirst du nie herausfinden, wenn du nicht weitergehst.»

Was, wenn es sich bei den *Süßen kleinen Geheimnissen* um einen Latexdildo-Laden handelt? Ich stöhne innerlich auf. Vom Luxus-Puff durch die Damentoilette direkt in die Dildo-Hölle. Was kommt als Nächstes? Ketten und Käfige? Oh Mann. Und was stimmt nicht mit mir, dass ich mich dennoch wieder in Bewegung setze? Klack, klack, hallt es von den Wänden wider. Wieso muss ich unbedingt herausfinden, ob meine schlimmsten Befürchtungen noch übertroffen werden können? Wie ist es möglich, dass sich die Region zwischen meinen Beinen in flüssige Seide aufzulösen scheint?

«Ich wusste es», wispert er in meinem Ohr. «Choice, meine süße kleine Abenteurerin, gleich wirst du für deine Geduld belohnt werden. Denk daran, denk an meine Finger und an meine Zunge, wenn du durch diese Tür trittst.»

Äh ja. Danke für diese Ermunterung.

Die Tür ist mit schwarzem Leder bezogen, in Kopfhöhe befindet sich ein silberner Schriftzug. Zu meinem leisen Schrecken steht dort *schmutzig* anstatt *süß*. *Dirty Little Secrets.*

«Trau dich», lockt er.

Ich traue mich. Meine Fingerspitzen sind kalt, meine Handflächen schwitzen. Doch ich traue mich. Ich will wissen, was mich auf der anderen Seite erwartet.

Es dauert einen Moment, bis meine Augen sich an das Dunkel gewöhnen. Lautlos fällt die Tür hinter mir ins Schloss. Von irgendwoher perlt Musik in die Schatten, eine Art Trance-Beat, leise, aber treibend. Ich stehe in einem Raum, der nur durch Lichtkreise am Boden Konturen erhält.

«Hi!» Eine zierliche Asiatin tritt mir entgegen. Im Halbdunkel kann ich bloß ihre Silhouette erkennen, ihre Augen liegen im Schatten verborgen. «Ich bin Eugene. Und wie heißt du?»

«Choice», hauche ich. Ich weiß nicht, was ich sonst noch sagen soll. Wenn sie mich nach meinen Wünschen fragt, was antworte ich dann? Bitte das Tagesangebot, einmal mit allem?

In meinem Ohr höre ich Icarus' Atem, vage erwartungsvoll. So verführerisch. Er schweigt, um mir zuzuhören. Bei was auch immer nun folgt.

«Du bist zum ersten Mal bei uns?», fragt Eugene.

Ich nicke.

Zum Glück scheint sie genau zu wissen, was ich will. Denn sie berührt mich leicht an der Hüfte, um mich tiefer in die Schatten zu führen. Unter schmalen Lichtkegeln posieren Modepuppen in Unterwäsche. Soweit ich das erkennen kann, sind die Dessous ausgesprochen scharf. Dagegen ist meine Fickmich-Wäsche fast prüde. Siedend heiß fällt mir wieder ein, dass ich unter meinem Kleid nichts anhabe.

«Wie schön, dass du zu uns gefunden hast», zwitschert Eugene. «Wir sind kein gewöhnlicher Laden. Wir erfüllen Träume. Aber das weißt du sicher schon. Hast du einen bestimmten Wunsch?»

«Frag sie nach der Onyx-Kollektion», befiehlt Icarus. Ich höre die Vorfreude in seinen Worten.

«Die Onyx-Kollektion», stoße ich hervor.

«Wunderbar!» Auch sie klingt nun ganz aufgeregt. Himmel, was habe ich da bestellt? «Die Onyx-Serie ist eine geführte Kollektion, das bedeutet, wir werden dich durch die Anprobe leiten.»

Ich traue mich nicht zu fragen, was das bedeutet.

Sie schiebt mich in eine Umkleidekabine, deren Wände mit Samt überzogen sind. Vor mir steht ein ledergepolstertes Podest. Wieso fällt mir als Allererstes auf, dass es genau die richtige Höhe hat, um sich darüberzubeugen? Dahinter ist ein Display in die Wand eingelassen. Knapp über Kopfhöhe glänzt eine Chromstange.

Einen Augenblick später erlischt das Licht. Jetzt ist es stockdunkel hier drinnen. In einem leichten Panikanflug taste ich nach dem Podest.

«Entspann dich», haucht Eugenes Stimme. «Lass dich fallen.» Ein lieblicher Duft hüllt mich ein. Veilchen und Orchideen und ein kleiner Hauch Schärfe. «Ich führe dich jetzt durch die Onyx-Kollektion. Wir möchten, dass du deinen Besuch bei uns genießt. Wenn irgendetwas dir Unbehagen bereitet, hören wir sofort auf. Es ist wichtig, dass du das weißt. Sag stopp, wenn du dich unwohl fühlst.»

«Okay.» Ich bin nicht sicher, ob mich das jetzt beruhigen oder eher verunsichern soll.

Dann spüre ich ihre Finger an meinem Rücken. Geschickt tastet sie nach dem Reißverschluss meines Kleides und öffnet ihn, ohne sich ein einziges Mal zu verhaken. Wie macht sie das in dieser Finsternis?

«Vertrau ihr», flüstert mir Icarus ins Ohr. «Sie ist gut in dem, was sie tut.»

Da habe ich keinen Zweifel.

Wenigstens kommentiert sie das Fehlen meines Höschens in keiner Weise. Sie löst meinen schmucklosen weißen Baumwoll-BH, sodass ich nun nackt im Dunkeln stehe. Hinter mir höre ich ein Rascheln und Wispern, und mir wird klar, dass Eugene nicht allein ist. Die Musik scheint lauter zu werden.

Schneller und drängender. Oder bilde ich mir das ein? Das Blut rauscht mir in den Schläfen. Meine Wangen glühen. Jemand hebt meine Arme hoch, bis ich die Metallstange an den Fingern spüre.

«Halt dich fest», sagt Eugene.

Hände fahren an meinen Seiten nach oben, erforschen meinen Bauch und meine Hüften, massieren, kneten und streicheln mein Fleisch. Es ist eine unbeschreiblich sinnliche Erfahrung, obwohl sie meinem Geschlecht nicht einmal nahe kommen. Ich weiß weder, wer sie sind, noch wie viele. Die Dunkelheit steigert meinen Tastsinn zu atemberaubender Empfindlichkeit. Finger sanft wie Schmetterlinge küssen meinen Körper, fest und weich, ein rhythmisches Kreisen, sanft, dann wieder mit mehr Druck. Sie streichen weiter hoch, umfangen meine Brüste, heben sie an, erkunden ihre Form. Meine Brustwarzen werden so hart, dass es schmerzt. Wie eine Ertrinkende klammere ich mich an der Stange fest. Es ist anders als alles, was ich je erlebt habe. Es ist erregend, es steigert die Spannung in meinem Unterleib zu einem rhythmischen Pochen. Etwas Seidiges schmiegt sich um meine Brüste. Dann schaltet sich das Display ein, und die Hände ziehen sich ins Dunkel zurück. Nach einer Schrecksekunde begreife ich, dass es mein Körper ist, der dort aus der Dunkelheit leuchtet. Irgendwo ist eine Kamera, die mich filmt und mein Bild an den Monitor sendet. Wie hypnotisiert starre ich auf den Traum aus silberner und schwarzer Seide, der meine Brüste umhüllt. Zwei Halbschalen, die die Nippel unbedeckt lassen. Ein Ring aus Spitze rahmt sie ein. Der Anblick ist so erotisch, dass mir der Mund trocken wird.

«Gefällt es dir?», fragt Eugene.

«Es ist toll», stoße ich hervor.

«Willst du das Höschen dazu probieren?» Das Höschen. Oh

Gott. Der Monitor erlischt, bevor ich antworten kann. «Beug dich vor.»

Die Hände kehren zurück. Sanft lösen sie meine Finger von der Stange und schieben mich vorwärts, bis meine Knie gegen den gepolsterten Nimm-mich-von-hinten-Altar stoßen. Sie packen meine Hüften, ziehen meinen Hintern hoch und drücken mein Kreuz nach unten ins Leder. Die perfekte Fick-mich-Stellung. Meine Beine zittern vor Erregung und freudiger Erwartung. Ich atme nur noch stoßweise. Die Dunkelheit macht es mir leicht, mich den unerwarteten Sinnesfreuden hinzugeben. Ich keuche meine Leidenschaft ins Mikrophon und will Eugene anschreien, mich endlich da unten zu berühren. Diese brennende Leere zu füllen, den Reiz zu stillen, mich mit ihrem größten Latex-Dildo um den Verstand zu vögeln. Icarus genießt und schweigt. Zu wissen, dass er mich belauscht, ist unglaublich heiß.

Ein Hauch streicht die Rückseite meiner Beine empor. Etwas kitzelt meine Kniekehlen und wandert lustvoll langsam nach oben. Ein süßer kleiner Eindringling? Zwei Hände fahren unter meine Hüften. Ich spüre Stoff und das Kitzeln von Spitze. Das Display schaltet sich wieder ein und entlockt mir ein Seufzen. Weil das Bild so verdammt erregend ist und ich mich so noch nie zu Gesicht bekommen habe. Mein Hintern füllt den Monitor, zwei wohlgerundete Halbkugeln, dazwischen verführerische Dunkelheit. Sie haben mir eine Art Strapsgürtel angelegt, der aus dem gleichen silbrigen Stoff besteht wie der BH.

«Ich wünschte, ich könnte sehen, was du jetzt siehst», wispert Icarus. «Beschreib es mir.»

«Ich … was?»

«Beschreib mir, was du siehst.» Seine Stimme nimmt wieder den Befehlston an, bei dem mir der Mund vor Erregung austrocknet. «Mach dir keine Gedanken wegen Eugene. Tu einfach so, als wäre sie nicht da.»

Soll das ein Witz sein? Ich sehe Eugenes Hände, die sich seitlich ins Bild schieben und meine Pobacken auseinanderziehen. Zu sehen und zugleich zu spüren, wie sie ihren Daumen in meine Spalte gräbt und genüsslich meine Schamlippen teilt, wie sie meine Nässe überall verteilt und schließlich zwei Finger in mich bohrt, versetzt mir einen so lustvollen Schock, dass ich beinahe komme.

«Ich sehe mich selbst», keuche ich. «Ich ... Oh Gott! Ich habe einen ... einen Strapsgürtel an. Himmel!» Ich kann nicht weitersprechen. Ich kann nicht einmal den Schrei unterdrücken, mit dem sich meine Lust entlädt. Ich komme so heftig, dass meine Knie nachgeben. Ich komme, während sie mich weiter mit zwei Fingern vögelt. Wie eine Sturmflut rollt der Orgasmus über mich hinweg. Ich kann nicht aufhören, den Monitor anzustarren, bis er vor meinen Augen verschwimmt. Ein weiteres Paar Hände schiebt sich ins Bild, ohne mich zu berühren. Zu wissen, dass es da ist und mich anfassen könnte, schürt neue Flammen in mir.

Die beiden Finger halten still, während ich im Nachglühen des Höhepunkts schwelge. Träge beobachte ich, wie ein zartes Nichts aus Seide und Spitzen auftaucht. Einen Herzschlag später spüre ich den Stoff an den Beinen. Zwei winzige Dreiecke, die sie wie Miniröckchen am Strapsgürtel befestigen.

«Choice», murmelt mein Verführer, «bist du noch da?»

«Keine Ahnung», murmle ich schwach.

«Ist es gut?»

«Oh ja.» Mir egal, dass Eugene mich hören kann. Außerdem, was soll ich es leugnen? Sie hatte ihre Finger in mir, während ich mich durch den besten Orgasmus meines Lebens stöhnte. Okay, vielleicht den zweitbesten. Als ich gestern Nacht aus dem Onyx nach Hause getaumelt bin, dachte ich schließlich das Gleiche.

Etwas Dunkles wischt durchs Bild. Wie ein Stück Stoff, das die Kameralinse streift. Oder langes Haar. Jedenfalls kann ich für ein paar Sekunden nichts sehen, spüre aber, dass sie etwas Neues mit mir anstellen. Ich fühle das Rascheln mehr, als dass ich es höre. Sie nesteln an dem verruchten Höschen herum. Finger berühren meine Spalte, aber streifen sie nur. Endlich wird das Bild wieder klar. Was ich sehe, lässt mich nach Luft schnappen. Ein Hauch von Sünde spannt sich über meine Pobacken, ein Nichts aus silbriger und schwarzer Spitze. Nach unten hin teilt sich der Stoff zu zwei Bändern, die zwischen meinen Beinen verschwinden, doch ungehinderten Zugang zu meinen intimsten Stellen erlauben. Das Höschen schützt sie nicht, es präsentiert sie nur, wie ein Goldrahmen ein wertvolles Gemälde.

«Wunderschön», höre ich Eugenes Stimme hinter mir. Wenn mich Vicente so sehen könnte. Keine Ahnung, wieso ich ausgerechnet jetzt an ihn denken muss, aber die Vorstellung, es wären seine Hände, die mein Fleisch unter der sündigen Spitze ertasten, beschert mir fast einen Herzstillstand.

Etwas schiebt sich von unten ins Bild, ich erkenne eine silbrige Reflexion. Zugleich spüre ich etwas Kühles an der Innenseite meiner Oberschenkel. Nicht Vicente, sondern manikürte Frauenhände liebkosen die Rundungen meines Hinterns, fahren innen am den Bändern empor, streichen durch die glänzende Nässe.

Ich kann den Dildo sehen, bevor ich ihn spüre. Wie meine Schamlippen sich um den chromglänzenden Kunstschwanz schmiegen, wie meine Feuchtigkeit ihn benetzt, wie er in die Schatten zwischen meinen Beinen taucht und gleich, gleich –

«Erzähl mir, was passiert», fordert Icarus.

«Ich kann nicht!»

«Doch, du kannst.»

Wäre da nicht das Podest, an dem ich mich festklammere, ich würde zusammenbrechen. Es ist ein so irres Gefühl, eine solche Gier, dass ich sie nicht in Worte fassen kann.

Doch das Ding dringt noch nicht in mich ein. Eugene zieht meine Pobacken auseinander, und ihr Daumen reibt wie zufällig über meinen Anus. Ich bin so heiß, ich schaffe es nicht einmal zu protestieren. Ihre Assistentin führt den Dildo in meiner Spalte auf und ab und verteilt die Nässe in dem spitzengerahmten Ausschnitt des verruchten Höschens. Jedes Mal, wenn sie gegen meine geschwollene Klit stößt, lässt eine kleine Explosion mich zusammenzucken.

«Bitte», stöhne ich.

«Träum von mir», wispert Icarus. «Stell dir vor, wie es sein wird, wenn du so vor mir liegst. Ich werde deine Hände mit seidenen Tüchern fesseln. Ich werde deine Körperöffnungen lecken, ich werde meine Finger darin baden, ich werde sie mit meinem Schwanz und mit anderen harten, langen Dingen füllen. Ich werde dir so viele Orgasmen schenken, bis du vor Erschöpfung deinen Namen vergisst.»

«Bitte!» Ich kann nur noch daran denken, dass sie es endlich tun soll, mich mit diesem Kunstschwanz vögeln, bis mir Hören und Sehen vergeht, mich endlich –

Oh Gott.

Mit einem langsamen Stoß versenkt sie ihn in mir.

Er fühlt sich riesig an. Es ist der köstlichste, härteste Schwanz, den man sich vorstellen kann. Sie weiß, was sie tut. Sie weiß es genau. Langsam zieht sie ihn hinaus und stößt ihn wieder hinein. Ich kann es sehen, während ich es fühle. Ich spüre, wie sich das Metall in meinem Körper erwärmt. Gebannt starre ich mich selbst an. Eugenes Daumen dringt in meinen Hintern ein, ganz leicht überwindet er die Barriere. Dort, wo ich nie zuvor jemandem Zugang gewährt habe, lässt sie ihn ruhen, während der glänzende Dildo in meine Spalte gleitet, hinein und hinaus. Die Dämme brechen.

Ich komme noch heftiger als zuvor. Ich schreie meine Lust hinaus. In meinem Ohr bebt Icarus' Keuchen. Die Explosion erschüttert meinen Körper, reizt meine Sinne bis zum Äußersten, bis zur Ekstase.

Ich höre Icarus' leises Lachen, als Eugene ihre Frage wiederholt. Ob mir das schwarz-silberne Set gefällt oder ob ich noch ein paar andere anprobieren möchte. Zum Beispiel das aus weißem Chiffon, das hervorragend zu einem Kunstschwanz aus rotem Leder passt.

► Weiter auf Seite 110

Nein, ich will mich anders entscheiden.

◄ Zurück zu Seite 73

■ Einen Herzschlag später bin ich unsicher, ob es eine gute Idee war, ausgerechnet diese Schachtel zu wählen. Vor allem, weil mein geheimnisvoller Unbekannter leise lacht. Es klingt bedrohlich und zugleich sehr verführerisch. Reißzähne hinter sinnlich-weichen Lippen. «Ist das dein Ernst?», fragt er.

«Wieso?» So wie die Kette den Samt umschlingt, hat die Verpackung etwas Martialisches.

Seine Stimme wird eine Nuance tiefer. «Du magst es also gern ein wenig härter?»

Nein, tue ich nicht! Also keine Ahnung, ob mir das gefällt, aber wenn er damit Handschellen und Peitschen meint, dann nein! In den Clubs rund um den Sunset Boulevard, in die Amy mich ab und zu schleppt, ist dieser Sadomaso-Schnickschnack neuerdings in. Aber ich wette, die meisten Lack-und-Leder-Tussis, die da rumhängen, tun nur so, als ob. Weil's eben cool ist. Sie lassen sich in Latex-Stilettos bewundern, und zu Hause machen sie's nur im Dunkeln. In Missionarsstellung.

Was habe ich mir da gerade eingebrockt? «Kann ich mich noch umentscheiden?»

«Nein.» Wie er diesen Moment auskostet! Er weiß, dass er mich verunsichert hat, und jetzt spielt er mit mir. Natürlich könnte ich jederzeit auflegen und das blöde Spiel beenden. Aber er baut darauf, dass meine Neugier stärker ist, der Mistkerl. Oder sein verführerischer Charme. Und er hat leider recht. Mit beidem.

Ich fummle an dem kleinen Vorhängeschloss herum. «Wie geht das auf?»

«Mit dem Schlüssel.»

«Und wo ist der Schlüssel?»

«Den musst du dir verdienen.» Seine Worte sind warmes Karamell. Drohung und Versprechen zugleich. Ich frage mich, wie er wohl aussieht. Wie alt er ist. Vielleicht hat er dichtes Haar, schulterlang und rabenschwarz glänzend, so wie Vicente. Und lange Finger, die genau wissen, wie sie ein Mädchen um den Verstand bringen können. Ich komme nicht mehr dazu, mir auszumalen, wie gut er bestückt ist und wie sich sein Schwanz wohl zwischen meinen Beinen anfühlen würde, weil seine Frage mich abrupt aus dem Tagtraum reißt. «Hast du mir zugehört?»

«Ich ... was? Deine Schuld», stottere ich. «Ich war abgelenkt.»

«Du bist doch ein braves Mädchen, Choice? Du fasst dir nicht zwischen die Beine?»

«Nein», versichere ich. «Also ja. Ich bin brav.»

«Bist du das?» Ich könnte schwören, dass er lächelt. «Hast du schon einmal als Fotomodel gearbeitet?»

Ob es zählt, dass ich zu Hause in Wickenburg, Arizona, beim fünfundzwanzigsten Wickenburger Pudel-Contest Hunde vor die Kamera geführt habe? «Nicht wirklich.»

«Möchtest du es gern?»

Möchte ich es? Ich bin nach Los Angeles gezogen, um Schauspielerin zu werden oder wenigstens auf einer Bühne zu tanzen, und jetzt verkaufe ich überteuerten Kaffee im Viceroy. Da wäre Fotomodel schon eine Verbesserung. Und wer weiß, würde Amy jetzt sagen, vielleicht wird ja mehr daraus als ein erotisches Spiel.

Apropos erotisches Spiel. «Was ist das für ein Fotoshooting? Ich mache keine Nacktaufnahmen, okay?» Mir wird gleich wieder etwas heißer.

«Auch nicht, wenn man dein Gesicht nicht erkennt?» Diese Verlockung in seiner Stimme! «Süße, am Ende bleibt es allein deine Entscheidung, ob die Bilder wieder gelöscht werden oder nicht.»

Ich streichle mit einem Finger über den violetten Samt. Er ist unglaublich weich. Irgendwie reizt mich die Idee. «Wer ist bei diesem Fotoshooting dabei?»

«Du, der Fotograf und ich.» Er macht eine Pause. «Der Fotograf ist ein Künstler.» Die Art, wie er *Künstler* ausspricht, jagt mir einen Schauer durch den Unterleib. Er überlässt es meiner Phantasie, was genau für eine Kunst dieser Fotograf beherrscht.

«Wann?»

«Wie wäre es mit sofort?»

«Okay», flüstere ich, und meine Kehle wird ganz eng. «Wie heißt du überhaupt?»

Sein Atem liebkost meine Ohrmuschel. «Wie möchtest du denn, dass ich heiße?»

Ich denke an die Abkürzung unter seiner Nachricht. Wofür könnte das I stehen? Isaac? Nein, zu konservativ. Ian? Auch nicht gut. Wie sollte jemand heißen, dessen Stimme allein einem Mädchen erotische Höhenflüge beschert? Höhenflüge – das ist es! «Wie wäre es mit Icarus?»

«Icarus?» Der Name scheint ihm auf der Zunge zu zergehen. Diese Stimme. Oscarverdächtig. Oder vielmehr orgasmusverdächtig. Er rollt die Silben so sinnlich, dass ich es kaum erwarten kann, ihn in Fleisch und Blut zu treffen. «Wie der Grieche aus dem Mythos, der zu nah an die Sonne geflogen ist?» Er lacht. «Das gefällt mir.»

Dann gibt er mir eine Adresse.

Eine halbe Stunde später betrete ich ein Gebäude, dessen Eingang hinter einem schmiedeeisernen Tor versteckt ist, zwei Blocks vom Pershing Square entfernt. Erst befürchte ich, jemand vom Viceroy Café könnte mich sehen. Aber das ist natürlich Blödsinn. Schließlich sieht man mir nicht an, dass ich ohne Unterwäsche auf dem Weg zu einem erotischen Fotoshooting bin. Genau so, wie Icarus es verlangt hat.

Ich schwanke zwischen Nervosität, freudiger Erregung und dem Impuls, das Handy in den nächsten Mülleimer zu werfen und wieder ein braves Mädchen zu sein. Das geht mir alles zu schnell. Ich kriege Angst vor meiner eigenen Courage. Zugleich weiß ich aber, dass ich nie so guten Sex hatte wie letzte Nacht. Und dieser verführerische Telefonflirt mit dem Fremden namens Icarus? Ich kann jetzt nicht einfach aufhören. Das würde ich mir niemals verzeihen.

Also trete ich von der Gluthitze der Straße in die kühle Dunkelheit eines Marmorfoyers und warte auf den Aufzug, der hinter polierten Stahltüren verborgen ist.

Das Fotostudio befindet sich im achten Stock. Zögernd betrete ich den Empfangsbereich. Es duftet nach Bienenwachs und Espresso. Neben einer Sitzecke mit einer kleinen Kaffeetheke steht ein wuchtiger Schreibtisch. Eine elegant gekleidete Brünette in weißer Bluse und Bleistiftrock kommt mir entgegen.

«Hi!» Sie reicht mir eine manikürte Hand. «Du musst Choice sein.»

«Äh, ja», bringe ich überrumpelt hervor. Meine Nacktheit unter dem Kleid wird mir überdeutlich bewusst. Oh Gott. Was, wenn das ein ganz seriöses Fotoshooting ist, und ich komme hier an wie eine rollige Katze? Diese Empfangsdame sieht jedenfalls aus, als wäre sie Chefsekretärin bei Warner Brothers, und flößt mir entsprechend Respekt ein.

«Großartig!» Ihre Lippen sind perfekt geschminkt. «Toll, dass du kommen konntest. Daniel braucht noch ein paar Minuten. Ich zeige dir schon mal das Studio. Möchtest du etwas trinken?»

Wasser, um mich abzukühlen, denke ich. Aber ich traue mich nicht, das laut zu sagen.

Miss Warner Brothers führt mich einen Korridor hinunter und öffnet eine Metalltür. «Bitte.» Mit einer Hand deutet sie auf eine Gruppe orangefarbener Ledersessel, den einzigen Farbklecks in der Halle. «Eins noch. Das Ganze hier ist ein Spiel. Wenn du dich bedrängt oder unwohl fühlst, kannst du es jederzeit beenden, indem du das Safeword nennst.»

«Safeword?», krächze ich. Also doch Handschellen und Käfige. Oh Mann. «Was ist das Safeword?»

«Lavendelblau.» Sie lächelt zuckersüß. Von wegen, Miss Warner Brothers. Womöglich schwingt sie in ihrer Freizeit selbst die Peitsche. Ich bin kaum anderthalb Tage in diesem Club, und schon tun sich überall Abgründe auf. «Wenn du sonst noch etwas brauchst, ich bin vorn.»

Damit lässt sie mich allein.

Das Studio ist eine Wucht. Unter der hohen Industriedecke verlaufen Lüftungsrohre aus Stahl. Fußboden und Wände sind glänzend weiß gestrichen. An manchen Stellen hängen schwarze Theatervorhänge von Traversen herab. Überall stehen Scheinwerfer herum. Am meisten aber fasziniert mich eine Skulptur, die aussieht wie eine Mischung aus futuristischem Thron und Escher-Maschine.

Das Ding ist aus abgerundeten Würfeln zusammengesetzt, manche aus Plexiglas, andere aus poliertem Chrom. Der martialische Sessel ist in einem überdimensionalen Stahlbogen aufgehängt. Als ich ihn vorsichtig anstupse, schaukelt er leicht vor und zurück.

«Faszinierend, oder?»

Ich fahre zusammen, zu Tode erschrocken, weil ich den Mann nicht habe kommen hören.

«Hi.» Er streckt mir eine Hand entgegen. «Ich bin Daniel.»

«Choice.» Ich werde feuerrot und würde am liebsten im Boden versinken. Oder davonlaufen. Oder beides.

«Freut mich, dich kennenzulernen.» Er hält meine Hand einen Moment länger fest als nötig und mustert mich von oben bis unten. Meine Gedanken überschlagen sich. Er *weiß* es. Ich kann es in seinen Augen sehen. Das ist kein unschuldiger Blick. Er weiß, warum ich hier bin. Ist er es etwa? Icarus? Nein, seine Stimme klingt anders. Obwohl eine Hälfte von mir in Panik erstarrt, gelingt es der anderen, ein paar Details zu erfassen. Er ist einen Kopf größer als ich und macht in der abgetragenen Lederjacke eine gute Figur. Sonnengebräuntes Gesicht, Dreitagebart, kurzgeschnittenes Haar. Seine Augen sind sehr hell. Sturmgrau, kommt es mir in den Sinn. Mit seinem Blick zieht er mich aus, während um seine Mundwinkel ein Lächeln spielt. «Du siehst toll aus. Er hat nicht übertrieben.»

«Du meinst Icarus?»

«Icarus?» Daniel hebt eine Augenbraue. Dann nickt er. «Cool, warum nicht. Also Icarus. Er wird gleich zu uns stoßen. Hat er dir das Projekt erklärt?»

«Er hat gesagt, dass es um Aktfotografie geht. Und mir versichert, dass mein Gesicht nicht zu sehen sein wird.»

«Dabei ist dein Gesicht so hübsch.» Er grinst. «Aber es stimmt, ich werde nur deinen Körper fotografieren. Die Bilder sind für eine ganz spezielle Serie.» Er breitet Hochglanzfotos aus einer Mappe auf dem Boden aus. «Schau, die Bilder sind von unserem letzten Shooting. Damit du weißt, was wir vorhaben.» Ich wage nicht, mich hinzuknien, weil mein Kleid dabei so weit hochrutschen könnte, dass mein Hintern entblößt würde.

«Es geht um Sinnlichkeit.» Seine Stimme scheint sich von mir zu entfernen, während ich die Bilder betrachte, wunderschöne Schwarz-Weiß-Kompositionen. Erst mit Verzögerung begreife ich, was ich da eigentlich sehe. Mir schießt das Blut in die Wangen. Und nicht nur dorthin. In meinem Unterleib verspüre ich wieder das lustvolle Ziehen, das mich dazu gebracht hat, mich überhaupt auf diese Sache einzulassen. Es sind Nahaufnahmen eines Frauenkörpers, so fotografiert, dass sie wie Landschaften wirken. Nackte Haut, Chrom und Plexiglas. Schön geformte Brüste. Ein Handgelenk in einer Metallfessel. Ein Eiswürfel in der Vertiefung zwischen den Schlüsselbeinen. Gespreizte Schenkel und dazwischen etwas Glänzendes, das man nicht genau erkennen kann, das aber zu wilden Spekulationen einlädt. Verstohlen werfe ich einen Blick auf die Würfelskulptur.

«Genau», sagt Daniel. «Dort wirst du posieren. Bist du bereit?»

Tja. Was soll ich sagen? Er scheint ohnehin keine Antwort zu erwarten. Denn wenn ich nicht bereit wäre, würde ich nicht vor ihm stehen, oder? Okay, um der Wahrheit die Ehre zu geben, ich bin kein bisschen bereit. Aber abenteuerlustig und ganz kribbelig vor Aufregung, und das muss reichen.

Er steht so dicht hinter mir, dass sein Atem meinen Nacken streichelt. Sehr sexy, sehr sinnlich. Schwach steigt mir der Duft seines Rasierwassers in die Nase. «Für die Dauer unseres Shootings tust du, was ich dir sage», flüstert er. «Jeder Ungehorsam zieht eine Strafe nach sich.» Mir wird ganz schwindlig, als ich höre, wie genüsslich er das Wort *Strafe* ausspricht. *Sein Spiel, seine Regeln.* Ist Icarus womöglich längst hier und sieht uns zu? Ist das Teil des Spiels?

Das letzte Bild ist ein Porträt, aber man kann das Gesicht der Frau nicht erkennen. Eine Halbmaske lässt nur ihre Lippen frei. Sie umschließen einen gläsernen Dildo. Ein höchst erotisches Foto, das mir eine kleine Hitzewelle durch den Unterleib jagt.

Ich spüre Daniels Hände an meinen Schultern und wage kaum zu atmen. Mit nur einem Finger streicht er meinen Nacken hinunter, dann legt er ihn auf den Träger meines Kleides. Unter der Berührung richten sich die feinen Härchen auf meiner Haut auf. Die Wärme in meinem Unterleib wird intensiver. Obwohl Daniel fast nichts tut, knistert es, so sexuell aufgeladen ist die Atmosphäre. Eine Spannung liegt in der Luft, wie letzte Nacht im Onyx, nur dass sich das hier intimer anfühlt. Und bedrohlicher.

Vielleicht liegt darin das Gefährliche an dem Spiel. Es macht süchtig. Und das passiert ausgerechnet mir, Miss Provinzblümchen aus der Wüste?

«Zieh dein Kleid aus.» Seine Stimme hat sich verändert, der Befehlston schüchtert mich ein und erregt mich zugleich. Gerade als ich mich umdrehen will, packt er mich am Handgelenk, mit einem Griff hart wie eine Stahlklammer.

«Aua!», protestiere ich.

«Ich habe gesagt, zieh dich aus. Nicht, dass du dich umdrehen sollst.» Stahl in Seide gehüllt.

Na schön. Ich beiße die Zähne zusammen. Mein Nacken prickelt, während ich hinter mich greife und den Reißverschluss des Kleides hinunterziehe. Ich warte auf die Berührung seiner Hand, doch nichts geschieht. Dann bin ich splitternackt, bis auf die High Heels, und froh, dass ich mit dem Rücken zu ihm stehe. Mein Gesicht glüht wie ein Hochofen.

«*Jetzt* darfst du dich umdrehen.»

Ich gehorche. Erregung und Scham liefern sich in mir einen heftigen Kampf. Wie kann eine Situation zugleich so demütigend und so unglaublich heiß sein? Ich blicke Richtung Boden, um Daniel nicht in die Augen sehen zu müssen, dabei bleibt mein Blick an der Ausbeulung seiner Jeans hängen. Was mich erleichtert. Es ist beruhigend zu wissen, dass ich nicht die Einzige bin, die spitz wie Nachbars Lumpi ist. Und zugleich beunruhigend.

Er deutet auf die Skulptur. «Mach's dir schon mal gemütlich.»

«In diesem Ding?»

Sein Lächeln nimmt einen bedrohlichen Zug an. «Ich bin gleich bei dir, Schätzchen.»

Ich fühle mich sehr nackt und verletzlich. Kunststück. Ich *bin* nackt. Die kühle Luft der Klimaanlage überzieht meine Brüste mit einer Gänsehaut. Noch einmal stoße ich die Schaukel an.

«Keine Sorge, das Teil ist stabil.» Daniel hantiert mit Stativen und Blitzen. «Setz dich einfach rein.»

Erst habe ich Schwierigkeiten, in den schwankenden Sitz zu steigen. Das Metall unter meinem nackten Hintern ist kalt. Doch dann erweist sich der Lego-Stuhl als überraschend bequem. Ich kann mich nach hinten lehnen und rechts und links die Arme auflegen. Meine Beine ruhen erhöht, wie bei einem Sessel im Beauty Salon. Nach ein paar Minuten haben die Chromoberflächen sich meiner Körpertemperatur angepasst. Daniel zieht seine Lederjacke aus. Darunter kommen muskulöse Schultern in einem olivfarbenen Rippshirt zum Vorschein, bei dem ich gleich wieder an Vicente denken muss. Er blickt durch den Sucher seiner Kamera, murmelt etwas, zieht einen Reflektor heran und betrachtet mich erneut durch die Linse.

«Cool.» Er legt die Kamera auf den Boden. Dann tritt er zu mir und sieht mir ins Gesicht. «Ihr seid wie geschaffen füreinander.»

Bevor ich fragen kann, was er damit meint, zieht er meine Hand ein Stück nach vorn. Ein Klicken, und eine Handschelle schließt sich um mein Gelenk, deren anderes Ende Daniel in einen Bügel einklinkt, der in den Stuhl eingelassen ist. Vor Schreck reiße ich meine Hand zurück, vergeblich.

«Ruhig, Schätzchen.» Er beugt sich über mich, sein Mund schrecklich nah an meinem Gesicht. Seine Lippen streifen meine Wange. «Wehrst du dich?»

Es klickt erneut. Er ist geschickt im Umgang mit den Handschellen. Bestimmt macht er das öfter. Nun ist auch meine andere Hand gefesselt. Ich höre ein Surren, direkt neben meinem Ohr. Dann spüre ich einen Ruck an meinen Handgelenken. Die Skulptur bewegt sich unter mir! Die Würfel sind nicht fest miteinander verbunden, sie lassen sich verstellen. Langsam, sehr langsam gleiten die Armlehnen zur Seite, um dann nach hinten zu kippen, bis meine Arme vollkommen gestreckt sind und ich mich nicht mehr bewegen kann. Ein leichtes Ziehen meldet sich in meinen Schultern, aber es fühlt sich sehr erotisch an, so ... *dargeboten* zu werden.

Daniel küsst meinen Mundwinkel, eine federleichte Berührung, und es durchfährt mich wie ein elektrischer Schlag. Zart fährt er meine Kinnlinie empor, bis ich vor Anspannung zittere. Meine Panik löst sich in nervöse Vorfreude auf.

«Schließ die Augen.»

Ich gehorche, und etwas Kühles, Schweres berührt mein Gesicht. Die Maske! Eine Sekunde später sehe ich nur noch Schwarz. Ich muss an den gläsernen Dildo im Mund des anderen Models denken. Mein Herzschlag beschleunigt sich, bis ich ihn in den Schläfen spüre. Ich höre ein Rascheln. Schritte. Ein Klicken. Die Kamera? Jemand lacht leise.

Und dann die Stimme. *Seine* Stimme. Icarus. Oh Gott, ich zerspringe vor Aufregung. «Choice.» Ganz dicht an meinem Ohr. Er klingt genau wie am Telefon, doch jetzt ist er wirklich hier. Jetzt spüre ich wirklich seinen Atem, der sanft mein Ohr streift.

So verrückt es klingt, ich bin gefesselt, aber meine Hemmungen scheinen sich gerade dadurch gelöst zu haben. Es ist, als hätte ich mit meiner Bewegungsfreiheit auch meine Vernunft abgegeben. Was übrig bleibt, ist zügellose Lust. Ich bin nicht verantwortlich für die verruchten Dinge, die diese beiden umwerfenden Männer gleich mit meinem Körper anstellen werden. Ich bin ihnen wehrlos ausgeliefert. Wenn ich eh keine Wahl habe, warum das Abenteuer dann nicht einfach genießen?

«Icarus», flüstere ich. «Bist du das?»

Ich sehne mich nach seiner Berührung. Er soll mich küssen. Überall. Das Versprechen einlösen, das er mir am Telefon gegeben hat.

Für einen Moment herrscht Stille. Ich *weiß*, dass er neben mir steht. Ich weiß es. Aber er lässt mich schmoren.

«Bitte», entschlüpft es mir.

«Du bist schön», sagt er. Warmer Honig zwischen meinen Beinen. So fühlt es sich an, wenn er nur diese drei Wörter sagt. «Viel schöner, als ich es mir vorgestellt habe. Das werden tolle Bilder. Was denkst du, Dan?»

«Umwerfend!», ruft Daniel aus dem Hintergrund. Der Auslöser seiner Kamera klickt.

«Hast du gehört, Choice?» Ich spüre seinen Atem an meinem Bauch, so nahe über meiner rasierten Scham, dass ich zusammenzucke. Ein kaum wahrnehmbares Kitzeln, wie von einem Dreitagebart. Oh Gott. Ich fühle jeden Herzschlag zwischen meinen Beinen. Wenn er mich jetzt anfasst, explodiere ich. «Der Fotograf glaubt, du bist eine Künstlerin.» Etwas Warmes, Nachgiebiges züngelt über meine Klit. Kurze, wohlkalkulierte Stöße. Unwillkürlich hebe ich meinen Schoß an. Was ist das? Seine Zunge? Egal, ich will mehr davon.

«Halt still.» Das ist Daniel, ganz nah, die beiden Worte ein Befehl. Ich zittere von der Anstrengung, ihm zu gehorchen. Die Zunge lässt von mir ab. Ich will schreien vor Frustration.

«Spreiz deine Beine.»

Ich zögere einen Moment.

«Hörst du nicht? Die Beine auseinander!» Kräftige Finger packen meinen Fußknöchel, ein schmerzhafter Griff. Ist das Daniel oder Icarus? Er schiebt meine Ferse gegen meinen Hintern, bis das Knie ganz gebeugt ist, und zwingt meine Schenkel auseinander. Instinktiv sträube ich mich gegen die grobe Behandlung, doch es nützt nichts. Zugleich will ich, dass er weitermacht. Mit weit geöffneten Beinen liege ich in der stählernen Skulptur, gehalten von Händen, die um ein Vielfaches stärker sind als ich. Es ist furchtbar erniedrigend und zugleich unendlich erregend.

«Sieht aus, als würde es ihr gefallen», sagt Daniel.

«Sie ist wunderbar feucht.» Die beiden reden über mich, als wäre ich ein Einrichtungsgegenstand.

«Hey!», protestiere ich. «Was soll das werden?»

«Und widerspenstig ist sie auch.» Icarus' unnachahmlich sinnliches Lachen. «Mach den Mund auf, Choice. Komm schon, zier dich nicht.» Ein Daumen zwingt sich zwischen meine Lippen. Dann spüre ich einen harten Gegenstand an den Zähnen. Unbarmherzig drängt er sich in meinen Mund. «Leck ihn, Süße. Stell dir vor, es wäre mein Schwanz. Du bekommst eine Belohnung, wenn du es gut machst.»

Mir wird heiß und kalt. Ich fahre mit der Zunge über die Rundung, ertaste die Rillen und die kleinen Noppen.

Wieder höre ich die Kamera klicken. Sie ist ganz nah. Wild entschlossen, ihnen eine Show zu bieten, lasse ich meine Zunge um den Eindringling tanzen. Ich bin überrascht, wie viel Spaß es mir macht. Wie erregend es ist, diesen Stab zu lecken und sich dabei vorzustellen, es wäre ein harter, pulsierender Schwanz.

Die Skulptur bewegt sich. Steuern sie das Ding mit einer Fernbedienung? Ich spüre, wie sich die Würfel unter meinen Beinen teilen. Kalter Stahl an meinen Fußknöcheln, wieder das Klicken. Dann sind auch meine Füße gefesselt. «So hilflos und so schön», wispert Icarus mir ins Ohr.

Die Würfel fahren auseinander, bis meine Beine weit gespreizt sind. Ich spüre jeden Herzschlag in meinem Geschlecht. Nass und geschwollen, bin ich ihren Blicken ausgeliefert, ohne dass ich sie sehen kann. Nicht zu wissen, was sie mit mir vorhaben, ist erregender als jede Berührung. Ich hätte nie gedacht, dass mich Fesselspiele anmachen würden. Aber seit dem Onyx ist nichts mehr, wie es war. Ich kann noch immer nicht glauben, dass ich mich darauf eingelassen habe. Doch eine überwältigende Lust pulsiert in meinem Schoß und ruft mir in Erinnerung, dass dies kein Traum ist.

Eine Zeitlang ist es still im Studio, bis auf das Klicken der Kamera. Ich versuche, den Dildo mit den Zähnen zu halten, damit ich sprechen kann. Was mir nicht so wirklich gelingt. «Icarus», nuschle ich, «bist du noch da?»

«Aber ja.» Sein leises Lachen löst bei mir eine Gänsehaut aus. «Ich kann mich kaum satt sehen an dir, weißt du das?»

Ein Hauch streift meine entblößte Scham. Ich zucke zusammen. Icarus' Zunge, zart und weich. Er bewegt sie quälend langsam, wohl wissend, dass ich vor Erregung kaum klar denken kann.

«Du machst das gut, Choice. Sehr gut. Ich werde dich jetzt belohnen. Aber Dan will scharfe Fotos, also beweg dich nicht. Schaffst du das, Choice?»

«Ja», stöhne ich. Daran, dass die Bilder scharf werden, habe ich keinen Zweifel, in mehr als einer Hinsicht.

Er nimmt mir den Glasdildo aus dem Mund. «Hmm», macht er, es klingt wie das Schnurren einer großen Raubkatze. «Was stellen wir jetzt damit an? Hast du eine Idee, Choice?» Himmel, warum tut er es nicht einfach? Warum muss er mich so auf die Folter spannen? «Na? Hat es dir die Sprache verschlagen?» Wieder das Flattern seiner Zunge an meiner Klit, doch es reicht nicht, um die unerträglich lustvolle Spannung zu lösen. «Sag mir, wo du ihn haben willst, Choice. Oder bist du ein unersättliches kleines Kätzchen und möchtest gleich zwei?»

Zwei? «Um Himmels willen, nein!»

Ich höre Daniels Lachen. Das Klicken der Kamera. Etwas Langes, Hartes stößt gegen mein Geschlecht. Dann ist die

Zunge wieder da, leckt über meine Klit, während eine Hand meine Schamlippen spreizt und der Dildo, den ich im Mund hatte, in mich eindringt. Das Gefühl, zugleich geleckt und gevögelt zu werden, ist spektakulär. Es fehlt nicht mehr viel. Tief in mir zieht sich alles zusammen, das Beben vor der Lawine. Die Schaukel pendelt vor und zurück und intensiviert die Stöße. Ich komme mit einem Zittern und einem leisen Schrei. Es ist wie ein Schwall prickelnder Tropfen, der sich in meinen Schoß ergießt. Ein warmes Kribbeln wandert von meinem Inneren bis in die Fingerspitzen.

Danach verschwimmt alles. Ich treibe auf einem glatten, kühlen See. Ich erinnere mich an Küsse, die meine Lippen beleben, an federleichte Liebkosungen auf meiner Haut.

Jemand löst die Fesseln und nimmt mir die Maske ab. Ich blinzele ins helle Licht. Dann hüllt Daniel mich in eine Decke und hebt mich mühelos aus dem Sitz. Ich bin etwas enttäuscht, weil ich Icarus nirgendwo entdecken kann. Wir sind nur noch zu zweit. Wohlige Trägheit erfasst meine Glieder, als Dan mich aufs Sofa legt und mir ein Glas Mangosaft reicht. Erst jetzt merke ich, wie durstig ich bin.

«Du warst toll», sagt er. «Ich hoffe, wir haben bald wieder einmal das Vergnügen. Willst du einen Blick auf die Bilder werfen?»

Er zieht sich einen Sessel heran und zeigt sie mir auf dem Laptop, noch unbearbeitet, direkt aus der Kamera. Ich kann kaum glauben, dass das mein Körper ist. Diese sanften Rundungen, die Landschaften aus Licht und Schatten bilden. Vor dem Shooting hatte ich Angst, als Model seinen Ansprüchen nicht zu genügen. Jetzt könnte ich platzen vor Stolz. Die Bilder sind purer Sex und zugleich so ästhetisch, dass ich sie sogar ... Na okay, vielleicht nicht meiner Mom, aber doch wenigstens Amy zeigen würde.

Gedämpftes Handyklingeln beendet die Stille. Daniel reicht mir meine Handtasche, und ich krame das Onyx-Handy hervor. Natürlich ist es Icarus. «Du schmeckst noch besser, als ich dachte.»

Wärme steigt mir in die Wangen. «Wo bist du?»

«Ich konnte leider nicht bleiben.» Er klingt, als würde er lächeln. «C'est la vie. Ich fürchte nur, ich habe dir etwas verschwiegen. Verzeihst du mir?»

«Nur wenn du versprichst, bald mehr von dem zu tun, was du vorhin getan hast.» Ich schwebe in einer Blase glückseliger Befriedigung und komme mir sehr verrucht vor.

«Das mit den Fingern oder das mit der Zunge? Oder meinst du das gläserne Spielzeug, das dich zum Kommen gebracht hat?»

«Das sage ich dir später.» Meine Ohren glühen. «Also was soll ich dir verzeihen?»

«Dass es keinen Schlüssel für dieses Kästchen gibt.»

«Oh.» Daran hatte ich gar nicht mehr gedacht. «Also war sozusagen der Weg das Ziel?»

«Choice.» Sein Lachen ist dunkle Schokolade. «Ich kann es kaum erwarten, unsere Bekanntschaft zu vertiefen. Ich will mehr von deiner Haut kosten und deine Körperöffnungen ausgiebig verwöhnen.»

Oh Gott. Ich glaube ihm jedes Wort. Zwischen meinen Beinen sammelt sich neue Feuchtigkeit. Kann man von zu viel Sex eigentlich einen Herzinfarkt kriegen?

«Ich melde mich wieder, Süße.»

► Weiter auf Seite 110

Nein, ich will mich anders entscheiden.

◄ Zurück zu Seite 73

5

Am nächsten Tag habe ich Frühschicht im Viceroy.

Zum Glück beherrsche ich alle Handgriffe im Schlaf, sonst wäre es ein Desaster. Nach meinem abgefahrenen Erlebnis mit Icarus tappe ich durch die Gegend wie eine Traumwandlerin auf Autopilot. Mir schwirrt der Kopf. Das Ziehen zwischen meinen Beinen erinnert mich daran, dass das alles wirklich passiert ist. Ich bin mir nur nicht sicher, ob ich das gut finde. Das Onyx-Handy habe ich abgeschaltet. Ich brauche mal eine Auszeit von meiner zweiten Identität als lüsterne Miss Super-Sex. Außerdem wäre es peinlich, wenn mich Icarus im Café anriefe. Er würde garantiert unmögliche Dinge von mir verlangen. Und so verführerisch sein Spiel auch ist, ich kann auf keinen Fall meinen Job riskieren. Ganz abgesehen davon, dass ich heute Abend mit Vicente verabredet bin. Ich habe sowieso schon ein schlechtes Gewissen. Sicher hält er mich für die Unschuld vom Lande. Die ich bis vorgestern ja auch noch war.

Amy hat gesagt, ich solle nichts anbrennen lassen, und eine Lady müsse immer mehrere Eisen im Feuer haben. Lieber zwei Spatzen in der Hand als niemanden, der dich vögelt. Dennoch – so viel männliche Aufmerksamkeit bin ich nicht gewöhnt. Ganz zu schweigen von der Überdosis an Weltklassesex.

Ich bin unheimlich froh, als ich die Schicht endlich hinter mir habe. Es ist früher Nachmittag, die Straßen glühen von der Sonne. Zu dieser Jahreszeit verbrennt jedes Fitzelchen Gras in den Valleys, und übrig bleibt nichts als Staub. Auch das Grün der Kampferbäume am Pershing Square sieht staubig aus. Im Stau krieche ich den Harbour Freeway hinunter bis zur Abfahrt

Pico Union und denke darüber nach, wie das alles weitergehen soll.

Aber eins nach dem anderen. In ein paar Stunden treffe ich mich erst mal mit Vicente. Heute Morgen war ich noch ganz entspannt beim Gedanken daran, doch inzwischen bin ich ziemlich nervös. Icarus hat zwar wirklich Eindruck hinterlassen, aber im Gegensatz zu Vicente ist er ein Phantom. Vicente hingegen ist real, ein Mann, bei dessen Anblick mein Herzschlag stolpert und den ich mir sehnlichst zwischen meinen Beinen wünsche. Sogar während Icarus mir unanständige Versprechen ins Ohr flüstert.

Ich finde ausnahmsweise einen Parkplatz direkt vor dem Haus. Als ich ausgestiegen bin, halte ich Ausschau nach Vicentes Auto, kann die mattschwarze Dodge Viper aber nirgends entdecken.

Vor mir liegt ein langer, fauler Nachmittag mit mehr als genug Zeit, um mich in Schale zu werfen. Der Atem soll ihm stocken, wenn er mich sieht.

Vier Stunden später tobe ich im Vollstress durchs Apartment und kann mir nicht erklären, wieso ich immer noch nasse Haare und nackte Füße habe.

In einer halben Stunde holt Vicente mich ab, und meine honigblonden Strähnchen kräuseln sich wie aufgeschwemmtes Lametta. Mein Schlafzimmer sieht aus, als wäre der Kleiderschrank explodiert. Nachdem ich mich acht Mal umgezogen und mich schließlich für Amys blaues Chiffonkleid entschieden habe, passte die Frisur nicht mehr, deshalb musste ich alles noch mal einweichen. Ich dachte, Löckchen reinzudrehen wäre eine gute Idee, war es aber nicht. Jetzt bin ich verzweifelt, weil ich aussehe wie eine mykenische Tempelhure, die kopfüber in den Honigwein gefallen ist. Von wegen, Weltklassesex macht weltklasse-sexy.

Panisch halte ich den Föhn auf das lockige Desaster. Dabei angle ich die Schnürsandalen aus dem Schuhschrank und hoffe, dass wenigstens der Lack auf meinen Zehennägeln getrocknet ist. Ich habe sie in einem bläulichen Perlmuttton lackiert, passend zum Kleid. Noch schnell Gloss auf die Lippen und die Wimpern tuschen. Ein Wunder, dass ich mich nicht vermale. Vielleicht hätte ich doch das Onyx-Handy einschalten sollen, um mich von Icarus anrufen zu lassen. Der hätte mit einer schnellen Nummer am Telefon mein Selbstbewusstsein sicher wieder aufpoliert. Aber hier stehe ich nun, zehn Minuten vor dem Date mit dem heißesten Bad Boy des Viertels, und versinke im Chaos.

Die Haare sind immer noch nicht ganz trocken, aber was soll's. Ich halte die Mähne mit einer Spange im Nacken zusammen und schnüre die Riemchen der Sandalen bis unters Knie. Nicht ganz die wandelnde Verführung, die ich im Sinn hatte, aber unter den Umständen das bestmögliche Ergebnis. Bevor ich aus dem Apartment stürme, atme ich ein paarmal tief durch. Damit es nicht aussieht, als hätte ich mich beeilt oder so. Bei allem Stress gilt es den Schein zu wahren.

Halbwegs gefasst, trete ich nach draußen. Zu meiner Überraschung ist Vicente schon da.

«*Hola Preciosa.*» Er lehnt am Treppengeländer, sein spöttisch-arrogantes Lächeln auf den Lippen, im Mundwinkel ein Stück Holz, das er fallen lässt, als er mich sieht. «Ich dachte schon, du würdest mich versetzen.»

«Wieso, bin ich zu spät?»

Er hebt eine Braue. «Du siehst umwerfend aus. Etwa mir zu Ehren?»

Ich versuche ein Lächeln, während mir das Herz bis zum Hals klopft. «Siehst du noch jemanden hier?»

Sein Lächeln wird breiter. Von irgendwoher zaubert er eine Hibiskusblüte hervor, schon wieder. Er muss sie unten im Hof gepflückt haben. Er reicht sie mir mit dieser galanten Geste, die man einem Typen wie ihm nie zutrauen würde. Seine Fingerspitzen berühren meine, wie zufällig, bis sein Daumen über meine Hand streicht. Ich nehme seinen Duft wahr, Kaffee und Salz. Umwerfend sexy.

«Wo gehen wir hin?» Ich bemühe mich um einen leichten Tonfall. Haltung bewahren, sage ich mir. Ein kluges Mädchen lässt sich nicht in die Karten gucken. Es sei denn, sie erliegt den Verlockungen eines gewissen exklusiven Clubs. Stopp, bloß nicht daran denken, während ich mit Vicente unterwegs bin.

«Ich dachte an einen Abend am Meer.» Er legt mir eine Hand auf die Hüfte und schiebt mich die Treppe hinunter. Eine besitzergreifende Geste, die sofort meine Phantasie anheizt. Durch den dünnen Chiffon spüre ich die Wärme seiner Hand, die so tief liegt, dass es nicht mehr als anständig durchgeht. Er flirtet auf eine unverschämte Art, als wüsste er genau, dass ich ihm nicht widerstehen kann. Ich merke jetzt schon, wie es zwischen uns knistert.

Er hält mir sogar die Wagentür auf, mit vollendetem Macho-Charme. Sein Auto passt zu ihm. Eine Gangsterkarre, ein aggressiver Sportwagen ohne Schnickschnack, innen gebürsteter Stahl und schwarzes Leder. Aber vom Rückspiegel baumelt ein Kruzifix.

«Das ist von meiner Großmutter», sagt er, als er meinen Blick bemerkt. «Sie glaubt, dass man nie genug göttlichen Beistand haben kann.» Er berührt das Kreuz, das er um den Hals trägt. «Ich wette, sie hat auch noch einen Voodoo-Zauber draufhexen lassen. Zur Sicherheit. Doppelt hält besser.» Sein Grinsen ist ansteckend.

«Das sagt meine Mom auch immer, wenn sie ihre dreißig Gebetbücher abstaubt.»

Wir sehen uns an und müssen lachen. In diesem Moment wird der Mensch hinter der einschüchternden Fassade aus Arroganz und Coolness erkennbar. Das Eis ist gebrochen.

«Deine Mom ist religiös?»

«Klar. Was willst du auch sonst machen, wenn du in Wickenburg, Arizona lebst? Es gibt ein Autohaus, einen christlichen Buchladen, einen Farmer-Markt und vier Kirchen. Das Highlight des Jahres ist der Wickenburger Pudel-Contest.»

Bis zur Küste sind es gut zwanzig Meilen. Der Freeway ist voll, aber der Verkehr auf den vier Spuren rollt zügig voran. Im Rückspiegel leuchtet schwach das Lichtermeer der Hochhäuser, vor uns breiten sich die flachen Häuschen und die Palmwipfel von South Central aus. Als wir nach zwanzig Minuten Santa Monica erreichen, habe ich Vicente meine halbe Lebensgeschichte erzählt. Nicht, dass die besonders aufregend wäre. Aber er ist ein angenehmer Zuhörer, der immer wieder interessiert nachfragt. Manchmal wirft er witzige Kommentare ein, über die wir lachen müssen. Mit den unterbelichteten Gangster-Typen, die in der Metro Leute anpöbeln, hat er ungefähr so viel gemein wie ein Panther mit struppigen Straßenkötern. Das war meine größte Sorge: dass sich herausstellt, die Fassade ist heiß, doch es steckt nichts dahinter. Oder, wie Amy sagen würde: Dumm fickt gut.

Sie wird ganz schön neidisch sein, wenn ich ihr erzähle, dass er auch noch was in der Birne hat. Ich wüsste nur zu gern, ob was an den Gerüchten dran ist, dass er eine große Nummer in der lokalen Gang-Szene ist. Aber das kann ich ihn wohl schlecht fragen. Erst recht nicht beim ersten Date. Auf einmal fällt mir auf, dass er überhaupt nichts von sich preisgibt, während ich die ganze Zeit über mich rede.

«Kommst du aus L.A.?», frage ich, als wir aus dem Auto steigen.

«*No tengo ni idea.* Frag mich was Leichteres.» Na toll, er weicht mir aus. Ich habe den Eindruck, er kokettiert mit seinem spanischen Akzent und könnte sich auch ausdrücken wie ein Harvard-Absolvent, wenn er nur wollte.

«Du machst Witze.»

«Mache ich nicht. Frag meine Großmutter. Sie tut so, als wenn es ein Riesengeheimnis wäre. Wenn du es schaffst, ihr eine Antwort aus der Nase zu ziehen, lade ich dich ins Steakhaus ein.»

«Das machst du doch sowieso.»

«*No.* Heute gehen wir Fisch essen.»

«Und deine Großmutter, woher kommt die?» So schnell gebe ich nicht auf. Außerdem interessiert es mich wirklich.

«Aus Argentinien. Sie war früher eine glühende Anhängerin von Evita Perón.»

Wir lassen uns mit dem Strom der Abendspaziergänger den Santa Monica Pier entlangtreiben, mitten hinein ins Gewirr der bunten Marktstände. Ein Lichtermeer säumt den nächtlichen Strand. Über allem thront das berühmte Riesenrad, das man auf jeder Postkarte von Santa Monica sieht. Ein leichter Wind lässt die Brandung rauschen. Es riecht nach Popcorn und Tacos, nach Salz und Tang.

«Sieh mal dort.» Er zeigt auf einen Stand mit Sonnenbrillen, Tüchern und Schmuck. Mexikanische Silberamulette, Navajo-Anhänger mit Korallen und Türkisen, kleine Tiere aus Speckstein. «Der gehört einer Freundin von meiner Cousine. Sie macht die meisten Stücke selbst.» Gut gelaunt stellt er mich der kleinen quirligen Mexikanerin vor, deren Namen ich in all dem

Lärm nicht verstehe. Sie will mir gleich ein Paar Federohrringe aufschwatzen.

«Nicht die», sagt er. «Zeig ihr die Blumen.»

Sie holt einen Holzkasten unter dem Tisch hervor. Auf verblichenem Samt liegen Kettenanhänger, wunderschöne Blüten aus Silber.

«Die sind *la tradición*», sagt er. «Die Muster stammen von ihrer Urgroßmutter, und die hat sie schon von ihrer Großmutter übernommen.» Er nimmt einen heraus, der aussieht wie die Hibiskusblüte, nur in klein. «Gefällt sie dir?»

Wahnsinn, wie fein die Strukturen gearbeitet sind. Man braucht eine Lupe, um alle Details zu erkennen. «Sie ist toll.»

«Ich schenke sie dir.»

«Im Ernst?», frage ich verblüfft. Er hat nicht mal gefragt, was sie kostet.

Er sagt etwas auf Spanisch zu der Verkäuferin. Ich verstehe kein Wort, sehe nur sein Lächeln, das Aufblitzen perfekter weißer Zähne. Sie fädelt ihm die Blüte auf ein Silberkettchen.

«Dreh dich um», sagt er und stellt sich so dicht hinter mich, dass seine Brust meinen Rücken berührt. Sofort strömt die Hitze zurück in meine Adern. Diese erregende Anspannung, die mir das Blut in die Wangen steigen lässt und ein Prickeln in meinem Unterleib auslöst. Er legt mir die Kette um den Hals. Dabei streicht er mit den Fingern über meine Schlüsselbeine. Sein Atem kitzelt meinen Nacken, nur zu gern würde ich mich mit einem Seufzer an ihn lehnen. Aber ich reiße mich zusammen. Dies ist ein anständiges erstes Date. Und Latino-Machos sind konservativ. Sagt Amy. Jedenfalls, wenn sie mehr wollen als eine schnelle Nummer.

Bevor er sich von mir löst, zeichnet er mit dem Daumen meine Kinnlinie nach. Mein Gesicht brennt, als er mich herumdreht und den Anhänger betrachtet. Oder genauer gesagt den dünnen Stoff ein Stückchen tiefer, unter dem sich meine Brustwarzen abzeichnen, die nichts Besseres zu tun haben, als hart zu werden. Verdammt.

Er schaut auf, und unsere Blicke treffen sich. Seine Augen sind zwei dunkle Brunnen, in denen ich ertrinken könnte. Ich bin mir sicher, dass er sieht, wie meine Wangen brennen. Er weiß genau, wie er auf mich wirkt, der Bastard. Ich hoffe nur, ich habe die gleiche Wirkung auf ihn.

«Sie steht dir.»

«Danke», bringe ich hervor. «Machst du das mit allen Mädchen?»

«Ihnen am Santa Monica Pier eine Mariposa-Blüte kaufen?» Spöttisch verzieht er die Lippen. «Nein, nicht mit allen.» Er tritt zurück, als sei nichts geschehen. Ich könnte mich ohrfeigen. Wieso muss ich ihn auch so etwas Blödes fragen?

Wir verabschieden uns von der Verkäuferin und bummeln weiter. Er fragt, ob ich mich mal an einem der vielen Musical-Theater beworben hätte, die es in L. A. gibt. Ich habe ihm vorhin im Auto erzählt, dass ich tanze.

«Nicht wirklich», gebe ich zu. «Ich glaube auch nicht, dass ich gut genug dafür bin.»

«Woher willst du das wissen, wenn du es nie versucht hast?»

«Keine Ahnung. Ich fürchte, ich bin nicht professionell genug.»

Wir gehen in ein Fischrestaurant am Ende des Piers, wo Vicente einen Tisch reserviert hat. Das Lokal macht von außen nicht viel her, aber das täuscht. Der Avocado-Salat mit Sashimi schmeckt zum Niederknien. Das Hauptgericht, ein Thunfisch-Steak, zergeht mir praktisch auf der Zunge, so zart ist es.

Er schenkt mir Weißwein nach und reicht mir kleine Häppchen von seinem Teller zum Probieren. Wie zufällig stößt mein Knie unterm Tisch gegen seines. Die Berührung von rauem Jeansstoff und glattem Chiffon fühlt sich sehr sinnlich an. Ich stelle mir seine Hand in meiner Kniekehle vor, wie sie sich in die Rundung schmiegt, um dann höher zu wandern, bis seine Finger den Spitzensaum meines Höschens beiseiteschieben. Reiß dich zusammen, ermahne ich mich selbst.

«Hast du einen Freund?»

Ich hatte gehofft, er würde diese Frage nicht stellen. «Nicht wirklich», sage ich, mit einem Anflug von schlechtem Gewissen. Aber hey, Icarus ist ein ... Spielgefährte, nicht mein Freund. Und der One-Night-Stand im Onyx zählt nicht.

«Aha?» Er hebt eine Augenbraue, als würde er auf eine genauere Erklärung warten.

Ich zucke mit den Schultern und setze mein charmantestes Lächeln auf. «Nicht wirklich ist besser als ja, oder?»

Zum Nachtisch teilen wir uns ein Stück New York Cheesecake, die Königin der Käsekuchen.

Es ist schon spät, als wir das Lokal satt und zufrieden verlassen. Vicente überredet mich, hinunter an den Strand zu gehen. Inzwischen liegt der Santa Monica Beach verlassen da. Bis auf einen Typen mit Hund begegnen wir keiner Menschenseele. Gurgelnd und zischend rollt die Brandung heran, über uns funkeln die Sterne. Man kann die Perlenkette der Flugzeuge sehen, die auf eine Landeerlaubnis vom Los Angeles International Airport warten. Von einem Club oben am Pier ist Live-Musik zu hören, eine Mischung aus Dance und mexikanischer Folklore.

Er lächelt mich auf seine entwaffnende Art an. «Lass uns tanzen.»

«Was? Hier?»

«Warum nicht?» Ehe ich protestieren kann, packt er mich

um die Mitte und bringt mich aus dem Gleichgewicht. Ich stolpere. Er lässt sich mit mir zu Boden fallen. Wir rollen durch den Sand und müssen beide lachen. Er hält meine Beine fest und zieht mir die Sandalen aus. Dann richtet er sich wieder auf und hilft mir hoch.

«Warte!» Ich hebe die Sandalen auf und halte sie an den Riemen.

Hand in Hand wie zwei übermütig verliebte Teenager laufen wir in die Brandung. Prickelnd kalt schäumt mir das Wasser um die Waden. Eine Welle schwappt hoch und durchnässt den Saum meines Kleides.

«Okay.» Er legt die Hände auf meine Hüften. «Wir wäre es mit Rumba?» Der Mond zeichnet silberne Linien und schwarze Schatten auf sein Gesicht. Ein paar Haarsträhnen haben sich aus seinem Zopf gelöst. Ich stehe mit dem schönsten Bad Boy von South Central barfuß in der Pazifik-Brandung. Der romantische Moment wird noch sinnlicher, als er mich an sich zieht und wir uns im Rhythmus der Musik bewegen. Meine Füße finden die Schritte von allein. Noch eine Überraschung – wie kommt es, dass einer wie Vicente so gut tanzen kann? Ich bin hingerissen. Die Wellen, das Mondlicht, sein Haar an meiner Wange. Salzwasser umspült unsere Füße. Er nimmt meine Hand, unsere Körper lösen sich voneinander, ich vollführe eine Drehung und falle zurück in seine Arme. Er bezaubert mein Herz.

Als eine Woge uns von den Füßen reißt, fallen wir in die schäumende Gischt. Er liegt halb auf mir, ich spüre das Gewicht seines Körpers. Seine Lippen sind nahe an meinen, seine Hand ist in meinen Locken. Mit zwei Fingern berührt er mein Gesicht. Ich verzehre mich danach, von ihm geküsst zu werden, aber er sieht mich nur an.

Ich greife in sein Haar, um ihn zu mir hinunterzuziehen.

Er lächelt und senkt den Kopf, streift mit den Lippen meine Wange und löst sich dann plötzlich von mir. «Ich bringe dich nach Hause, okay?»

Das ist nicht wahr, oder? Er kann doch jetzt nicht aufhören! Aber er beweist deutlich mehr Selbstkontrolle als ich. Ich könnte schwören, dass ich durch seine Jeans eine Erektion gespürt habe, doch er spielt den Gentleman, der nicht gleich beim ersten Date mit mir schlafen will. Verdammt! Anstand wird überbewertet!

Unsere Klamotten sind pitschnass und voller Sand, aber die Nacht ist so warm, dass ich nicht friere. Wir fahren mit offenen Fenstern zurück in die Stadt. Vicente lenkt mit einer Hand. Den anderen Arm hat er um meine Schultern gelegt, die Hand in meinen Haaren. Im Radio läuft *Castle of Glass* von Linkin Park, Palmwipfel und Straßenlaternen ziehen am Rand meines Blickfelds vorbei. Vor uns leuchten grün und golden die Hochhäuser. Es ist ein Traum, aus dem ich unsanft erwache, als er vor unserem Apartmentblock anhält und keine Anstalten macht auszusteigen.

«Danke», sagt er, «für den schönen Abend.»

«Kommst du nicht mit hoch?», entschlüpft es mir.

«Ich muss noch mal los.» Kein Fünkchen Spott liegt in seinem Lächeln. Er nimmt den Arm von meinen Schultern. «Schlaf gut, *Chica*.»

Das ist alles? *Schlaf gut?* Nicht mal ein Abschiedskuss? Kein *Sehe ich dich wieder*? Was mache ich denn jetzt?

Bleibe ich noch einen Moment sitzen? So wie er mich ansieht, überlegt er, mich doch noch zu küssen.

▶ Weiter auf Seite 121

Oder springe ich über meinen Schatten und nehme die Dinge selbst in die Hand?

▶ Weiter auf Seite 122

■ Doch dann lächelt er nur, streckt eine Hand aus und streift meinen Mundwinkel. Die Zärtlichkeit der Geste berührt mich, aber sie stillt nicht die Sehnsucht in mir.

«*Que duermas bien, corazón.*» Er legt beide Hände aufs Lenkrad. «Träum von mir.»

«Gute Nacht», sage ich und steige aus. Die Tür ist kaum zugefallen, da gibt er schon Gas. Ich sehe ihm nach, bis er am Ende der Straße um die Kurve biegt. Irgendwo über mir klappert eine Tür, und mir wird bewusst, welchen Anblick ich biete. Der Chiffon, teilweise getrocknet, klebt mir am Körper und ist voller Sand. In einer Hand halte ich die Sandalen, in der anderen meine kleine Handtasche.

Wieso hat er mich nicht geküsst? Es gehört sich verdammt noch mal, das erste Date wenigstens mit einem Abschiedskuss zu beenden. Damit man sich Hoffnungen machen und sich aufs nächste Mal freuen kann! Erst recht nach einem so umwerfenden Abend wie diesem.

Ich zwänge mich durch die Bananenstauden und erklimme lustlos die Stufen. Die Mauern strahlen noch Wärme ab. Ich bleibe beim zweiten Stock stehen, dort wo Vicente immer sitzt.

Unwillkürlich schaue ich zu Apartment 212, ein Stück den Gang hinunter. *Seinem* Apartment. Ich wünschte, er wäre mit hochgekommen. Zwischen den Beinen wird mir ganz heiß, wenn ich nur daran denke. Ich stelle mir vor, wie wir zusammen die Treppe hochsteigen, er einen Schritt hinter mir, sein Atem in meinem Nacken, seine Hände auf meinem Hintern. Wie er mich an die aufgeheizte Hauswand drückt, wie er seine Erektion unter der Jeans gegen die Rückseite meiner Schenkel drängt. Er nimmt mein Kinn und zwingt mich, ihn über die Schulter hinweg anzusehen. Mit seiner Zunge und seinen Zähnen erobert er meinen Mund, nicht zärtlich, sondern hart und besitzergreifend. Wir sind so gierig aufeinander, dass wir uns nicht mit einem Vorspiel aufhalten. Hastig schiebt er mir das Kleid über die Hüften. Ich höre, wie er seine Hose öffnet, dann spüre ich die Härte seines Schwanzes zwischen meinen Pobacken. Er reibt sich an mir, nur mein hauchzartes Höschen ist zwischen seiner und meiner Haut. Er greift nach meinen Brüsten und knetet sie. Sein Schwanz zieht eine glühende Spur bis zum Saum meines Höschens, dann hakt er die Finger hinein und zieht es hinunter. Gerade so weit, dass er von hinten in mich eindringen kann. Mit heftigen Stößen vögelt er mich gegen die Hauswand, sein heißer Atem an meinem Ohr.

Mir wird ganz schwindlig, so – ähm, inspirierend ist die Vorstellung. Mein Mund ist trocken. Andere Stellen sind dafür ziemlich feucht. Mit glühendem Gesicht bringe ich die restlichen Stufen zu meiner Wohnung im vierten Stock hinter mich.

► Weiter auf Seite 124

Nein, ich will mich anders entscheiden.

◄ Zurück zu Seite 120

■ Was soll's. Man lebt nur einmal.

Also gebe ich mir einen Ruck, fasse ihn an der Schulter und bringe mein Gesicht ganz nah an seines. Für einen schrecklichen Moment fürchte ich, dass er mich abweist. Doch nach kurzem Zögern lässt er zu, dass unsere Lippen sich berühren. Erst ist es nur ein zartes Tasten. Er erwidert die Liebkosung, sacht stößt seine Zunge gegen meine. Er schmeckt nach Salz und Sehnsucht und linkischer Zärtlichkeit.

Dann ist es, als wäre plötzlich ein Damm gebrochen: Er greift in mein Haar und zieht mich an sich. Sein Kuss wird fordernder, hungriger. Er erobert meinen Mund. Binnen Sekunden stehe ich in Flammen. Mein ganzer Körper ist erfüllt von der Gier, von ihm genommen zu werden. Er könnte mich hier und jetzt auf dem Autositz vögeln, und ich würde stöhnend unter ihm kommen. Egal, ob die ältliche Mrs. Morris uns zusieht und mich für eine Schlampe hält.

Mit einer Hand umfasst er meinen Nacken, mit der anderen streift er mir das Kleid hoch, umfasst erst mein Knie, fährt dann an der Außenseite meines Schenkels empor und gräbt seine Finger in meinen Hintern. Er liebkost mein Fleisch, ohne mich zwischen den Beinen zu berühren, eine unerfüllte Verlockung, die mich in den Wahnsinn treibt.

Fast gewaltsam löst er sich von mir. Mein Atem geht schwer, seiner aber zum Glück auch. Mit glasigem Blick starrt er mich an. «*Que duermas bien, corazón.*» Er legt beide Hände aufs Lenkrad. «Träum von mir.»

Das kann nicht sein Ernst sein. Nach so einem Kuss schickt er mich nach Hause? Doch er hat sich anscheinend wieder unter Kontrolle. Als hätte ich mir den Ausbruch von Leidenschaft eben nur eingebildet.

Wie vor den Kopf geschlagen, steige ich aus dem Auto und sehe ihm nach. Die roten Rücklichter leuchten am Ende der Straße auf und verschwinden dann. Verdammt, jeder andere Typ hätte die Gelegenheit genutzt. Aber nicht Vicente. Warum hat er mich weggeschickt?

► Weiter auf Seite 124

Nein, ich will mich anders entscheiden.

◄ Zurück zu Seite 120

6

Ich hoffe nur, Amys blaues Chiffonkleid hat keine bleibenden Schäden davongetragen. Ich werde es morgen in die Reinigung bringen, sonst dreht sie mir den Hals um, wenn sie zurückkommt. Jetzt muss ich mir erst mal den Sand vom Körper waschen.

Es ist kurz vor Mitternacht, das Wasser aus der Dusche prasselt mir angenehm heiß auf Stirn und Schultern. Ich frage mich, wohin Vicente gefahren ist. Er wohnt schließlich hier. Irgendwas hat ihn davon abgehalten, das zu machen, was jeder andere Typ in seiner Situation getan hätte. Ich habe ja wohl keinen Zweifel daran gelassen, dass ich willig gewesen wäre, den Abend in seinem Apartment fortzusetzen. Also was hat er um diese Zeit so Dringendes zu erledigen? Geht es dabei um eine andere Frau? Er hat mich zwar gefragt, ob ich einen Freund habe, aber kein Wort über seinen eigenen Beziehungsstatus verloren.

In ein Handtuch gewickelt, gehe ich ins Schlafzimmer und schiebe den Klamottenhaufen vom Bett. Zum Aufräumen kann ich mich nicht durchringen. Ich ärgere mich immer noch über Vicente, deshalb schalte ich das Onyx-Handy ein. Das geschähe ihm nur recht, dem Mistkerl, wenn Icarus anrufen würde. Selbst schuld! Es ist nicht okay, erst ein Herz zu erobern und das dazugehörige Mädchen dann unbefriedigt am Straßenrand stehenzulassen. Der Gedanke, er könnte jetzt bei einer anderen sein, nagt an mir.

Ich ziehe frische Unterwäsche und ein T-Shirt an und setze mich mit dem Laptop auf die Couch, um E-Mails zu checken. Amy hat mir Fotos von einer Schokotorte geschickt, die sie mit ihrer Mom gebacken hat. Zwei Absagen von Casting-Agenturen, bei denen ich mich für kleine Rollen in Nachmittagsserien beworben habe. Obwohl ich damit gerechnet habe, bin ich enttäuscht. Eine Info-Mail von der Hausverwaltung, dass nächste Woche die Klimaanlage gewartet wird. Ich klappe den Laptop wieder zu und zappe durch die Fernsehsender. Ich sollte eigentlich schlafen gehen, weil ich morgen früh rausmuss, aber ich bin nicht müde. Dazu schwirrt mir der Kopf viel zu sehr. Kein Wunder, erst weht in Sachen Sex jahrelang nur ein laues Lüftchen, und jetzt wirbelt ein Jahrhundert-Tsunami mein Liebesleben durcheinander.

Ich stoße mir den Zeh am Couchtisch, so eilig springe ich auf, als das Telefon klingelt. Das Onyx-Handy. Oh Gott. Ich reiße es hoch und presse es mir ans Ohr.

«Hallo, Choice.» Diese Stimme – Verführung pur! Der Kerl verdient den Telefonsex-Oscar. Er schafft es, meine Stimmung innerhalb einer Sekunde zu heben. Ich vergesse das Grübeln und bin mit einem Mal ganz aufgekratzt. Icarus wirkt wie eine Droge auf mich.

«Hey. Ich habe mich schon gefragt, ob du heute noch anrufst.»

«Hast du mich vermisst?»

«Vielleicht?» Ich flirte. Ich FLIRTE. Ich, Choice, Miss Anti-Schlagfertig, der es sonst schon beim Anblick eines attraktiven männlichen Wesens die Sprache verschlägt. Ich lasse mich mit dem Telefon am Ohr auf mein verwüstetes Bett sinken. «Und du?»

«Süße, ich denke ununterbrochen an dich. Du hast mich verzaubert, weißt du das?»

«Du bist sehr romantisch.»

Ein leises Lachen. «Das hat mit Romantik nichts zu tun.»

«Wieso?» Ich bin ein bisschen gekränkt. «Sex kann sehr romantisch sein.»

«Nicht, wenn er gut ist.» Seine Stimme färbt sich eine Nuance dunkler. «Romantik hat mit Verliebtheit zu tun. Und Liebe und Sex stehen sich gegenseitig im Weg.»

Ich will Icarus zwar nicht heiraten, sondern nur welterschütternd guten Sex mit ihm haben, aber es stört mich trotzdem, dass er so etwas sagt. Wahrscheinlich, weil es bei meinem Date mit Vicente gerade umgekehrt war. Romantik zum Dahinschmelzen, aber bevor die Nacht in handfesten Sex münden konnte, hat er sich davongemacht. «Wie meinst du das?», frage ich.

«Sex ohne Liebe hat den Vorteil, dass du dir keine Sorgen darum machen musst, was der andere danach über dich denkt. Genuss und Leidenschaft ohne Reue.» Wieder gleitet die Dunkelheit in seine Stimme. «Es spielt keine Rolle, ob du die Einzige bist oder nur eine von vielen. Es zählt nur der Rausch des Augenblicks.» Er lacht leise. «Sieh dich an, Choice. Du weißt nichts von mir. Und ich weiß nichts von dir, außer dass du verdammt süß und verführerisch bist. Und träumst du nicht schon davon, wie es sein wird, wenn ich all deine feuchten Stellen berühre?»

Äh ja. Wo er recht hat, hat er recht. Mir bleiben fast die Worte im Hals stecken, weil er sofort wieder meine wildesten Phantasien entfacht. Doch so leicht will ich mich nicht geschlagen geben. «Aber wenn ich in jemanden verliebt bin, kann ich ihn ebenso begehren.»

«Woher willst du wissen, ob die Liebe echt ist, wenn du vor Lust nicht klar denken kannst?»

«Das weiß man eben!»

«Oder auch nicht», neckt er mich.

Für einen Moment bin ich sprachlos, weil mir einfach keine gute Entgegnung einfällt.

Vielleicht sollte ich ihm von Vicente erzählen? Wer weiß, was dann passiert? Womöglich stachelt es seinen Ehrgeiz an?

▶ Weiter auf Seite 127

Andererseits ist das eine kindische Idee. Er könnte genauso gut beleidigt auflegen, wenn ich von fremden Männern anfange.

▶ Weiter auf Seite 147

■ «Ich kann dir das Gegenteil beweisen», sage ich.

«Ah ja?» Seine Stimme nimmt einen trägen, fast verträumten Klang an. «Ich bin gespannt.»

«Ich hatte heute Abend ein Date. Es war irre romantisch und trotzdem –»

«Ein Date?», unterbricht er mich. Er klingt nicht verärgert, sondern amüsiert. «Mit einem anderen Mann?»

«Du warst ja nicht da.»

«Du hattest das Handy nicht eingeschaltet.»

«Also hast du versucht, mich zu erreichen?»

Er lacht. «Hat er dich zum Höhepunkt geleckt, sodass du in Ekstase geschrien hast?»

Mir wird ganz heiß. «Wir hatten keinen Sex.»

«Aber es war bestimmt romantisch», stichelt er. Verdammt! Wie zufrieden er klingt. Er hat gewonnen, bevor ich meine Argumente überhaupt anbringen konnte.

«Nein, ich wollte nur sagen, dass ich …» Was eigentlich? Dass ich trotz all der Romantik gern Sex mit Vicente gehabt hätte, er mich aber ungevögelt ins Bett geschickt hat? Ich bringe es nicht über mich, das zuzugeben.

«Choice», murmelt Icarus. «Hast du Lust auf ein wenig Entspannung vorm Schlafengehen?»

«Und ob.» Meine Stimme zittert. Gleich wird er von mir verlangen, mein Höschen auszuziehen. Bestimmt lässt er mich noch eine von den Schachteln öffnen, die so verlockend in dem Paket am Fußende meines Bettes glitzern. Ich kann praktisch spüren, wie meine Schamlippen anschwellen.

«Wie wäre es mit einem Mitternachts-Spa?»

«Mit was?», frage ich verblüfft.

«Im Onyx gibt es einen großartigen Wellness-Bereich. Steig ins Auto, wir treffen uns in zehn Minuten.»

«Um diese Zeit?» Ich muss morgen sehr früh aufstehen.

«Um diese Zeit gewähren sie nur ganz besonderen Gästen Zutritt.» Seine Stimme ist ein einziges Versprechen. «Wie der Zufall es will, gehöre ich zu diesem exklusiven Kreis. Willst du mein Gast sein, Choice?»

Ob ich *will*? Das ist keine Frage des Wollens! Gequält schaue ich auf die Uhr. Ich bin doch jetzt schon süchtig nach Icarus' Spiel. Allein der Gedanke, ihm im Halbdunkel und in den betörenden Düften eines Luxus-Spa zu begegnen, lässt mich feucht werden.

«Komm schon», schmeichelt er. «Sag ja. Ich kann hören, dass du es willst.»

Ich unterdrücke ein Stöhnen.

«Möchtest du nicht herausfinden, wie es ist, wenn ich deine Brüste mit Mandelöl massiere? Sie haben dort ein besonderes Öl, weißt du? Sie mischen es mit Grapefruit und Zimtbaumrinde. Es ist kühl und zäh und wird erst durch Körperwärme flüssig.» Seine Stimme hypnotisiert mich. Ich stelle mir vor, wie er das kühle Öl zwischen meinen Pobacken verteilt und in meiner Spalte verreibt, wo es sich prickelnd verflüssigt und mit meinen Säften mischt. Wie er meine Schenkel massiert und mit den Fingerspitzen immer wieder meine intimste Stelle berührt, bis ich verrückt vor Gier nach ihm bin.

Vicente muss ja nichts davon erfahren. Wir sind schließlich nicht zusammen, sondern hatten nur ein unverbindliches Date. Nach dem er sich einfach verdrückt hat.

«Doch», flüstere ich. «Ich will wissen, wie es ist.»

Du bist komplett irre, denke ich, als ich um null Uhr vierundfünfzig das Onyx betrete. Überraschenderweise ist trotz der späten Stunde viel los. Gäste umlagern die Bars, am Pool steigt eine kleine Party. Ich erspähe Demetrius in Begleitung einer entzückenden Asiatin. Er lächelt kurz und diskret.

Dieser Ort ist seltsam unwirklich. Alles fühlt sich vertraut an, obwohl ich erst ein einziges Mal hier war. Der Zugang zum Wellness-Bereich liegt in einer versteckten Ecke des Clubs. Ich dränge mich zwischen gut gelaunten, attraktiven Menschen hindurch. Nervös und voller Vorfreude steige ich in den Aufzug, der zwei Stockwerke nach unten fährt, um mich in eine andere Welt zu entlassen.

Der Eingangsbereich des Spa könnte aus einem orientalischen Märchen sein. Jede Fläche ist mit Mosaiken bedeckt oder mit kunstvoll geschnitzten Holzgittern verkleidet. Entlang der Wände stehen Wasserbecken, in denen Blüten und Duftkerzen schwimmen. Die vielen Flammen spiegeln sich in den Mosaiksteinchen und verwandeln den Raum in einen mystischen Tempel.

Hinter einem Tresen aus Marmor empfängt mich ein hübscher junger Mann. «Guten Abend», sagt er lächelnd. «Es tut mir leid, aber wir haben schon geschlossen. Oder haben Sie einen speziellen Termin?»

Einen speziellen Termin? «Das hoffe ich doch.»

Für einen Moment bin ich verunsichert, weil ich ja gar nicht weiß, wie Icarus wirklich heißt. Wie soll ich mich da auf ihn berufen?

Der Mann fragt mich nach meinem Namen und vertieft sich in ein ledergebundenes Buch. Wie viele Mitternachts-Arrangements sie wohl pro Abend haben, dass er extra in seiner Liste nachsehen muss? Als er wieder aufblickt, strahlt er über das ganze Gesicht. «Alles klar! Sie sind für die Isfahan-Suite gebucht.»

Er führt mich durch eine Glastür mit Bronzeornamenten. Dahinter liegt ein duftender Korridor, der erst rot, dann blau und auf dem letzten Stück gelb beleuchtet ist. Mit einer Schlüsselkarte entriegelt er eine Doppeltür, die mit ihren Schnitzereien aussieht wie das Geheimportal zum Harem des Sultans. Er sagt noch etwas von Handtüchern und Bademänteln, aber ich höre ihm gar nicht mehr zu, weil ich so mit Staunen beschäftigt bin. Geistesabwesend danke ich ihm. Kein Zweifel, ich stehe im Palast der Wünsche aus *Tausendundeiner Nacht.*

Der Raum ist achteckig, mit wunderschönen Mosaiken auf dem Boden und einer Kuppel, an der ein Sternenhimmel aus winzigen Lichtern glimmt. Im Halbdunkel erkenne ich ein erhöhtes Badebecken, aus dem Dampf aufsteigt. Auf einem kleinen Podest steht eine Massageliege, die halb hinter weißen Gaze-Vorhängen verborgen ist und aussieht, als wäre sie für die Favoritin des Kalifen reserviert. Die Liege, auf der es ihr der Eunuch mit seiner kunstfertigen Zunge besorgt, wenn seine Eminenz gerade unpässlich ist.

In schmalen Wandnischen flackern Kerzen. Auf dem Boden stehen Schalen voller Rosen und Orchideen. Hinter einem seidenbezogenen Paravent entdecke ich die Handtücher. Okay, was jetzt? Wahrscheinlich sollte ich mich ausziehen und in eins der flauschigen Tücher wickeln. Ich war noch nie in einem Luxus-Spa. Oder überhaupt in einem Spa. So was kann ich mir normalerweise nicht leisten. Mein gesamtes Wissen über derlei Institutionen speist sich aus Filmszenen. Wo zur Hölle steckt übrigens mein geheimnisvoller Liebhaber?

Ich beschließe, mich Spa-fein zu machen und auf der Liege auf ihn zu warten. In den Filmen machen sie das schließlich auch so. Es duftet nach Blumen und exotischen Gewürzen. Von irgendwoher beschallen ätherische Klänge den Raum. Waren die vorhin schon zu hören?

Ich lege mich bäuchlings auf die Liege und zupfe am Handtuch herum, bis es meinen Hintern bedeckt. Um wenigstens ein bisschen den Schein zu wahren. Ich habe nicht vergessen, was Icarus mit einer Portion Mandelöl auf meinen Brüsten anstellen will.

Das Vogelgezwitscher aus den Lautsprechern lullt mich ein. Das Rauschen eines tropischen Regens auf Bananenblättern und Bougainvillea. Flötentöne, ein Windspiel aus Glas.

Erschrocken zucke ich zusammen, als jemand mein Haar berührt. Ich will den Kopf heben, aber er wird mit sanftem Druck unten gehalten.

«Nicht.» *Icarus.* «Bleib liegen und schließ die Augen. Entspann dich, Choice.»

Gott, ich wüsste so gern, wie er aussieht. Aber er will sich nicht zu erkennen geben. Das Geheimnis ist Teil seines Spiels. Ich ahne, dass ich diese Regel auf keinen Fall brechen darf, wenn ich will, dass es weitergeht.

Er hat mich noch nicht einmal angefasst, aber mich heizt schon der Gedanke an all das an, was er gleich mit mir tun könnte. In meinem Unterleib regt sich die Lust mit einem leichten Ziehen. Ich liege ganz still und versuche cool zu wirken.

Er bindet mein Haar, das noch feucht vom Duschen ist, zu einem Knoten zusammen. Sanft streicht er mir über den Nacken und die Schultern. Die harmlose Berührung schickt ein elektrisierendes Kribbeln durch meinen Körper. Ich habe das Gefühl, dass sich jedes Härchen unter seinen Fingern aufrichtet. «Ich werde dich jetzt massieren. Freust du dich darauf?»

«Ja», bringe ich hervor.

«Sie haben hier eine ausgezeichnete pflegende Gesichtsmaske. Mit Kakao-Öl und Aloe Vera.» Er spricht in einem leichten Plauderton, der nur meine Anspannung steigert. Ich weiß genau, dass er mich zum Kommen bringen wird. Ich weiß nur nicht, wann und wie. Es ist die köstlichste Ungewissheit, die man sich vorstellen kann. An meinem ganzen Körper breitet sich Gänsehaut aus. Ich höre ein Rascheln, eine Hand schiebt sich unter meinen Kopf. «Lass die Augen geschlossen.»

Seidige Kühle breitet sich über mein Gesicht. Er verbindet mir die Augen mit einem feuchten Tuch. Cremig kühl und nach Schokolade duftend schmiegt es sich auf mein Gesicht. Dann zieht er das Handtuch unter meinem Bauch weg. Ich höre, wie es zu Boden fällt. Nun bin ich vollkommen nackt. Und so heiß, dass ich an nichts anderes denken kann als an Sex. Warm und duftend tropft Öl auf meine Schultern. Läuft mein Rückgrat hinunter. Auf meine Pobacken, sammelt sich in der Vertiefung dazwischen und rinnt nach unten. Himmel! Ich will, dass er mich auf der Stelle vögelt. Mit den Fingern, mit dem Pfropfen der Ölflasche, mit seinem Schwanz. Egal. Mit allem, das geeignet ist, die brennende Leere zwischen meinen Beinen zu füllen.

Aber er tut es nicht. Er ist ein Künstler mit viel Geduld. Er massiert meine Schultern, als hätten wir alle Zeit der Welt. Es fühlt sich wundervoll an. Er löst unzählige kleine Verspannungen, von denen ich nicht einmal wusste, dass sie da waren. Zentimeterweise arbeitet er sich nach unten vor, während ich allmählich die Kontrolle über meinen Atem verliere. Er streicht an den Seiten meines Körpers hoch und runter und schiebt seine ölglatten Handflächen unter meine Brüste. Er neckt und knetet sie, bis ich jede kleine Berührung aufs intensivste spüre.

«Erzähl mir von deinem Date», sagt er.

«Da gibt's nichts zu erzählen.» Ich will nicht über Vicente plaudern, während mein geheimnisvoller Liebhaber mir Öl zwischen die Beine tropft.

«War er so langweilig?» Dieser neckende Tonfall. Als würde meine Zerrissenheit ihn königlich amüsieren.

«Natürlich nicht!»

«Er scheint ja nicht viel Eindruck hinterlassen zu haben, wenn es nichts zu erzählen gibt.» Ich zucke unter einem Kuss zusammen, den er mir auf den Hintern haucht. Bei der Vorstellung, er könnte seine Zunge benutzen, um das Öl zwischen meinen Pobacken zu verteilen, zerfließe ich fast vor Lust. «Was hältst du von einer Vier-Hände-Massage?»

«Du meinst, mit einem zweiten Masseur?», frage ich misstrauisch. Die Vorstellung, dass gleich zwei Männer meinen Körper einölen, verunsichert mich, ist aber zugleich auf verruchte Weise erregend.

«Wir könnten uns», seine Stimme wird rau, «dann noch viel intensiver um deine empfindlichsten Stellen kümmern.»

Ich verschlucke mich fast. Mit einer Hand knetet er meine Schulterblätter, mit der anderen streicht er mir von der Kniekehle aufwärts den Schenkel hinauf. Wieder streift er meinen Hintern mit seinen Lippen. Etwas kitzelt meine Haut. Ein Dreitagebart? Oder hat er langes Haar wie Vicente?

«Was meinst du, Choice? Würde dir das gefallen? Vier Hände, die dich gleichzeitig verwöhnen?»

Es ist schrecklich verlockend. Und jagt mir Angst ein. Ich glaube, nicht mal Amy kann mit solchen Erfahrungen aufwarten. Was nun? Vielleicht bekomme ich nie wieder die Chance auf ein solches Abenteuer?
«Okay», flüstere ich.

▶ Weiter auf Seite 134

Andererseits würde ein Dritter nur stören. Es ist so sexy, von Icarus auf dieser Liege verführt zu werden. Im Grunde will ich gar nicht, dass unsere Zweisamkeit sich in einen Dreier verwandelt. «Vielleicht beim nächsten Mal», sage ich und blicke ihn an.

▶ Weiter auf Seite 138

■ Den zweiten Masseur bemerke ich erst, als seine Hände sich auf meine Schultern legen, während mein Phantom-Lover meine Beine massiert. Die beiden sind so perfekt aufeinander eingespielt, als würden sie das jeden Tag tun. Eine Zeitlang widmen sie sich meinen Händen und Füßen, meinen Schultern und meinen Seiten, bis jeder Muskel angenehm prickelt.

Richtig heiß wird es, als sie mich auf den Rücken drehen. Ich erkenne am Rhythmus, dass es Icarus ist, der meine Brüste bearbeitet. Mal sanft, dann wieder hart lässt er seine Hände kreisen. Der andere Mann streicht meine Beine hoch, von den Fußknöcheln bis zur Scham. Er schafft es, mein Geschlecht nicht zu berühren, obwohl ich mich seinen Fingern entgegenhebe.

«Du bist so süß», murmelt Icarus. «So leidenschaftlich. Du kannst es kaum erwarten, nicht wahr?» Er schiebt mir zwei Finger in den Mund. Sie sind mit etwas Süßem, Klebrigen benetzt, es schmeckt wie Orangenlikör. «Ich mag deinen Mund», flüstert er. «So warm und weich. Deine Zunge ist wie geschaffen fürs Liebesspiel.»

Seine zweite Hand malt eine ölige Spur meinen Bauch hinunter bis zu der Stelle, wo die Schenkel sich treffen. Als er endlich in die Nässe meiner Scham eintaucht, entlockt mir der wollüstige Schock ein Keuchen. In dem Moment schieben sich die Hände des zweiten Masseurs unter meinen Hintern, heben mich ein wenig an und ziehen meine Pobacken auseinander. Ich weiß nicht, wem der Finger gehört, der um meine geschwollene Klit kreist, und wem der Daumen, der zwischen meine Schamlippen dringt. Geschickt wird er hineingeschoben, nicht tief, aber tief genug, um meine Säfte zum Überfließen zu bringen. Die beiden Männer reizen mich fast bis zum Wahnsinn.

«Reiß dich zusammen, Choice.» Dieser Ton zwischen Drohung und Schmeichelei. «Du wirst jetzt noch nicht kommen, hörst du? Du hältst dich zurück.»

Ich versuch's ja, will ich schreien. Aber ich kann nicht sprechen, weil seine Finger meinen Mund liebkosen. Eine seidenglatte Fingerkuppe druckt gegen meine Rosette. Unwillkürlich versteife ich mich.

«Entspann dich», wispert Icarus.

Ich versuche ihm auszuweichen, aber er lässt mich nicht. Entschieden überwindet er den Widerstand des Muskels. Ich erwarte Schmerz, doch spüre nur ein leises, durchaus angenehmes Brennen. Ein Gefühl ungewohnter Fülle, als er einen zweiten neben den ersten Finger schiebt und tiefer in meinen Hintern eindringt. Er hält ein paar Herzschläge lang still, dann zieht er sich zurück und stößt wieder hinein. Seine Finger sind geschmeidig und weich vom Öl. Die Stimulation löst eine Serie köstlicher kleiner Schauer aus, die mir den Atem von den

Lippen reißen. Es ist so erregend. Und eng! Ich befürchte, dass er mehr hineinschieben will als nur zwei Finger. Das jagt mir Angst ein, doch zugleich erregt mich der Gedanke, etwas so Verruchtes zu tun. Ich kann mich kaum noch beherrschen, will mich ihm rhythmisch entgegenheben. Er reizt meinen Anus, während mein zweiter Wohltäter mir die Klit massiert. Ein Zittern überläuft mich, gleich ist es so weit.

Doch statt mich kommen zu lassen, hören sie auf und drehen mich wieder auf den Bauch. Die Enttäuschung entlockt mir ein Stöhnen, das mit einem leichten Schlag auf meine Pobacken quittiert wird. «Hey», protestiere ich, «was soll das?»

«So ungeduldig», murmelt Icarus. «Und selbstsüchtig obendrein.»

«Ich bin nicht selbst …», begehre ich auf, doch die letzten Silben werden von seinen Fingern in meinem Mund erstickt. Im nächsten Moment streift eine Erektion meine Lippen.

Diese Wohltaten sind also nicht ganz uneigennützig. Aber das ist nur fair. Zögernd zuerst, dann mutiger taste ich mit der Zunge über sein pulsierendes Geschlecht. Ich schmecke Salz, spüre feine Adern unter seiner samtigen Haut, schließe meine Lippen um die Spitze seiner Erektion und lasse zu, dass er tiefer in meinen Mund stößt.

Sein Schwanz ist groß und steinhart und füllt meinen Mund ganz aus. Unter meiner tanzenden Zungenspitze zuckt er zusammen. Ich genieße es, wie er langsam die Kontrolle verliert. Ich will ihm etwas von der Ekstase zurückgeben, die er mir schenkt. Sein Atem geht schwer und stoßweise. Gleich habe ich ihn so weit. Es macht mir Spaß, ihn zu reizen. Für einen Moment halte ich inne, als ich spüre, wie sich die Lust und die Anspannung in mir zu einer Welle auftürmen, die gleich zu brechen droht.

Er krallt eine Hand in mein Haar. Ich schmecke ein paar salzige Tropfen, er wird sich nicht mehr lange zurückhalten können.

«Mach schon», flüstert er.

Ich höre Plastik knistern. Klingt wie eine Kondompackung, die aufgerissen wird. Beim Gedanken daran, was das bedeutet, überläuft mich ein Hitzeschauer.

Die gepolsterte Unterlage gibt unter dem Gewicht des zweiten Mannes nach, als er sich über mich kniet. Die Liege ist breit genug, um seinen Beinen Halt zu geben. Sein Atem geht schwer und verrät, wie erregt er ist. Er umfasst meine Hüften, hebt meinen Schoß an und dringt von hinten in mich ein. Mit einer langsamen Bewegung gleitet sein Schwanz in mein Geschlecht. Sein Stöhnen nehme ich nur als fernes Geräusch wahr. Ich schnappe nach Luft, so überwältigend ist das Gefühl, endlich ausgefüllt zu werden. Seine Finger spielen mit meiner Klit, während er in mich stößt. Er braucht nur Sekunden, um mich über die Klippe zu reißen.

Kurz bevor ich komme, wird mir die Ungeheuerlichkeit dessen bewusst, was ich hier tue. Ich erlebe etwas, worüber ich und meine Freundinnen höchstens kichernd zu flüstern wagten – in der Gewissheit, dass es ins Reich der Phantasie gehört. Ich habe Sex mit zwei Männern. Ich lasse mich von einem vögeln, während ich dem zweiten einen blase.

Ich kralle mich am Laken fest und halte meinen Hintern den Stößen des Fremden entgegen, von denen ich nicht genug kriegen kann. Jeder Gedanke zerstäubt im Beben des Höhepunkts. Icarus' Schwanz zuckt in meinem Mund. Er zieht sich zurück und ergießt sich warm über meinen Arm und meine Schulter. Ich genieße das Nachglühen der Explosion und spüre, wie der Masseur sich aus mir zurückzieht.

«Du bist wundervoll», flüstert Icarus mir ins verschwitzte Haar. Zärtlich streichelt er meinen Nacken.

Seine Lippen finden meinen Mund. Er küsst mich. Unsere Zungen tanzen umeinander, wir erforschen unsere Münder, als würden wir uns zum ersten Mal berühren. Es ist ein zärtlicher Kuss, satt von befriedigter Leidenschaft.

Bestimmt würde er das nicht zugeben, aber ich finde, die Situation ist sehr romantisch. Siehst du, denke ich in glückseliger Trägheit. Sex und Romantik passen sehr wohl zusammen.

Aber ich sage nichts, sondern genieße lieber den Kuss. Vor allem, weil unter seiner Sanftheit schon wieder Hitze zu spüren ist.

▶ Weiter auf Seite 144

Nein, ich will mich anders entscheiden.

◀ Zurück zu Seite 134

■ «Wie du möchtest.» Er lacht leise. «Bist du schüchtern und traust dir nicht zu, von zwei Männern gleichzeitig stimuliert zu werden?»

Mein Gesicht glüht unter der Maske.

«Bist du schüchtern, Choice?» Seine Hand bleibt am Ansatz meiner Pobacken liegen. «Oder hast du Angst, du könntest auf den Geschmack kommen?» Er lässt einen Finger zwischen meine Pobacken gleiten, die Kuppe hält inne, als sie gerade so meine Spalte berührt. Ich wage es nicht, mich zu regen, obwohl alles in mir danach giert, mich seiner Berührung entgegenzudrängen. «Ist dir die Sprache abhandengekommen, Süße?»

«Nein.» Ich war noch nie gut in Kopfkissengeflüster. «Also ich meine nein, meine Sprache ist noch da.»

«Was für ein Glück.» Er genießt es, mich in Verlegenheit zu bringen. Ich weiß es genau. Ein zweiter Finger schiebt sich neben den ersten und jagt mir einen erwartungsvollen kleinen Schauder über den Leib. Sein Atem macht mir eine Gänsehaut, dann spüre ich seine Zunge, die sich zielstrebig an den Fingern vorbei einen Weg in die Tiefe bahnt. Es ist zu viel, mir entschlüpft ein Seufzer, ich lechze danach, mehr von ihm zu spüren. Doch er lässt mich schmoren. Er zieht sich zurück und beginnt meinen Hintern zu massieren. Seine Handflächen kreisen, genussvoll graben sich seine Finger in die weichen Halbkugeln, er zieht sie auseinander und drückt sie wieder zusammen, bis ich unter jeder Berührung vor unerfüllter Begierde zittere.

«Erzähl mir etwas über dich, Choice.»

«Was denn?», keuche ich.

«Etwas Persönliches.» Er lässt seine Zunge über meine Schamlippen tänzeln, nur kurz, ein Aufflackern dessen, was mich erwartet. «Komm, wir spielen ein Spiel.» Quälend langsam lässt er einen Daumen in die Spalte gleiten, reibt so fest über meine Klit, dass ich zusammenzucke, und verteilt meine Nässe. «Gefällt dir das?»

«Ja», flüstere ich.

«Möchtest du mehr davon?»

«Ja. Bitte.»

«Ich kann dich kaum hören.» Seine Stimme ist so verlockend wie seine Finger, warm und sanft, eine süße Bedrohung. «Was hast du gesagt?»

«Ich möchte mehr davon.» Ich habe das Gefühl, dass jedes Wort mir noch mehr Hitze ins Gesicht treibt. Ich brenne, und er tut nichts, um das Feuer zu löschen. Im Gegenteil, er schürt die Flammen mit winzigen, trägen Liebkosungen.

Er zieht die Finger zurück und dreht mich auf den Rücken.

Ich hole überrascht Atem, als seine Lippen meine berühren. Er küsst mich, überraschend zart. Seine Zähne streifen sacht meine Lippen, seine Zunge berührt meine federleicht. Unwillkürlich fasse ich nach seinem Haar, doch er hält meine Hände fest. «Nicht», flüstert er. «Beweg dich nicht.»

Er küsst meinen Hals und die Vertiefung zwischen den Schlüsselbeinen. Er schließt seine Lippen um meine Nippel, erst den einen, dann den anderen, küsst sie, saugt daran. Sanft leckt er sie und reizt sie mit den Zähnen, jede Berührung löst ein Ziehen aus bis hinunter in mein Geschlecht. Als würde er dem Ziehen folgen, küsst er eine Spur meinen Bauch hinab bis zur rasierten Scham. Doch dort hält er inne, statt diesen vielversprechenden Kurs fortzusetzen. Er regt sich nicht und lässt mich zittern, bis ich kurz davor bin, um seinen Schwanz zu betteln. Ich kann an nichts anderes mehr denken als daran, ihn zwischen meinen Beinen zu spüren.

«Also das Spiel», säuselt er, als wäre es ihm gerade wieder eingefallen. «Bevor wir damit anfangen, ziehen wir um.» Er schiebt mir eine Hand unter den Rücken, die andere in die Kniekehlen und hebt mich hoch, wie eine Braut, die über die Türschwelle getragen wird. Mein Gewicht scheint ihm nichts auszumachen. Ich spüre Stoff, wo mein Arm und meine Hüfte seinen Körper streifen.

Als er mich wieder absetzt, schwappt warmes Wasser über meine Beine bis an die Brust. Ich brauche einen Moment, um zu begreifen, dass er mich in dem Becken abgesetzt hat, das ich beim Hereinkommen bewundert habe. Wohlriechender Dampf steigt rings um mich auf, Kokos und Bergamotte, ein Hauch Minze und eine exotische Süße, die ich nicht zuordnen kann. Das Wasser perlt mir durch die Finger. Ein Ölbad, das meine Haut umhüllt wie ein seidenes Gewand.

Das Wasser reicht mir bis knapp unter die Brüste. Blind strecke ich die Arme aus und taste am Beckenrand entlang, eine sanfte Kurve, darauf etwas Weiches –

«Icarus?», frage ich. «Bist du noch da?»

Statt einer Antwort steigt er zu mir ins Bad, ist plötzlich hinter mir, seine Brust schmiegt sich an meinen Rücken. Gut fühlt er sich an, geschmeidig und kraftvoll wie eine Raubkatze. Er zieht mich hoch, sodass ich vor ihm knie. Seine Erektion streift meine Schenkel und lässt mich zusammenzucken.

«Du bist nackt», stelle ich fest.

«Also», murmelt er. «Das Spiel. Bist du heiß, Choice?»

«Hmhm», stöhne ich.

«Möchtest du, dass ich dich ... ficke?» Die kleine Pause im Satz ist fast zu viel für mich.

«Tu's endlich!»

«So ungeduldig», neckt er mich. «Wenn du dich sehen könntest, Choice. Dein Hintern ist eine Einladung, weißt du das?»

Für zwei endlose Sekunden höre ich nur das Knistern einer Kondomverpackung.

Dann drückt er mich mit einer Hand im Nacken nach vorn, bis ich auf dem Beckenrand liege. Ich merke, dass das Weiche unter meinen Brüsten ein Handtuch ist. Wasser rinnt mir über die Hüften, warm schwappt es um meine Schenkel, gerade so hoch, dass es meine Scham nicht berührt. Der Länge nach schiebt er seinen Schwanz zwischen meine Hinterbacken, reibt ihn an mir, doch er dringt nicht in mich ein. Sein Schwanz fühlt sich groß an und wunderbar hart. Eine Hand gleitet vorn meine Scham hinab, bis zwei Finger auf meiner Klit ruhen.

«Du musst dir jeden Stoß verdienen.»

Was?

«Erzähl mir etwas Persönliches von dir.» Seine Stimme ist wie Samt. «Wenn es mir gefällt, belohne ich dich.»

Das kann nicht sein Ernst sein. Ich dränge ihm meinen Hintern entgegen, doch es ist zwecklos. Seine Finger an meiner empfindlichsten Stelle treiben mich in den Wahnsinn. Er hält mich an der Klippe, aber er gibt mir nicht, was ich will. Sein Spiel, seine Regeln, nie waren mir die Konsequenzen so klar wie in diesem Moment.

«Was soll ich erzählen?» Ich kriege kaum vier zusammenhängende Wörter heraus.

«Wie viele Männer hattest du vor mir, Choice?»

Also das geht zu weit. Das ... Oh Gott. Er drängt die Spitze seiner Erektion zwischen meine Schamlippen und führt sie auf und ab, als würde er eine Furche pflügen. «Keine Ahnung!»

«Du erinnerst dich nicht, wie viele Liebhaber du hattest?» Sein Lachen steigert meine Lust. «Choice!»

«Das ist privat.»

«Dann erzähl mir etwas anderes.»

Etwas anderes? Himmel! «Meine letzte Affäre ist vierzehn Monate her.» Ich kann nicht glauben, dass ich das gerade zugegeben habe. Aber das Geständnis scheint ihn zufriedenzustellen, denn er packt mich und dringt endlich bis zum Schaft in mich ein.

Meine Anspannung entlädt sich in einem heftigen Stöhnen. Er keucht ebenso erleichtert auf, was mir eine tiefe Genugtuung verschafft. Er ist so heiß wie ich. Es ist ein umwerfendes Gefühl, seinen Schwanz in mir zu haben. Schwer und wuchtig füllt er mich aus. Ikarus lehnt sich zurück und stößt abermals hinein, und noch einmal, bis alles in mir sich zusammenzieht. Dann hält er still. «Sprich weiter», flüstert er.

«Er hieß Andy», stöhne ich.

Ein Stoß, tiefer als die zuvor, der mich fast zum Schreien bringt. Ich bestehe aus nichts als wollüstiger Begierde. Es fehlt nicht viel, und ich komme. Ich will es jetzt, unbedingt, aber er zögert es hinaus.

«Er hatte eine Freundin und war obendrein ein schlechter Liebhaber.»

Icarus richtet sich auf. Ich spüre seine Hand an meinem Körper, ein Finger drängt sich zwischen meine Pobacken.

«Bitte nicht», wispere ich. Natürlich interessiert ihn das nicht. Ich versuche dem Druck auszuweichen, aber er hört nicht auf, mit einer ölig-glatten Fingerspitze über meinen Anus zu reiben. Es steigert meine Lust, doch ich habe Angst, dass er es nicht dabei belassen wird.

«Schsch.» Seine Stimme ist pure Magie. «Entspann dich, es wird dir gefallen. Ich verspreche es.» Sein Schwanz pocht tief in mir, eine Hand massiert meine Klit, mit den Fingern der anderen macht er sich an meinem Hintereingang zu schaffen. Er nimmt mich so umfassend in Besitz, dass ich mich gleich auflöse vor Lust.

Ich habe Schmerz erwartet. Aber als sein Finger den festen Muskel überwindet und hinten in mich eindringt, spüre ich nur ein angenehmes Brennen. Er bewegt ihn langsam vor und zurück, eine überraschend lustvolle Stimulation. «Wie ist das?», fragt er.

«Gut», gestehe ich.

«Und das?»

Ein zweiter gesellt sich zum ersten Eindringling. Er schiebt beide Finger tiefer hinein. Ich habe das Gefühl, etwas unglaublich Verruchtes zu tun, was es irgendwie noch besser macht. «Oh mein Gott –»

«Gut?»

In diesem Moment verliere ich die Kontrolle. Die doppelte Penetration ist zu viel für mich. Ich komme so heftig, dass mir Tränen über die Wangen laufen. Eine Hitzewelle rollt durch meinen Unterleib und breitet sich in meinem Körper aus. Ein Schauer aus prickelndem Wohlbehagen, eine überwältigend lustvolle Erlösung.

Icarus' stößt in mich hinein und verlängert meine Ekstase, bis auch ihn ein Zittern überläuft. Er lässt sich gegen mich sinken, er atmet schnell und schwer.

Ineinander verschlungen und mit der Trägheit befriedigter Lust lassen wir uns ins warme Wasser sinken und lauschen dem Herzschlag des anderen.

► Weiter auf Seite 144

Nein, ich will mich anders entscheiden.

◄ Zurück zu Seite 134

■ Ich kann mich nicht daran erinnern, eingeschlafen zu sein. Als mich der Handywecker aus einem Traum reißt, weiß ich zuerst nicht, wo ich bin.

Ich liege nackt auf einem Himmelbett unter einer dünnen Federdecke. Die Digital-Anzeige steht auf sechs Uhr. *Onyx*, sickert es in meinen benommenen Geist. *Isfahan-Suite. Icarus!*

Natürlich bin ich allein. Ich wische mir mit der Hand übers Gesicht. Die Maske ist verschwunden. So lange, wie ich sie getragen habe, strahlt meine Haut jetzt hoffentlich wie der junge Morgen, und niemand merkt, dass ich zwar sensationellen Sex aber nur eine Stunde Schlaf hatte. Meine Schicht im Viceroy Café fängt um sieben an.

Wow. Was für eine Nacht.

Ich finde meine Klamotten hinter dem Paravent und bin froh, dass ich in Jeans und einem halbwegs vernünftigen Shirt hierhergefahren bin, statt in einem Abendkleid.

Verkatert suche ich den Ausgang des Spa. An der Rezeption steht eine junge Frau, die mir fröhlich einen guten Morgen wünscht und sich erkundigt, ob ich vielleicht frühstücken möchte. Oder wenigstens einen Kaffee? Sie ist kein bisschen verwundert. Offenbar haben sie häufiger Übernachtungsgäste im Spa. Ich lehne höflich ab.

Als ich aus der Garage hinausfahre, geht gerade die Sonne auf. Ich lasse die Fenster herunter, weil es noch angenehm kühl ist, und hoffe, dass die Morgenluft meine Lebensgeister weckt.

Mit einem Anflug schlechten Gewissens denke ich an Vicente. Ob er wohl einsam in seinem Bett lag und an mich gedacht hat, während ich mich habe durchvögeln lassen? Allerdings hätte ich das Onyx-Handy gar nicht erst eingeschaltet, hätte mein spröder Gangsterprinz mich nicht einfach am Straßenrand stehen lassen. Wahrscheinlich mache ich mir unnötige Gedanken, und er hat die Nacht in den Armen einer heißen Latina verbracht, statt sich nach mir zu verzehren.

Ich parke in der Tiefgarage unter dem Pershing Square, wo ich dank meiner gefälschten Anwohner-Parkkarte umsonst reinkomme. Aaron hat uns letztes Jahr fünf Stück davon besorgt, für jeden Viceroy-Angestellten eine. Zum Dank laden wir ihn hin und wieder auf ein Essen ein.

Zwischen hektischen Bankangestellten und mexikanischen Putzkolonnen steige ich die Treppen hoch und blinzle in die Sonne, die sich in den Hochhausfassaden auf der anderen Straßenseite spiegelt. Ein Jogger mit Hund kommt mir entgegen. Im Park raffen die Obdachlosen ihren Kram zusammen und verziehen sich in Richtung Broadway, bevor die Cops sie vertreiben.

Der Lärm der Autos auf den sechsspurigen Straßen mischt sich mit dem Morgenkonzert der Finken in den Baumkronen.

Aaron ruft mir ein Hallo zu, als ich gerade die große Glastür aufschließe.

«Wie war dein Abend?», fragt er und tritt neben mich.

«Wieso?», frage ich misstrauisch zurück.

«Du siehst aus, als hättest du die Nacht zum Tag gemacht.» Er grinst mich gut gelaunt an. «Außerdem riechst du nach Aftershave. Sag nicht, du hattest ein Date.»

«Ich rieche nach ... Echt?» Ich schnuppere an meinem Shirt, das vor allem nach dem Badeöl duftet. Vielleicht ist auch eine Spur Aftershave dabei.

Von meinem öden Liebesleben wusste natürlich auch die Viceroy-Crew. Wir sind alle gut befreundet, da bleiben Frotzeleien nicht aus. Als sich die Kunde von meinem letzten Liebhaber verbreitete, haben sich diese Verrückten aufgeführt, als sei der Stern von Betlehem gesichtet worden. Leider war's dann schnell wieder Essig mit der Liebe. Seitdem fühlen sie sich berufen, mir entweder gute Ratschläge zu erteilen oder mich ihren diversen Freunden und Cousins vorzustellen, die zum Kaffeetrinken ins Viceroy kommen. Rein zufällig natürlich.

Sie würden ausrasten, wenn sie wüssten, was seit dem Fund des schwarz-silbernen Kärtchens passiert ist.

Ich streite alles ab. Aaron versucht mich mit Witzeleien aus der Reserve zu locken, während wir draußen die Schirme aufspannen und die Stühle zurechtrücken. Wir legen ein paar Exemplare der L.A. Times aus und bestücken die Kuchenvitrine. Aus dem Ofen steigt der Duft frisch gebackener Croissants und lockt die ersten Gäste an.

Der Tag plätschert so vor sich hin. Ich bekämpfe meine

Müdigkeit mit Kaffee und übereifriger Geschäftigkeit und bin froh, als die Schicht endlich zu Ende ist.

Der obligatorische Nachmittagsstau auf dem Harbour Freeway nervt mich noch mehr als sonst, weil ich mich so sehnsüchtig auf mein Bett freue. Ich habe nicht mal mehr die Energie, mich darüber zu ärgern, dass ich Vicentes mattschwarze Dodge Viper nirgends entdecken kann.

An meiner Wohnungstür erwartet mich allerdings eine Überraschung. Unter dem Türspalt klemmt eine Hibiskusblüte und ein Zettel:

Heute um sieben?

Ohne Unterschrift, doch die Blume ist eindeutig. Um sieben, das ist in vier Stunden. Eine ganz und gar unvernünftige Euphorie lässt mich vergessen, wie müde ich bin. Wahnsinn. Er will ein zweites Date. Also waren vielleicht doch konservative Wertvorstellungen und nicht Desinteresse der Grund dafür, dass er mich gestern nicht flachgelegt hat. Am liebsten würde ich durch die Wohnung hüpfen.

Ich fülle Wasser in ein Sektglas und stelle die Blüte hinein. Dann setze ich Kaffee auf. Ich muss wach werden, zum Schlafen ist nun keine Zeit mehr. Oh Gott, was ziehe ich an?

► Weiter auf Seite 162

Nein, ich will mich anders entscheiden.

◄ Zurück zu Seite 127

■ «Ist ja auch egal», sage ich. «Ich finde jedenfalls nicht, dass sich Sex und Romantik ausschließen.»

Er lacht sein leises, dunkles Lachen, das mir eine Gänsehaut über den Rücken jagt. «Wie war dein Abend?»

«Du wechselst das Thema», stichle ich.

«Das tue ich nicht. Ging es um Romantik oder um Sex?»

«Es ging um –» Moment. Meint er mein Date? Aber ich habe ihm doch überhaupt nichts davon erzählt. «Wie meinst du das?»

«So wie ich es sage.» Er schlägt einen leichten Plauderton an, als würden wir uns übers Wetter unterhalten. «Romantik oder Sex?»

Misstrauen erfasst mich. Spioniert er mir nach? Nun, da ich darüber nachdenke, fällt mir auf, dass er das Geschenkpaket an einem Ort deponiert hatte, der von meinem Apartment aus gut zu erreichen ist. Womöglich weil er herausgefunden hat, wo ich wohne. Während ich nicht mal seinen richtigen Namen kenne.

«Woher weißt du von meinem Abend?»

«Ich habe meine Quellen.» Doch dieses Mal verfehlt die dunkle Stimme ihre Wirkung. Bis eben fand ich sein Spiel so aufregend, dass ich mich auf jedes noch so aberwitzige Abenteuer mit ihm eingelassen hätte. Aber ich kann es nicht leiden, wenn man mich verarscht. Mir heimlich nachzuspionieren ist ein Vertrauensbruch, der sich nicht einfach so beiseitewischen lässt.

«Das ist nicht lustig», sage ich.

Immerhin merkt er, dass etwas nicht stimmt. «Sei wieder lieb, Choice. Es ist doch gar nichts passiert.»

Aber dass er mich nicht ernst nimmt, bringt mich erst so richtig auf die Palme. «Du schnüffelst mir nach und sagst, es wäre nichts passiert?»

«Ich habe dir nicht nachgeschnüffelt.» Er schweigt einen Moment, als müsste er nach den richtigen Worten suchen. «Ich interessiere mich für dich. Ich will herausfinden, was dir gefällt.»

«Du könntest mich einfach fragen!» Seine Ausflüchte

machen mich wütend. Hat er vielleicht jemanden auf mich angesetzt, der beobachtet, wo ich hingehe und was ich tue? Oder schleicht er mir selbst hinterher? Wäre ja kein Problem für ihn, ich weiß schließlich nicht, wie er aussieht. Ich bin maßlos enttäuscht, dass sich mein geheimnisvoller Liebhaber mit der sexy Stimme als gruseliger Spanner entpuppt.

«Es tut mir leid, okay? Ich mache es wieder gut. Die Nacht ist noch jung. Was hältst du davon, wenn ich dich zu einem Mitternachts-Spa im Onyx einlade, wir könnten …»

«Vergiss es», fahre ich ihn an, bevor er den Satz zu Ende gebracht hat. Ich *will* mich gar nicht besänftigen lassen. Ein paar süße Worte und ein schneller Fick reichen nicht, um mich zu beschwichtigen.

«Also willst du lieber schmollen», sagt er in so ruhigem und überlegenem Tonfall, dass ich ihm am liebsten eine runterhauen würde.

«Dieses Gespräch ist beendet», will ich ihm genauso ruhig und überlegen antworten, aber meine Stimme zittert und macht das Vorhaben zunichte. Ich lege auf.

Arschloch.

Der kann mich mal gern haben.

Natürlich klingelt es gleich wieder. Ich drücke den Anruf weg und schalte das Handy aus. Das hat er jetzt davon.

Vor Wut und Enttäuschung habe ich einen dicken Kloß im Hals. Am liebsten würde ich losheulen. Ich sollte stolz auf mich sein, weil ich mich nicht habe unterbuttern lassen, aber ich fühle mich miserabel. Geschlagene fünf Minuten bleibe ich auf meinem Bett liegen und starre die Wand an.

Ich habe eine Riesenwut im Bauch, die ich mir nicht erklären kann. Ja okay, es ist ziemlich daneben, dass Icarus mir offenbar nachgeschnüffelt hat. Aber je länger ich darüber nachdenke, desto klarer wird mir, dass das nur der letzte Tropfen war, der das Fass zum Überlaufen gebracht hat. Eigentlich habe ich mich über seine blöde Behauptung geärgert, dass Liebe und Sex nicht vereinbar wären. Irgendwie wertet er damit unser Abenteuer ab. Als ginge es nur ums Ficken, ganz mechanisch und ohne Gefühl. Das ist doch Bullshit. Auch ein One-Night-Stand kann gefühlvoll sein. Guter Sex fängt im Kopf an, das weiß sogar ich. Er kann mir doch nicht erzählen, dass er bei diesem Spiel mit mir rein gar nichts empfindet.

Hätte Icarus mit seiner These recht, dann würde die Tatsache, dass ich Sex mit Vicente haben will, jedes tiefere Gefühl für ihn von vornherein verhindern. Aber so läuft das doch nicht.

Dieser Idiot. Wahrscheinlich weiß er selbst nicht, was er will. Und dann spioniert er mir auch noch nach.

Vielleicht kommt auch noch dazu, dass ich von Vicente enttäuscht bin und gern wüsste, wie es mit uns weitergeht. Und wo Mr. Bad Boy heute Nacht so dringend hinmusste.

Ich raffe mich vom Bett auf und schleppe mich in die Küche, um ein Glas Wasser zu trinken. Was soll ich jetzt tun? Ich werde vor lauter Ärger bestimmt nicht schlafen können.

Vielleicht sollte ich noch einen Spaziergang machen, um runterzukommen.

► Weiter auf Seite 151

Oder stöbere ich lieber in Amys Bücherregal nach geeigneter Gutenachtlektüre und verkrieche mich mit einem Buch und einem Glas Wein ins Bett, bis mich doch die Müdigkeit übermannt?

► Weiter auf Seite 154

■ Ja, ein Spaziergang ist eine gute Idee.

South Central ist zwar eine Gegend, in der man als Frau nicht allein im Dunkeln herumlaufen sollte. Aber die Straßen rund um unseren Block sind ruhiger als der Rest des Viertels. Hier brüllen nur ab und zu Besoffene unverständliches Zeug in die Nacht. Die Schießereien finden auf der anderen Seite des Freeways statt.

Ich schlüpfe in eine Jeans und meine weißen Sneakers und ziehe mir ein weites graues Kapuzenshirt über, damit ich nicht schon von weitem aussehe wie leichte Beute. Mit der Kapuze auf dem Kopf könnte ich glatt als einer dieser hageren jungen Pistoleros durchgehen, die oft erst vierzehn sind und schon fünf Morde auf dem Kerbholz haben.

Die Nachtluft ist angenehm warm, sie treibt mir nicht mehr den Schweiß aus allen Poren. Der Wind hat aufgefrischt und weht salzige, kühle Luft vom Meer in die Stadt. In der Dunkelheit wirken die vielen Geräusche der Metropole gedämpft. Das Rauschen des Freeways, Polizeisirenen, ein Hubschrauber in der Ferne. Hundegebell und Blätter, die aneinanderreiben. Unter meinen Schuhsohlen knirscht leise der Sand. Ich laufe an der Adventistenkirche vorbei und biege in die George Street, die parallel zum Freeway verläuft. In den braunen Baracken, in denen illegale Einwanderer zu völlig überhöhten Preisen hausen, brennt noch Licht.

Vielleicht habe ich vorhin am Telefon überreagiert? Icarus hat versucht, sich zu entschuldigen, und ich habe ihn nicht mal ausreden lassen. Jetzt, wo mein Zorn allmählich verraucht, habe ich das Gefühl, mich wie eine hysterische Ziege aufgeführt zu haben. Es ist natürlich immer noch nicht okay, dass er mir nachspioniert hat, aber vielleicht hätte ich ihm die Chance geben sollen, sich zu erklären und es wiedergutzumachen. Was, wenn er nun nicht mehr anruft und sich stattdessen einen pflegeleichteren Flirt sucht?

Verdammter Mist.

Ich könnte mich ohrfeigen. Vor ein paar Stunden habe ich mir noch Sorgen gemacht, dass ich mich vielleicht zwischen zwei männlichen Prachtexemplaren entscheiden müsste. Jetzt bleibt womöglich gar keiner übrig.

Deprimiert schlüpfe ich in die Gasse auf der Rückseite der Kirche, die zu einem versteckten kleinen Innenhof führt. Dort lasse ich mich auf die Bank unter dem Jacarandabaum fallen und bemitleide mich selbst. Erst nach ein paar Minuten merke ich, dass ich nicht allein bin. Zuerst höre ich geflüsterte Worte und unterdrücktes Kichern. Dann entdecke ich das Pärchen, das sich in die Abgeschiedenheit des Hinterhofs zurückgezogen hat. Sie haben mich nicht gesehen, weil es unter dem Baum stockfinster ist, während der Rest des Hofes vom Mondschein erhellt wird.

Der Typ trägt eine Bandana wie Vicente. Das Mädchen ist eine Latina mit kurzen Locken und engen Hot Pants. Man muss kein Spanisch verstehen, um sich vorstellen zu können, was sie sich gegenseitig ins Ohr flüstern.

Er hebt sie hoch und setzt sie auf dem hüfthohen Container ab, in dem die Gärtner ihr Zeug einschließen. Dicht vor ihr bleibt er stehen. Ich sehe zu, wie sie die Beine hinter seinem Rücken kreuzt. Er sagt etwas. Sie lehnt sich zurück und lacht.

Von wegen, Sex und Romantik vertragen sich nicht. Wenn das nicht ein romantisches Stelldichein ist, das dennoch zu Sex führt, dann weiß ich auch nicht. Er zieht sie wieder an sich und küsst sie.

Verdammt, das will ich auch. Unwillkürlich phantasiere ich mich in die Rolle des Mädchens und stelle mir Vicente anstelle des Nachwuchsgangsters vor. Es wäre der perfekte Abschluss eines perfekten Abends gewesen.

Wir hätten Hand in Hand durch die Nacht schlendern können, und er hätte mich in eine Gasse gezogen, mich an eine Wand gelehnt geküsst, bis meine Lippen angenehm wund und geschwollen gewesen wären. Wir hätten dieses Versteck im Hof gefunden. Mit Leichtigkeit hätte er mich auf die Kiste gehoben, seine Hände schon unter meinem Kleid, seine Lippen noch immer auf meinen. Wir küssen uns wie Verhungernde, während seine Hand in mein Höschen wandert. Er will herausfinden, ob ich feucht bin. Und das bin ich – ich bin mehr als bereit für seinen Schwanz. Sein Kuss wird fordernd und hitzig, mit einer Hand hält er mich an der Hüfte, mit der anderen öffnet er seine Jeans und platziert seine Erektion zwischen meinen Schamlippen. Er ist steinhart. Ein Stoß, und er ist in mir, ohne weiteres Vorspiel. Wir keuchen unsere Leidenschaft in die Nacht hinaus.

Ich schließe die Augen und öffne sie wieder, um in die Realität zurückzufinden. Aus der Ferne weht das Konzert der Polizeisirenen herüber. Ich wünschte, Icarus würde sich noch mal melden. Aber das kann er ja nicht. Ich habe das verdammte Onyx-Handy ausgeschaltet. Ich hätte ihn wirklich ausreden lassen sollen. Inzwischen kommt mir die Szene, die ich ihm gemacht habe, komplett lächerlich vor.

Und bei dem Gedanken, dass in fünf Stunden mein Wecker klingelt, wird mir ganz elend zumute.

► Weiter auf Seite 157

Nein, ich will mich anders entscheiden.

◄ Zurück zu Seite 150

■ Amy sammelt Bücher wie andere Frauen Schuhe.

Ihr Bücherregal nimmt eine komplette Wand in ihrem Schlafzimmer ein und ist vollgestopft mit dem Inhalt eines mittelgroßen Buchladens.

Ich schenke mir ein Glas Wein ein und mache mich auf die Suche. In der untersten Reihe bei den Bildbänden werde ich fündig. Amy besitzt jede Menge toller Kunstbücher, darunter auch eine kleine, aber feine Sammlung Erotik-Bände. Genau das, was ich jetzt brauche. Deprimiert, wie ich bin, kann ich mir ebenso gut anschauen, was ich heute verpasse. Mein Blick wandert über Michelangelo und Degas und bleibt bei der *Geschichte der Erotik* hängen. Na also, da sind sie ja.

Mit dem Glas in der einen und dem Buch in der anderen Hand krieche ich zurück in meine Höhle. Ich kippe das halbe Weinglas in einem Zug hinunter, starre auf das Foto eines steinzeitlichen Fruchtbarkeitssymbols und ärgere mich.

Vielleicht hätte ich Icarus vorhin am Telefon nicht so abbügeln sollen. Immerhin hat er versucht, sich zu entschuldigen. Ich habe ihn nicht mal ausreden lassen. Jetzt, wo meine Wut langsam abkühlt, befürchte ich, dass ich mich aufgeführt habe wie eine hysterische Ziege. Es ist natürlich nicht okay, dass er mir nachspioniert hat, aber vielleicht hätte ich ihm die Chance geben sollen, sich zu erklären und es wiedergutzumachen.

Verstohlen blicke ich zur Geschenkkiste. Es sind noch jede Menge ungeöffneter Schachteln darin. Ich könnte sie auf der Suche nach Ablenkung durchstöbern. Einfach ohne Icarus das Sexspielzeug ausprobieren, das sich zweifellos unter den bunten Schleifen versteckt. Aber ich verwerfe den Gedanken wieder. Die echte Magie entsteht erst, wenn Icarus mit seiner dunklen Stimme und seinen verruchten Ideen den Requisiten Leben einhaucht.

Ich blättere durch Fotografien von Vasenmalereien, auf denen griechische Götter mit gewaltigen Erektionen allen Pussys nachstellen, die nicht bei drei auf den Bäumen sind. In dem Buch sind auch Reliefs mit Orgien abgebildet, bei denen die Beteiligten mindestens einen Schwanz im Mund und einen zweiten zwischen den Beinen haben. Vielleicht sind auch ein paar Ziegen dabei, so genau lässt sich das bei all den verknoteten Gliedmaßen nicht sagen.

Hier sitze ich also, allein und ungevögelt, und gucke mir dreitausend Jahre alte Pornos an. Vor ein paar Stunden habe ich mir noch Sorgen gemacht, dass ich mich zwischen zwei männlichen Prachtexemplaren entscheiden müsste. Jetzt kümmert sich kein einziges um meine vernachlässigten Gelüste. Ganz zu schweigen von dem Knacks in meinem zarten, gerade erst erwachten Selbstbewusstsein.

Ich bleibe an dem Foto eines römischen Silberkelchs hängen, der ein Paar in heißer Pose zeigt. Sie hängt in einer mit Blumen umwundenen Schaukel, er steht zwischen ihren Beinen, hat einen Arm um ihren Schenkel geschlungen, die Hand an ihren Brüsten. Was hat Icarus gesagt? Mitternachts-Spa? Womöglich hätte ich die Chance gehabt, sein Gesicht zu sehen. Verboten guter Sex in einer nächtlichen Therme. Und ich habe ihn abgewiesen. Oh Mann. Nach dem zweiten Glas Rotwein kann ich kaum mehr begreifen, was mich geritten hat.

Versonnen starre ich auf das Bild und versuche zu ergründen, ob der athletische Liebhaber noch beim Vorspiel ist oder schon mitten im Akt. Meine Gedanken driften ab zu Icarus, dessen erotische Stimme sich wunderbar mit Vicentes Gesicht, dem rabenschwarzen Haar und den muskulösen Schultern kombinieren lässt. Ich muss mich nur treiben lassen, und schon werden die Bilder in meinem Kopf so lebendig, dass sich mein

Unterleib zusammenzieht. Ich muss mir nicht zwischen die Beine fassen, um zu wissen, dass sich zwischen meinen Schamlippen die Feuchtigkeit sammelt.

Ich stelle das Weinglas beiseite und lasse mich tiefer in die Kissen rutschen. Das lustvolle Pochen in meinem Schoß verwandelt sich in Begierde, sobald ich einen Finger in die Nässe tauche. Amy sagt, dass ein Mädchen nicht weit kommt, wenn es sich nicht selbst zu helfen weiß. Wie recht sie hat.

Ich träume mich an die Stelle der Frau in der römischen Schaukel. Icarus-Vicente hält mich. Wir sind splitternackt. Seine Erektion drückt bedrohlich-verführerisch in meinen Schritt. Es fehlt nicht viel, er müsste sich bloß ein wenig drehen, um in mich einzudringen. Es ist nur seine eigene Hand im Weg, die meinen Schoß bearbeitet. Zwei lange, kräftige Finger in mir, sein Daumen kreist um meine empfindlichste Stelle.

Ich bin überrascht, wie sehr die Vorstellung mich anmacht. Eilig streife ich mein Höschen ab, um mich besser berühren zu können.

Ich verteile meine Säfte rund um die Klit. Ich bin so feucht, dass alles zu fließen scheint. Langsam lasse ich meinen Zeigefinger um die empfindliche Perle kreisen. Ich giere nach Erlösung und will zugleich das Vergnügen so lange hinziehen, die Lust so lange auskosten, wie es geht.

Ich stelle mir Icarus' Schwanz zwischen meinen Beinen vor, während ich zu zittern beginne. Ich stelle mir vor, wie er seine Finger aus mir zurückzieht und die Nässe auf seiner prall glänzenden Eichel verreibt. Wie er die Spitze an meine Spalte führt und sich dann mit einem kräftigen Stoß in mich gräbt. Ich bilde mir ein, ihn zwischen meinen vor Erregung geschwollenen Schamlippen zu spüren. Vielleicht packt er meine Beine und legt sie sich über die Schultern, damit er so tief in mich eindringen kann, dass seine Hüften gegen meine Pobacken stoßen.

Mit einem Seufzer komme ich. Der Höhepunkt überläuft mich wie ein prickelnder Schauer, der Gänsehaut am ganzen Leib auslöst, wie ein warmer tropischer Regen. Ich bleibe still liegen und massiere mich mit zwei Fingern, um das angenehme Gefühl so lange wie möglich zu genießen.

Nur kurz kommt mir der Gedanke, dass ich vielleicht die Jalousien hätte schließen sollen. Er löst sich auf in belustigte Gleichgültigkeit, die ich bisher nicht an mir kannte. Selbst schuld, denke ich, wenn jemand mir um diese Zeit ins Schlafzimmerfenster späht. Vielleicht hat er wenigstens was gelernt.

► Weiter auf Seite 157

Nein, ich will mich anders entscheiden.

◄ Zurück zu Seite 150

■ Am nächsten Morgen bin ich erstaunlich fit dafür, dass ich viel zu wenig geschlafen habe. Ich mache mir einen extrastarken Kaffee und trinke einen zweiten auf dem Weg zum Parkplatz. Wenn ich Frühschicht habe, fahre ich lieber mit dem Auto. Um diese Zeit ist die Metro voller Freaks und Nachtgestalten, der Freeway aber angenehm leer.

Am Horizont geht die Sonne auf. Noch ist es kühl. Ich halte Ausschau nach der mattschwarzen Dodge Viper und kann sie nirgends entdecken. Sofort flammt die Wut wieder auf. Wahrscheinlich schlummert mein spröder Gangsterprinz noch in den Armen der Frau, die er gestern Nacht so dringend besuchen musste, dass er mich nicht mal bis vor die Tür bringen konnte. Voller Groll kicke ich kleine Steinchen beiseite. Dann entdecke ich die Hibiskusblüte unter meinem Scheibenwischer und bleibe wie angewurzelt stehen. Mein Ärger löst sich in Luft auf. In die Staubschicht auf meiner Motorhaube hat jemand eine Botschaft gemalt:

Heute um sieben?

Es steht kein Name darunter, aber die Blüte ist eindeutig. Vicente, wer sonst? Mir wird heiß und kalt. Eine verrückte Euphorie erfasst mich und spült alle negativen Gedanken fort. Heute Abend. Es ist doch nicht vorbei, bevor es überhaupt angefangen hat. Ich grinse wie ein Honigkuchenpferd, als ich den Wagen aufschließe. Die Blüte lege ich so vorsichtig neben mich auf den Beifahrersitz, als wäre sie aus Gold. Ich werde mein Auto nie wieder waschen!

An einer roten Ampel schicke ich Amy eine SMS: *Alles gut.* Letzte Nacht habe ich sie mit unzähligen Nachrichten über mein Liebesleid zugetextet. Bevor sie mir die Cops auf den Hals schickt, um meinen Selbstmord zu verhindern, gebe ich besser Entwarnung.

Dank der gefälschten Anwohner-Parkkarte kann ich mein Auto in der Tiefgarage unter dem Pershing Square abstellen. Aaron hat mir den Ausweis letztes Jahr geschenkt. Fünf Stück hat er besorgt, für jeden Viceroy-Angestellten eine. Seitdem ist das Parken umsonst, und wir laden ihn zum Dank gelegentlich zum Essen ein.

Die Sonne steigt höher und spiegelt sich flirrend in den Hochhausfassaden. Rund um den Platz erwachen die Straßen zum Leben. Obdachlose raffen ihren Kram zusammen und ziehen weiter in Richtung Broadway, wo sie nicht von den Cops vertrieben werden. Man sieht Anzugträger auf dem Weg ins Büro, Jogger, Leute mit Hunden, dazwischen die orangefarbenen Overalls der städtischen Müllabfuhr. Der Asphalt unter meinen Füßen glänzt nass, dort wo die Putzkolonne den Staub mit ihren Schläuchen weggespült hat. In den Baumkronen veranstalten die Finken ihr ohrenbetäubendes Morgenkonzert.

Ich gehe über die Straße und winke Aaron zu, der von der anderen Seite kommt. Vor dem Eingang des Cafés parkt ein kleiner Lieferwagen. Wir sehen uns fragend an, da hält ein Typ mit Baseballcap und bunt bedrucktem T-Shirt auf uns zu, in einer Hand einen riesigen Blumenstrauß, in der anderen ein Klemmbrett.

«Hey», ruft er uns zu, «gehört ihr zum Viceroy Café?»

«Ja», sage ich, «worum geht's?»

«Lieferung.» Er schwenkt den Strauß. «Dachte schon, es ist niemand da.»

Aaron schließt die Tür auf. «Hast du Blumen geordert?», frage ich ihn.

«Ich bin unschuldig.» Mit einem Grinsen verschwindet er im Laden.

«Das ist für eine Miss Choice», sagt der Lieferant. «Können Sie unterschreiben, Ma'am?»

Für mich? Zum zweiten Mal an diesem Morgen wird mir heiß. Ich unterschreibe, nehme ihm die Blumen ab und wünsche ihm einen schönen Tag. Mit Mühe bugsiere ich das üppige Bukett durch die Tür.

«Und?», fragt Aaron.

«Keine Ahnung.»

Er sieht mich an und fängt an zu grinsen. Ich werde rot, was ihm natürlich nicht entgeht. «Die sind für dich?» Er grinst noch breiter und verfällt in einen albernen Kindersingsang. «Choice hat einen Verehrer. Choice hat einen Verehrer.»

Ich verdrehe die Augen und bringe den Strauß in die kleine Küche. Jaja, dass mein Liebesleben öde war, hat sich auch unter der Viceroy-Crew rumgesprochen. Wir sind alle gut befreundet, da bleiben kleine Frotzeleien nicht aus. Als sich die News von meinem letzten Liebhaber verbreiteten, haben sich die Verrückten aufgeführt, als hätten sie den Stern von Betlehem gesichtet. Leider war's dann auch schnell wieder vorbei mit der Liebe. Seitdem fühlen sie sich alle berufen, mir entweder gute Ratschläge zu erteilen oder mich ihren diversen Freunden und Cousins vorzustellen, die sich – natürlich rein zufällig – ins Viceroy zum Kaffeetrinken verirrt haben.

Schon deshalb halte ich mich lieber bedeckt. Die würden ausrasten, wenn sie wüssten, was mir seit dem Fund des schwarzsilbernen Kärtchens widerfahren ist.

Ich lege die Blumen unausgepackt in die Spüle, weil ich erst mal Aaron bei den morgendlichen Vorbereitungen helfen muss. Wir spannen die Schirme vor der Tür auf, arrangieren Tische und Stühle, bestücken den Zeitungsstand mit den Ausgaben von heute und legen den Kuchen in die Vitrine. Zuletzt schiebe ich zwei Bleche mit Croissants und Zimtschnecken in den Ofen. Dann schreibe ich noch das Lunch-Special auf die Tafel neben der Tür. Zehn Minuten vorm Öffnen ist alles fertig, und mir bleibt genug Zeit, um endlich meine Neugier zu befriedigen.

Ich wickle den Strauß aus und bewundere die Pracht. Rosen und Orchideen. Wow. Der muss ein Vermögen gekostet haben. Erst auf den zweiten Blick entdecke ich das eng beschriebene Kärtchen. Die Botschaft entfacht einen Hitzeschwall in meinen Gliedern.

Verzeih mir, Süße, dass ich auch noch herausgefunden habe, wo du arbeitest. Es tut mir schrecklich leid, dass ich mich nicht beherrschen konnte. Ich schwöre, es kommt nicht wieder vor. Wenn ich wieder einmal etwas wissen will, frage ich dich. Auch wenn es mitten in der Nacht ist. Ich wäre jedenfalls untröstlich, wenn du die übrigen Schachteln nicht mehr mit mir öffnest. I.

Tja.

Wenn er mich so nett darum bittet, kann ich ja gar nicht anders, als ihm zu verzeihen!

Ich starre in die Blüten und bin in Gedanken bei unserer gestrigen Diskussion. Sex versus Romantik, die zweite Runde. Vicentes Nachricht mit der Hibiskusblüte ist umwerfend romantisch. Die fünf Pfund Luxus-Orchideen mit der eindeutig zweideutigen Nachricht von Icarus hingegen sind purer Sex. Allein die Vorfreude auf seinen Anruf heizt mich schon dermaßen an, dass ich Schwierigkeiten habe, klar zu denken. Und bei Vicente kriege ich Herzklopfen. Wie ist es möglich, dass ich von keinem der beiden lassen kann? Ich will gar nicht darüber nachdenken, was passieren würde, wenn ich mich jemals für einen entscheiden müsste. Weil sie beide so hinreißend sind. Weil ich überzeugt bin, dass Sex und Romantik sich nicht ausschließen, sondern einander vortrefflich ergänzen.

► Weiter auf Seite 162

Nein, ich will mich anders entscheiden.

◄ Zurück zu Seite 127

7

Mein zweites Date mit Vicente läuft gut und schlecht zugleich. Er geht mit mir in einen Open-Air-Club in Silverlake. Wir tanzen eng umschlungen unter roten und rosafarbenen Bougainvilleen und essen Tacos vom offenen Grill. Später streifen wir Hand in Hand durch die Läden und Kunstgalerien, die in Silverlake bis Mitternacht geöffnet haben. Ich bin überrascht, wie gut Vicente sich in der lokalen Kunstszene auskennt. Überhaupt steckt einiges hinter seiner Macho-Fassade, das man dort nicht vermuten würde. Ich habe das Gefühl, er mag es, wenn man ihn unterschätzt. Aber seine Intelligenz schimmert oft durch und seine Schlagfertigkeit bringt mich immer wieder in Bedrängnis. Er neckt mich, bis wir uns albern und ausgelassen mit Jacarandablüten bewerfen. In einer verträumten kleinen Gasse küssen wir uns, doch wieder hört er auf, bevor mehr daraus werden kann.

Er bringt mich wie am Abend zuvor nach Hause und verabschiedet sich. Es kostet mich große Willenskraft, das Onyx-Handy nicht einzuschalten. Aber ich bin todmüde. Ich muss dringend schlafen, sonst breche ich morgen im Café hinter dem Tresen zusammen.

Beim Aufstehen erwartet mich eine SMS von Icarus, die mich auf das Ende der Schicht hinfiebern lässt.

Er gibt mir, was Vicente mir verwehrt. Er ist kreativ und phantasievoll und hat diese unglaublich verführerische Stimme. Nur sein Gesicht darf ich nicht sehen.

Wir haben phantastischen Sex in der stockdunklen Kabine eines Privatkinos. Am Ende hat er mich so weit, dass ich alles tun würde, um noch mal von ihm gevögelt zu werden. Oder von seiner Zunge in den süßen Wahnsinn geleckt. Ganz zu schweigen von seinen geschickten Fingern.

Vicente hat mein Herz gestohlen, aber meinen Körper würde ich Icarus schenken.

Ich treffe meinen frustrierend anständigen Gangsterprinzen ein drittes und viertes Mal und lasse mich zwischendurch von meinem geheimnisvollen Phantom-Liebhaber verführen, der mir unmissverständlich klargemacht hat, dass er Liebe und Romantik für überflüssig hält.

Nach drei Wochen, eine Woche später als geplant, kommt Amy von ihrer Mutter-Tochter-Auszeit zurück. Zum Glück warnt sie mich per SMS vor. So schaffe ich es gerade noch, unser Apartment in einen vorzeigbaren Zustand zu versetzen. Mein Liebesleben beansprucht mich dermaßen, dass ich nicht mal dazu gekommen bin, Milch zu kaufen.

Das fällt auch Amy auf. Nachdem sie ihre Reisetasche in der Küche hat fallen lassen, mustert sie mich prüfend mit zusammengezogenen Brauen. «Choice, du siehst aus, als hättest du fünf Tage durchgefeiert. Willst du's mir gleich beichten, oder muss ich dich erst mit Wasserfolter dazu zwingen?»

«Du wirst es mir niemals glauben.»

«Was immer es ist», sagt sie trocken, «es hat dich so auf Trab gehalten, dass du es nicht mal geschafft hast, mich anzurufen. Hängst du jetzt jede Nacht im Onyx ab und lässt dir Drinks von gutaussehenden Star-Regisseuren ausgeben?»

«Nicht ganz.» Ich weiß gar nicht, wo ich anfangen soll. Aber ich muss es ihr erzählen, sonst platze ich. «Es ist kompliziert.»

«Ach echt?» Sie grinst. «Das ist es doch immer. Ich hab den ganzen Abend Zeit. Gibt's noch Wein im Kühlschrank?»

Und dann erzähle ich ihr alles. *Alles.* Angefangen bei Icarus bis hin zu Vicente und wieder zurück zu Icarus. Und was im

Onyx wirklich läuft, weiß sie ja auch noch nicht. Zwar habe ich nicht vergessen, dass ich nichts sagen darf, ohne gegen die Clubregeln zu verstoßen. Aber Amy ist und bleibt meine beste Freundin. Mein Bedürfnis, mit jemandem über die ganze Sache zu reden, ist stärker als der Respekt vor Demetrius' Verbot. Ich trinke mir mit einem großen Schluck Wein Mut an und erstatte ihr Bericht. Mit allen unanständigen Einzelheiten.

Amy lauscht fasziniert meinen Ausführungen. Irgendwann mache ich eine Pause und nippe mit dunkelrot glühendem Kopf an meinem Wein. Ich fühle mich an meine Highschool-Zeiten erinnert. Auf unseren Mädelsabenden damals haben wir uns betrunken, uns laut gackernd Schundpornofilmchen reingezogen und die Pos der männlichen Stars nach Knackigkeit bewertet.

«Krass.» Amy kichert. «Wenn ich nicht wüsste, dass du mit Drogen nichts am Hut hast, würde ich sagen, ich will auch was von dem, was du geraucht hast.»

«Ich wusste, du glaubst mir nicht.»

«Doch, tue ich. Ehrlich gesagt, ich bin grün vor Neid. Und dieser Icarus ist der Einzige, der angerufen hat? Was ist mit den anderen? Ich dachte, es geht um freie Liebe, jeder mit jedem und so?» Ich werfe ein Geschirrtuch nach ihr. Sie grinst noch breiter. «Hast du gesagt.»

«Angeblich können sich betuchte Club-Mitglieder ein Exklusivrecht kaufen.»

«Oh wow. Dann ist dieser Typ womöglich steinreich und du bist die eine, die er will?» Ihre Stimme nimmt einen verschwörerischen Tonfall an. «Stell dir vor, er macht dir einen Antrag.»

«Wohl kaum», sage ich trocken. «Er steht nicht so auf Romantik.»

«Aber was nicht ist, kann ja noch werden.» Sie hebt eine

Braue. «Immerhin will er nicht, dass irgendein anderer Kerl dich anfasst.»

«Hm.» Natürlich ist die Vorstellung schmeichelhaft, dass er so besitzergreifend sein könnte. Womöglich habe ich sein steinernes Romantik-ist-für-Anfänger-Herz erweicht, und jetzt fragt er sich, ob es nicht doch mehr auf der Welt gibt als nur Sex. Was mich erst recht in einen Gewissenskonflikt wegen Vicente stürzen würde. Ich habe eh das mulmige Gefühl, dass die ganze Sache auf ein Desaster zusteuert.

Das sieht Amy genauso. Sie setzt ihre Psychotherapeuten-Miene auf, als die Sprache wieder auf Vicente kommt. «Du weißt schon», sagt sie, «dass er sich womöglich unsterblich in dich verliebt hat und dich seiner Mutter vorstellen will? Vielleicht will er keinen Sex vor der Ehe?»

«Quatsch. Der ist nie im Leben noch Jungfrau.»

«Das habe ich ja auch nicht behauptet. Dem hecheln von hier bis South Gate alle Mädels im heiratsfähigen Alter nach. Da kannst du Gift drauf nehmen, dass die sich reihenweise von ihm flachlegen lassen.»

«Das weißt du, oder das vermutest du?»

«Das sagt Lynne», erklärt sie. Lynne ist Köchin und drückt zusammen mit Amy die Schulbank am Community College, wo sie beide auf einen Abschluss in Restaurant Management hinarbeiten. Lynne kennt sich außerdem in der Szene von Pico Union und South Central aus und ist Amys Quelle Nummer eins für Gerüchte. «Wenn er dich datet, aber nicht mit dir schläft, dann heißt das, dass du was Besonderes bist. Vielleicht ist er tiefkatholisch und will mit seiner zukünftigen Frau fürs Leben alles richtig machen.»

Ich verdrehe die Augen. «Du meinst, er will meine Ehre nicht verletzen? In welchem Jahrhundert leben wir denn?»

«Genau.» Sie schenkt uns beiden Wein nach. «Prost. Auf deine Liebesglückssträhne.»

Wir lassen die Gläser klirren. Mir ist schwindelig. Zum Glück habe ich heute Abend keine Verabredung mit Vicente. Und Icarus hatte ich erst heute früh am Handy. Telefonsex zum Wachwerden. Wir haben eine seiner kleinen Geschenkboxen ausgepackt. Ich werde rot, wenn ich nur daran denke. «Die Frage ist, was mache ich, wenn ich mich entscheiden muss?»

«Tja, was machst du dann?» Sie schwenkt versonnen ihren Wein und hält das Glas ins Licht. «Sex oder Liebe?»

«Oder beides.»

«Oder beides», stimmt sie zu. «Du solltest auf jeden Fall vermeiden, dass Vicente Wind von dem anderen Typen bekommt.»

«Hm», sinniere ich, «das wäre sicher nicht gut.»

«Nee, denn dann erschießt er ihn.»

Ich fange an zu kichern, bis mir klar wird, dass sie das ernst gemeint hat. «Du machst Witze, oder?»

Sie zuckt mit den Schultern. «Ich schätze, das wäre genau sein Stil.»

Ich muss an den Abend denken, als ich zum ersten Mal auf dem Weg ins Onyx war und die Pistole an seinem Rücken gesehen habe. Wenn wir zusammen unterwegs sind, ist er so süß und romantisch, dass ich die Gangster-Storys komplett verdrängt habe. Aber was, wenn doch was dran ist? Was, wenn er mir demnächst die Verlobung anträgt und dann jeden Kerl zum Duell fordert, der auch nur meine nackten Beine anschaut?

Heilige Scheiße, wo bin ich da reingeraten?

«Aber», sie grinst schon wieder, «das macht's doch erst spannend, Baby. Davon träumen wir doch, oder? Vom dunklen Ritter, der uns die Welt zu Füßen legt.»

► Weiter auf Seite 167

8

An einem Freitagnachmittag schenkt mir Vicente einen Totenschädel aus Zuckerguss. Der *Día de los Muertos,* der mexikanische Tag der Toten, steht bevor. Zu dieser Zeit verwandeln sich die Straßenzüge rund um die Union Station in eine Partymeile voller morbid kostümierter Festivalgäste. Die Prozession auf dem Hollywood-Forever-Friedhof lockt jedes Jahr viele Touristen an.

Vicente sitzt auf seinem Lieblingsplatz auf der Treppe. Als ich an ihm vorbeigehe, schlingt er mir einen Arm um die Hüften, um mich aufzuhalten.

«Hey», sage ich weich.

«Hey *mi corazón.*» Sein Lächeln lässt mein Herz jedes Mal schneller schlagen. «Ich habe etwas für dich.»

Der Zuckerschädel ist mit blauen Blumen und rosa Herzen dekoriert. Ich bin ganz hingerissen, vor allem, als ich auf der Rückseite eine verunglückte Hibiskusblüte entdecke. Sie ist inzwischen zu unserem Zeichen geworden.

Wie immer landen seine Finger direkt auf meinem Hintern und bleiben dort liegen, was ein Prickeln durch meinen Unterleib schickt. Und wie immer weiß ich, dass er es bei diesem vagen Versprechen belassen wird. Es ist ein Jammer. Ich bin hoffnungslos in Vicente verknallt und erlebe zugleich erotische Abenteuer mit einem faszinierenden Fremden, dessen Gesicht ich nicht einmal kenne. Seit mir das Onyx-Kärtchen in die Hände gefallen ist, gleicht mein Leben einer Achterbahnfahrt, bei der jede Kurve noch steiler als die vorherige ist.

«Heute Abend gibt es ein Fest», sagt er. «Bei meinen Leuten. Kommst du mit?»

Heute? Mir wird heiß vor Aufregung. Bisher hat er ein Riesengeheimnis daraus gemacht, wo er herkommt. Ich weiß nur, dass er diese argentinische Großmutter hat und dass eine Freundin seiner Cousine Mariposa-Blütenanhänger am Santa Monica Pier verkauft. Und ich kenne die Gerüchte über ihn, doch ich weiß noch immer nicht, was an ihnen dran ist. Die Einladung kommt zwar etwas spontan, aber man muss die Feste bekanntlich feiern, wie sie fallen.

«Klar», sage ich. «Wann? Und brauche ich ein Kostüm? Müsste ich mir nicht das Gesicht schminken und –»

«Ich hole dich um zehn ab, *sí*?» Er richtet sich auf, sodass sein Körper meinen streift. Gott, ich wünsche mir nichts mehr, als diese starken Hände auf meiner Haut und seine Hüften an meinen zu spüren, ohne die störenden Lagen Stoff zwischen uns. Ich träume davon, mich von ihm vögeln zu lassen, bis wir beide erschöpft zusammenbrechen. Ich will in seinen Armen einschlafen, den salzigen Geschmack seiner Haut auf meinen Lippen. Ich will von seiner Hand zwischen meinen Beinen geweckt werden, bereits erregt, obwohl ich noch träge und schläfrig bin. Stattdessen küsst er mich auf den Mundwinkel. «Überrasch mich, *Preciosa*.»

Ich soll ihn überraschen? Wird das ein Test? Verdammt. Ich hasse so was. Was soll ich denn jetzt anziehen?

Ich habe nur ein paar Stunden Zeit. Ich muss mir die Haare waschen und meine Nägel neu lackieren. Und eigentlich müsste ich mich angemessen schminken – aber ich habe nicht mal weiße Farbe fürs Gesicht. Eine *Día de los Muertos*-Party, du meine Güte! Was ist da angebracht? Sittlich oder sexy?

Ich könnte Amys Jeans mit den blumenbestickten Taschen anziehen, dazu mein olivfarbenes Tank Top und meine Wickelbluse. Und um den Hals könnte ich mir Hawaii-Blumenketten hängen. Falls er wirklich so konservativ ist, will er bestimmt nicht, dass ich zu aufreizend aussehe, wenn er mich «seinen Leuten» vorführt.

Punkt zehn warte ich an der Treppe, nervös und mit feuchten Haaren. Die weiße Totenmaske im Gesicht habe ich mir gespart. Stattdessen hat mir Amy ein schwarzes Blumenmuster auf eine Wange und die Stirn gemalt.

Vicente taucht pünktlich auf. Das Funkeln in seinen Augen und sein Lächeln sagen mir, dass ich mit meinem Jeans-und-Blumen-Outfit nicht danebengegriffen habe. Er selbst sieht umwerfend aus. Die Bandana hat er sich um einen muskulösen Oberarm geknotet, das glänzende schwarze Haar fällt ihm offen auf die Schultern. Ich muss mich beherrschen, um nicht mit beiden Händen in die seidige Pracht zu greifen.

Wir fahren den Washington Boulevard hinunter, tiefer ins dunkle Herz von South Central. Rechts und links säumen Wohnbaracken mit vergitterten Fenstern die Straße. In einer Gasse steht ein Einkaufswagen mit Mülltüten und Kartons, obendrauf sitzt ein kleiner weißer Köter.

Wir passieren eine große Kirche und parken vor einem Mini-Markt gegenüber. Trotz der späten Stunde ist viel los. Leute drängen sich auf den Bürgersteigen, viele in phantasievollen Kostümen. An kleinen Ständen gibt es Tacos, Limonaden und fetttriefende süße Köstlichkeiten zu kaufen.

Mariachi-Klänge und ein dumpfer Beat sind zu hören, dessen Echo von den Hauswänden zurückgeworfen wird. Sobald wir ausgestiegen sind, kommt uns ein Junge entgegengelaufen. Der Kleine scheint Vicente zu kennen, denn er begrüßt ihn enthusiastisch. Vicente drückt ihm zwei Dollarnoten in die Hand.

«Rafael hier passt auf mein Auto auf.» Er versetzt ihm einen freundschaftlichen Klaps auf den Hinterkopf. «*¿No, Rafael?* Wie war der Englisch-Test?»

Rafael strahlt übers ganze Gesicht und wechselt die Sprache. «Volle Punktzahl!»

«Ohne Scheiß?»

«Soll ich's dir zeigen?»

«Schon gut.» Er steckt ihm noch einen dritten Dollarschein zu. «Ich glaub's dir. Hast dir einen Bonus verdient, *Señor.*»

«Kennst du dich hier aus?», frage ich.

«Hier bin ich aufgewachsen, *querida.*» Er legt eine Hand auf meinen Rücken und schiebt sie unter mein Top, sodass seine Handfläche direkt auf meiner Haut liegt. Eine ebenso intime wie besitzergreifende Geste, die den Wunsch in mir weckt, er würde endlich auch ein paar andere Teile meines Körpers in Besitz nehmen.

Rafael grinst uns an, als wäre Vicente sein großer Bruder, der neuerdings mit der heißesten *Chica* des Viertels ausgeht. Obwohl ich eigentlich gar nicht auf so was stehe, fühle ich mich irgendwie privilegiert, weil dieser umwerfende Macho mich allen als *sein* Mädchen präsentiert.

«Ich kenne hier jede Hundehütte. Und jeden Köter beim Namen.» Er gibt mir einen Kuss. Als seine Lippen meine freigeben, flackert ein Feuer in seinen schwarzen Augen. Er sieht stolz aus. Die Euphorie macht meinen Kopf so leicht, als hätte ich zu viele *Mimosas* getrunken.

Die Straßen sind erfüllt von lebendigem Lärm. Es ist nicht *eine* Party, es sind Dutzende. In jedem zweiten Hinterhof glüht ein Grill. Viele Anwohner haben Fackeln entzündet. Die Nacht ist aufgeheizt von Leidenschaft und fiebriger Begierde. Aus den offenen Autos am Straßenrand dröhnt Musik. Gelächter, das Quietschen der Mädchen und die Prahlereien ihrer betrunkenen Verehrer vermischen sich zu einem fröhlichen Durcheinander.

Unsere Party findet im Hof eines Schrotthändlers statt. Ein Typ mit Geistermaske lässt uns rein und verriegelt hinter uns das Eisentor. Vicente zieht mich enger an seinen Körper, sodass sich seine Hüfte bei jedem Schritt an meiner reibt.

Von allen Seiten werden wir mit johlenden Rufen begrüßt. Hätte Vicente nicht seinen Arm um mich geschlungen, mir würde himmelangst und bange. Seine *compadres* sehen aus, als kämen sie direkt vom *The Fast & The Furious*-Filmset. Ich würde nicht einem von ihnen in einer dunklen Gasse begegnen wollen. Wo bin ich hier reingeraten? Wahrscheinlich klauen diese Jungs zum Frühstück ihre erste Luxuskarosse, verschieben bis zum Mittag ein paar Pfund Koks und liefern sich vorm Abendessen noch eine lässige Schießerei mit der feindlichen Gang von nebenan. Meine Mom würde einen Herzinfarkt kriegen, könnte sie mich hier sehen. Ich habe Angst, aber schäme mich zugleich, dass ich die Jungs nur nach ihrem Aussehen beurteile.

Bevor ich mich weiter in die Panik reinsteigern kann, tritt eine Schönheit mit schwarzen Locken zu uns. «Hey!» Sie tauscht Wangenküsschen mit Vicente, dann lächelt sie mich an. «Du musst Choice sein.» Oh, er hat seinen Freunden von mir erzählt? Ich werde mal wieder rot. Ihre Wange streift meine. «Schön, dass du da bist. Ich bin Isabel. Und dieser Herzensbrecher», sie versetzt Vicente einen Stoß in die Rippen, «ist mein Lieblingscousin. Ist er nett zu dir?»

«Oh ja», beeile ich mich zu sagen. «Sehr nett.»

«*Bueno.* Willst du was trinken? Komm, ich zeige dir die Bar.»

Und schon zieht sie mich hinter sich her. Vicente blickt uns nur kurz nach, weil er sofort von einem Dutzend anderer Partygäste umringt wird.

Isabel ist einen Kopf kleiner als ich und ein Wirbelwind. Sie behandelt mich, als würden wir uns schon aus dem Sandkasten kennen. Nach zehn Minuten hat sie mich vier Drinks probieren lassen und mich ungefähr sechshundert Leuten vorgestellt. «Vicente sagt, dass du eine *bailarina* bist, eine Tänzerin?»

«Ich nehme Kurse in Silverlake. Ich tanze seit der Highschool.»

«Bist du gut?»

«Was sagt denn Vicente?»

«Dass du eine Wucht bist.» Sie deutet auf ein Podest mit einem verhüllten Kasten darauf. «Wir haben heute Abend einen Tanzwettbewerb. Das da ist der große Preis. Machst du mit?»

«Ich werde mich schrecklich blamieren.»

«Bestimmt nicht.» Sie lacht. «Die Hälfte der Teilnehmer sind Kinder.»

Ich muss ebenfalls lachen. «Ein Glück. Dann werde ich vielleicht nur Vorletzte.»

«Also abgemacht?»

«Abgemacht.»

Aus der Menge erhebt sich ein Beifallssturm, als ein dürrer Typ anfängt Feuer zu spucken. Isabel zieht mich tiefer ins Gewühl. Ich bin ihr dankbar, dass sie sich um mich kümmert, zumal ich Vicente nirgends entdecken kann. Irgendjemand teilt mir mit, dass er mit den Jungs in der Werkstatt sei, um sich ein Auto anzusehen.

Die Party ist wie eine Explosion von Düften und Klängen und Zuckergussfarben. Isabel schleppt mich zu einer Horde kichernder Frauen, die mich willkommen heißen, als wäre ich ihre lang verschollene Schwester. Sie stopfen mich mit Marzipangebäck voll und nötigen mir bunte Cocktails auf. In einem abenteuerlichen Gemisch aus Spanisch und Englisch überschreien wir die Musik. Je weiter der Abend fortschreitet, desto schlüpfriger werden die Gesprächsthemen.

Alle halbe Stunde taucht Vicente von irgendwoher auf, berührt mich an der Hüfte oder gibt mir einen Kuss auf den Nacken, was stets einen Sturm weiblicher Begeisterung auslöst. Ich amüsiere mich prächtig.

Kurz vor Mitternacht verschafft sich eine Matrone mit einem improvisierten Gong aus Topfdeckeln Gehör. Ein vielstimmiger Jubelschrei antwortet ihr. Jemand dreht die Musik runter. Sie hält eine Ansprache, aber leider auf Spanisch.

«Was sagt sie?», frage ich Isabel.

«Sie eröffnet den Tanzwettbewerb.» Isabels Augen funkeln vor Vergnügen. «Die Siegerin wählt ihren Favoriten, und gemeinsam haben sie die Ehre, das Mittelstück der Torte zu essen, die Mama Inéz zusammen mit allen Nachbarinnen gebacken hat.»

«Was muss ich tun?» Ich fühle mich dank meiner zehn neuen Freundinnen und ihrer quietschbunten Cocktails unbesiegbar. Keine Spur von Lampenfieber.

Die Menge macht Platz, sodass im Hof eine große freie Fläche entsteht. Etliche Männer klettern aufs Dach, unter ihnen Vicente. Zwei Typen ziehen eine glimmende Feuertonne beiseite. Die Musik wird wieder aufgedreht und übertönt Mama Inéz' Worte. Ich will schon auf die improvisierte Tanzfläche stürmen, aber Isabel hält mich am Arm fest. «Noch nicht», sagt sie. «Es sei denn, du willst bei den Kindern mitmachen.»

Die anderen finden das umwerfend komisch. Dann diskutieren sie, begleitet von Kichern und zotigen Witzen, wen sie als Favoriten wählen würden, falls sie den Tanzwettbewerb gewinnen. Vicente, schlägt eine vor. Sie brechen in schallendes

Gelächter aus und stupsen mich an. Ich fühle einen kleinen Stich Eifersucht und kapiere erst mit Verzögerung, dass es ein Witz war.

«Sie beneiden dich», flüstert Isabel mir ins Ohr.

An der Tanzfläche versammelt sich eine Gruppe Mädchen, das älteste etwa vierzehn, das jüngste ein Kind von höchstens fünf Jahren. In die hämmernde Musik hinein scheppern Mama Inéz' Topfdeckel, und die erste Kandidatin tritt in die Mitte des Kreises. Sie tanzt ein kurzes Solo, eine Mischung aus Kinderballett und süßem Herumhampeln, bis sie mit wohlwollendem Applaus belohnt wird und die nächste sie ablöst. So geht es weiter, eine nach der anderen. Wenn es nach der Lautstärke des Jubels geht, ist die Favoritin ganz klar eine Achtjährige mit abstehenden Zöpfchen, die an den Enden pinkfarben leuchten. Die Kleine ist echt gut. Sie lässt beim Tanzen einen Stab mit langen bunten Bändern kreisen. Das bringt mich auf eine Idee.

Die Musik, die fröhliche Stimmung und der Alkohol machen mich aufgekratzt und übermütig. Ich fühle mich stark und tollkühn. Ich lege den Kopf in den Nacken und versuche einen Blick auf Vicentes Gesicht zu erhaschen, kann ihn aber kaum erkennen. Das Dach, auf dem er mit den anderen Männern steht, ist zu weit weg und liegt im Dunkeln.

«Bereit?», schreit Isabel.

«*Sí!*», brüllt der Chor der Frauen. Wie eine bunte Flut drängen sie auf die Tanzfläche und ziehen mich mit sich.

Nacheinander wirbeln sie in die Mitte und demonstrieren, was sie haben und was sie können. Gott, sie sind so sexy! Wäre ich nicht angeheitert, ich würde mich mit Minderwertigkeitskomplexen auf dem Klo einschließen.

Isabel ist so gut, dass mir die Kinnlade herunterfällt. Sie muss mal professionell getanzt haben, das sieht man sofort.

Ihre Performance ist eine Mischung aus modernem Ballett und lateinamerikanischen Schritten. Als sie sich die Kleine mit den Bändern schnappt und sie im Kreis herumdreht, brüllen alle vor Begeisterung.

Ein kleiner Stoß in den Rücken bedeutet mir, dass ich die Nächste bin.

«Zeig's ihnen!», ruft Isabel mir zu, als ich sie ablöse. Ich schnappe mir zwei Fackeln. Ein Schweif aus Funken löst sich, als ich die eine durch die Luft ziehe. Für einen Moment erfassen mich Zweifel. Doch dann schiebe ich sie beiseite. Jetzt oder nie.

Plötzlich stehe ich allein auf der Tanzfläche. Ich hebe den Kopf, suche Vicente. Diesmal kann ich sein Gesicht erkennen. Sein Lächeln, sein Blick, er löst etwas in mir aus. Ich will, dass er stolz auf mich ist. Mehr noch, ich will ihm den Kopf verdrehen. Ich will, dass er an nichts anderes mehr denkt als daran, wie glücklich er sein kann, dass *er* mich heute Abend nach Hause begleiten darf.

Nach einer gefühlten Ewigkeit unterbreche ich den Blickkontakt, schließe die Augen und überlasse mich dem Rhythmus der Musik. Es ist alles da. Die Schritte, die Bewegungen. Die Figuren. Auch die komplizierten. Alles, was ich brauche, habe ich im Kopf.

Es ist wie Magie. Die Fackeln verschmelzen mit mir. Ich stelle mir Vicente vor, seinen Körper an meinem, die Nacht am Strand, unser zweites Date in Silverlake. Wie wir tanzen und er mich führt. Wie seine Arme mich von hinten umschließen und er mit Salzwasser Kreise auf meinen Bauch malt. Meine Adern sind durchflutet von Adrenalin. Ich muss nicht denken. Ich tanze. Ich fliege. Für einen Augenblick vergesse ich sogar, wo ich bin. Bis Jubel und Applaus mich zurück in die Wirklichkeit holen.

Erst jetzt merke ich, wie heftig mein Atem geht. Ich bin klatschnass von der Anstrengung, mein Gesicht ist heiß und verschwitzt. Die Fackeln versengen mir die Haut. Die Menge johlt immer noch. Sie hört nicht auf.

«Zugabe!», brüllt Isabel. Der Beat wechselt. Es ist schnelle, mexikanische Musik. «Los! Noch mal!»

Wieder suche ich Vicente. Der Ausdruck auf seinem Gesicht hat sich verändert. Er lächelt nicht mehr, sondern starrt mich an, als wollte er mich von der Tanzfläche ziehen und es mir gleich in der nächsten Werkstatt besorgen. Auf einer Drehbank oder gegen die grob verputzte Wand, Jeans und Höschen nur schnell in die Kniekehlen geschoben, hart und schmutzig, unbändige Leidenschaft ohne Reue. Das Blut rauscht mir in den Ohren, mein Herz droht jeden Moment zu explodieren. Ich halte seinen Blick fest und forme mit den Lippen einen Kuss. Dann senke ich die Fackeln und ziehe sie in zwei feurigen Halbkreisen wieder hoch, mit etwas Phantasie kann man darin ein Herz erkennen. Ich vermute, dass es Vicente an Phantasie nicht mangelt.

Ich lasse mich vom neuen Rhythmus leiten, vollführe stampfende Schritte, die perfekt zu diesem Sound passen. Modern Dance trifft den Gefiederten Regengott, hätte meine Tanzlehrerin aus Wickenburg gesagt. Bevor sie sich ausgerechnet in der Wüste von Arizona niederlassen hat, ist sie durch Asien und Südamerika getourt. Und dann Wickenburg. Der Liebe wegen. Tja. Dagegen sind wir alle machtlos.

Die Vorstellung von Vicentes Händen, die meine Schenkel auseinanderdrücken, treibt mich durch die Schritte und Drehungen, bis ich als Abschlusspose beide Arme hochreiße und so lange oben halte, bis sie zu zittern beginnen.

Das Publikum brüllt und tobt. Ich weiß nicht, was ich jetzt

machen soll, daher gehe ich langsam zurück zu den anderen Frauen. Isabel nimmt mir die Fackeln ab. «*Fantástico!* Gut gemacht!»

Meine Beine zittern noch mehr als die Arme. Ich würde mich gern hinsetzen, aber das geht nicht, weil alle gleichzeitig auf mich einreden. Offenbar war ich die Letzte, denn jetzt tragen sie den Tisch mit dem Tuch in die Mitte. Mama Inéz beaufsichtigt, wie ein Mann das Tuch herunterzieht und eine Holzkiste enthüllt. Er hebt den Deckel ab und klappt die vier Seitenwände herunter.

Ein Kuchen-Monstrum in Grün-Weiß-Gold mit mindestens fünf Millionen Zuckerperlen kommt zum Vorschein, jede Hochzeitstorte würde vor Neid erblassen. Ringsherum ist das Kunstwerk mit kleinen Totenschädeln verziert. Die zweite Etage ist mit gekreuzten Piratenflaggen-Knochen dekoriert, in der Mitte thront ein Bukett aus gelben und grünen Marzipanblüten.

Mama Inéz haut ihre Topfdeckel gegeneinander, bis auch der letzte Bengel verstummt. Sie sagt etwas, und die Leute lachen. Hier und da kommt Beifall auf.

«Wie süß», sagt Isabel. «Suzi kriegt einen Sonderpreis.» Die Kleine mit den Bändern darf sich die oberste Marzipanblüte vom Turm mopsen. Ein Muskelprotz hebt sie hoch, damit sie an die Torte kommt. Der Anblick des riesigen Kerls mit dem kleinen Mädchen auf dem Arm löst eine neue Serie begeisterter Pfiffe aus.

Dann verkünden sie die Gewinnerin. Auf Isabels Gesicht breitet sich ein gigantisches Lächeln aus.

«Hey», sage ich, «gratuliere!»

«Nein!» Sie lacht. «*Du* hast gewonnen!»

«Was?»

«Gratuliere, gratuliere!» Sie stößt mich zurück in den Ring. «Jetzt mach schon, wähle deinen Favoriten!»

Ich bin so verblüfft, dass ich einfach tue, was sie sagt. Wie eine Schlafwandlerin drehe ich mich im Kreis. Die anderen jubeln und schreien wild durcheinander, einer lauter als der andere. Aller Augen sind auf mich gerichtet. Die meisten Partygäste sehen gut gelaunt aus, vielleicht freuen sie sich für mich, aber ein paar mustern mich mit offensichtlichem Groll. In den Blicken vieler Männer sehe ich Begehren. Ich weiß nicht, ob ich geschmeichelt oder eingeschüchtert sein soll von so viel Aufmerksamkeit – vor allem von der männlichen.

Ich schaue hoch zu Vicente. In seinem Gesicht ist ebenfalls Begierde zu erkennen, aber noch etwas anderes liegt in seinem Blick. Mehr denn je will ich in diesen Augen ertrinken und unter diesen Lippen verbrennen. Ich bin unsterblich verknallt in diesen göttlichen Mann, und in diesem Moment ist mir egal, ob er in einer Gang ist. Ich will ihn mit Haut und Haaren.

«Vicente», sage ich. Und dann etwas lauter: «Ich wähle Vicente. Hast du gehört? Vicente!»

Die Partygesellschaft rastet aus. Sie johlen und schreien, während Vicente mit zwei eleganten Sätzen vom Dach auf die Feuertreppe und von dort auf den Boden springt. Geschmeidig wie eine Raubkatze. Ohne Eile schlendert er auf mich zu, um seinen Mund das spöttische Lächeln. Schaut her, sagt es, der Meister zeigt euch, wie's geht. Ich kriege die Königin der Nacht, und sagt nicht, ihr hättet etwas anderes erwartet.

Dicht vor mir bleibt er stehen, sein Lächeln wird wärmer. Er zieht mich an sich, seine Hände auf meinem Hintern, sein Kuss besitzergreifend und wild. Allmählich wird er sanfter, beginnt ein langes, leidenschaftliches Zungenspiel. Das Publikum hat einen Heidenspaß.

Vicente schneidet mir die Trophäe aus der Torte. Wir kriegen zwei Löffel und müssen uns vor aller Augen gegenseitig mit Kuchen füttern. Nach ein paar Bissen ersetzt er seinen Löffel durch die Finger, wofür ihn das Publikum mit einem Pfeifkonzert belohnt. Es ist so sinnlich, dass mir ganz schummrig wird. Mit jedem Stückchen schiebt er seine Finger tief in meinen Mund und lässt sie mich ablecken, bevor er sie zurückzieht. Er streichelt mit dem Daumen meine Unterlippe und legt mir einzelne Zuckerperlen auf die Zunge. Das letzte Marzipanblatt nimmt er zwischen die Zähne und teilt es in einem zweiten Kuss mit mir.

Ich wette, so eine Show hat ihnen noch keine Ballkönigin geboten. Vermutlich hatte auch keine einen so unverschämten Favoriten. Als der Teller leer ist, hebt er mich kurzerhand hoch und legt mich wie einen Sack Bohnen über seine Schulter, um mich unter dem begeisterten Gebrüll seiner Leute vom Platz zu tragen. Die Musik setzt wieder ein, ein hämmernder Beat. Die Vorstellung ist vorbei.

«Hey», protestiere ich, «lass mich runter!»

Er gibt nur ein Lachen zurück. Aus meiner Kopfüber-Perspektive erfasse ich Mauern und Metallcontainer. Er trägt mich durch einen kleinen Durchgang zu einem Schuppen, in dem zwei Boote liegen.

Vicente setzt mich auf einer Werkbank neben den Booten ab. Mich überläuft ein Schauder, weil ich mich an meine Gedanken beim Tanzen erinnere. Ein kleiner Rest von meinem Mut ist noch übrig. «Willst du wissen, warum ich gewonnen habe?», frage ich.

«Weil du gut bist.» Sein Blick ist unergründlich. Er stützt die Hände rechts und links von mir auf, sein Gesicht nahe an meinem.

«Weil ich dabei an dich gedacht habe.»

«Ah ja?» Er streift meine Wange mit seiner und stößt mit der Zunge gegen mein Ohr. Himmel, ich will ihn so sehr. Ich bin so feucht, dass mein Höschen zwischen meinen Schamlippen festklebt. «Was hast du denn genau gedacht?»

«Wie es wäre, wenn du mich ... küsst.» Verdammt! Ich bin so ein elender Feigling. Das war es nicht, was ich sagen wollte. «Also ich meine –» Kurz bin ich abgelenkt, weil er mit einer schnellen Bewegung meine Beine spreizt und sich dazwischendrängt. Wir haben beide Jeans an, aber ich kann die Beule in seiner Hose sehen. Als er mich ein Stück nach vorn zieht und an sich presst, spüre ich seine Erektion. Todesmutig fasse ich nach seiner Gürtelschnalle. Zu meinem Erstaunen lässt er mich gewähren.

«Was wolltest du sagen?» Er spricht irgendwie anders als sonst. Singender, nicht so kontrolliert. Für einen Moment klingt er sogar ein bisschen wie Icarus. Die Silben träge und schwer vor Leidenschaft. Die Nacht scheint ihn genauso anzuheizen wie mich.

«Ich will dich in mir haben.» Jetzt ist es raus.

«Du führst mich in Versuchung, *Chica*.»

«Das hoffe ich doch.» Der Gürtel ist offen, als Nächstes kommt eine Reihe von Knöpfen.

«Du bist die schönste Frau auf dem Fest», flüstert er mir ins Ohr. «Alle wollen dich. Aber du gehörst mir.»

Ein warmer Schauer rieselt mir über den Rücken. Wegen seiner Worte und auch, weil er aufstöhnt, als ich meine Hand um seinen Schwanz lege. Er fühlt sich phantastisch an, schwer und warm, die Haut wie Samt über dem harten Kern. Mit einem Daumen massiere ich seine Eichel und verreibe die Flüssigkeit darauf. Ein Zittern geht durch seine Glieder. Ihn so erregt zu sehen, so außer Kontrolle, beschert mir ein Glücksgefühl. Für ein paar Sekunden steht er reglos da, sein Atem in meinem Haar, und lässt sich von mir verwöhnen.

«Choice!», keucht er. Dann, als hätte er eine Entscheidung getroffen, kann es ihm nicht schnell genug gehen. Mit zwei Handgriffen hat er mir die Jeans mitsamt dem Höschen heruntergezerrt, sodass ich von den Hüften abwärts nackt auf der Werkbank sitze. Er packt meine Handgelenke mit einer Hand und drückt mich rücklings aufs Holz. Mit der anderen fasst er mir zwischen die Beine, taucht in die Hitze und die Nässe und dringt mit zwei Fingern in mich ein. Die Stimulation kommt so plötzlich, dass sich ein kleiner Schrei aus meiner Kehle löst. Er beugt sich vor und verschließt mir den Mund mit einem Kuss. Sein Schwanz drängt gegen die Innenseite meines Oberschenkels. Ich kann es kaum erwarten, ihn endlich in mir zu spüren. Er zieht die Finger zurück und schiebt sie wieder hinein. Hinaus und hinein, so langsam, dass ich schreien möchte. Mein Unterleib scheint aus flüssiger Lava zu bestehen. Ich zittere vor Vorfreude, vor Lust.

Man sagt ja, dass etwas noch besser ist, wenn man darauf warten musste. All die Wochen, in denen ich mich nach seiner Berührung gesehnt habe, sie verwandeln diesen Moment in pure Magie. Ich habe mir in unterschiedlichsten Varianten vorgestellt, wie ich mich von Vicente vögeln lasse, doch keine meiner Phantasien kommt an die Wirklichkeit heran. Alles verschwindet, es gibt nur uns und die Ekstase, in die wir einander versetzen. Ich blende aus, dass wir es in einem schäbigen Schuppen im Stehen machen, dass das Holz unter meinem nackten Hintern rau ist und ich mir womöglich einen Splitter einreiße. Sogar die Musik erinnert mich nicht länger daran, dass wir jederzeit gestört werden könnten, sondern hüllt mich in einen Kokon.

Seine Finger tasten sich meine Spalte hoch und liebkosen meine Klit. Vor und zurück, eine Massage, die kleine Explosionen durch meinen Unterleib schickt.

Sein Kuss ist heftig und voller Glut. Er küsst mich rücksichtslos und gierig, zwingt seine Zunge tief in meinen Mund, reizt meine Lippen mit seinen Zähnen. Seine Bartstoppeln zerkratzen mir Wangen und Kinn, doch ich kann nicht genug von ihm kriegen. Mir entweicht ein enttäuschter Seufzer, als er sich von mir löst.

Er richtet sich auf, fasst unter meine Kniekehlen und spreizt meine Schenkel, so weit es geht. Und dann, mit einem kraftvollen Stoß, dringt er in mich ein.

Seine Größe schenkt mir ein Gefühl köstlicher Fülle. Ich kann kaum atmen vor Lust, als er sich zurückzieht und abermals in mich stößt. Er hält mich und vögelt mich auf dieser Werkbank, wie ich nie gevögelt worden bin. Und das will was heißen, nun, da ich Icarus kenne.

Das hier ist anders als alles, was ich mit Icarus erlebt habe. Es ist die Explosion der über Wochen und Monate angestauten Begierde. Jede Berührung, jeder Stoß bringt mich näher an den Höhepunkt. Es ist kein kunstvolles Spiel, kein Tänzeln auf der Klippe, wie Icarus es mag. Es ist pure Leidenschaft, fast animalische Gier. Nur Vicente und ich, Haut an Haut, nichts weiter. Wir brauchen keine Spielchen, keine Finessen.

Ich komme so heftig, dass ich das Gefühl habe, in eine Schlucht zu stürzen. Ich schwebe für einen endlosen Moment, ich treibe in einem See aus Glückseligkeit, ich will, dass es ewig anhält.

Er lässt sich nach vorn sinken, sein Kopf angenehm schwer zwischen meinen Brüsten, sein langes Haar kitzelt mich. Mit den Fingerspitzen streicht er meinen Hals hinauf und sucht meine Lippen. Er findet sie nicht gleich und tastet ungeschickt über mein Kinn. Wir müssen lachen, und die Spannung zwischen uns löst sich in einem überschwenglichen Glücksgefühl auf.

Der Schweiß kühlt meine Haut, und langsam nehme ich die Umgebung wieder wahr. Durch ein Loch im Dach funkeln die Sterne. Etwas pikt mich schmerzhaft in den Oberschenkel. Ich liege halbnackt unter dem schönsten Gangsterprinzen von South Central auf der Werkbank eines alten Bootsschuppens zwischen Ölzeug und Schraubenziehern. Ich kann mir keinen besseren Weg vorstellen, diesen Abend zu beschließen. Und ich will verdammt sein, wenn das nicht oberromantisch ist.

Die Sonne geht schon wieder auf, als Vicente mich vor dem Haus absetzt. Er verabschiedet mich mit einem langen Kuss. Ich sehe ihm nach, bis er am Ende der Straße in die Georgia Street einbiegt, so wie meistens, wenn wir zusammen unterwegs waren. Ich habe immer noch keine Ahnung, wo er dann hinwill. Wenn ich ihn frage, murmelt er nur etwas von Dingen, die er zu erledigen hätte.

Glücklich, müde und überdreht, steige ich die Treppen hoch. Ich ziehe die Schuhe vor der Tür aus, um Amy nicht zu wecken. Ohne zu duschen, falle ich direkt ins Bett.

Wow, was für eine Nacht. Ein Glück, dass ich morgen erst mittags zur Arbeit muss. In meinem Kopf herrscht eine angenehme Leere. Ich könnte laut singen vor Freude, bin aber so erschöpft, dass ich keinen Ton mehr herauskriegen würde. Ich ahne dunkel, dass ich gerade in den größten Gewissenskonflikt meines Lebens schliddere. Bis gestern gab es klar getrennte Bereiche. Icarus für den Sex, Vicente fürs romantische Händchenhalten. Das ist jetzt anders. Ich werde eine Entscheidung treffen müssen. Aber wie? Wenn ich nur daran denke, wird mir mulmig.

Vor dem Fenster dämmert tiefblau und rosa der Morgen herauf. Ich taste nach dem Onyx-Handy auf dem Nachttisch und schalte es ein, fast ein Reflex.

Dann kommt mir ein Gedanke, der mich auf einen Schlag hellwach macht.

Vicente hat mich zu einem Date eingeladen, kurz nachdem mir das Onyx-Kärtchen in die Hände gefallen war. Ein merkwürdiger Zufall. Und warum weigert sich Icarus so beharrlich, mir sein Gesicht zu zeigen? Warum scheint er immer zu wissen, was ich gerade tue? Er weiß, wo ich wohne und arbeite – und zwar nicht von mir. Okay, vieles kann man im Internet recherchieren. Das Viceroy zum Beispiel listet die Namen seiner Mitarbeiter auf seiner Webseite auf. Und das Onyx-Handy schickt womöglich meine Positionsdaten irgendwohin.

Trotzdem. Immer häufiger stelle ich mir zu Icarus' Stimme Vicentes Gesicht vor. Vorhin im Schuppen klang Vicente wirklich für einen Moment wie Icarus. Das kann doch kein Zufall sein. Mein Unterbewusstsein ist vielleicht schlauer als ich.

Andererseits sind die beiden so gegensätzlich wie Feuer und Wasser. Zum Beispiel ihre Art zu sprechen: Ich kann mir nicht vorstellen, dass Vicente es schafft, seinen melodischen spanischen Akzent nach Belieben an- und auszuknipsen. Icarus spricht nicht nur akzentfrei, sondern drückt sich auch ganz anders aus. Viel gewählter.

Außerdem haben die Typen im Onyx Geld wie Heu, und Icarus wird da keine Ausnahme sein. Wäre Vicente in Wahrheit Icarus und hätte die Kohle für den Luxus-Club, würde er wohl kaum in einer Bruchbude in South Central wohnen. Eher in einem schicken Penthouse mit Blick auf die Hollywood Hills oder in einer Villa am Mulholland Drive. Nein, das passt nicht zusammen. Meine Probleme werden sich leider nicht dadurch lösen, dass die beiden Typen, zwischen denen ich mich entscheiden muss, in Wirklichkeit einer sind.

Zurück zu Vicente. Er hat seine eiserne Zurückhaltung aufgegeben und mit mir geschlafen. Macht er mir als nächstes einen Antrag? Das wäre zu romantisch, um wahr zu sein. Und ein bisschen furchteinflößend, so Hals über Kopf. Ich weiß so gut wie nichts über ihn. Zum Beispiel habe ich nach wie vor keine Ahnung, womit er seinen Lebensunterhalt verdient. Es ist eine Sache, sich von einem Gangsterprinzen zu einer aufregenden Nacht verführen zu lassen. Was Festes mit einem Typen anzufangen, der mit Drogen dealt und Leute erschießt, ist was ganz anderes.

Vielleicht bin ich heute Nacht aber auch nur auf der langen Liste seiner Eroberungen gelandet. Ziel erreicht, abgehakt.

Oh Mann. Ich muss aufhören zu grübeln, sonst kriege ich Kopfschmerzen.

Entnervt steige ich wieder aus dem Bett und tappe ins Bad, um doch noch zu duschen. Die heißen, prickelnden Wassertropfen auf meinen Schultern entspannen mich etwas. Ich bleibe unter dem Strahl stehen, bis die Dampfschwaden das Bad in eine Waschküche verwandelt haben.

Mit einem Handtuch um die Haare lege ich mich wieder hin. Meine Bluse und das Tank Top neben dem Kopfkissen riechen nach Vicente.

Ich bin schrecklich verliebt. Und verwirrt. Und besorgt. Und überhaupt.

► Weiter auf Seite 186

9

Zwei Tage später ruft mich eine Dame vom Variety Arts Theatre an und fragt mich, ob ich Interesse an einem Casting für eine Tanzshow hätte. Ich bin so verblüfft, dass es mir erst mal die Sprache verschlägt. Wie kommt sie auf mich?

Ich sei empfohlen worden, sagt sie. Vom wem, könne sie mir nicht sagen. Sie sei die Produktionsassistentin und hätte eine Liste bekommen, die sie nun abtelefonieren würde.

«Wann ist denn das Casting?», frage ich.

Ein verlegenes Lachen. «Übermorgen, ab Mittag. Tut mir leid, dass es so kurzfristig ist, aber ich habe die Namensliste erst heute erhalten. Haben Sie Zeit?»

Eigentlich nicht, aber dann muss ich eben die Schicht im Viceroy tauschen. Das lässt sich bestimmt regeln, also sage ich zu. Kaum habe ich aufgelegt, stürze ich in die Küche, um Amy davon zu berichten.

Die blickt kauend von ihrem Obstsalat auf. «Echt? Cool. Wie kommst du zu der Ehre?»

«Angeblich hat mich jemand empfohlen.»

«Vielleicht einer von deinen Luxus-Liebhabern?»

«Amy!»

Sie grinst. «Ich bin bloß neidisch. Falls Vicente dir einen Antrag macht und du das Onyx-Handy nicht mehr brauchst, gibst du es mir?»

Ich verdrehe die Augen. «Falls Vicente mir einen Antrag macht – und nur fürs Protokoll, das glaube ich nicht –, dann wüsste ich gar nicht, ob ich den annehmen würde.»

Ihr Grinsen wird schwächer. «Ganz ehrlich, Süße? Das wüsste ich auch nicht. Übrigens, wie ist er im Bett?»

«Du bist so dermaßen unverbesserlich.»

«Ich weiß. Also?»

«Was glaubst du denn?»

«Welterschütternd, atemberaubend, intergalaktisch.»

Ich denke an die Werkbank, den Beat der Nacht, das Gefühl, wie sein Schwanz meine Schamlippen teilt. «So ähnlich», sage ich.

Sie kichert. «Du verdammtes Glückskind.»

Ich mische Mangosaft mit Wasser und suche im Kühlschrank nach etwas Essbarem. Amy schaufelt Obstsalat für mich in eine kleine Schüssel. Eine halbe Flasche Schoko-Sauce drüber, perfekt.

«Also was glaubst du, wer hat mich empfohlen? Vicente?»

«Seid ihr nicht heute Abend verabredet? Dann kannst du ihn fragen.»

«Mache ich auch.»

«Ich tippe ja auf Mystery Man.» Sie grinst verschmitzt. «Eine Empfehlung für eine Bühnenrolle? Das schreit doch nach Onyx. Ich hab's dir gesagt, da hängen die Typen ab, auf die es in Hollywood ankommt. Hast du mal daran gedacht, dass dein Icarus vielleicht ein Starregisseur ist? Und jetzt hat er sich unsterblich in dich verliebt und will dich groß rausbringen.»

Verliebt? Bestimmt nicht. «Weiß er, dass du tanzt?»

Ich kratze den Rest Schoko-Sauce aus dem Schälchen. «Keine Ahnung. Ich glaube schon, dass ich's ihm erzählt habe. Aber er weiß sowieso alles Mögliche über mich. Auch Sachen, die ich ihm nicht erzählt habe.»

In aufgedreht guter Stimmung mache ich mich fertig für die Arbeit. Die blendende Laune vergeht mir allerdings wieder, als ich hinaus auf den Gang trete und an der Wohnungstür einen Zettel finde.

Verzeih mir, mi corazon, heute Abend kann ich nicht.

Wie immer ohne Unterschrift, aber ich weiß, dass die Nachricht von Vicente ist. Er hat ein Herz in den Staub auf der Glasscheibe in der Tür gemalt und den Zettel mitten reingeklebt. Einfach süß. Dennoch ist es eine Absage. Verdammt.

Vor lauter Enttäuschung könnte ich heulen. Ich habe mich so auf den Abend gefreut. Seit der magischen Partynacht haben wir uns nicht mehr gesehen. Obwohl er mir am nächsten Tag einen Strauß Hibiskusblüten vor die Tür gelegt hat, mache ich mir Sorgen. Vielleicht hat der Sex irgendwas zwischen uns verändert. Der Zettel an der Tür gibt meinen Befürchtungen neue Nahrung.

Icarus ruft auch nicht an. Er hat mir in der Partynacht eine kryptische SMS geschickt und sich seither nicht mehr gemeldet. Das macht mich nervös. Vor allem, da ich ihn nicht mal zurückrufen kann, weil seine Rufnummer immer unterdrückt ist.

Ich überlege, ob ich aus der Not eine Tugend mache und heute Abend früh ins Bett gehe. Morgen steht mir wahrscheinlich eine Doppelschicht im Viceroy bevor, damit ich übermorgen freinehmen kann.

► Weiter auf Seite 189

Andererseits bin ich so nervös, dass ich sowieso nicht gut schlafen werde. Ich könnte Amy zum Weiberabend bei ihrer Freundin Lynne begleiten, sie hat's mir angeboten. Vielleicht bringt mich das auf andere Gedanken. Und vielleicht ruft Icarus doch noch an.

► Weiter auf Seite 194

■ Am nächsten Morgen fühle ich mich so erholt wie schon lange nicht mehr. Beim Gedanken an das Casting, auch wenn es noch mehr als vierundzwanzig Stunden hin ist, verspüre ich mehr Vorfreude als Nervosität.

Nach einem ausgiebigen Frühstück bleiben mir zwei Stunden Zeit, bis meine Schicht im Viceroy anfängt. Ich beschließe, bei Vicente zu klopfen und ihn zu fragen, ob er hinter der Empfehlung beim Variety Arts Theatre steckt. Immerhin hat er seine Absage gestern mit einem Herz dekoriert. Das hätte er wohl nicht gemacht, wenn er mich nur hätte loswerden wollen. Mich interessiert wirklich brennend, ob er was mit dem Casting zu tun hat. Außerdem ist es ein guter Vorwand, um bei ihm vorbeizuschauen.

Aufgekratzt trete ich hinaus in die Vormittagshitze. Zwei Kolibris schwirren über der Balkonbrüstung und schießen in entgegengesetzte Richtungen davon. Sie treiben sich oft hier herum, seit die Nachbarn eine Honigtränke aufgehängt haben.

Als ich die Treppe hinuntergehe, nistet sich ein mulmiges Gefühl in meinem Magen ein. Eigentlich verrückt. Wir gehen seit über vier Wochen miteinander aus und hatten endlich Sex. Da ist es doch ganz normal, wenn ich bei ihm klopfe und hallo sage.

Aber das ist es ja gerade. Unsere Beziehung ist eben nicht normal. Wir warten wochenlang, bevor wir miteinander schlafen, kommunizieren über Zettel an Türen und Autoscheiben. Ich habe nicht mal seine Handynummer. Das ist wunderbar altmodisch und romantisch, aber es könnte ebenso gut heißen, dass er etwas vor mir zu verbergen hat.

Ich bleibe vor Apartment 212 stehen. Vicentes Tür sieht aus wie die anderen hier im Haus. Die weiße Farbe blättert ab, von innen hängt eine Jalousie vor der Glasscheibe. Aus der Nachbarwohnung dringen gedämpfte Stimmen, kein richtiger Streit, aber ein heftiges Gespräch. Teller klappern, ein Kind plärrt los. Ich hebe die Hand und klopfe vorsichtig an die Scheibe. Es ist bescheuert, aber mein Herz rast. Ich habe sein Apartment noch nie von innen gesehen.

Ich klopfe noch einmal, ganz vorsichtig.

Nichts passiert. Enttäuscht und erleichtert wende ich mich zum Gehen. Und zucke vor Schreck zusammen, als hinter mir die Tür aufgeht.

Zerwühltes dunkles Haar, sein prachtvoller, nackter, mit Tattoos geschmückter Oberkörper, barfuß, Jeans, der Gürtel noch offen.

«Sorry», flüstere ich, «habe ich dich aus dem Bett geholt?»

Statt einer Antwort fasst er nach meinem Arm und zieht mich so rasch in die Wohnung, dass ich das Gleichgewicht verliere. Ich finde mich in seinen Armen wieder, mein Puls hämmert in meiner Kehle. Mit dem Fuß stößt er die Tür zu. Er drückt mich gegen die Wand, sein Atem nah an meinem Gesicht.

«*Chica.*» In seinen Mundwinkeln fängt sich ein schiefes Lächeln. «Du kommst mir gerade recht.»

«Aber …» … ich muss zur Arbeit und wollte dich nur was fragen. Ich komme nicht dazu, den Satz zu beenden, weil er seine Lippen auf meine legt, meinen Mund zärtlich mit den Zähnen streift. Seine Zungenspitze zeichnet meine Unterlippe nach, seine Hand umfasst meine Wange, er schiebt einen Daumen in meinen Mund. Seine andere Hand schlüpft zwischen unsere Körper, knöpft meine Jeans auf und schmiegt sich an meinen glattrasierten Venushügel. Ich bin schon feucht, bevor seine Finger meine Klit berühren. Innerhalb von drei Herzschlägen stehe ich in Flammen. Ich schmelze unter seinen Fingern und Lippen dahin, und als er vor mir in die Knie geht und sein Mund meinen Bauch hinabstreift, beginne ich vor Lust zu zittern. Mit einer Bewegung schiebt er seine Hände in den Bund meiner Jeans und zieht sie mitsamt dem Höschen bis auf meine Knie herunter. Er streicht die Innenseiten meiner Oberschenkel hoch, berührt von unten meine Schamlippen, teilt sie und gibt mir ein sündiges Versprechen, aber dringt noch nicht ein. Seine Lippen wandern tiefer hinab. Er leckt meine geschwollene Klitoris, die bei jeder Berührung einen Stromstoß durch meinen ganzen Körper schickt. Er züngelt und saugt, bis ich Angst habe, vor Lust ohnmächtig zu werden. In meinem Kopf dreht sich alles. Er leckt mich direkt ins Paradies. Ich zerwühle sein Haar und ziehe seinen Kopf tiefer in meinen Schoß, weil ich mehr davon will, nur ein bisschen mehr. Ich bin kurz vor der Explosion, die Erlösung ist greifbar.

«Bitte», keuche ich, als er aufblickt, «hör nicht auf.»

«Du bist wunderschön, weißt du das?» Unsere Blicke verhaken sich ineinander. Ich will in seinen Augen ertrinken. Sie sind zwei Brunnen, und ich will wissen, was sich unter der stillen schwarzen Oberfläche verbirgt. Seine Stimme senkt sich zu einem Flüstern, das mir kleine Schauer über die Haut schickt. «Dreh dich um.»

Leichter gesagt als getan, mit der Jeans um die Knie. Die Wand fühlt sich glatt und kühl an meiner Wange an. Ich spüre seinen Atem auf meinem Hintern. Mir wird bewusst, welchen Anblick ich bieten muss. Was denkt er, während er meine entblößte Kehrseite betrachtet? Stellt er sich vor, mich von hinten zu nehmen, seinen Schwanz in die dunkle Vertiefung zwischen meinen Beinen zu stoßen, tief in mich hinein, wie auf der Werkbank neben den Booten?

Doch er tut nichts. Nur sein Atem und seine Lippen streifen hauchzart meine Pobacke. Er lässt mich zappeln.

«Was ist?», bringe ich aus heiserer Kehle hervor.

«Ich sehe dich an. Ich habe von dir geträumt.» In seine Stimme mischt sich spöttisches Vergnügen. Doch sie ist auch belegt. Und ich kann jeden seiner Atemzüge hören, ich weiß, er ist ebenso erregt wie ich. «Du hast einen perfekten Arsch, *Chica*. Hat dir das mal jemand gesagt?»

«Nicht so direkt.»

«Warum hast du mich verführt, *eh*?»

«Warum ich ... was?»

«Sag schon.» Feucht und samtig-warm taucht seine Zunge in die Tiefen zwischen meinen Pobacken und bahnt sich einen Weg nach unten, ins Zentrum der Glut. Oh Gott, ich verbrenne.

«Weil ich dich wollte.»

Er hält inne bei der köstlichen Erkundung meiner empfindlichsten Stellen. «Und warum?»

«Was meinst du?»

«Warum wolltest du mich?» Zwei Finger folgen der Spur seiner Zunge, teilen die feuchte Seide und tauchen in mich ein. Eine Welle prickelnden Wohlbehagens durchläuft mich. «Weil ich ... mich verliebt habe.» Und das ist die reine Wahrheit. Dass sein Hintern, die schmalen Hüften, die muskelbepackten Schultern und sein hübsches Gesicht zum Anbeißen sind, schadet natürlich auch nicht.

«Das ist gut», murmelt er. «Ich will dich nämlich auch. Du hast mir den Kopf verdreht, *Chiquita*.»

Er zieht seine Finger zurück und richtet sich auf. Das Gewicht seines Körpers presst mich an die Wand. Ich kann mir keine schönere Gefangenschaft vorstellen. Etwas Hartes, Schweres drängt sich zwischen meine Pobacken. Er reibt seinen Schwanz in meiner Spalte auf und ab, bis ich schreien will vor Lust, bedeckt ihn von oben bis unten mit meinen Säften. Sein Haar kitzelt meinen Nacken, er küsst meine Halsbeuge und dringt mit einer kraftvollen Bewegung in mich ein. Er reißt mir den Atem von den Lippen. Für ein paar Sekunden steht er ruhig da, bewegt sich nicht. Ich spüre, wie seine Erektion in mir pulsiert. Die Spannung steigert sich ins Unendliche. Mir ist schwindlig, mein Herz rast, mein Unterleib droht beim nächsten Stoß zu explodieren.

Er legt zwei Finger auf meine Klit, bewegt sie ganz langsam vor und zurück.

Sein Körper nimmt den Rhythmus auf. Seine Hüften pumpen gegen meine, zwei Stöße, und ich stürze wie in Zeitlupe über den Rand. Vicente vögelt mich gegen die grobe Wand, so wie ich es mir erträumt habe. Er treibt mich tiefer und weiter, und wie durch einen Schleier nehme ich wahr, wie er mit einem rauen Laut gegen mich sinkt. So stehen wir da, er in mir, seine Arme um mich geschlungen, sein Kopf auf meiner Schulter, beide schwer atmend, bis ich durch die abklingende Hitze das Kratzen seiner Bartstoppeln auf meiner Haut spüre.

«Dabei wollte ich dich doch nur was fragen», wispere ich. Das Gefühl des Schwebens hält an. Eine glückliche Erschöpfung entspannt meine Glieder. Ich drehe den Kopf, er küsst meinen Mundwinkel. Seine Wimpern streifen meine Wange. Ich wünschte, ich könnte einfach hierbleiben, mich von ihm ins Bett tragen lassen, um dort mit ihm in der Mittagshitze zu dösen. Anschließend würden wir noch einmal miteinander schlafen und dann ein drittes Mal, bevor die Sonne untergeht. Wir könnten den ganzen Tag im Bett verbringen und Sex haben, bis ich nicht mehr laufen könnte. Wenn ich nicht die Schicht getauscht hätte, damit ich morgen Vormittag freinehmen kann. Verdammt.

Aber das Casting ist eine außergewöhnliche Chance. Ich

würde es mir nicht verzeihen, wenn ich sie nicht nutze, nur weil ich meine Triebe nicht im Griff habe.

Er bewegt sich in mir. Ganz langsam, während seine Finger meine Klit umkreisen. In meinem Schoß regt sich ein neuer Funke. «Was wolltest du fragen?»

«Ob du», scharf atme ich ein, weil diese Zwei-Finger-Massage sich so gut anfühlt, «womöglich was mit einer Einladung zu einem Casting für eine Tanzshow zu tun hast.»

Leise lacht er. «Und wenn es so wäre?»

«Oh.» Er ist schon wieder steinhart in mir. «Dann wäre ich dir sehr dankbar.»

«Was hältst du davon, deine Dankbarkeit gleich hier und jetzt unter Beweis zu stellen?»

«So?» Ich schiebe ihm meinen Hintern entgegen, um seine Stöße noch tiefer aufzunehmen. «Ich wusste nicht, dass du Leute beim Theater kennst.»

«Nicht ich.» Er atmet geräuschvoll aus. «Aber Isabel.»

«Dann müsste ich ja Isabel dankbar sein», necke ich ihn.

«*Sí*, aber sie wüsste deine Dankbarkeit nicht so zu schätzen wie ich.» Er flicht seine Finger in mein Haar und zieht meinen Kopf herum, um mich zu küssen.

Ich ertrinke in neu erwachender Lust und dem unvergleichlichen Gefühl, ihn in mir zu haben.

► Weiter auf Seite 198

Nein, ich will mich anders entscheiden.

◄ Zurück zu Seite 188

■ Als ich am nächsten Tag aufwache, ist es schon spät. Ich habe grauenhafte Kopfschmerzen und verschwommene Erinnerungen an 80er-Jahre-Trashvideos, alberne Stories vom ersten Mal und ein Gesöff aus Mango, Limetten und literweise Wodka mit Sahne. Demnach war Amys Weiberabend ein voller Erfolg.

Stöhnend wälze ich mich herum. Aber es gibt keine Gnade. Die Uhr sagt mir, dass ich nicht mal Zeit für ein Frühstück habe, wenn ich rechtzeitig im Viceroy sein will. Nachdem ich gerade eine Schicht getauscht habe, um morgen frei zu haben, wäre zu spät kommen doppelt peinlich.

Eigentlich wollte ich noch bei Vicente klopfen, doch das streiche ich. Keine Zeit. Ich bin heilfroh, dass das Casting morgen stattfindet und nicht heute.

Ich mache eine Katzenwäsche, schlüpfe in die erstbeste Jeans-und-T-Shirt Kombination und renne zum Auto. Der Verkehr staut sich schon auf der Auffahrt zum Freeway. Ich rolle unter der Brücke hindurch und versuche mein Glück über die Hope Street, aber auch hier kriechen die Blechschlangen so zäh dahin, dass man denken könnte, es wäre Samstag und im Staples Center spielten die Dodgers.

In meiner Handtasche auf dem Beifahrersitz klingelt es. Etwas verspätet geht mir auf, dass es nicht mein normales Telefon ist, sondern das Onyx-Handy. Sofort ist mein Brummschädel vergessen. Ich werfe einen hastigen Blick über die Schulter, um mich zu vergewissern, dass kein Polizeiauto in der Nähe ist, und halte mir das Handy ans Ohr. Mir ist schon heiß, bevor ich Icarus' Stimme höre. Er hat mich ja auch vier Tage schmoren lassen, bis auf die eine lausige SMS. Ich solle ihn nicht vergessen, er würde sich bald wieder melden. Von wegen! Kein Wort! Und dann noch Vicente, der unser Date abgesagt hat. Kein Wunder, dass ich meinen Kummer in Lynnes Wodka-Mango-Sahne-Zauber ertränken musste.

«Choice», sagt er mit seiner unvergleichlich dunklen, samtrauen Stimme, die so viel besser ist als Wodka mit Sahne. «Hast du mich vermisst?»

«Ob ich dich vermisst habe? Was glaubst du denn? Du hast mich vier Tage hängenlassen!»

«Und jetzt freust du dich umso mehr, mich zu hören?»

«Ja», gebe ich zu.

«Wo bist du?»

«Im Auto auf dem Weg zur Arbeit.»

«Schade», murmelt er. «Dann hast du sicher nicht viel Zeit, mir zu erzählen, was für ein Höschen du trägst. Oder hast du vielleicht gar keins an?»

Ich werde rot. Und feucht. An einer roten Ampel.

«Choice?»

«Doch», stoße ich hervor. «Ich habe eins an.»

«Du konntest ja auch nicht wissen, dass ich dich anrufe. Choice, ich hätte große Lust, es dir mit dem Mund auszuziehen. Und dann mit der Zunge zu erkunden, was ich darunter finde. Dein Casting ist morgen, oder?»

«Was weißt du denn davon?», frage ich einigermaßen baff.

«Oh, dass es ein Märchen für Erwachsene ist.» Er schlägt einen Plauderton an, als wäre nichts dabei. «*Anastacia's Journey* heißt es, glaube ich. Sie casten dich für eine Ensemble-Rolle – als eine von sechs Glühfaden-Feen. Oder war es Flimmerseide? Ist ja auch egal. Wenn du dich gut machst, geben sie dir vielleicht die Solo-Rolle der ersten Fee.»

Für einen Moment verschlägt es mir die Sprache.

«Es könnte sein», fügt er hinzu, «dass ich jemandem gesagt habe, sie sollen deinen Namen auf die Liste setzen.»

«Du warst das?» Ich gebe zu viel Gas, als die Ampel vor mir auf Grün schaltet. «Aber warum?»

«Du hast gesagt, dass du lieber auf einer Bühne tanzen statt Latte macchiato verkaufen willst.»

«Aber du weißt doch gar nicht, ob ich gut genug bin.»

«Ach Choice», seine Stimme zergeht wie Karamell, «ich vertraue dir.»

«Danke. Das ist sehr süß von dir.»

«Ich habe wirklich große Lust, dich dort unten zu lecken», wechselt er unvermittelt wieder das Thema. Er klingt nachdenklich, so als würde er sich ganz genau vorstellen, wie es sich anfühlt, meine Haut unter seiner festen Zunge zu spüren. «Bis du dich in Ekstase windest. Und dann ... kannst du mir folgen, Choice? Wir könnten das Angenehme mit dem Nützlichen verbinden.»

«Was meinst du?», ächze ich. Ich bin nicht mehr feucht, ich bin nass. Mein Höschen scheuert über meine Klit, wenn ich mich nur leicht im Sitz hin- und herschiebe.

«Das Casting findet im alten Variety Arts Theatre statt, dort gibt es wunderbare versteckte Ecken. Komm etwas früher, Choice.» Er zieht die Silben meines Namens wie eine klebrige Süßigkeit. «Ich möchte dir eine ganz besondere Führung geben.»

► Weiter auf Seite 213

Nein, ich will mich anders entscheiden.

◄ Zurück zu Seite 188

10

Das Variety Arts Theatre in der Figueroa Street ist ein prachtvoller alter Palast aus den 1920er Jahren, der lange Zeit leer stand und erst kürzlich an einen neuen Eigentümer verkauft wurde. Das habe ich gestern Abend bei Google recherchiert.

Als ich ankomme, sehe ich, dass über dem Eingang des Theaters noch das *Zu Verkaufen*-Schild hängt. Da ich keine Ahnung habe, worum es bei dem Casting geht und mir auch die Dame am Telefon nur sagte, alles wäre ganz spontan, habe ich bequeme Jeans und eine Leinenbluse angezogen und dazu meine weißen Sneakers. Im Rucksack habe ich die Trainingssachen, die ich sonst beim Tanzkurs trage.

Unter dem Verkaufsschild entdecke ich ein zweites, kleineres Schild mit einem aufgemalten Pfeil, der auf den Durchgang zum Hinterhof weist. *Casting Anastacia's Journey* steht darüber.

Draußen herrschen schon wieder Backofen-Temperaturen, für Ende Oktober ist es viel zu heiß. In den Nachrichten sagen sie, dass wir in Kalifornien dieses Jahr Rekordwerte haben. Daher bin ich froh, dass ich auf Anhieb die richtige Tür finde und in die dämmrige Kühle des Foyers flüchten kann.

Kichern und Wortfetzen schlagen mir entgegen. Der große Raum ist voller Menschen. Ich brauche einen Moment, um mich zu orientieren. Säulen stützen eine umlaufende Galerie. An den Wänden kleben alte Veranstaltungsplakate, die roten Bodenfliesen sind von Sprüngen durchzogen, es sieht aus wie in einem Kinofoyer. Vor dem Anmeldungstisch hat sich eine lange Schlange gebildet.

Kaum habe ich mich hinten angestellt, da höre ich, dass jemand meinen Namen ruft. «Choice! Hey, Choice, hier!»

Isabel fegt durch die Menge und schließt mich in die Arme. «Süße, ich freue mich so, dass du kommen konntest!»

«Dachtest du, so eine Gelegenheit lasse ich mir entgehen?» Ich bin so froh, sie unter all den fremden Gesichtern zu sehen. «Habe ich dir das zu verdanken?»

Sie grinst. «Noch verdankst du mir gar nichts. Erst mal musst du die Crew überzeugen.»

«Trotzdem danke, dass du mich auf die Liste gesetzt hast. Das bedeutet mir viel.»

«Du kannst mich ja mal zum Kaffee einladen.»

«Was ist das überhaupt, *Anastacia's Journey*?»

Isabel stößt einen theatralischen Seufzer aus. «Das haben sie dir nicht gesagt?»

«Nur dass es eine Bühnenshow mit Modern Dance ist. Und dass ich mich nicht vorbereiten müsste, das Casting wäre eher spontan.»

«Pass auf, wir gehen rüber ins Pantry Café, und du gibst mir jetzt gleich den Kaffee aus.»

«Aber die Registrierung –»

«Ist in drei Minuten erledigt. Zum Glück hast du ja mich, Süße.» Sie zückt ihr Handy und macht einen Anruf, gibt meinen Namen durch, und das war's. Ich könnte glatt ein schlechtes Gewissen kriegen, wenn ich mir die Mädels in der Schlange ansehe. «Jetzt haben wir eine gute Stunde Zeit. Ich muss sowieso mit dir reden.»

Das Pantry Café befindet sich an der nächsten Straßenecke, nur fünf Minuten entfernt. Am Wochenende ist hier bestimmt die Hölle los, aber an diesem Mittwochvormittag kriegen wir ohne Probleme einen Tisch in einer gemütlichen Ecke.

Isabel erzählt mir, dass *Anastacia's Journey* ein Märchen für

Erwachsene ist, eine Art *Alice im Wunderland,* das nächstes Jahr zur Neueröffnung des Variety Arts Theatre aufgeführt werden soll. Sie ist eine der drei Produzenten und mitverantwortlich für den Cast. «Wir müssen über hundert Rollen besetzen», sagt sie.

«Wow. Klingt nach einer enorm großen Produktion.»

«Ist es auch.» Sie beißt in ihre Zimtschnecke. «Und weil ich finde, dass du echt gut tanzt, habe ich dich für eine von den Glühfaden-Feen vorgeschlagen. Das ist eine Ensemble-Rolle, ihr tanzt zu sechst und seid fast die ganze Zeit auf der Bühne. Wenn du deine Sache gut machst», sie zwinkert mir zu, «nominieren sie dich vielleicht für die Desirée, das ist die oberste Glühfaden-Fee. Dann hättest du sogar kleine Solo-Einlagen.»

«Isabel», sage ich überwältigt, «du bist die Allerbeste! Ich weiß nicht, wie ich dir danken soll.»

Sie beugt sich vor, das Lächeln verblasst. «Indem du dir das, was ich dir jetzt zu sagen habe, bis zum Ende anhörst und nicht mittendrin schreiend davonläufst.» Ich will fragen, warum ich das tun sollte, aber sie macht eine kleine Geste, die mich innehalten lässt. «Es geht um Vicente.»

Als sie das sagt, bekomme ich ein kaltes Gefühl im Magen. Was ist so dramatisch, dass ihr Gesicht diesen todernsten Ausdruck annimmt? Will sie mir mitteilen, dass er verheiratet ist und drei kleine Kinder hat? Dass er wegen Bandenkriminalität verurteilt wurde und morgen seine Gefängnisstrafe antreten muss? Hatte er womöglich einen Unfall? Oder ist er in irgendwas Gefährliches verwickelt, und sie will mir nahelegen, mich von ihm fernzuhalten?

«Versteh mich nicht falsch», sagt sie, «ich liebe ihn, er ist wie ein kleiner Bruder für mich. Ich will, dass es ihm gutgeht und dass er sich nicht in Schwierigkeiten bringt. Du bist gut für ihn, Süße. Deshalb will ich nicht, dass er es sich mit dir verdirbt und sich dann auf ewige Zeiten selbst hasst, okay?»

Ähm, okay. Wow. Die Kälte in meinem Magen scheint sich zu Eiswürfeln zu verdichten.

«Ich hätte gern bis nach dem Casting gewartet, aber ich hatte Angst, dich nachher in dem Gewühl nicht mehr zu finden. Ich fahre heute Abend für ein paar Tage nach Vegas, und so lange, bis ich wieder da bin, kann es nicht warten.» Isabel beugt sich vor und senkt die Stimme. «Hör zu, Choice. Er ist verliebt in dich, das sieht ein Blinder. Du kennst ihn nicht so gut wie ich, deshalb kannst du nicht wissen, dass er ein sehr komplizierter Mensch ist. Er hatte mal ein Mädchen, bei dem wir alle dachten, das ist die große Liebe, die beiden heiraten, gründen eine große, glückliche Familie ...» Sie seufzt. «Na ja, es ist gründlich schiefgegangen. Sie hat ihm das Herz gebrochen und ihn auch noch bei den Cops verpfiffen. Danach hat er sich in einen wütenden, frauenverachtenden Bastard verwandelt. Aber weil er so ein unwiderstehlicher Mistkerl ist, stehen sie trotzdem Schlange, um sich von ihm flachlegen zu lassen.»

Ich bin ein bisschen verblüfft über ihre unverblümten Worte. «Und was willst du mir damit sagen? Dass ich nett zu ihm sein soll?»

«Wenn's nur so einfach wäre.» Sie stürzt den Rest ihres Kaffees herunter und stellt die Tasse zurück auf den Tisch. «Süße, ich weiß gar nicht, wo ich anfangen soll. Aber ich muss es dir sagen, du findet es früher oder später sowieso heraus. Bei Vicente ist nichts, wie es scheint. Ich will nur, dass du weißt, dass er einer von den Guten ist. Für dich wird er sich ändern, okay?»

Wenn mich das irgendwie beruhigen sollte, hat es nicht funktioniert. Jetzt bin ich erst recht in Panik. Was meint sie damit, es wäre nichts bei ihm, wie es scheint?

«Und er ist von dieser fixen Idee besessen, dass Sex und Liebe sich gegenseitig ausschließen.»

Genau der Vortrag, den Icarus mir gehalten hat. Icarus, nicht Vicente. Der Eiswürfelberg in meinem Magen fühlt sich riesig an. Ich habe schreckliche Angst vor dem, was sie als Nächstes sagen wird. Mein Bauch ahnt schon, was mein Kopf noch nicht wahrhaben will.

«Verstehst du, er denkt, wenn er mit einem Mädchen ausgeht und es anschließend gleich flachlegt, könnte er nicht mehr sicher sagen, ob das echte Gefühle zwischen ihnen sind oder nur flüchtige Lust. Du hast dich doch bestimmt schon gefragt, warum er nicht mal versucht, dich anzufassen.» Hat er doch, denke ich. Er hat mich angefasst. Und wie. Der Bann ist gebrochen. Aber was bedeutet das? Dass er doch nicht in mich verliebt ist?

«Er ist in diesem Club, dem Onyx.» Sie hebt eine Hand. «Sag nichts. Er fand dich schon eine Weile ziemlich heiß und hatte Lust, dich zu verführen. Also ohne ernste Absichten, nur so zum Sport. Ich weiß, dass er dir das Kärtchen zugesteckt hat, ohne dass du's gemerkt hast. Du hast den Köder geschluckt und bist hingegangen. Er hat's mir gebeichtet, aber ich schätze, das weiß er schon gar nicht mehr. Er war todunglücklich und betrunken.»

Mir ist schlecht. Ich weiß, was jetzt kommt. Aber es ist vollkommen unmöglich. Ich will es nicht hören. Ich kann nicht anders, als sie reglos anzustarren, als wäre ich das Kaninchen und sie die große, böse Klapperschlange, die mich jeden Moment verschlingen wird.

«Er hat dich an deinem ersten Abend im Onyx beobachtet und festgestellt, dass es ihn umbringt, dich mit anderen teilen zu müssen. Das, was er zuerst für ein cooles Spiel gehalten hat, entpuppte sich als Desaster. In dem Moment, in dem jemand anderes mit dir flirtete, wurde ihm klar, dass du etwas Besonderes für ihn bist. Also hat er sich das Privileg erkauft, dich als Einziger auf diesem Handy anrufen zu dürfen.»

«Das kann nicht sein», krächze ich. Mir ist schwindlig. Ich habe das Gefühl, alles dreht sich um mich, immer schneller, so als würde gleich die Welt auseinanderfallen. Das muss ein Irrtum sein, oder eine bösartige verrückte Verwechslung.

«Doch.» Sie nimmt meine Hand. «Aber es ist nicht so, wie du denkst. Lass es ihn in Ordnung bringen, okay? Er hat dieses Spiel mit dem Feuer angefangen, und jetzt hat er sich die Finger verbrannt. Gib ihm die Chance, es dir zu erklären.»

«Dass er sich irrt?», platze ich heraus. «Dass sich Sex und Romantik doch nicht ausschließen? Scheiße, Isabel, kannst du dir vorstellen, wie ich mich jetzt fühle? Wie die größte Idiotin der Menschheitsgeschichte. Ich verstehe nur nicht, wie er es schafft, sich so ... zu verstellen.» Mir steigen Tränen in die Augen. In Sekundenschnelle schwillt meine Nase zu. «Icarus ist ein anderer Mensch! Er denkt anders, er redet anders, er hat sogar einen anderen Akzent als Vicente!»

«Icarus? So nennt er sich?»

«*Ich* habe ihn so genannt», schniefe ich. «Er hat gesagt, der Name gefällt ihm. Gott, warum tut er mir das an?»

«Es ist einfach außer Kontrolle geraten», sagt Isabel. «Zuerst fand er dich sexy und wollte mit dir spielen, also hat er dich in den Club eingeladen. Und quasi fünf Minuten später fiel ihm auf, dass er doch mehr will als Sex. Du weißt doch, wie das ist. Manchmal müssen wir Dinge verlieren, um zu begreifen, wie wichtig sie uns sind. Also hat er dich bei der nächsten Gelegenheit um ein Date gebeten, um herauszufinden, ob das was werden könnte mit euch beiden. Ob du mit dem echten Vicente etwas anfangen kannst. Natürlich hat er sich unsterblich in dich verknallt. Damit konnte er dich nicht mehr flachlegen, ohne seine eigenen Regeln zu brechen. Disziplinloser Bastard, der er ist, war er aber nach wie vor scharf auf dich und konnte nicht mehr von dir lassen.» Sie schüttelt den Kopf. «Männer. Darum hat er dieses Icarus-Ding weitergetrieben, obwohl er genau wusste, dass ihn das in Teufels Küche bringt. Und jetzt weiß er nicht, was er tun soll. Er kriegt's nicht auf die Reihe, dir alles zu beichten. Also sage ich's dir, bevor die Dinge endgültig aus dem Ruder laufen.»

«Das ist doch total schizophren.»

In einer defensiven Geste hält sie die Handflächen nach oben. «Er wird sich ändern für dich.»

«Ich wünschte, ich könnte das glauben. Was soll ich jetzt machen?»

«Gib euch beiden noch eine Chance», sagt sie sanft.

Himmel ja. Das sagt sich so leicht. Ich bin so vor den Kopf gestoßen, dass ich überhaupt nicht weiß, was ich tun soll. Mir reicht's. Alles in mir schreit danach, aufzuspringen, nach Hause zu fahren und mich heulend in meinem Schlafzimmer einzuschließen.

Es kostet mich große Anstrengung, sitzen zu bleiben und zu nicken. «Okay», presse ich hervor. «Ich denke darüber nach.»

► Weiter auf Seite 205

In meinem Bauch ballt sich die Wut zusammen, bis ich kaum noch klar denken kann. Ich verspüre das irrationale Bedürfnis, etwas kaputt zu schlagen oder jemanden zu verletzen. Am liebsten Vicente. «Er ist ein Psychopath», stoße ich hervor. «Er sollte zum Arzt gehen, er braucht professionelle

Hilfe.» Ich kann hier keine Sekunde länger bleiben. Bevor Isabel etwas sagen kann, stehe ich auf, drehe mich um und stürme aus dem Lokal.

▶ Weiter auf Seite 206

■ Auf dem Rückweg ins Theater laufe ich neben Isabel her wie ferngesteuert. Ich fühle mich, als hätte mich jemand mit mehreren Eimern Wasser übergossen und anschließend schockgefrostet.

Sie tut ihr Bestes, um mich aufzumuntern. Wie ein Wasserfall plappert sie über die Show, aber ich höre kaum zu. Meine Gedanken laufen Amok. Die Vorstellung, Vicente jemals wieder zu begegnen, erfüllt mich mit Panik. Was soll ich dann machen? Ihn damit konfrontieren, dass ich Bescheid weiß? So tun, als sei nichts geschehen, und nie wieder das Onyx-Handy einschalten? Ich wünschte, Isabel hätte den Mund gehalten. Dieses Wissen belastet mich nur und vergiftet jede Minute, die ich mit Icarus-Vicente genossen habe.

Ich würde am liebsten gleich wieder losheulen. Es wäre wirklich toll gewesen, wenn Isabel mit ihrer Enthüllung bis nach dem Casting gewartet hätte. Wie soll ich in diesem Zustand eine Jury von meinem Talent überzeugen? Vielleicht, indem ich den sterbenden Schwan spiele und schluchzend auf der Bühne zusammenbreche?

So eine verfluchte Scheiße.

In meinem halbbetäubten Zustand merke ich mir nicht einmal den Weg durch das Labyrinth von Gängen in die Räume hinter der Bühne. Ich tauche erst wieder aus meinem geistigen Nebelland auf, als Isabel mich in eine Garderobe schiebt, in der schon fünf oder sechs andere Mädchen warten.

«Okay, Süße», sagt Isabel, «jetzt nimm's dir nicht so zu Herzen. Es ist ja gar nichts Schlimmes passiert. Bleib cool, dann fügt sich alles.»

«Klar», gebe ich schwach zurück.

«In einer halben Stunde bist du dran. Du wirst abgeholt und zur Bühne begleitet.» Sie schließt mich in die Arme. Nur am Rande registriere ich die neidischen Blicke der anderen. Die denken wohl, ich hätte mir einen unfairen Vorteil verschafft. «Halt die Ohren steif und zeig, was in dir steckt.»

Und damit lässt sie mich allein.

► Weiter auf Seite 207

Nein, ich will mich anders entscheiden.

◄ Zurück zu Seite 204

■ Im ersten Reflex laufe ich zum Parkplatz, um nach Hause zu fahren. Ich steigere mich in meine Wut hinein, weil ich fürchte, sonst in Tränen aufgelöst zusammenzubrechen. Und das gönne ich diesem Mistkerl einfach nicht.

Wie kann er mich so an der Nase herumführen? Und dieses bescheuerte Geschwafel, von wegen Liebe und Sex würden sich ausschließen. Der Kerl ist ein Heuchler und ein Psychopath, und daran können weder sein Charme noch sein gutes Aussehen etwas ändern. Und ich blöde Schnepfe bin darauf reingefallen. Wenn ich mir vorstelle, wie er sich über mich amüsiert haben muss!

Abrupt bleibe ich stehen.

Das fehlte noch, dass ich aus Liebeskummer wegen so einem Mistkerl die Chance auf eine Bühnenrolle sausen lasse. Bestimmt nicht. Ich bin auf Arschlöcher wie ihn nicht angewiesen. Ich habe mein Leben auch allein im Griff. Und dieses verdammte Casting wird keine Ausnahme werden.

Als ich durch die Seitentür zurück ins Theater gehe, hat der Gewaltmarsch durch die Hitze meine Wut so weit gedämpft, dass ich sprechen kann, ohne gleich loszubrüllen.

Ich frage eine Dame am Empfangstisch, wann ich dran bin. Sie sagt, in einer halben Stunde sei es so weit, und ich solle in einer Garderobe warten, bis ich abgeholt werde.

Ich irre ein paar Minuten durch die labyrinthischen Gänge hinter der Bühne, bis ich die richtige Tür finde.

In der Garderobe treffe ich auf sechs Mädchen, die mich misstrauisch mustern, als würden sie mich auf Schwächen abklopfen. Meine Wut flammt wieder auf. Ich starre sie an, bis sie wegschauen, was mir eine kindische Genugtuung verschafft.

► Weiter auf Seite 235

Nein, ich will mich anders entscheiden.

◄ Zurück zu Seite 204

■ Sie holen uns in Vierergruppen auf die Bühne. Gemeinsam mit drei anderen Mädchen muss ich hinter den hohen schwarzen Vorhängen warten, bis die Bewerberinnen vor uns fertig sind.

Ich nehme alles wie durch Watte wahr. Als wir dran sind, knicke ich auf dem Weg nach draußen um und taumele gegen eine platinblonde Elfe, Typ Beverly-Hills-Tochter, die mir einen bösen Blick zuwirft.

«Sorry», flüstere ich.

Sie antwortet nicht, sondern schaut nur pikiert und wendet sich ab. Blöde Kuh. Hoffentlich stolpert sie beim Vortanzen.

Ich erschrecke, als ich sehe, wie groß der Saal ist. Scheinwerferlicht blendet mich. Vor mir liegt ein großes Halbrund aus rotem Samt und staubigem Gold. Wunderschön und ehrfurchtgebietend. Nun werde ich doch ziemlich nervös. Bei diesem Anblick kann man gar nicht anders, als aufgeregt zu sein. Alles hier atmet die Grandezza vergangener Zeiten, von den abgewetzten Stuhlpolstern bis zu dem riesigen Kronleuchter an der Decke. Zwei Drittel der Plätze im Parkett sind besetzt. Vermutlich ist das Casting öffentlich. Unwillkürlich suche ich nach Vicente. Nur mit halbem Ohr höre ich die Begrüßung eines Typen, der sich als Kevin vorstellt. Er sieht aus wie eine Kreuzung aus Zuhälter und Silicon-Valley-Hipster und sitzt mit seiner Casting-Crew in der dritten Reihe. Alle haben Blöcke und Stifte vor sich. Eine Frau tippt auf einem Laptop.

«Zuerst möchten wir gern, dass ihr euch kurz vorstellt.» Kevin studiert seine Liste. «Belle, fängst du an? Erzähl uns, warum du in *Anastacia's Journey* tanzen möchtest.»

Die blonde Beverly-Hills-Göre tritt ans Mikrophon, das sie dicht an der Bühnenkante aufgestellt haben. *Belle.* Wie passend.

Während sie mit unerträglich süßer Stimme, aber leider sehr professionell berichtet, dass sie schon als Dreijährige klassisches Ballett trainiert hat, lasse ich meinen Blick erneut über die Publikumsreihen wandern.

Mich trifft der Schlag, als ich Vicente tatsächlich entdecke. Weit hinten, in der vorletzten Reihe. Ich hätte ihn auf die Entfernung nicht erkannt, wäre mir sein Gesicht nicht so vertraut, das glänzende schwarze Haar, die scharf geschnittene Nase.

Ich kriege Herzrasen. Da sitzt er, um mich tanzen zu sehen. Mein Geliebter. Mein mysteriöser Liebhaber. Der Kerl, der mich total verarscht hat und nun erwartet, dass ich ihm noch eine Chance gebe. Ich habe keine Ahnung, was ich jetzt tun soll.

Eigentlich müsste ich den Kontakt zu ihm abbrechen, ihn nie wiedersehen, ihm klarmachen, dass es so nicht geht und er mit mir keine Spielchen treiben kann.

Aber so einfach ist es nicht. Allein der Gedanke, ihn aus meinem Leben zu streichen, macht mir Magenschmerzen. Was, wenn er wirklich nicht anders konnte? *Klar,* höhnt eine böse kleine Stimme in meinem Hinterkopf. *Das macht es gleich viel besser! Ein schizophrener Psychopath ist einem schnöden Lügner auf jeden Fall vorzuziehen. Am Ende bildest du dir gar ein, dass er für dich zu einem besseren Menschen wird, was, Schätzchen?* Ist das nicht die älteste Falle der Welt, in die Mädchen seit jeher hineintappen? Der kaputte Typ, den nur die Liebe heilen kann. Und der diese Hoffnung seiner Liebsten schamlos ausnutzt.

Mist, verdammter.

Ich weiß einfach nicht, was ich tun soll.

Ich habe das Gefühl, dass er mich direkt anschaut, obwohl ich das auf diese Distanz unmöglich erkennen könnte. Er ist klar im Vorteil. Ich stehe auf der hell erleuchteten Bühne, während er im halbdunklen Zuschauerraum nur vage auszumachen.

«Choice? Jemand zu Hause?» Wie aus weiter Ferne höre ich Kevins Stimme. Vereinzeltes Kichern aus dem Publikum macht mir klar, dass ich offenbar meinen Auftritt verträumt habe. Kevin kostet die Situation voll aus. Ich kann die süffisante Selbstzufriedenheit in seiner Stimme hören. «Oder brauchst du noch etwas Zeit zum Meditieren? Vielleicht einen Kaffee?»

«Tut mir leid», sage ich. Zu allem Überfluss werde ich auch noch rot. Mit glühend heißen Ohren und verlegen bis in die Zehenspitzen trete ich ans Mikrophon. «Sorry.» Ein cooler Spruch wäre jetzt angebracht, eine witzig-nonchalante Erwiderung, die die Lacher auf meine Seite zieht. Aber natürlich fällt mir nichts ansatzweise Lustiges ein. Dass Vicente Zeuge meiner Demütigung wird, macht es nicht besser.

«Okay, Choice. Erzähl uns ein bisschen von dir.»

«Tja, also während anständige Mädchen mit drei Jahren den Spitzentanz gelernt haben, habe ich in Wickenburg, Arizona unsere Katze durch den Sandkasten gejagt.» Habe ich das gerade wirklich gesagt? Ich bin anscheinend nicht mehr zurechnungsfähig. Aber ein paar Leute lachen. Ist das ein gutes Zeichen? Keine Ahnung. Ich bin hergekommen, um vorzutanzen, nicht um einen Preis als Standup-Comedian zu gewinnen. Irre ich mich, oder ist das ein Grinsen auf Vicentes Gesicht? Ich kann es nicht genau erkennen. Egal. Ich straffe die Schultern und hebe das Kinn. Wenn schon untergehen, dann wenigstens mit Würde. «Ist gut fürs Training der Sprunggelenke, der lockere Sand. Nach einem halben Jahr habe ich sie erwischt.» Ein paar Lacher mehr. Kevin dagegen sieht verbissen aus, und mir wird klar, dass ich nicht das Publikum überzeugen muss, sondern die Leute in der dritten Reihe, zu denen leider auch Kevin gehört. Also erzähle ich, dass ich in der Highschool mit Tanzen angefangen habe, und fasle davon, dass es meine größte Leidenschaft ist. Belle mustert mich wie ein besonders unappetitliches Insekt, als ich zurücktrete und die Nächste aufgerufen wird.

Ich will Vicente hassen, kann es aber nicht, weil ich bis vor einer halben Stunde noch unsterblich in ihn verliebt war. Ich fühle mich, als wäre er stundenlang mit Trekking Boots auf meinem Herzen herumgetrampelt. Mir ist zum Heulen, Gefühle lassen sich eben nicht einfach abstreifen wie gebrauchte Unterwäsche. Nun bin ich also unglücklich verliebt, verdammt. Ich mag mir gar nicht ausmalen, was Amy sagen wird, wenn ich ihr alles erzähle.

Der zweite Teil des Castings ist eine Gruppenübung. Eine Trainerin tanzt Figuren vor, die wir so synchron wie möglich nachtanzen sollen. Sie spielen ein Klavierstück ein, und die Dame lässt uns in einer Reihe antreten. Es ist einfacher, als ich dachte. Ein bisschen wie Aerobic-Training. Nach der ersten Wiederholung weiß man, was kommt, beim dritten und vierten Mal tanzen wir beinahe synchron. Ich habe nicht das Gefühl, schlechter zu tanzen als die drei anderen. Leise Zuversicht erfüllt mich.

«Danke, ihr Häschen», ruft Kevin uns zu. «Ein bisschen holprig, aber im Großen und Ganzen okay.»

Was für ein Arsch. Dafür, dass wir spontan und ohne uns zu kennen zusammen getanzt haben, waren wir nicht schlecht. Ich kann nicht aufhören, Vicentes Blick zu suchen. Dabei sollte ich mich konzentrieren, denn jetzt kommt die Kür, der wichtigste Teil der Prüfung. Jede von uns hat vier Minuten, um zu zeigen, was sie draufhat. Freier Ausdruckstanz. Sie spielen ein Lied an, wir können uns ungefähr zwanzig Sekunden einhören, dann geht's direkt los.

Belle, die wieder vor mir dran ist, tanzt graziös und mit dem Selbstbewusstsein eines Profis zu einem Stück von Philipp Glass. Nicht sehr kreativ, aber technisch makellos.

Ich habe Glück, weil ich zu einem Stück aus dem Soundtrack von *Tron: Legacy* tanzen muss, das ich gut kenne. Elektromusik vom Feinsten, sehr tanzbar und mit einer tollen Dynamik. Schon die ersten Sekunden gehen mir ins Blut wie eine schnell lösliche Droge.

Dass ich die Musik kenne und mag, ist wirklich ein verdammtes Glück, vielleicht eine freundliche Geste des Schicksals. Ein Ausgleich dafür, dass ich gerade die volle Ladung Desaster abgekriegt habe. Ich kann den Song praktisch mitsingen. Als ich beginne, mich zu der Musik zu bewegen, wissen meine Muskeln noch vor dem Kopf, was sie zu tun haben.

Meine Gedanken verstummen. Das Publikum, die Lichter, Kevins hochnäsige Visage, alles verwischt zu einem Wirbel bunter Farben. Es gibt nur mich und die Musik – und Vicente, der mich tanzen sieht.

Er soll sehen, dass ich etwas Besonderes bin. Es soll ihm so richtig weh tun, dass er mich vielleicht für immer verloren hat. Ach verdammt, wenn ich ehrlich zu mir bin, dann will ich ihn vor allem beeindrucken. Ich will, dass er stolz auf mich ist. Er ist ein Bastard, ein elender Mistkerl, aber ich liebe ihn. Ich will ihn nicht verlieren. Wenn ich auch sonst nichts weiß, das weiß ich sicher. Er soll nach dieser Vorstellung auf den Knien angekrochen kommen und mich um Verzeihung bitten.

Ich tanze, als wäre es das Letzte, was ich in diesem Leben tue. Sieh her und begreife, was dir aus den Händen zu gleiten droht! Er soll mir beweisen, dass es sich lohnt, unsere Geschichte fortzusetzen. Ich will, dass er um mich kämpft. Dass es ihm leidtut und dass er alles unternimmt, damit ich mich für ihn entscheide. Ich will, dass er seine beiden Seiten miteinander versöhnt, dass er mir Liebe und Leidenschaft entgegenbringt.

Ich tanze, ich spanne meinen ganzen Körper an und lasse ihn wieder zusammensinken, ich bewege mich, als hätte ich nie etwas anderes getan, als zu dieser Musik auf einer großen Bühne zu tanzen.

Dann verhallt der letzte Ton, und für einen Augenblick herrscht gespannte Stille im Saal. Mir wird bewusst, dass meine Beine zittern, dass ich die Körperspannung gleich nicht mehr halten kann, dass mein Atem schwer und rasselnd geht. Schweiß brennt mir in den Augen.

Dann bricht Applaus im Publikum los. Ich bin so erleichtert, dass ich beinahe zusammenbreche. Ich habe mich nicht blamiert. Bei Belle haben sie auch geklatscht, aber nicht so lange und nicht so laut.

In meine Erschöpfung mischt sich Euphorie.

«Danke», sagt Kevin. «Das war gar nicht schlecht. Wir melden uns bei dir.»

► Weiter auf Seite 250

■ Das Theater befindet sich in der Figueroa Street, mein Auto habe ich einen Block entfernt beim Staples Center abgestellt. Die Eingangstreppen des Theaters werden von ausladenden grünen Baumkronen beschattet. Auf einer Tafel steht, dass das Bauwerk in den 1920er Jahren im Stil der italienischen Renaissance errichtet wurde. An einem Balkongeländer hängt das Schild eines Maklers mit einer Telefonnummer für Kaufinteressenten. Als ich über die Straße gehe, klebt eine junge Frau gerade Zettel an die Türen, auf denen steht *Casting Anastacia's Journey. Bitte Seiteneingang benutzen.*

Ich weiß nicht, was mich nervöser macht. Der bevorstehende Auftritt beim Casting oder meine Verabredung mit Icarus. Gestern Abend hat ein Kurier mir ein Päckchen gebracht. Darin befanden sich unter anderem zwei Schlüssel.

Das Onyx-Handy klingelt, gerade als ich in die kleine Gasse auf der Rückseite des Gebäudes schlüpfe.

«Guten Morgen, Choice.» Icarus scheint bester Laune zu sein. «Hast du den Eingang gefunden?»

«Noch nicht.» Ich passiere zwei zerkratzte Metalltore und betrete den Hinterhof.

«Siehst du die Rampe? Es ist die Tür rechts daneben. Wusstest du, dass diese Mauern ein neunzig Jahre altes, pikantes Geheimnis bergen?»

«Nein, wusste ich nicht.» Ich schließe die Tür auf. Dämmrige Kühle und der muffige Geruch von Räumen, die lange Zeit niemand betreten hat, empfangen mich. «Was ist es für ein Geheimnis?»

«Eine Überraschung. Hast du mein Geschenk an?»

«Oh ja.» Ich spüre die Glut in meine Wangen steigen. Meine High Heels klappern auf den schwarz-weißen Fliesen. Die Jeans und die Sneakers, die ich beim Casting anziehen will, befinden sich im Rucksack über meiner Schulter, dazu noch das Sportoutfit, das ich mir fürs Tanztraining gekauft habe. Für Icarus trage ich ein kurzes Sommerkleid und darunter … die anderen Sachen, die zusammen mit den Schlüsseln im Päckchen lagen. Ein eng anliegendes Höschen mit zwei berüschten Öffnungen. Eine ist rot verziert, die andere golden. Das Höschen könnte Teil eines verruchten Varieté-Kostüms aus den zwanziger Jahren sein, passend zu diesem alten Theatergebäude. Icarus achtet auf solche Details. Der zugehörige BH ist nicht viel anständiger. Er hat zwei kreisrunde, von Rüschen gesäumte Ausschnitte, durch die die Nippel sichtbar sind.

«Wie fühlt es sich an?», fragt er.

«Sexy.»

Er lacht sein warmes, sinnliches Lachen. «Zu dieser Wäsche gibt es Zubehör. Kannst du dir vorstellen, was es ist?» Vermutlich etwas, das durch die Öffnungen passt. Mein Blut gerät in Wallung. «Choice?»

«Etwas Unanständiges?», murmle ich.

«Etwas, das dafür gemacht ist, deine empfindlichsten Stellen zu verwöhnen», klärt er mich auf. «Freust du dich, Choice? Bist du schon feucht?»

«Ja», gestehe ich. Ich bin heiser. Und heiß. Die Rüschen in meinem Schritt sind nicht feucht, sie sind nass. Es ist bestimmt Absicht, dass sie bei jeder Bewegung auf sanfte Art meine Schamlippen stimulieren.

Schon wieder bin ich Wachs in Icarus' Händen. Wie macht er das nur? Ich hatte jahrelang keinen Sex und habe ihn nicht wirklich vermisst. Jetzt kann ich keine Möhre mehr ansehen, ohne auf unanständige Gedanken zu kommen. Mit drei Worten bewirkt er zwischen meinen Beinen mehr als meine Ex-Liebhaber mit einer Stunde Handarbeit.

Er lotst mich durch ein Labyrinth schlecht beleuchteter Korridore bis zu einem halbdunklen Saal mit Bretterboden. Durch ein einzelnes Dachfenster fällt Sonnenlicht herein, in dem der Staub tanzt. Der Raum scheint ein Requisitenlager zu sein. Kostüme und unterschiedlichste Gegenstände stapeln sich in hohen Regalen. Von einem Garderobenständer baumeln venezianische Karnevalsmasken. Als ich den Kopf in den Nacken lege, entdecke ich einen riesigen Vogelbauer aus verziertem Gitterwerk, der an einer Kette von der Decke herabhängt. «Wow», sage ich. «Das ist ja wie bei *Alice im Wunderland.*»

«Wir werden dich jetzt angemessen einkleiden.» So wie Icarus das sagt, klingt es nach einem sündigen Vorhaben. «Siehst du den violetten Vorhang? An der Stange daneben hängen Kleider. Zieh eins davon an. Der zweite Schlüssel ist für die Tür hinter dem Vorhang. Ich warte auf dich.» Damit legt er auf.

Na schön. Ich stelle meinen Rucksack auf den Boden und sehe mich nach allen Seiten um, bevor ich mich ausziehe. Der Raum macht den Eindruck, als sei er seit mindestens zehn Jahren nicht betreten worden, aber man weiß ja nie. Nicht dass ein verirrter Casting-Kandidat aus Versehen zur Tür hereinstolpert.

Bei den Kleidern handelt es sich um Tanzkostüme aus rotem Batist mit Goldlitze an den Nähten. Das erste ist mir zu eng, das zweite passt wie angegossen. Das Oberteil besteht aus einer Corsage, die knapp unter meinen Brüsten endet. Verrucht ist gar kein Ausdruck. Ich bezweifle, dass die Amüsierdamen damals solche Büstenhalter unter den Kleidern getragen haben, wie ich einen anhabe.

Der Rock reicht bis zum Boden, ist aber vorn und hinten geschlitzt. Damit die Tänzerinnen Beinfreiheit hatten. In Verbindung mit meinem berüschten Fick-mich-Höschen macht mich das Outfit zu einer wandelnden Einladung. Ich schlucke.

Das Holz unter meinen Füßen knarrt bei jedem Schritt. Hoffentlich hört mich keiner. Oh Gott, worauf habe ich mich da wieder eingelassen? Was, wenn doch jemand kommt? Womöglich der gutaussehende, prächtig bestückte Hausmeister, der den Schock seines Lebens kriegt? Wie ich Icarus kenne, fragt er den Mann glatt, ob er mitmachen will. Das Höschen hat schließlich zwei Öffnungen. Mir wird der Mund trocken bei dem Gedanken.

Die Tür ist so gut versteckt, dass man sie nur findet, wenn man weiß, dass sie da ist. Dahinter liegt ein enger Verschlag, eine Reihe von Stufen führt hinab zu einer weiteren Tür.

Der ovale Saal auf der anderen Seite ist eine Überraschung. Als würde man in eine andere Zeit treten. Ringsum wird er von einer doppelstöckigen Galerie gesäumt, die ihn wie die Miniaturausgabe eines Opernsaals wirken lässt. Die Wände sind mit Seidentapete bespannt. Ich sehe sofort, was Icarus an diesem Raum gefällt. Wandleuchter mit goldfarbenen Schirmen schaffen kleine Inseln aus Licht, doch es reicht nicht bis in die schattigen Winkel. Ich muss aufpassen, wo ich hintrete, um nicht zu stolpern.

«Schließ die Augen», höre ich Icarus' Stimme. «Und bleib genau so stehen.»

Seine Stimme kommt von schräg hinten. Ich bin versucht, mich umzudrehen und einen Blick auf ihn zu werfen. Immer, wenn wir uns treffen, verpasst er mir entweder eine Augenbinde oder sorgt dafür, dass es stockdunkel ist. Ich weiß, wie er sich anfühlt, aber nicht, wie er aussieht. Mit Amy habe ich schon Witze gerissen, dass ich versuchen könnte, ihn nach meinem Tastgedächtnis aus einem Klumpen Ton zu modellieren, und dann das Ergebnis betrachten.

Ich höre Schritte, das Rascheln von Stoff. Es kostet mich unglaubliche Willenskraft, ihm zu gehorchen und mich nicht umzusehen.

«Choice.» Zwei Fingerspitzen berühren meine Schulter und streichen die Brust hinunter bis zu meinem sündigen Dekolleté. Ich bekomme eine Gänsehaut, als er einen meiner Nippel zwischen Daumen und Zeigefinger rollt. Sein Atem streift meinen Nacken. Seine Stimme ist kaum mehr als ein Flüstern, aber sie löst ein lustvolles Beben in meinem Unterleib aus. «Du siehst einfach fabelhaft aus.»

«Danke.»

«Zur Zeit der Prohibition war dieser verborgene Saal das teuerste Freudenhaus der Stadt.» Mit beiden Händen reizt und streichelt er meine Brüste, bis ich so erregt bin, dass es mich bei der kleinsten Berührung wie ein elektrischer Schlag durchfährt. «Ein gut gehütetes Geheimnis.» Er haucht mir einen Kuss in den Nacken. «Und ein exklusiver Club. Man konnte nur auf Einladung Mitglied werden. Die Kurtisanen servierten ihren zahlungskräftigen Kunden zwischen den Orgasmen geschmuggelten französischen Cognac.»

«Hmhm.» Automatisch lege ich den Kopf zurück, um mehr

von ihm zu spüren. Seine Rauch-und-Honig-Stimme würde sogar eine Museumsführung zu einem erotischen Ereignis machen.

«Mit dem Verkauf des Theaters wurde der Club geschlossen, aber die neuen Eigentümer beließen den Salon im Originalzustand. Über die Jahre geriet er in Vergessenheit.» Er küsst meine Halsbeuge. Ich neige den Kopf zur Seite und blinzle durch halb geöffnete Lider, doch sehe nicht mehr als eine dunkle Kontur. Fest und warm schmiegen sich seine Lippen an meine Haut. Seine Finger lassen von meinen steifen Nippeln ab und wandern die Corsage hinunter, schlüpfen auf Hüfthöhe zwischen die Bäusche aus Batist und Spitze und berühren die weiche Haut meines Beines. Unwillkürlich zucke ich zusammen. Er stößt gegen die Rüschen meines Höschens, doch er dringt nicht weiter vor. Ich verlagere mein Gewicht und schiebe ihm meinen Schoß entgegen. Vergeblich. Meine Klit pulsiert im Rhythmus meines Herzschlags. Ich bin drauf und dran, seine Hand zu packen und sie zwischen meine Beine zu pressen. Er soll verdammt noch mal endlich kapieren, was ich von ihm will.

«Bist du heiß, Choice?», flüstert er an meinem Ohr. Natürlich, er weiß eigentlich ganz genau, was ich will. «Wünschst du dir, dass ich mich mit den Öffnungen in deinem Höschen beschäftige?»

«Ja», wispere ich atemlos.

«Mit welcher Farbe soll ich anfangen? Rot oder Gold?»

«Rot.» Das scheint mir die sichere Wahl. Ich kann kaum sprechen vor Erregung.

«Woher wusste ich das nur? Diese Wäsche», wieder streicht er über die Rüschen, ein unerträglich zarter Reiz an meinen Schamlippen, «entspricht der, die Madame Odettes Freudenmädchen getragen haben.»

«Madame Odette?», wiederhole ich mit trockenem Mund.

«Eine ausgesprochen schöne Frau. Es heißt, sie habe die lustvolle Stimulation zu einer Kunstform erhoben.» Er schiebt mich zu einer Reihe von Vorhängen zwischen den Säulen und bleibt dabei stets hinter mir. Ich spiele mit dem Gedanken, mich so schnell und plötzlich umzudrehen, dass er nicht ausweichen kann. Aber eigentlich will ich das gar nicht. Das Geheimnis um seine Identität ist so sehr Teil unseres Spiels geworden, das ich Angst habe, alles zu zerstören.

Er drängt mich in die Nische hinter dem Vorhang. Hier ist es stockfinster. Ich stoße mit dem Bein gegen etwas Hartes.

«Setz dich, Choice.» Ich ertaste eine Bank, er hilft mir, rittlings darauf Platz zu nehmen, und lässt sich dann hinter mir aufs Polster sinken. Sein Atem an meiner Wange, seine Hände auf meinen Hüften, der raue Stoff seiner Hose streift meinen Oberschenkel. «Hinter diesen Vorhängen boten Madames süße Nachwuchshuren ihre feuchten Körperöffnungen dar. Sie wussten nie, wem die Finger oder Schwänze gehörten, die in sie eindrangen.» Seine Lippen berühren meine Ohrmuschel. Mit beiden Händen fährt er von den Knien aufwärts die Innenseite meiner Oberschenkel entlang. Mit einem Daumen teilt er erst die Rüschen, dann meine Schamlippen. Ein unglaublich lustvolles Gefühl, wie warmes Öl auf kühler Seide. «Kannst du dir das vorstellen, Choice? Nicht zu wissen, wem der Schwanz gehört, der sich zwischen deine Lippen schiebt? Nicht zu wissen, wie viele noch folgen werden? Beug dich vor.»

Ich ertaste etwas, das ich zuerst für eine Rückenlehne gehalten habe. Stattdessen scheint es ein Pult zu sein. Die Oberseite ist gepolstert und hat die richtige Höhe, dass ich mein Kinn darauf ablegen kann. Genau dort, wo mein Mund ist, klafft ein kreisrunder Ausschnitt im Vorhang.

«Oder ob der Finger, der deine Spalte massiert, nur Vorbote von etwas Größerem ist?» Icarus badet seinen Daumen in meiner Nässe, ohne in mich einzudringen. Es ist ein sinnlicher Tanz am Rande einer Klippe. Süße Folter. Langsam gleitet er auf und ab, mit gerade so viel Druck, dass es mir zermürbende Lust bereitet und ich um mehr betteln will. Ich schiebe mich ihm so weit entgegen, dass ich seine Erektion an meinem Rücken spüre. Er lacht leise und schiebt mir einen Finger in den Mund, neckt meine Zunge. Sein Daumen findet meine Klit und malt kleine Kreise um die empfindliche Perle, die mir ein Seufzen entlocken. Mein Unterleib zieht sich zusammen. Alle Sinne sind extrem gereizt, wie elektrisiert. Der Finger in meinem Mund weicht einem harten, länglichen Objekt. «Leck ihn, als wäre es mein Schwanz», flüstert Icarus. «Leck ihn warm und feucht.» Mir ist schwindlig vor Lust. Mit der Zunge ertaste ich die Größe des Dildos, drei kugelförmige Verdickungen, den geschmeidigen Silikonüberzug. In meinem Kopf entstehen die wildesten Phantasien, während Icarus Daumen mich in Ekstase streichelt.

Abrupt zieht er den Dildo aus meinem Mund. «Hey», keuche ich, «du kannst nicht einfach aufhören!»

«Wer sagt, dass ich aufhöre, Baby? Ich fange erst an.» Etwas Großes, Hartes drängt sich zwischen die Rüschen meines Höschens und jagt mir einen erwartungsvollen Schauer durch den Leib. Der Dildo, warm von meinen Lippen. Eine Handfläche schiebt sich unter meinen Hintern. «Hoch mit deinem süßen Arsch.» Sein Atem, laut und schwer, trifft meinen Nacken. Er mag das Spiel kontrollieren, aber er ist genauso erregt wie ich. Ich wette, sein Schwanz ist so hart, dass es weh tut.

Oh Gott. Ich explodiere gleich. Mein Puls hämmert in meinen Schläfen. Unerträglich langsam schiebt er das Spielzeug durch die rot berüschte Öffnung im Höschen, lässt mich zittern vor Gier. Die glatte Spitze bohrt sich zwischen meine Schamlippen. Endlich dringt er in mich ein, füllt die zuckende, brennende Leere. «Gefällt es dir?»

«Himmel, ja», keuche ich.

«Dann halt ihn gut fest.»

«Was?» Der Dildo ruht in mir, ich spüre da unten jeden Herzschlag, doch Icarus steht einfach auf. Das ist nicht sein Ernst! «Was soll das werden?!»

«Kannst du dir das nicht denken, Süße?»

Ob ich … ach ja. Mich überläuft es heiß und kalt. Das Loch im Vorhang. Mit nur zwei Schritten ist er hinter dem Vorhang verschwunden. Dann fühle ich auch schon den Samt an meinem Gesicht. Sein Schwanz, hart unter geschmeidiger Haut, stößt gegen meine Lippen. Wie in Trance öffne ich den Mund und lasse ihn ein. Ich höre sein Keuchen, als ich meine Zunge erst um die Spitze tanzen lasse, dann den Schaft entlang. Ich nehme ihn tiefer auf. Abwechselnd lecke und sauge ich an seinem empfindlichen Fleisch, spüre seine wachsende Erregung. Sacht reize ich ihn mit den Zähnen, bis sein Atem so schwer geht, dass ich weiß, er ist gleich so weit. In einem trägen Rhythmus stößt er in meinen Mund hinein und zieht sich wieder zurück. Der Geschmack seiner Erregung betört meine Sinne. Zwischen meinen Beinen pulsiert meine eigene Lust.

Seine Erektion in meinem Mund ist wie lebendiger Stahl. Ich kann an nichts anderes denken als daran, wie er sich zwischen meinen Beinen anfühlen wird. Ich will, dass er mich vögelt, bis mir Hören und Sehen vergeht.

Er zieht sich aus meinem Mund zurück. Es muss ein Akt äußerster Selbstkontrolle sein. «Choice», keucht er, «du bist wundervoll.»

«Besorg's mir endlich», flüstere ich.

«Und das aus dem Mund einer Dame?» In sein leises Lachen

mischt sich das Rascheln von Stoff, Metall klingelt leise gegen Metall. «Dein Wunsch ist mir Befehl.»

Ich bewege mich auf der Bank und spüre die sanfte Stimulation der Rüschen und die drängende des Dildos. Etwas Weiches berührt mein Gesicht, dann seine Finger, die eine Augenbinde an meinem Hinterkopf verknoten. Dabei ist es hier doch so dunkel, dass man kaum die Hand vor Augen sieht! Ein überraschter kleiner Schrei entfährt mir, als Icarus mich hochhebt und ein Stück trägt. Der Stoff vor meinen Augen ist nicht blickdicht, sondern eher eine Art Tüll, der mich die Schemen von Gegenständen erkennen lässt, sobald wir wieder im Licht sind. Vor einer Chaiselongue ein Stück entfernt lässt er mich herunter und wirft ein Kissen auf den Boden. «Knie dich hin, meine Schöne.»

Er ist dicht hinter mir. Mit seiner Hand in meinem Nacken drückt er meinen Oberkörper sanft, aber unnachgiebig in die Polster. Ich bin so nass, dass der Kunstschwanz halb aus mir herausrutscht. Die Rüschen kleben völlig durchtränkt an meiner Haut.

Icarus schiebt den Dildo zurück und vögelt mich damit, bis ich glaube, jeden Moment zu kommen. Doch er hat ein unglaubliches Gespür dafür, genau im richtigen Moment aufzuhören. Er lässt den kleinen Lustbringer in mir ruhen und streicht über den eng anliegenden Satin über meinem Hintern.

Seine Finger hinterlassen eine brennende Spur, wo immer er mich berührt. Ich zittere schon, bevor er mich anfasst. Meine Sinne sind so überreizt, dass allein die Vorstellung, er könnte weitermachen, mich fast über die Klippe reißt.

«Genau so will ich dich haben», flüstert er mir ins Ohr. «Zitternd und atemlos vor Lust. Hast du gesehen, dass sie hier noch mehr Vorhänge mit Löchern haben?» Sein Finger streichelt über die Rüschen, schiebt sich dazwischen und reibt über die straff gespannten Schamlippen, dort, wo sie gegen den Dildo stoßen. Ich habe meinen Atem nicht mehr unter Kontrolle und schnappe nach Luft wie eine Ertrinkende. Ich ertrinke in Lust. «Die Mädchen wussten natürlich nicht, für welche der Öffnungen sich ihr Kunde entscheiden würde.» Ich höre, wie er sich hinter mir auf den Boden kniet. Entsetzlich langsam zieht er den Kunstschwanz heraus. Die Stimulation entlockt mir ein Keuchen. Meine Beine zittern, so sehr sehne ich mich nach seinem Schwanz. «Ist das nicht aufregend, Choice?»

Etwas stößt gegen die Rüschen, doch dieses Mal weiter hinten. Seine Finger schlüpfen durch den Einlass im Stoff und spreizen meine Pobacken. Warme Flüssigkeit tropft in die Ritze und rinnt langsam nach unten. Oh mein Gott. Als sein Daumen der Spur der Tropfen folgt und das Öl gründlich einmassiert, muss ich mir auf die Lippen beißen, um meine Lust nicht laut hinauszuschreien.

Ich habe nicht mehr so viel Angst, dort hinten berührt zu werden, wie beim ersten Mal. Icarus hat ja angekündigt, er werde jede meiner Körperöffnungen in Besitz nehmen. Wahrscheinlich hat mein anfänglicher Widerstand erst recht seinen Ehrgeiz geweckt, mich auch dort zu erobern. Er überwindet den festen Muskelring und bohrt mir seinen Daumen in den Hintern. Sanft dreht er ihn, bewegt ihn vor und zurück. Die Stimulation ist so wahnsinnig erregend, dass ich mich frage, wie es wäre, wenn er mehr täte, als mich nur mit seinem Finger zu verwöhnen. «Du hast einen unglaublich süßen Arsch.» Seine Stimme prickelt wie das Öl zwischen meinen Beinen. «Macht dich das an, Choice?»

«Ja», keuche ich. Seine Erektion streift die Innenseite meines Oberschenkels.

«Und das?» Etwas Großes und Hartes schiebt sich zwischen

meine Pobacken. Ist das etwa der Dildo? Er fühlt sich gewaltig an. Vor Schreck spanne ich alle Muskeln an. «Schsch», flüstert er. «Es wird dir gefallen.»

«Bist du sicher», ächze ich, «dass das passt?»

Sein amüsiertes Lachen jagt mir einen Schauer über den Körper. Er zieht seinen Daumen zurück und macht dem neuen Eindringling Platz, der sich nun bedrohlich gegen meinen Anus presst. Ohne Gnade erhöht Icarus den Druck, bis der Muskel nachgibt und die Spitze in meinen Hintern gleitet. Er schiebt den Dildo tiefer hinein, quälend langsam, während ich in Zeitlupe einem Orgasmus entgegenzittere. In meinem Unterleib zieht sich alles zusammen. Eine so große Anspannung baut sich in mir auf, dass ich meine Hände in die Polster kralle. Jetzt spüre ich, wofür die kugelförmigen Verdickungen des Dildos gut sind. Ich kann jede Einzelne fühlen.

«Siehst du», flüstert er.

Für einen Moment hält er inne. Ich höre das leise Knistern von Plastik, als er die Verpackung des Kondoms aufreißt und es überstreift.

Seine Erektion drängt zwischen meine Beine und findet ihren Weg durch die Rüschen, küsst meine geschwollenen Schamlippen, in denen ich jeden Pulsschlag spüre. Er wird doch nicht –

Doch. Er legt beide Hände um meine Hüften, lehnt sich über mich und schiebt sich tief in mich.

Ich explodiere.

Das doppelte Eindringen, diese unbeschreibliche Fülle katapultiert mich über den Gipfel der Lust. Ich komme so heftig, dass mir die Beine den Dienst versagen. Zum Glück bin ich schon auf den Knien. Ich sacke nach vorn in die Polster der Chaiselongue. Ich stürze in einen Rausch aus Lust, ich versinke in warmen Fluten. Dann ebbt der Orgasmus ab, doch er lässt ein warmes

Vibrieren zurück. Ich bin vollkommen erschöpft, aber ich spüre schon, wie neues Feuer zwischen meinen Beinen entfacht wird.

«Ich bin noch nicht fertig mit dir», flüstert Icarus mir ins Ohr. Er zieht sich fast ganz aus mir zurück und dringt wieder ein. Er vögelt mich langsam und genussvoll, ein wunderbares Gefühl. Jeder Stoß bringt auch den Eindringling in meinem Hintern zum Schwingen, ein so sinnlicher Reiz, dass ich glatt süchtig danach werden könnte.

Inzwischen geht auch Icarus' Atem schwer. Ich spüre, wie sein Schwanz in mir zu zucken beginnt. Es beflügelt mich, zu wissen, dass er gleich so weit ist. Er schiebt mir von oben eine Hand ins Höschen und massiert mit zwei Fingern meine Klit.

Wir kommen nahezu gleichzeitig, etwas, das ich bisher für einen Mythos gehalten habe. Der zweite Orgasmus ist anders. Sanfter und tiefer. Sinnlicher. Er erschüttert meinen Leib mit glühenden kleinen Eruptionen und schwingt noch lange nach.

Ich treibe in warmer Schokolade. Satt, glücklich, tiefenentspannt. Es gibt nichts Schöneres als Icarus' Atem an meiner Wange. Wir haben uns auf die restlichen Kissen auf den Boden gelegt. Mein Rücken schmiegt sich an seine Brust, unsere Körper sind noch immer miteinander verschmolzen. Seine Hand ruht in meinem Höschen, träge bewegt er die Finger, spielt mit dem Streifen kurzer Löckchen. In einer Stunde beginnt das Casting, wir haben noch eine Weile Zeit.

«Ich will, dass du mir etwas versprichst», murmelt er in mein Haar. «Kannst du das?»

«Bestimmt.» Wäre ich eine Katze, würde ich jetzt schnurren. Ich bin so angenehm erschöpft, dass ich keinen klaren Gedanken fassen kann.

«Ich will, dass du ganz und gar mir gehörst.»

«Aber das tue ich doch.» Ich verlagere mein Gewicht und

spüre mit neu aufkeimender Lust und einem Gefühl von Triumph, wie er schon wieder hart in mir wird. Seine Hand rutscht tiefer und schürt die noch schwelende Glut dort unten.

«Versprich mir, dass du dich von keinem anderen Mann anfassen lässt.»

Schlagartig fällt die warme Trägheit von mir ab. Habe ich richtig gehört? Mister Sex-und-Romantik-schließen-sich-aus will aus unserer unverbindlichen Fick-Affäre etwas Ernstes machen? Ausgerechnet er? Es ist wie ein kalter Wasserguss. Ich weiß überhaupt nicht, was ich darauf antworten soll. Ist orgiastischer Sex eine Basis, auf der man eine Beziehung gründen sollte? Und vor allem, was wird dann mit Vicente?

Nein, unmöglich. Ein solches Versprechen kann ich ihm nicht geben. Jedenfalls nicht jetzt.

Wenn ich mich wirklich zwischen Icarus und Vicente entscheiden müsste, würde meine Wahl wohl auf den wortkargen Gangsterprinzen fallen. Ich muss Icarus sagen, dass mein Herz einem anderen gehört.

▶ Weiter auf Seite 226

Andererseits will ich überhaupt nicht wählen. Das Onyx hat sich mir geöffnet wie ein goldenes Tor aus Tausendundeiner Nacht, und wer weiß, was mich dort noch erwartet, welche Möglichkeiten sich mir noch bieten.

▶ Weiter auf Seite 238

■ «Das geht nicht.» Die drei Wörter kosten mich die größte Überwindung meines Lebens. Ich bin einfach nicht gut im Neinsagen. Die Luft um uns scheint ein paar Grad kälter zu werden.

Er hört auf, mich zu streicheln. «Warum nicht?»

«Du hast gesagt, Sex und Romantik gehen nicht zusammen.»

«Habe ich das?» Er seufzt. «Womöglich habe ich mich geirrt.»

«Ich kann nicht», sage ich. «Es gibt da jemanden ... in den ich mich verliebt habe.»

«Und das bin nicht ich.» Sein leichter Tonfall klingt aufgesetzt. Er ist verletzt, das kann ich hören. Ich fühle mich wie ein richtiges Miststück. Ich habe wohl heimlich gehofft, dass Vicente mich zuerst fragt und ich dann einfach nicht mehr abnehme, wenn Icarus anruft. Oder das Handy ganz ausgeschaltet lasse. Das wäre einfacher gewesen. Aber auch feige. Geschieht mir recht, dass ich auf diese Weise Ordnung in mein Leben bringen muss.

«Das bist nicht du», bestätige ich.

«Wer dann?»

«Das ist privat.»

«Und das hier nicht?» Er zieht sich aus mir zurück. Enttäuschung und eine schwer zu beschreibende Traurigkeit steigen in mir auf. Wieso macht er das? Wieso zwingt er mich zu dieser Wahl? «Wer ist es? Der Typ, mit dem du ab und zu ausgehst?»

«Ja», flüstere ich.

Schweigen. Ich starre durch die Augenbinde auf halbdunkle Schemen und spüre seine Atemzüge in meinem Nacken. Er soll endlich was sagen.

Nach einer kleinen Ewigkeit bricht er das Schweigen. «Fuck. Also betrügst du ihn mit mir?»

Ich atme tief ein und aus. «Er ist bestimmt auch kein Kind von Traurigkeit. Ich wette, er hat an jedem Finger eine andere.»

«Und wenn nicht?»

«Dann hätte er es mir sagen müssen.» Was sollen diese blöden Fragen? Wieso muss ich mich vor Icarus rechtfertigen für etwas, das nur mich und Vicente angeht? Meine Entspannung ist komplett dahin. Wahrscheinlich ist das der Schlusspunkt unserer Affäre. Schade, aber ich will diese Unterhaltung nur noch hinter mich bringen. «Hör mal, es tut mir wirklich leid, aber ich muss mich jetzt umziehen.»

«Manchmal entwickeln sich die Dinge anders als geplant.»

Dem gibt es nichts hinzuzufügen. Ich versuche mich aus seinen Armen zu winden. «Lass mich los.»

«Es gibt eine Lösung für unser Problem.» Nicht, was er sagt, sondern *wie* er es sagt, lässt mich innehalten. «Ich fürchte, ich war nicht ganz ehrlich zu dir. Dreh dich um, Süße, nimm das Tuch ab und sieh mich an.»

Das Herz klopft mir bis zum Hals. Warum ausgerechnet jetzt? Warum will er das Geheimnis nun noch lüften? Was erhofft er sich davon?

«Na los. Ich kann sowieso nicht fassen, dass es so lange funktioniert hat.»

Also mache ich, was er sagt. Ich drehe mich um und schiebe mir die Tüllbinde hoch in die Stirn. Erst kann ich kaum etwas erkennen. Umrisse eines Gesichts. Dunkles Haar, das in die Stirn und über eine Wange fällt. Er hebt seine Hand und streicht die Strähnen zurück. Diese Geste wirkt so vertraut, dass mich die Erkenntnis wie ein Blitz trifft: Icarus ist Vicente.

Erst weigere ich mich, es zu glauben. Dann bin ich so geschockt, dass mir die Worte fehlen. Fassungslos. Ich fühle mich, als hätte jemand einen Kübel Eiswasser über mir ausgegossen. Ich kann weder atmen noch sprechen. Ich starre ihn einfach nur an.

«Schau mich nicht so an», sagt er. «Die Dinge sind außer Kontrolle geraten. *Lo siento muchisimo chica,* es tut mir leid.»

Icarus ist wirklich Vicente.

Aber wie ist das möglich? Ich bin zwar selbst auf die Idee gekommen, aber das war Wunschdenken! Ein Witz, der unmöglich wahr sein konnte. Vicente und Icarus sind so grundverschieden, dass es unvorstellbar ist, sie könnten ein und derselbe Mensch sein.

«Jetzt sag was», flüstert er.

Meine Kehle ist wie zugeschnürt. Das kann nur ein Albtraum sein. Es ist unmöglich. Ich weiß nicht, was ich sagen soll. Ich weiß nur, dass ich keine Sekunde länger mit ihm in einem Raum sein kann. Alles in mir schreit nach Flucht.

Diesmal hält er mich nicht fest, als ich mich aus seinen Armen winde. Ich stolpere über ein Tischchen, das neben der Chaiselongue steht. Der Schmerz im Schienbein treibt mir die Tränen in die Augen. In meinem Bauch steigt Wut hoch. Auf ihn, auf mich selbst, auf die ganze verfluchte Welt. Sogar auf Amy, weil die mich überredet hat, die Einladung ins Onyx anzunehmen.

«Bitte geh nicht», sagt er sanft. «Ich kann dir alles erklären.»

Ich halte in der Bewegung inne, unschlüssig, ob ich mir das noch antun soll.

Was wird er mir erzählen? Noch mehr Lügen? Ich halte es keinen Augenblick langer mit ihm aus. Erst recht nicht in diesem lächerlichen Kostüm, in das ich mich zu seinem Vergnügen gezwängt habe.

► Weiter auf Seite 230

Irgendwie ist es jetzt auch egal. Ich kann genauso gut noch fünf Minuten stehen bleiben und mir anhören, was er zu sagen hat.

► Weiter auf Seite 233

■ Ich schlage die Tür so heftig hinter mir zu, dass man den Knall wahrscheinlich bis ins Erdgeschoss hört. Mein Rucksack liegt noch neben der Garderobenstange, wo ich ihn zurückgelassen habe.

In meinem Kopf wirbeln Wut, Enttäuschung und maßlose Demütigung durcheinander. Wie konnte er mir das antun? Wahrscheinlich fand er es amüsant, mich so vorzuführen. Ich frage mich, welcher von beiden echt ist und welcher die Maske. Ist es Vicente, der Icarus spielt? Oder umgekehrt? Ist er ein reicher Schnösel, der Spaß daran hat, sich als Gangster zu verkleiden? Oder ist er ein Typ mit multipler Persönlichkeit, eine Art *Doktor Jekyll & Mister Hyde*, der seine Verwandlung nicht beeinflussen kann? Mir wird schlecht. Ich habe mich einem Psychopathen ausgeliefert. Ich habe ihm vertraut. Er hätte sonst was mit mir anstellen können!

Ich reiße mir das bescheuerte Kostüm vom Leib und ziehe meine Baumwollunterwäsche, Jeans und ein blau-gelb-weiß gestreiftes Top an. Eigentlich habe ich keinen Nerv mehr für das Casting. Ich würde am liebsten nach Hause fahren, mich im Bett verkriechen und mich in den Schlaf weinen. Aber ich darf nicht zulassen, dass mir dieses Arschloch die Chance auf eine Tanzrolle ruiniert. Ich stopfe mein Sommerkleid und die High Heels in den Rucksack und mache mich auf die Suche nach dem Ausgang aus diesem Labyrinth.

Was komplizierter ist als gedacht.

Das Casting ist schon in einer halben Stunde, und ich habe mich in den Eingeweiden dieser verfluchten Theaterruine verlaufen.

Ich bin wieder den Tränen nahe und überlege gerade, eine Feuertreppe hinunter in den Hof zu klettern, als ich aus dem Treppenhaus Stimmen höre.

Eine Etage tiefer stoße ich auf drei Frauen, die so sehr in ihre Diskussion vertieft sind, dass sie mich erst gar nicht bemerken. «Hey», rufe ich, «Entschuldigung, können Sie mir sagen, wo die Registrierung für das Casting ist?»

«Choice!», antwortet eine von ihnen. «Da bist du ja! Schön, dass du kommen konntest!» Ich bin so verwirrt, dass ich sie erst auf den zweiten Blick erkenne. Es ist Isabel, Vicentes Cousine.

«Äh ja», bringe ich hervor. Mir ist nicht nach Smalltalk zumute. Ich will das hier so schnell wie möglich hinter mich bringen.

Natürlich merkt sie, dass etwas nicht stimmt. «Alles in Ordnung, *Chiquita*?»

«Alles okay.»

«Du siehst aber nicht so aus.» Sie nimmt mich beim Ellenbogen und zieht mich mit sich. «Es hat mit Vicente zu tun, nicht wahr? Ich habe seinen Wagen im Hof gesehen.»

Nein, will ich sagen, aber das Wort bleibt mir im Halse stecken. Stattdessen schießen mir die Tränen in die Augen, diesmal unaufhaltsam. Das ganze Elend bricht über mich herein. Ich kann überhaupt nicht mehr aufhören zu schluchzen, obwohl mir der Ausbruch total peinlich ist. Isabel murmelt irgendwas Beruhigendes auf Spanisch und zieht mich durch die nächste Tür. Wir finden uns in einer Künstlergarderobe wieder, einem schmucklosen Raum mit Spiegeltischen und Holzstühlen und winzigen Fensterchen unter der Decke.

Sie drückt mich auf einen Stuhl. «Was hat er angestellt?»

«Er hat mich verarscht», bringe ich zwischen zwei Schluchzern hervor.

«Es tut mir leid, Süße.» Sie hält meinen Arm, als wäre sie meine Mutter und ich ein Teenager mit dem ersten Liebeskummer. «Es tut mir so leid. Es ist dieses verdammte Spiel, das er treibt, nicht wahr? Ich wollte es dir sagen, aber ich hatte Angst, dich in die Flucht zu schlagen.»

«Du weißt davon?»

«Ich weiß alles, was mein idiotischer kleiner Cousin anstellt. Was ist passiert?»

Ich will es ihr eigentlich nicht erzählen, aber dann tue ich es doch. Unter dem Schniefen und Schluchzen neuerlicher Heulattacken rücke ich mit der ganzen Geschichte heraus. Die pikanten Details lasse ich aus, aber die tun auch nichts zur Sache.

«Ach *Chiquita.*» Sie fährt sich entnervt mit der Hand durchs Haar. «Vicente ist ein schwieriger Mensch. Vor etlichen Jahren hat ihm seine große Liebe das Herz gebrochen, und seitdem ist er von der fixen Idee besessen, dass man Sex und Liebe trennen sollte.» Sie erzählt mir, dass er alle Gefühle für die Mädchen, mit denen er schläft, unterdrückt. Sie weiß sogar, dass er es war, der mir das Onyx-Kärtchen zugespielt hat, weil er heiß auf mich war und dachte, es wäre eine coole Art, mich aufzureißen. Das hat er ihr volltrunken gebeichtet. Überhaupt scheint sie wie eine große Schwester für ihn zu sein. «Gleich am ersten Abend, als er dich im Onyx beobachtet hat, hat er gemerkt, dass du mehr für ihn sein könntest und dass er es nicht ertragen würde, dich zu teilen. Also hat er dafür bezahlt, dass kein anderer dich auf diesem Handy anruft.»

Mir ist schlecht. Und schwindelig. Ich will immer noch nicht glauben, was gerade passiert.

«Es ist außer Kontrolle geraten», sagt Isabel. «Er hat sich in dich verliebt und hatte Angst, es könnte scheitern, wenn er mit dir schläft. Aber die Finger konnte er trotzdem nicht von dir lassen, also hat er weiter den geheimnisvollen Liebhaber gespielt.»

«Das ist verrückt», sage ich. «Einfach krank. Er sollte zum Arzt gehen.»

«Gib ihm eine Chance, es wieder in Ordnung zu bringen.»

Wir sehen uns lange an. Eine Chance? Das sagt sich so leicht. Ich weiß nicht, ob ich das kann.

► Weiter auf Seite 235

Nein, ich will mich anders entscheiden.

◄ Zurück zu Seite 229

■ «Okay», sage ich, ohne mich zu ihm umzudrehen. Ich bin wie betäubt und habe das Gefühl, in einem Glaszylinder gefangen zu sein, der alle Geräusche dämpft.

Ich höre seine Schritte, das Rascheln von Stoff, das Knarren des Parketts unter seinen Füßen. «Choice», sagt er, «ich weiß, wie es für dich aussehen muss. Du denkst, es war ein perverses Psychospiel.»

«War es das nicht?» Gott, wenn ich wenigstens nicht die ganze Zeit mit den Tränen kämpfen müsste.

«*Chica*, es gibt Dinge, die du nicht von mir weißt.» Ich registriere, wie sich seine Sprache unmerklich verändert. Wie er sich beinahe übergangslos von Icarus in Vicente verwandelt. Ja, denke ich mit einem Anflug von Sarkasmus, unglaublich viele Dinge. Genau genommen weiß ich überhaupt nichts von dir.

«Zuerst war es Spaß. Aber jetzt ist es Ernst geworden. Und ich will dich nicht verlieren.»

«Welcher von beiden ist echt?», frage ich.

«Was meinst du?»

«Wer bist du wirklich? Vicente oder Icarus?»

«Den Namen hast du mir gegeben.»

Ich werde wütend. «Du weißt, was ich meine.»

«Ja, ich weiß, was du meinst. Sieh mich an. Bitte.»

Es kostet Überwindung, mich zu ihm umzudrehen. Im warmen Dämmerlicht sieht er wahnsinnig gut aus. Das glänzende schwarze Haar hat er zu einem Zopf gebunden. Er trägt eine elegant geschnittene graue Wollhose und ein Leinenhemd, das er bis knapp unter die Ellenbogen aufgekrempelt hat. Er macht eine überwältigend sexy Figur in diesen Klamotten. So stelle ich mir einen Dotcom-Millionär vor. Oder einen erfolgreichen Musikproduzenten. Nur die Tattoos, die aus seinem Hemd hervorlugen, verraten den echten Vicente, den Gangsterprinzen. Die und das kleine silberne Kreuz um seinen Hals.

«Vicente», sagt er, «ist ein Loser aus den Straßen von South Central, der naiv war und sich verliebt hat. Ich habe mir das Herz brechen lassen und Scheiße gebaut, aber ich habe aus meinen Fehlern gelernt.» Er lacht auf, ganz ohne Humor. «Ich hänge immer noch mit meinen Leuten in South Central rum, aber ich bin auch das hier. Einer, der sich's leisten kann, Mitglied im Onyx zu sein. In South Central würde das niemand verstehen, deshalb hänge ich es nicht an die große Glocke.»

«Und was hat das mit mir zu tun?»

«Am Anfang war es ein Spiel.» Er seufzt. «Wenn ich's dir erkläre, wirst du mich für einen durchgeknallten Irren halten. Ist eine lange Geschichte.»

«Dafür halte ich dich auch, wenn du sie mir nicht erzählst. Also egal, was du sagst, es kann nur besser werden.»

Doch er spricht nicht weiter. Er sieht mich nur an und dreht seine Handflächen nach oben, eine defensive Geste. «Es ist außer Kontrolle geraten.»

«Wie ärgerlich», sage ich sarkastisch.

«Ich will dich nicht verlieren.»

Aber er will mir auch nicht erklären, was es mit diesem Spiel auf sich hat. Er belässt es bei den geheimnisvollen Andeutungen. Ich fühle mich, als hätte mich ein Zug überrollt. Keine Ahnung, was ich jetzt machen soll. Ich schwanke zwischen Wut und Hilflosigkeit. Ich schätze, ich brauche Abstand, damit ich das Chaos ordnen kann.

Er streckt die Hand aus und macht einen Schritt auf mich zu, doch ich weiche zurück, bevor er mich berührt.

«Okay», sage ich. «Wir können so nicht weitermachen. Nicht, wenn du mir nicht die ganze Wahrheit sagst.»

«Ich versuche es. Aber gib mir ein bisschen Zeit. Es ist zu kompliziert, um es in drei Sätzen zu erklären. Ich will nur nicht, dass du jetzt davonstürmst, ohne zu wissen, dass ich meine Gründe hatte. Ich würde dich lieber zum Essen einladen und es dir in aller Ruhe –»

Apropos Zeit. Schlagartig holt mich die Realität ein. In zwanzig Minuten beginnt das Casting. Mist. Ich darf nicht zu spät kommen. Und ich muss mich noch umziehen!

◄ Zurück zu Seite 207

Nein, ich will mich anders entscheiden.

◄ Zurück zu Seite 229

■ Auf dem Weg zur Bühne bin ich nervös und unkonzentriert. Eine Assistentin führt mich mit drei anderen Kandidatinnen zum Bühnenaufgang. Wir hören noch die Verabschiedung der letzten Gruppe, dann werden wir hinausgeschickt ins Scheinwerferlicht.

In dem großen Zuschauersaal sind viele Plätze besetzt. Das Casting scheint öffentlich zu sein. Die Entscheider sitzen in der dritten Reihe. Ein junger Typ mit Kapuzenshirt und Designerbrille steht auf. Ein Mikrophon an seiner Jacke verstärkt seine Stimme.

«Hi!», sagt er. «Ich bin Kevin.» Ein kurzer Blick auf den Zettel in seiner Hand. «Kommt ihr bitte nacheinander ans Mikro und stellt euch kurz vor? Danach zeigt ihr uns zwei Übungen. Die Erste ist eine Gruppen-Performance, bei der Zweiten tanzt ihr einzeln.»

Ich bin als Dritte an der Reihe. Während ich erzähle, dass ich letztes Jahr eine Statistenrolle in einem Kinderfilm hatte, scanne ich das Publikum nach Vicente. Es ist bescheuert. Ich will gar nicht, dass er da ist. Aber ich benehme mich wie ein Kind, das Angst vor Monstern unterm Bett hat und jede Stunde aufsteht, um nachzusehen, ob sich nicht doch eins dort versteckt. Kevin fragt, ob ich Bühnenerfahrung habe. Bei der Antwort verliere ich den Faden. Seine zweite Frage verstehe ich nicht richtig, weil ich nur halb zuhöre und mit den Gedanken woanders bin. Auch ohne das vereinzelte Kichern aus dem Publikum weiß ich, dass sich meine Vorstellung zu einem Desaster entwickelt.

Mit pochendem Herzen und vermutlich hochrotem Gesicht trete ich zurück in die Reihe. Am liebsten würde ich wegrennen. Die kleine Blonde, die nach mir drankommt, macht ihre Sache natürlich perfekt. Sie gerät kein einziges Mal ins Stocken und gibt damit an, dass sie drei Jahre auf einer Provinzbühne in Michigan getanzt hat. Auf dem Rückweg lächelt sie mich herablassend an. Blöde Schnepfe. Dafür hatte ich Weltklassesex und sie nicht – zwar mit einem ausgemachten Arsch, aber dennoch! Ich hoffe, sie stolpert beim Vortanzen.

Bei der Gruppen-Performance tanzt eine Trainerin uns eine einfache Choreographie vor, die wir möglichst synchron nachmachen sollen. Ist nicht viel schwieriger als ein Aerobic-Kurs. Ich habe trotzdem das Gefühl, dass ich mich nicht besonders gut schlage. Aber wahrscheinlich muss ich schon dankbar sein, dass ich nicht aus Versehen über den Rand der Bühne falle.

Für die Solo-Kür spielen sie jeweils eine Minute eines Stücks an, damit wir uns einhören können. Dann folgen weitere vier Minuten des Lieds, in denen wir improvisieren sollen. Es gibt keine Vorgaben. «Zeigt, was ihr könnt. Seid einfach ihr selbst», fordert Kevin.

Schon klar. Du mich auch.

Während ich den beiden Mädels vor mir zuschaue, wie sie sich verausgaben, kehrt meine Wut zurück. Ich steigere mich in Rachephantasien hinein, aus denen mich Kevin unsanft herausreißt. «Choice? Passt es gerade, oder soll ich später noch mal fragen?»

Ich hab ihn beim ersten Mal anscheinend überhört. Im Publikum kichert jemand. Blondie grinst mich boshaft an.

«Sorry», sage ich. «Kann losgehen.»

Sie spielen ein Stück aus dem Filmsoundtrack von *Tron: Legacy*. Okay, das kenne ich. Nach zehn Sekunden habe ich den Rhythmus im Blut. Ich streife mir Sneakers und Socken von den Füßen, um barfuß zu tanzen. Passt besser zu dem, was ich im Kopf habe.

Irgendwie schaffe ich es, die vier Minuten zu überstehen. Die Wut macht es mir schwer, mich geschmeidig zu bewegen. Jeder Schritt und jede Drehung fühlen sich eckig und kantig an. Ein paar Leute applaudieren, also habe ich es wohl nicht total vermasselt. Vielleicht geben sie mir wenigstens eine Statistenrolle. Zum Beispiel als Baum im Hintergrund, der anderthalb Stunden seine Zweige schwenken darf. Bei der Flucht von der Bühne merke ich, dass ich mir einen Splitter im großen Zeh eingerissen habe. Ich versuche ihn herauszuholen, breche aber nur die vordere Hälfte ab. Passt irgendwie zu diesem Tag.

Es wäre höflich, wenigstens bis zur nächsten Pause zu warten und mich von Isabel zu verabschieden. Aber ich schaffe es nicht, nur eine Minute länger hier auszuharren. Wie ein geprügelter Hund schleiche ich aus dem Gebäude, ohne irgendjemandem tschüss zu sagen.

▶ Weiter auf Seite 258

■ «Das kann ich nicht.» Es fällt mir schwer, das zu sagen. Aber als die Worte draußen sind, weiß ich, dass es die Wahrheit ist. Ich bin noch nicht bereit.

Zwar würde Amy mich jetzt darauf hinweisen, dass ich mit Icarus und Vicente zwei so unglaublich tolle Männer am Haken habe, wie ich sie womöglich nie wieder finden werde. Aber ich fühle mich nicht gut dabei, ein so endgültiges Versprechen zu geben. Es wäre irgendwie unehrlich.

«Warum nicht?» Seine Hand bleibt reglos zwischen meinen Beinen liegen.

«Weil ich noch nicht so weit bin.» In meinem Magen macht sich Unbehagen breit. Ich hasse das. Ich bin nicht gut darin, meine Bauchentscheidungen zu erklären, und ich fühle mich in die Enge getrieben. Warum macht er mit seinen Fragen alles kaputt?

«Gibt es jemand anderen?»

«Woher soll ich das wissen?» Ich versuche ein Lachen, aber es klingt kläglich. Beim Gedanken an Vicente hätte ich beinahe ja gesagt. Aber das wäre auch gelogen. Ich könnte ihm dieses Versprechen ebenso wenig geben, wie ich es Icarus geben kann. Ja, ich bin irgendwie in Vicente verknallt, aber sicher, dass ich was Festes mit ihm will, bin ich mir auch nicht. Ich weiß schließlich kaum etwas über ihn. Womöglich dealt er mit Drogen oder ist sonst irgendwie in kriminelle Machenschaften verstrickt. Darüber wüsste ich schon gern Bescheid, bevor ich mich für ihn entscheide.

«Wenn *du* es nicht weißt, wer denn dann?» Der leichte Tonfall täuscht nicht über seine Anspannung hinweg. Er zieht sich aus mir zurück und rutscht nach hinten. Die plötzliche Lücke zwischen unseren Körpern fühlt sich an wie eine tiefe Kluft.

«Es ist kompliziert», sage ich. «Ich kann dir nicht versprechen, dass ich das Onyx für dich aufgebe. Nicht jetzt jedenfalls.»

«Und wenn ich dich in vier Wochen gefragt hätte?»

«Keine Ahnung.» Ich zögere. «Ja, dann vielleicht. Verdammt, ich weiß es nicht. Ich weiß ja nicht einmal, wer du bist!»

«Und das ist ein Problem?»

«Machst du Witze?»

Stoff raschelt. Er zieht sich an.

Ich ziehe mir das Tuch von den Augen, weil der Tüll auf meiner verschwitzten Haut kitzelt. Er hindert mich nicht daran. Vielleicht hat er es gar nicht bemerkt. Jetzt könnte ich mich umdrehen und ihm ins Gesicht sehen, doch ich tue es nicht. Es kommt mir falsch vor, ausgerechnet jetzt sein Geheimnis zu lüften.

«Also willst du dich lieber jeden Abend von einem anderen vögeln lassen?»

«Wie bitte?» Ich kann nicht glauben, dass er das gerade wirklich gesagt hat. Was soll das denn heißen? Dass ich's mit jedem treibe, der nicht bei drei auf den Bäumen ist? Dass ich ein Flittchen bin, weil ich auf der Suche nach Mister Right noch mal nach rechts und links schauen will, bevor ich mich entscheide?

Plötzlich fröstele ich. Das schwelgerische Glücksgefühl, das wir einander geschenkt haben, ist aggressiver Kälte gewichen. Ich kann seinen Groll fast körperlich spüren. Er ist wütend. Vermutlich, weil er in seiner Eitelkeit gekränkt ist. Aber verdammt, er hat doch nie einen Hehl daraus gemacht, dass das mit uns nur Sex für ihn ist und sonst nichts. Wie kann er da plötzlich absolute Treue von mir fordern? Und das so ohne Vorwarnung, ohne mir Bedenkzeit zu gewähren?

«Du hast mich schon richtig verstanden», sagt er. «Ich frage dich, ob du lieber die Hure für jeden Typen spielen willst, der dir seinen Schwanz hinhält.»

Ich habe noch nie im Leben jemanden körperlich angegriffen. Bis jetzt.

Vielleicht liegt es am abrupten Stimmungswechsel, dass mich die Beleidigung so heftig trifft. Jedenfalls brennen mir die Sicherungen durch. Mit einer Geschwindigkeit, die ich mir selbst gar nicht zugetraut hätte, fahre ich herum und haue ihm eine runter. Das Geräusch ist so befriedigend, dass es sogar den Schmerz wert ist, der auf meiner Handfläche brennt. Wie von Sinnen hole ich abermals aus, um ihm eine zweite Ohrfeige zu versetzen, doch dieses Mal fängt er meine Hand ab.

Wir starren einander an.

Dann bleibt die Zeit stehen. Oder mein Herzschlag setzt aus. Oder beides.

Unmöglich, denke ich.

Das ist unmöglich. Ein schlechter Traum. Ein Scherz. Das ist …

«Unmöglich», flüstere ich.

Sein Blick ist nicht zu deuten. Im Halbdunkel sieht sein Gesicht noch schöner aus als bei Licht. Die Linien erscheinen weniger scharf, der Mund wirkt versöhnlicher, die Augen weniger raubkatzenhaft. Er hebt die andere Hand und streicht sich ein paar dunkle Haarsträhnen aus dem Gesicht.

Der Schock ist so überwältigend, dass ich für ein paar Sekunden vergesse zu atmen. Ich kann es einfach nicht glauben. Ich verstehe nicht, wie das möglich ist.

«Sieh mich nicht so an», sagt er. «Ich wollte das nicht. Lo *siento muchisimo*, es tut mir leid.»

Icarus ist Vicente.

So einfach ist das.

«*Was* wolltest du nicht?» Okay, ich habe mit dem Gedanken gespielt, wie es alles vereinfachen würde, wenn Icarus Vicente wäre. Wenn ich beide in einem Mann haben könnte. Aber das war eine Träumerei! Nicht ernst gemeint! Vicente und Icarus sind so grundverschieden, dass es unvorstellbar ist, sie könnten ein und derselbe Mensch sein.

«Das alles.» Er lässt mein Handgelenk los. «Also, ich wollte *dich*. Aber ich wusste doch nicht, dass ich –» Er bricht ab. Seine Lippen verziehen sich zu einem bitteren kleinen Lächeln. «Ist das dein Ernst? Du ziehst diese Typen im Onyx mir vor?»

«Darum geht es doch gar nicht!», fahre ich ihn an. «Es geht nicht um *diese Typen im Onyx*, die ich dir vorziehe. Es ist nur –» Egal. So, wie er mich ansieht, will er es gar nicht verstehen. Er wirkt zutiefst verletzt, als hätte ich ihn an der Nase herumgeführt und nicht umgekehrt. Ich hole tief Luft, um die Fassung zurückzugewinnen. «Ich war so kurz davor, mich in dich zu verlieben, weißt du das? Ich habe mich vor dem Moment gefürchtet, wo ich mich für einen von euch entscheiden müsste. Weil ich keinen von euch aufgeben wollte.» Meine Stimme schraubt sich so hoch, dass mir jedes Wort in der Kehle schmerzt. Dass mir Tränen in die Augen steigen, macht es nicht besser. «Ich hätte nur ein bisschen mehr Zeit gebraucht!», schreie ich ihn an. Und einen Mann, der mich nicht verarscht, ergänze ich in Gedanken.

Dann stürze ich aus dem Raum und knalle die Tür hinter mir

zu. Dieses Arschloch läuft mir nicht mal nach, um mich aufzuhalten.

► Weiter auf Seite 242

Nein, ich will mich anders entscheiden.

◄ Zurück zu Seite 226

■ Wie in Trance ziehe ich mich um, stopfe meine Sachen in den Rucksack und irre durch die langen verzweigten Flure, bis ich mit mehr Glück als Verstand eine Treppe finde, die hinunter ins Foyer führt.

In fünf Minuten ist der offizielle Beginn des Castings, und ich habe mich noch nicht mal registrieren lassen. Die Tische für die Anmeldung sind von jungen Mädchen umlagert. Die Schlangen reichen bis zu den Türen hinaus. Das müssen Hunderte von Bewerberinnen sein. Wenn ich Pech habe, schließen sie die Liste, bevor ich drankomme. So ein Mist.

«Hey», sage ich zu einer Frau neben mir, «hier ist ja ganz schön was los.»

«Angeblich hatten sie Computerprobleme», gibt sie zurück. «Das Ende der Schlange ist übrigens da hinten.»

Ich erwidere ihr giftiges Lächeln und mache mich auf den Weg. Blöde Kuh. In diesem Moment ruft jemand meinen Namen. Oder bilde ich mir das ein? Ich drehe mich einmal um die eigene Achse und entdecke endlich die schwarz gelockte kleine Latina, die sich einen Weg durch die Menge bahnt.

«Choice!» Sie winkt mir. «Hier!»

Es dauert ein bisschen, bis es klick macht. Das ist Isabel, Vicentes Cousine. Hat er ihren Namen etwa auch auf die Liste gesetzt?

Sie umarmt mich herzlich und zieht mich an sich, als wäre ich eine lang verschollene Freundin. «Schön, dass du gekommen bist!»

«Woher weißt du davon? Und was machst du überhaupt hier?»

«Ich arbeite für die Produktionsfirma, Schätzchen.» Sie schenkt mir ein strahlendes Lächeln. «Ich organisiere das Casting.»

«Was?» Ich hatte ja keine Ahnung. «Dann habe ich dir die Einladung zu verdanken?»

«Eigentlich war es Vicentes Idee. Aber er musste mich nicht groß überreden. Ich habe dich schließlich tanzen gesehen. Ich weiß, dass du gut bist.»

Ich merke, wie mir das Blut ins Gesicht steigt. Zum Glück ahnt sie nicht, wie ich die letzten drei Stunden verbracht habe. Und vor allem, wie Vicente und ich auseinandergegangen sind. Ich bin völlig neben der Spur. Nur weil ich nicht weiß, was ich sonst tun soll, halte ich die Fassade der Normalität aufrecht. «Jedenfalls danke», sage ich. «Ich wusste nicht, dass so viele Bewerber eingeladen sind.»

Sie wirft einen Blick auf ihr Handy und verzieht das Gesicht. «Fünf Minuten. Und du bist noch nicht registriert?»

Ich schüttle schuldbewusst den Kopf.

Sie schenkt mir ein aufmunterndes Lächeln und wählt eine Nummer. Ein paar schnelle Sätze auf Spanisch, dann legt sie wieder auf. «Schon erledigt. War höchste Zeit. Du bist in zwanzig Minuten dran.» Sie deutet auf einen Durchgang auf der anderen Seite des Foyers. «Da durch und geradeaus die Treppe hoch, dann die erste Tür rechts. Das ist eure Garderobe, da kannst du dich umziehen. Es holt euch jemand ab, wenn ihr dran seid. Ich muss hier weitermachen, okay? Viel Glück!»

Sie zwinkert mir zu und verschwindet im Getümmel. Das Mädchen ist ein Energiebündel, eine echte Powerfrau. Ich wünschte, ich hätte ihr Selbstbewusstsein. Aber ich kann mich ja nicht mal auf das konzentrieren, was wirklich wichtig ist. Statt mich mental aufs Casting vorzubereiten, frage ich mich, ob es ein Fehler war, Vicente so abzukanzeln. Ob ich überreagiert habe.

Nein, er hat es verdient. Niemand nennt mich eine Hure. Erst recht nicht, wenn derjenige mich vorher so dermaßen verarscht hat. Selbst wenn er wütend und enttäuscht war, das ist keine Entschuldigung dafür, mir so eine Beleidigung an den Kopf zu werfen.

Die Garderobe ist ein kahler, fensterloser Raum. Der Geruch erinnert mich an die Sportumkleiden meiner Highschool in Wickenburg, Arizona. Diese abgestandene Mischung aus altem Schweiß, billigen Kosmetikartikeln und Nagellackentferner. Die meisten der etwa zwanzig Bewerberinnen sehen furchtbar jung aus. Ein paar zeichnen sich die Lippen oder die Brauen nach, eine macht Dehnübungen in einer Ecke. Eine Blondine mustert mich mit abschätzigem Blick. Ich versuche gar nicht erst, eine Unterhaltung anzufangen, sondern ziehe mich stattdessen ebenfalls in eine Ecke zurück und wärme mich mit Gymnastik auf.

Eine Viertelstunde später taucht ein Assistent mit einem Klemmbrett in der Hand auf, liest meinen Namen und den dreier weiterer Mädchen vor und bringt uns vier hinter die Bühne. Gedämpft durch Sperrholzplatten und dicke Vorhänge, hört man Applaus. Das Casting scheint öffentlich zu sein.

Dann schicken sie uns hinaus ins Scheinwerferlicht. Ich erfasse einen großen Barocksaal in Rot und Gold, mit Logen und einem prächtigen Kronleuchter an der Decke. Die hellen Spots blenden mich. Ich kann nicht in die Zuschauerreihen blicken, ohne die Augen zusammenzukneifen. Ich sehe nur, dass gut ein Drittel der Sitze belegt ist. So viel Aufmerksamkeit für ein schnödes Casting ist ungewöhnlich. Ob Vicente im Publikum sitzt? Ein schwaches Ziehen zwischen den Beinen erinnert mich an unser lustvolles Tête-à-Tête, bevor alles in sich zusammenstürzte. Warum, zur Hölle? Warum musste er das tun? Die Wut schwelt in meiner Brust.

In der dritten Reihe sitzen die Leute, auf die es ankommt. Einer steht auf und stellt sich als Kevin vor. Er sieht aus wie eine Mischung aus Pornostar und Silicon-Valley-Nerd und spricht in ein kleines Kehlkopf-Micro. Bevor sie uns tanzen lassen, soll sich jede von uns vorstellen. Ich bin als Zweite dran. Für einen Moment bin ich abgelenkt, als er meinen Namen aufruft. Ich bilde mir ein, ganz hinten im Saal Vicente zu erkennen, aber ich bin mir nicht sicher, es ist wirklich schwierig bei dem Licht.

«Choice Sandler? Jemand zu Hause?»

Erschrocken schaue ich ihn an. Vereinzelte Lacher ertönen aus dem Publikum. Ich muss ihn glatt überhört haben. Verwirrt trete ich ans Mikrophon.

«Erzähl uns in dreißig Sekunden, wer du bist.»

Ich hasse diesen Scheiß. Ich bin hier, um mich auf eine Tanzrolle zu bewerben, nicht auf einen Job als Stand-up-Comedian. «Tja, was soll ich groß sagen?» Typisch, sobald mehr als zwei Leute zuhören, sprühe ich nur so vor Witz und Esprit. «Ich tanze seit der Highschool. Ich würde mich riesig freuen, in *Anastacia's Journey* zu tanzen.» Zum Glück habe ich mir wenigstens den Namen des Musicals gemerkt. «In diesem coolen Theater», füge ich hinzu.

«Fertig?», fragt Kevin.

Ich nicke. Als ich mich umdrehe, grinst mich die Blondine höhnisch an. Sie ist nach mir an der Reihe. So selbstsicher, wie sie in das Mikrophon spricht, war sie an ihrer Highschool wahrscheinlich Schulsprecherin. Oder Anführerin der Cheerleader. Im Gegensatz zu meinen treffen ihre drei Sätze ins Schwarze. Und ich bin mir immer noch nicht sicher, ob der Typ in der vorletzten Reihe nun Vicente ist oder nicht.

Als Nächstes steht eine Gruppen-Performance an. Eine Trainerin gesellt sich zu uns auf die Bühne. Sie tanzt etwas vor, und wir müssen ihr folgen, so synchron wie möglich. Ohne zu wissen, was sie als Nächstes tun wird, ein reines Glücksspiel. Wahrscheinlich wollen sie herausfinden, welche von uns dabei am wenigsten unzumutbar aussieht.

Am Ende ist es doch leichter als gedacht. Ein bisschen erinnert das Ganze an einen Aerobic-Kurs, die erste Wiederholung ist ein wildes Durcheinander, bei der zweiten und dritten haben sich alle gefangen, und nach der vierten macht die Trainerin auch schon mit der nächsten Übung weiter.

Es ist mit Sicherheit nicht meine beste Vorstellung, aber wenigstens stolpere ich nicht, wie die Kleine neben mir.

Zum Schluss kommt die Solo-Nummer. Jede von uns bekommt ein anderes Musikstück zugeteilt. Wir dürfen eine Minute lang reinhören und sollen dann vier Minuten lang improvisieren. Keine weiteren Vorgaben. Jetzt geht's um alles oder nichts. Mir ist klar, dass ich die Rolle vergessen kann, wenn ich hierbei nicht glänze.

Ich komme diesmal als Letzte dran. Ist das gut oder schlecht? Wahrscheinlich bedeutet es, dass sie mich eh schon abgeschrieben haben. Der Gedanke gibt meiner Wut neue Nahrung. Es ist irgendwie befreiend zu wissen, dass man nichts mehr zu verlieren hat. Egal, was ich tue, es kann nur besser werden.

Die blonde Streberin tanzt natürlich tadellos. Man sieht, dass sie das klassische Ballett in- und auswendig beherrscht. Ihr Pech ist nur, dass sie ausgerechnet ein Hip-Hop-Stück kriegt. Doch auch wenn ihre Spontanchoreographie nicht so recht zum Sound passt, bleibt unverkennbar, dass sie's draufhat.

Ich habe ausnahmsweise mal Glück und kriege Filmmusik aus *Tron: Legacy,* die ich kenne und sehr mag. Meine Wut verwandelt sich in trotzige Energie. Ich werde es allen zeigen. Vicente, Isabel, der Streberblondine. Mir selbst. Den Arschlöchern im Publikum, die vorhin gelacht haben. Während ich auf den Rhythmus lausche, schlüpfe ich aus meinen Schuhen, um barfuß zu tanzen. Es passt besser zu dem, was ich vorhabe.

Und dann lasse ich mich einfach fallen. So wie auf der Party am *Día de los Muertos.* Ich schließe die Augen, lausche auf die Musik, öffne die Augen wieder und tanze, als ginge es um mein Leben.

Keine Vorgaben, hat Kevin gesagt.

Keine Vorgaben.

Die Wut verleiht mir Spannung und Kraft. Ich stampfe mit so viel Wucht auf den Boden, dass meine Gelenke protestieren, doch das ist mir egal. Ich springe und drehe mich. Es ist wie ein Rausch. Ich bediene mich bei allem, was mir vom Modern Dance und aus dem klassischen Ballett einfällt. In keinem von beiden war ich je wirklich gut, doch jetzt bin ich beflügelt. Am Ende lasse ich mich auf den Boden sinken, ganz der sterbende Schwan, und halte die Körperspannung, bis der letzte Ton verklungen ist. Erst beim Aufstehen wird mir bewusst, dass mir der Schweiß in Strömen hinunterläuft und dass meine Arme und Knie zittern. Mein Atem geht so heftig, als hätte ich einen Marathon hinter mir.

Im Zuschauersaal bricht Applaus los, doch bei den anderen Mädchen haben sie auch geklatscht, das heißt also nichts.

Der Typ neben Kevin steht auf, ein untersetzter Mittvierziger im Leinenjackett. Er hat kein Mikro, aber seine Stimme ist auch so gut auf der Bühne zu hören. «Das war ziemlich beeindruckend», ruft er mir zu. «Unkonventionell, aber cool. Lass dir draußen einen Kaffee geben. In einer halben Stunde machen wir kurz Pause, dann will ich mit dir reden.»

«Okay.» Ich bin wie betäubt. «Cool. Ich meine, danke. Mache ich.»

Ehe ich die Bühne verlasse, frage ich mich ein letztes Mal, ob der Typ in der vorletzten Reihe Vicente ist oder nicht.

Danach erlebe ich alles wie in Trance. Auf dem Weg zurück zur Garderobe verabschiedet sich mein Kreislauf. Ohne den Assistenten, der mich in den Pausenraum der Musical-Crew bringt, würde ich zusammenbrechen und einfach in einer Ecke liegen bleiben. Hinter der Bühne gibt es ein Buffet mit Kaffee in Thermoskannen und Kartons mit Donuts, Zimtschnecken und Sandwiches.

Ich lasse mich auf einen Stuhl sinken und versuche mit Koffein und Zucker meine Lebensgeister wieder zu wecken. Sex bis zur Erschöpfung, die schockierende Erkenntnis, dass Vicente und Icarus dieselbe Person sind, und das anstrengende Vortanzen fordern nun ihren Tribut. Isabel lässt sich kurz blicken, um mir zu meiner Performance zu gratulieren. Ich frage sie, ob sie Vicente gesehen habe.

«Nein.» Sie sieht mich seltsam an, als ahnte sie, dass zwischen uns etwas vorgefallen ist. «Wollte er denn kommen?» Bevor ich antworten kann, klingelt ihr Telefon. «Sorry», sagt sie und nimmt ab. Sie hört dem Anrufer aufmerksam zu, dann macht sie eine entschuldigende Geste. Sie muss gleich wieder los. Ich bin froh darüber. Ich hätte es nicht verkraftet, jetzt eine Story wegen Vicente erfinden zu müssen.

Zehn Minuten nachdem Isabel gegangen ist, taucht der Typ aus dem Saal auf. Er stellt sich als Produzent vor und eröffnet unser Gespräch gleich mit der Ankündigung, dass in fünf Minuten sein nächster Termin sei. «Du hast Talent», sagt er. «Nimmst du Unterricht?»

«Ja.» Verstohlen wische ich mir die Finger an der Jeans ab, um sie vom Zuckerguss zu befreien.

«Wo?»

«Im Bluebound Studio in Silverlake.»

Er runzelt die Stirn, als müsste mir das peinlich sein. «Wie oft?»

«Alle zwei Wochen eine Doppelstunde.»

«Warum nicht häufiger?»

«Weil ich's mir nicht öfter leisten kann.» Ich bin zu erschöpft, um die Dinge schönzureden.

«Verstehe.» Er nickt nachdenklich. «Ich würde dich gern die *Miranda* tanzen lassen. Das ist eine kleine Solo-Rolle. Wenn du das gut machst, könnte es das Sprungbrett zu was Größerem sein. Ich denke, du packst das. Aber du brauchst Schliff. Wir zahlen dir einen anständigen Trainer, du verpflichtest dich, die Stunden zu nehmen. Ist drei Mal die Woche okay für dich?»

«Ja», sage ich, vollkommen überrascht.

«Gut.» Er lächelt mich an. «Kevin schickt dir den Vertrag zu. Schau ihn dir an und schick ihn mir bis Ende der Woche unterschrieben zurück. Dann haben wir einen Deal.»

► Weiter auf Seite 262

Nein, ich will mich anders entscheiden.

◄ Zurück zu Seite 226

11

«Erzähl», platzt Amy heraus, sobald ich die Wohnung betrete, «wie ist es gelaufen?»

«Ganz okay.» Meine Euphorie ist verflogen und hat einer bleiernen Erschöpfung Platz gemacht. Auf dem Weg nach draußen hat Vicente mich abgepasst, aber ich habe ihn einfach stehenlassen. Ich konnte nicht mit ihm reden. Ich hätte ihm nicht in die Augen sehen können, und ich weiß auch nicht, was ich ihm hätte sagen sollen. So unmittelbar vor ihm zu stehen war noch schwieriger, als ich gedacht hätte. Jedenfalls ganz anders, als auf der Bühne zu tanzen und zu wissen, dass er mir zuschaut. Jetzt frage ich mich, ob es richtig war, vor Vicente davonzulaufen.

«Bist du sicher, dass alles okay ist, Süße? Du siehst nicht so aus.»

«Ich bin nur erschöpft.»

Amy bohrt weiter, aber ich bringe es nicht über mich, ihr die ganze Story zu erzählen. Es ist zu frisch. Ich habe Angst, dass sie mir sagt, ich solle Vicente in den Wind schießen. Und das will ich nicht hören. Also verbarrikadiere ich mich in meinem Zimmer, schalte beide Handys aus und verbringe den Rest des Tages im Bett.

Abends bekomme ich eine E-Mail von einer Dame, die sich als Personalmanagerin des Variety Arts Theatre vorstellt und schreibt, dass ihnen meine Leistung gut gefallen habe und sie überlegen würden, mir eine größere Rolle zu geben, als ursprünglich geplant. Sie fragt, ob ich nächste Woche Zeit hätte, mich noch einmal vorzustellen. Ich weiß, dass ich mich freuen sollte, aber irgendwie nehme ich alles nur ganz gedämpft wahr. «Yeah», sage ich lahm in den Raum.

Gestern noch hatte ich zwei phantastische Liebhaber, einen fürs Herz und einen für den Sex. Heute liegt alles in Scherben. Und ich habe noch mit Amy herumgewitzelt, wie praktisch es wäre, wenn man beide vereinen könnte – Icarus und Vicente in einer Person. Um mich nicht entscheiden zu müssen. Jetzt ist mein leichtfertig ausgesprochener Wunsch Wirklichkeit geworden. Aber so habe ich mir das nicht vorgestellt. Nicht so verletzend. So erniedrigend. Die Demütigung ist das Schlimmste. Jetzt stehe ich da wie ein naives Dummchen mit dem Hirn einer Amöbe.

Ich rufe im Viceroy an und melde mich krank. Sie sind ganz besorgt, weil ich in den zwei Jahren, seit ich bei ihnen arbeite, noch nie krank war. Aaron will wissen, was ich habe.

«Ganz furchtbare Grippe», schwindle ich und wimmele sein Angebot ab, Essen und Medikamente vorbeizubringen. Beim Auflegen überwältigt mich das Selbstmitleid, und mir steigen die Tränen in die Augen. Ich weine ein paar Minuten stumm in mein Kissen. Dann ist meine Nase verstopft, und ich muss lautstark schniefen.

Prompt klopft Amy an die Tür. «Alles okay, Süße?»

Ich antworte nicht. Meine Stimme ist tränenerstickt. Wenn ich jetzt etwas sage, weiß sie sofort, dass *nichts* okay ist.

«Choice? Ich komme jetzt rein, wenn du nicht antwortest.»

Zwei Sekunden später spüre ich Amys Hand auf meiner Schulter. Unter ihrer Fürsorglichkeit löst sich meine Selbstbeherrschung in Luft auf. Ich heule wie ein Schlosshund. Es dauert mehrere Minuten, bis ich endlich ein Wort herausbringe.

«Liebeskummer», schluchze ich.

«Oje.» Sie umarmt mich und tätschelt mir den Kopf. Die tröstende Geste bringt mir meinen Schmerz nur noch deutlicher zu Bewusstsein. «Ist es wegen Vicente?»

«Ja!» Wieder werde ich von Schluchzern geschüttelt.

«Hat er sich wie ein Arsch benommen?»

«Schlimmer!»

«Er hat dich mit einer glutäugigen Latina betrogen?»

«Nein!»

«Dann ist doch alles halb so schlimm.»

Sie hat gut reden. Stück für Stück erzähle ich ihr die ganze Geschichte von Vicentes unglaublichem Doppelspiel. Dass er Icarus ist, mein feuriger Phantomliebhaber, der sogar die Frechheit besessen hat, mich nach meinen Dates mit seinem Alter Ego auszufragen.

«Männer sind halt eitle Pfauen», stellt sie fest.

Ich mache weiter mit seiner gestörten Persönlichkeit und dem psychischen Schatten, den er seit der unglücklichen Liebesgeschichte offensichtlich hat.

«Besser, als wenn er in seiner Freizeit ein Serienmörder wäre.»

«Vielleicht ist er das ja», schniefe ich. «Woher soll ich das wissen? Ich weiß gar nicht, was ich überhaupt noch glauben soll.»

Sie verzieht die Mundwinkel zu einem schuldbewussten Lächeln. «Aber er ist immer noch verdammt sexy, oder nicht? Und er scheint es ernst zu meinen. Vielleicht stimmt es ja, und er ist da irgendwie reingerutscht? Hat nicht den richtigen Zeitpunkt zum Absprung gefunden? Ich finde, er hat noch eine Chance verdient.»

Ich weiß, ich sollte ihr widersprechen. Aber eigentlich bin ich froh, dass sie mir nicht rät, Vicente zu vergessen.

Noch eine Chance.

Für ihn und für mich.

«Aber nur, wenn er den ersten Schritt macht», sage ich.

«Du meinst, wenn er auf dem Bauch angekrochen kommt, den Schwanz zwischen die Beine geklemmt, und um Verzeihung bettelt.»

«Ganz so hätte ich das jetzt nicht ausgedrückt.»

Amy grinst. «Es wäre aber angebracht.»

Die nächsten beiden Tage sind die Hölle, denn Vicente kommt mitnichten auf dem Bauch angekrochen.

Es war befreiend, mich bei Amy auszuheulen, aber das Jammertal ist noch nicht durchschritten. Ich schlafe schlecht und traue mich nicht vor die Tür, aus Angst, Vicente über den Weg zu laufen. Amy hat mir berichtet, dass er noch häufiger als sonst auf der Treppe herumhängt. Zweifellos lauert er mir auf. Wieso schreibt er mir nicht einfach einen verdammten Zettel, malt Herzen drauf und schiebt ihn unter der Tür durch? Das hat er doch sonst auch getan.

Ich bitte Amy, nach Entschuldigungsbotschaften an meinem Auto Ausschau zu halten. Sie erklärt mich für verrückt, aber tut es trotzdem. «Nichts», sagt sie jedes Mal, wenn sie abends von der Arbeit nach Hause kommt. «Wie lange willst du dich hier noch verbarrikadieren?»

«Ich bin krank.»

«Bist du nicht.»

«Ich leide an gebrochenem Herzen.»

«Das du kurieren könntest, wenn du nur mal vor die Tür gehen würdest.»

«So leicht mache ich es ihm nicht.»

«Du bist nur feige.»

Ich setze zu einer bissigen Antwort an, aber dann wird mir bewusst, dass sie recht hat. Ich bin zu feige, ihm gegenüberzutreten. Ich habe Angst vor dem, was er sagen könnte. Völlig bescheuert, aber niemand kann erwarten, dass man sich bei Liebeskummer vernünftig verhält.

Außerdem, denke ich mir, wenn er mich wirklich will, wird er schon einen Weg finden, es mir mitzuteilen.

«Ich hasse ihn», sage ich zu Amy, bevor ich zurück in mein Zimmer schleiche.

«Tust du nicht!», gibt sie zurück. «Du bist in ihn verliebt, Schätzchen. Das ist das Problem.»

Ich starre aus dem Fenster, um mich zu beruhigen.

So kann das nicht weitergehen. Morgen habe ich meinen freien Tag, doch danach muss ich wieder zur Arbeit. Wenn ich zu lange wegbleibe, werden sie sich nach einem Ersatz umsehen. Ich brauche den Job, auch wenn meine Aussichten auf die Musical-Rolle vielversprechend sind. Aber noch habe ich sie nicht.

Amy wuselt im Flur herum, dann knallt sie die Wohnungstür zu. Sie muss sicher zum Unterricht am Community College. Nachdem sie verschwunden ist, lausche ich noch eine Zeitlang auf die Geräusche im Haus. Durchs Fenster dringt gedämpft das Rauschen des Highways. Das Pärchen im Apartment unter uns streitet wieder mal laut, bis ein anderer Nachbar den Fernseher aufdreht und die Stimme eines Sportreporters die Auseinandersetzung übertönt.

Ein ganz normaler Abend.

Mein Handy klingelt und reißt mich aus der Lethargie. Es ist Amy.

«Hey», sagt sie. «Guck dir mal dein Auto an.»

«Was?»

«Dein Auto, Süße. Beweg deinen Hintern auf den Parkplatz, und sieh es dir an.»

«Was ist denn passiert?»

Sie lacht und legt auf.

Mir wird heiß. Ich bezweifle, dass sie mich auf einen platten Reifen aufmerksam machen wollte. Sie hat gelacht, also ist es nichts Schlimmes. Ich versuche mit aller Kraft, nicht daran zu denken, dass Vicente mir eine Nachricht hinterlassen haben könnte. Aber was sollte es sonst sein?

Den Weg nach unten lege ich praktisch fliegend zurück. Erst am Fuß der Treppe fällt mir ein, dass ich wahrscheinlich aussehe, als hätte mich der Postmann gerade aus dem Bett geklingelt. Jeans, Flipflops, das Shirt, in dem ich den halben Tag verschlafen habe. Keine Ahnung, wie meine Haare aussehen, ich habe vor lauter Aufregung vergessen, einen Blick in den Spiegel zu werfen.

Die Luft ist angenehm lau, nicht so glühend wie in den vergangenen Tagen. Sieht aus, als hätten wir die Hitzewelle überstanden. Ich genieße die wunderbar warme, weiche, mit einem Hauch Salz versetzte Abendluft. Der Himmel ist eine mitternachtsblaue Kuppel, am Horizont der goldene Dunst von den Lichtern der Stadt. Es ist so klar, dass man die Sterne sieht. Dazwischen blinken Flugzeuge, die sich in einer Perlenkette vom Landesinneren bis zur Küste ziehen.

Mein Auto steht um die Ecke, auf einem der wenigen Schattenplätze unter einem Kampferbaum. Schon von weitem merke ich, dass etwas nicht stimmt. Das Auto hat die falsche Farbe. Es sollte dunkelblau sein, ist aber rosa-orange. Rosa-orangene Flecken zieren auch den Asphalt rund um den Wagen.

Was zum Henker …?

Ich bleibe stehen, weil ich jetzt ernsthaft daran zweifle, dass es mein Wagen ist. Habe ich in all meinem Kummer vergessen, dass ich ihn woanders abgestellt hatte? Okay, es ist Nacht und der Baum schluckt einen Teil der Straßenbeleuchtung, aber das ändert nichts daran, dass dieses Auto nicht dunkelblau ist. Ich setze mich wieder in Bewegung. Die Georgia Street ist nicht lang, vielleicht steht das Auto ein Stück weiter weg.

Beim Näherkommen starre unverwandt auf diesen Klotz in Rosa-Orange. Nicht nur der Lack, auch die Räder und die Scheiben sind von der Farbe überzogen. Als ich bis auf ein Paar Schritte herangetreten bin, erkenne ich, dass es gar keine Farbe ist. Es sieht vielmehr aus wie … Rüschen? Das Nummernschild kann ich nicht lesen, weil ein Pick-up direkt dahinter steht.

Mit einer Mischung aus Aufregung, Neugier und Angst umrunde ich das Ding. Bevor ich das Kennzeichen an der vorderen Stoßstange erkennen kann, entdecke ich das riesige Herz auf der Frontscheibe. Für zwei Sekunden vergesse ich zu atmen und starre regungslos darauf.

Doch. Das ist mein Auto.

Und das sind keine Rüschen, sondern Blüten. Hibiskusblüten, um genau zu sein. Und zwar ungefähr vierhunderttausend. Mehr, als im gesamten Huntington Garden wachsen. Lieber Himmel, mein Auto sieht aus wie ein Miniaturschauwagen bei der Rose Parade.

Ich falle gleich in Ohnmacht. Oder schreie. Oder lache wie eine Irre. Oder alles gleichzeitig.

Das Verrückteste ist, dass die Blüten so frisch aussehen, als wären sie gerade erst gepflückt worden. Vorsichtig streiche ich mit der Fingerspitze über ein rosa Blättchen. Darunter ist ein Kunststoffring. Die Blüten stecken in kleinen, mit Wasser gefüllten Phiolen. Diese sind wiederum an einem Netz befestigt. Das Herz ist tiefrot, während die übrigen Blüten rosa-orange leuchten.

Dieser Typ ist ja komplett wahnsinnig.

Ich frage mich, ob er die Blüten in einem Blumengeschäft gekauft hat. Dann müssen sie ein Vermögen gekostet haben. Oder ob er bei Nacht und Nebel mit drei Freunden die Vorgärten der umliegenden zehn Blocks leergepflückt hat?

Mir ist schwindlig. Das Blut rauscht mir in den Ohren. Ich freue mich wie blöd und komme mir zugleich lächerlich vor. Langsam umrunde ich mein Auto und schaue es mir ganz genau an, nur für den Fall, dass er auch eine Botschaft hinterlassen hat. Tatsächlich, auf der Beifahrerseite ist ein Pfeil, der unter den Wagen deutet, in den Straßenstaub gekratzt. Ich gehe in die Hocke und entdecke den Zettel, der unter der Tür klebt. Einmal geknickt und mit Vicentes kantiger, etwas ungelenker Schrift darauf. Ich entfalte ihn und lese die Nachricht.

Chica,

ich habe Scheiße gebaut. Jetzt versteckst du dich, und das ist dein gutes Recht. Dabei bist du das Beste, was mir je passiert ist. Glaubst du nicht? Bist du aber. Bitte geh noch ein Mal mit mir aus und lass mich dir beweisen, dass ich nicht das Arschloch bin, für das du mich hältst. Wenn ich dich verliere, bringt Isabel mich um. Sie denkt nämlich auch, dass du das Beste bist, was mir je passiert ist. Und Isabel hat immer recht.

Love you –

Vicente

Ich lese den Brief noch mal. Und noch einmal. Und dann ein drittes und viertes Mal. Ich kann kaum glauben, dass er das wirklich geschrieben hat. Vielleicht hat Isabel es ihm mit vorgehaltener Waffe diktiert. Sie hat ja gesagt, dass Vicente für sie wie ein kleiner Bruder ist.

Ich stehe wie angewurzelt neben meinem blumenbehängten

Auto und kann nicht aufhören, den Brief anzustarren. Er ist unverschämt, aber gleichzeitig so süß, dass es unmöglich ist, nicht zu grinsen, während ich ihn zum fünften Mal lese.

▶ Weiter auf Seite 271

■ Mein Rezept gegen Liebeskummer war es schon immer, mich in die Arbeit zu stürzen. Das tue ich auch jetzt.

Ich übernehme Extraschichten im Viceroy, weil ich es nicht ertrage, in der Nähe von Vicentes Wohnung zu sein. Ich ertrage den Gedanken nicht, dass ich ihm über den Weg laufen könnte. Wenn ich nach Hause komme, vergewissere ich mich, dass er nicht auf der Treppe rumhängt. Zweimal erspähe ich ihn und fahre einfach weiter.

Auch nach zwei Tagen habe ich den Schock noch nicht verdaut. Das Onyx-Handy liegt ausgeschaltet in meiner Nachttisch-Schublade. Ich war nah daran, es in den Müllschlucker zu werfen, aber dann ist mir eingefallen, dass es vielleicht noch andere interessante Männer im Onyx gibt.

Er hat mich gedemütigt und lächerlich gemacht, und das kann ich ihm nicht verzeihen. Wenn ich nur daran denke, wie ich mich vor ihm zum Affen gemacht habe, wird mir schlecht. Gegen die Tränen, die immer wieder aufsteigen, hilft nur die Wut. Ich flüchte mich in Rachephantasien und male mir aus, wie ich es ihm heimzahlen werde.

Ich bin auch früher schon sitzengelassen worden, aber nie habe ich mich so ausgenutzt und betrogen gefühlt. Allein diese bescheuerte Diskussion über Sex und Liebe! Erst bringt er mich als Icarus dazu, ihm meine romantischen Gefühle für Vicente zu gestehen, dann macht er sie schlecht. Er hat mein Herz gestohlen, nur um darauf herumzutrampeln. Und ganz ehrlich,

ich gebe einen Dreck auf sein angebliches Psychotrauma. Das macht es keinen Deut besser. Im Gegenteil!

Vicente heftet mir jeden Tag neue Zettel ans Auto, auf denen er mich bittet, ihn zu treffen. Beim ersten Mal sind Hibiskusblüten dabei, beim zweiten Mal zeichnet er in den Staub auf der Windschutzscheibe ein schiefes Herz, das in der Mitte gebrochen ist. Ich bin zu wütend und zu verletzt, um darüber auch nur lächeln zu können. Der dritte Zettel ist nur noch ein trauriger und zerknitterter Fetzen Papier. Er sieht so aus, wie ich mich fühle.

Amy tut ihr Bestes, um mich aufzumuntern, aber es hilft nicht viel.

Am dritten Tag meldet sich Isabel und fragt mich, wie es mir geht.

«Nicht so toll», sage ich. «Rufst du an, um mir die Absage für die Show persönlich mitzuteilen?»

«Hör auf, dir selbst leidzutun», gibt sie in ihrem besten Feldwebel-Ton zurück. «Das passt nicht zu dir. Sie wollen dich noch mal sehen.»

«Wer?»

«Was glaubst du denn?» Sie schnaubt. «Die Flimmerfee-Rolle hat sich erledigt. Kevin hält dich für nicht teamfähig. Aber Kevin ist nur einer von fünf Leuten, die über die Besetzung entscheiden. Und die vier anderen denken, du könntest eine größere Rolle tanzen. Du bist für die Narcissa im Gespräch.»

«Ist das gut?»

«Du stehst wirklich neben dir, oder?»

Ich stoße geräuschvoll den Atem aus.

Isabel seufzt, aber sie klingt versöhnlicher, als sie weiterspricht. «Die Narcissa ist eine wichtige Solo-Rolle. Du bist fast die Hälfte der Zeit mit Anastacia auf der Bühne.»

Ich brauche geschlagene drei Sekunden, bis ich begreife, was sie da gerade gesagt hat. Und dann bin ich so baff, dass es mir für weitere drei Sekunden die Sprache verschlägt.

«Bist du in Ohnmacht gefallen?», fragt sie.

«So was in der Art.»

«*Chiquita*, das ist ein Grund, sich zu freuen, okay?»

«Tja ... ich weiß nicht, was ich sagen soll.» Das weiß ich wirklich nicht. Mir ist komplett schleierhaft, warum die mich für eine Solo-Rolle in Betracht ziehen. Ist denen entgangen, dass ich mich auf der Bühne zum Vollidioten gemacht habe? Vor lauter Verblüffung kann ich mich nicht einmal freuen. Das kann nur ein Irrtum sein. «Bist du sicher?»

Sie lacht. «Der nächste Termin ist kommenden Mittwoch. Ich weiß die Uhrzeit noch nicht, wahrscheinlich vormittags. Morgen bekomme ich die Musik und schicke sie dir per E-Mail, dann kannst du dich vorbereiten.»

Sie meint es ernst. Die müssen alle miteinander den Verstand verloren haben. Aber wenn mir auf diese Weise solch eine Rolle in den Schoß fällt – umso besser. Nun fange ich doch langsam an, mich zu freuen. Und bin so aufgeregt, dass ich für einen Moment sogar meinen Liebeskummer vergesse.

Die Aussicht auf eine Solo-Rolle in der Wiedereröffnungsshow des altehrwürdigen Variety Arts Theatre berauscht mich dermaßen, dass ich es ein paar Stunden später sogar wage, das Onyx-Handy einzuschalten. Ich habe fünfzehn Nachrichten von Vicente auf der Mailbox, die ich lösche, ohne sie abzuhören. Und eine SMS, die ich beinahe auch lösche. Erst im letzten Moment fällt mir auf, dass sie gar nicht von Vicente ist. Sie ist mit *Demetrius* unterschrieben. Es ist eine Einladung zu einem Maskenball. Einem Maskenball im Onyx.

Ich schlucke den bitteren Geschmack hinunter, der mir in

die Kehle steigt. Ich könnte dort Vicente begegnen, das wäre natürlich ein Grund, nicht hinzugehen.

Aber will ich mir von ihm wirklich das Onyx vermiesen lassen? Der erste Abend war total aufregend, und damit hatte Vicente überhaupt nichts zu tun. Außerdem, falls Vicente bei dem Ball auftauchen sollte, wäre es die perfekte Gelegenheit, mich an ihm zu rächen. Oder ihm wenigstens vor Augen zu führen, was er an mir hatte. Keine Ahnung, ob mich das von meinem Liebeskummer kurieren würde. Aber ich denke, es ist einen Versuch wert.

Ich frage Amy, was sie davon hält.

«Du gehst natürlich hin», verkündet sie in einem Ton, der keinen Widerspruch duldet.

«Und was mache ich, wenn Vicente mir auflauert?»

«Dann wirfst du dich dem nächstbesten Typen an den Hals und knutschst ihn nieder.»

Wir kichern.

«Ich hasse ihn», sage ich.

«Nein, tust du nicht.» Schlagartig wird sie ernst. «Du bist in ihn verliebt. Aber er hat dich verletzt.»

«Sag so was nicht.»

«Interessiert es dich gar nicht, was er zu seiner Verteidigung vorzubringen hat?»

«Fängst du jetzt auch damit an?»

«Ich will nur dein Bestes.»

«Dann sei gefälligst auf meiner Seite.»

«Ich *bin* auf deiner Seite.» Sie hält mir einen Schokoriegel hin. «Iss das und reg dich wieder ab.»

«Denk nicht, du kannst mich mit Schokolade besänftigen.» Mir ist schon klar, dass sie mein Bestes will. Es geht mir nur auf die Nerven, dass sie das Gleiche sagt wie Isabel. Warum verstehen sie nicht, dass ich es momentan nicht verkrafte, Vicente gegenüberzutreten?

«Gibt's ein Motto?», fragt Amy.

«Ich glaube nicht.» Erneut studiere ich die SMS. «Doch, warte. ‹Verzauberte Winternächte›.»

«In Kalifornien?»

Ich zucke mit den Schultern. «In Burbanks haben sie Kunstschnee-Kanonen aufgestellt.»

«Also gehst du als Schneekönigin?»

«Dafür fehlt mir bloß noch das Kostüm.»

«Eins, das supersexy ist.»

«Genau!»

Sie grinst. «Was ein Glück, dass du mich hast. Gestatten: Amy, die Sexy-Kostüm-Beraterin Ihres Vertrauens.»

▶ Weiter auf Seite 281

■ Drei Tage später kommt per FedEx der Vertrag. Ich freue mich so sehr, dass ich Amy um den Hals falle, als sie mir den Umschlag in die Hand drückt. Sie hat ihn angenommen, während ich arbeiten war. Ich habe mir im Viceroy Extraschichten geben lassen. Arbeit hilft gegen Kummer, sagt meine Mom. Wer Zeit hat, sich im Unglück zu suhlen, der hat nichts Wichtiges zu tun. Einer ihrer Lieblingssprüche.

Gestern Abend konnte ich nicht einschlafen, weil ich das Gefühl hatte, mein ganzes Leben wäre ein Scherbenhaufen. Bei Tageslicht betrachtet, ist mir schon klar, dass das Blödsinn ist, aber das ändert nichts daran, dass ich traurig bin. Und mich verarscht fühle. Ob man an Herzschmerz sterben kann? Es ist, als hätte ich kurz das Paradies gesehen, nur um dann gleich wieder aus dem Himmelstor geschmissen zu werden und viertausend

Stockwerke tief zu fallen. Ich bin schwindelerregend hoch aufgestiegen und böse abgestürzt. Kaum zu glauben, dass es nur ein paar Wochen waren, in denen all das passiert ist. Vor anderthalb Monaten habe ich noch einen Bogen um Vicente gemacht, wenn er auf der Treppe saß. Vom Onyx wusste ich nicht mal, dass es existiert.

Aber der Vertrag mit dem Briefkopf der Variety Arts Theatre Corporation stimmt mich so fröhlich, dass ich für einen Moment mein Unglück vergesse.

«Oh mein Gott», quietsche ich, nachdem ich die Seiten noch in der Küche aus dem Umschlag gezerrt und überflogen habe, «es ist wahr!»

«Das müssen wir begießen.» Amy entkorkt eine Flasche Wein. Eine von den guten, die sie vom Besuch bei ihrer Mutter mitgebracht hat. Sie angelt zwei Gläser aus dem Schrank und gießt sie halb voll. «Cheers! Ich bin so stolz auf dich, Baby!»

«Ich kann's einfach nicht glauben.» Wir stoßen an. «Habe ich dir erzählt, dass Vicentes Cousine bei der Produktionsfirma arbeitet? Sie hat meinen Namen auf die Bewerberliste gesetzt.»

«Na wenigstens etwas», sagt Amy trocken. «Sonst wäre der ganze Stress umsonst gewesen.»

«Na ja, der Sex war auch gut», gebe ich zurück.

«Davon kann man ja nie genug haben.» Sie grinst. «Okay, was steht in dem Vertrag?»

«Sie zahlen mir eine obszön hohe Gage. Und als Bonus finanzieren sie ein halbes Jahr Training.»

«Wow, du musst sie echt beeindruckt haben. Ich bin neidisch, weißt du das?»

«Quatsch.» Ich lasse mich aufs Sofa fallen.

«Übrigens hab ich heute Vicente gesehen», sagt sie.

«Interessiert mich nicht die Bohne», lüge ich.

«Er hing ziemlich lange draußen auf der Treppe rum. Bestimmt hat er gehofft, dich zu treffen.»

«Er könnte einfach klopfen. Er weiß ja, wo ich wohne.»

«Du würdest dich doch sowieso verleugnen lassen.»

«Wahrscheinlich schon.» Seufzend stelle ich das Glas auf den Fußboden und ziehe die Knie an die Brust. Da ist er wieder, der bohrende Schmerz. Meine Fröhlichkeit hat sich davongemacht.

«Hey, tut mir leid.» Sie schenkt mir Wein nach. «Ich wollte dir nicht die Laune verderben.»

«Schon okay.» Ich bin echt mit den Nerven am Ende, wenn die Erwähnung seines Namens reicht, um mich so runterzuziehen. Ich quäle mich die ganze Zeit mit der Frage, ob ich vielleicht überreagiert habe. Aber ich kann niemandem die große Liebe versprechen, wenn ich mir nicht sicher bin. Es wäre nicht richtig. Und ich kann auch nicht darüber hinwegsehen, dass Vicente mich so fies an der Nase herumgeführt hat. Vor allem wenn ich nicht begreife, warum. War das ein Riesenspaß für ihn? Steht er auf abartige Rollenspiele? Egal, was seine Gründe waren – wie könnte ich ihm trauen, nachdem er mich so belogen hat?

«Hör auf zu grübeln», sagt Amy. «Es ist, wie es ist.»

«Ich frage mich die ganze Zeit, was passiert wäre, wenn Vicente noch ein paar Wochen gewartet hätte. Ich war ihm doch schon halb verfallen.»

«Mehr als halb», merkt sie an.

«Ja genau! Noch ein paar Wochen, und ich wäre ihm verliebt in die Arme gesunken, wenn er mich gefragt hätte.» Ich rede mich in Rage. «Verstehst du? Wahrscheinlich hätte er Icarus dann still und heimlich sterben lassen, und ich hätte nie erfahren, dass er diese Nummer mit mir abgezogen hat.»

Sie zuckt mit den Schultern. «Tja, was ist besser? Die

schreckliche Wahrheit oder die glückliche Liebe mit dem hässlichen kleinen Geheimnis?»

«Du machst dich über mich lustig.»

«Nur ein bisschen, Baby.» Sie setzt sich neben mir auf den Boden und legt mir eine Hand auf den Arm. «Nun mach doch nicht so ein Gesicht. Du hast gerade die Zusage für eine großartige Bühnenrolle bekommen! Die Verehrer werden dir scharenweise zu Füßen liegen. Vielleicht vögelt keiner so gut wie Vicente, aber –»

«Amy!»

Sie kichert. Ich lasse mich anstecken. In den Tiefen meiner Tasche piepst es. Eine SMS. Auf dem Onyx-Handy. Das drei Tage stumm war. Ohne ein Wort greift Amy nach der Tasche, holt das Telefon heraus und reicht es mir.

Meine Hände zittern, als ich die Nachricht öffne.

«Und?», fragt sie.

«Eine Einladung.» Ich lese die zwei Zeilen noch mal. Unterschrieben ist die Nachricht mit *Demetrius.* «Zu einem Maskenball. Das Motto heißt ‹Verzauberte Winternächte›.»

Meine Stimmung wird schlagartig besser. Ein Maskenball im Onyx. Gibt es etwas Besseres, um mich von Vicente abzulenken?

Ich nutze meinen freien Vormittag, um ein Kostüm zu kaufen. Amy begleitet mich voller Enthusiasmus in die Hinterhof-Läden im Fashion District. In der größten Mittagshitze pilgern wir die Main Street hinunter und stöbern in den Garagenläden voller alternativer Klamotten und Accessoires.

In einem Shop im Gerry Building entdecken wir ein Korsett mit silbernen Schuppen und einem Rock aus Klarsichtfolie. Die Designerin verkauft mir die Klamotten für hundert Dollar.

«Wenn du es nicht mehr brauchst, kannst du es bestimmt für

zweihundert auf eBay losschlagen», sagt Amy, als wir wieder draußen auf der Straße sind.

Ich sage ihr lieber nicht, dass ich es mit der Onyx-Kreditkarte bezahlt habe. Quasi als kleine Rache an Icarus-Vicente.

Auf dem Weg nach Hause setze ich sie beim L. A. Life ab, wo sie in einem Nobel-Steakhouse als Empfangsdame arbeitet. Ich stelle mein Auto im Parkverbot an den Bananensträuchern vor unserem Eingangstor ab, weil ich nur kurz das Korsett-Kleid hochbringen will. Ich muss danach gleich weiter ins Viceroy, denn meine Schicht fängt um zwei an, und es ist schon kurz nach eins.

Ich laufe die Treppen hoch, in einer Hand das Kleid, in der anderen eine Tüte mit Supermarkteinkäufen, und sehe Vicente erst, als ich ihm nicht mehr ausweichen kann. Er tritt gerade auf die Treppe hinaus, als ich um die Ecke biege.

Es ist die unangenehmste und steifste Begegnung, die man sich vorstellen kann. Bei seinem Anblick verfällt mein Herz in einen panischen Galopp, und das Blut schießt mir ins Gesicht. «Vicente», krächze ich.

«*Hey, Chica.*» Zwei Stufen über mir bleibt er stehen. Sein Gesicht ist wie versteinert, es verrät keinerlei Emotionen. Wie immer sieht er sexy aus, in seiner schwarzen Jeans mit den ausgewaschenen Knien, staubigen Trekking Boots und dem schmal geschnittenen Rippshirt mit den kurzen Ärmeln, die seine muskulösen Oberarme betonen. In seiner Halsgrube ruht das silberne Kreuz, im rechten Ohrläppchen trägt er eine kleine Feder. Die blaue Bandana verdeckt sein Haar und den oberen Teil der Stirn. Über seinem Jochbein prangt eine frisch verschorfte Stelle. Herrjeh, hat er sich etwa geprügelt?

«Was ist mit deinem Gesicht?»

«Was soll damit sein?» Er sieht mir fest in die Augen, sein Blick unnahbar und dunkel. Für einen Moment jagt er mir Angst ein.

«Das kommt doch wohl nicht von meiner Ohrfeige?»

«Tut es nicht.» Der Anflug eines Lächelns kräuselt seine Lippen und verschwindet wieder.

Oh Gott, was soll ich jetzt tun? Ich kann nicht weitergehen, weil er mitten auf der Treppe steht. Die Spannung zwischen uns beträgt mindestens zehntausend Volt. Ich will ihm unzählige Fragen stellen, vor allem aber die eine: Warum? Warum musstest du alles kaputt machen? Warum musstest du mir in jenem Moment diese Frage stellen und mich zu einer Entscheidung zwingen, die ich noch nicht treffen konnte? Warum dieses Spiel? Doch mein Bedürfnis davonzulaufen ist stärker als mein Wunsch nach Antworten. Außerdem fällt mir gleich der Arm mit der Einkaufstüte ab. «Stimmt das, was du gesagt hast?» Vicente verlagert sein Gewicht. «Dass du dich vielleicht anders entschieden hättest, wenn ich dich in vier Wochen gefragt hätte?»

Ich lasse die Tüte auf die Stufe sinken. «Ich weiß nicht mehr, was stimmt und was nicht.»

Aber er ist noch nicht fertig. «Ich will nicht, dass du mit anderen Typen rummachst.»

Das schlägt dem Fass nun wirklich den Boden aus. Ist das alles, was ihn beschäftigt? Was ist denn mit mir? Hat er mal eine Sekunde darüber nachgedacht, wie ich mich fühle, nachdem sein Betrug aufgeflogen ist? Meine Befangenheit schlägt um in Wut. «Ich bin nicht dein verdammtes Eigentum!» Um seine Mundwinkel zuckt es, aber er sagt nichts. «Du verarschst mich, und ich soll dir ewige Treue schwören? Kannst du dir vorstellen, wie ich mich fühle?»

«Hat dir irgendetwas von dem, was wir miteinander getan haben, nicht gefallen?»

«Darum geht es überhaupt nicht!» Mir wird bewusst, was für eine Show wir den Nachbarn bieten.

«Worum denn dann?»

«Darum, dass ich es gern vorher wüsste, wenn ich mit Doktor Jekyll und Mister Hyde ausgehe!»

«Also hältst du mich jetzt für einen Psychopathen?»

«Tja», sage ich, «irgendwie schon.»

Er sieht mich betreten an. Zum ersten Mal zeigt sich ein Riss in seiner überlegenen Fassade. «Ich kann es dir erklären. Es sei denn, die Yuppies im Onyx sind dir wichtiger als ich.»

Arschloch. Für einen Moment weiß ich nicht, wie ich reagieren soll. Ihn einfach stehenlassen? Oder meinen Stolz herunterschlucken und mir anhören, was er zu sagen hat, um einen Strich unter die Sache zu ziehen?

Nein, das war's. Wenn er nichts Besseres anzubieten hat als Beleidigungen in der Öffentlichkeit, dann will ich seine Ausreden nicht hören. Ich raffe meinen restlichen Stolz zusammen, drehe mich um und lasse ihn stehen, ohne zurückzublicken.

► Weiter auf Seite 311

Es kostet mich gewaltige Überwindung, ihm nicht erneut eine runterzuhauen. Aber ich schaffe es, tief Luft zu holen und zu nicken. «Okay. Auf die Erklärung bin ich gespannt. Ich muss zur Arbeit und bin schon spät dran. Du hast eine Minute.»

► Weiter auf Seite 268

■ Sein Gesicht spiegelt Wut, Verzweiflung, Ratlosigkeit. Ich sehe, wie er die Fäuste ballt und wieder öffnet, und mir fällt auf, dass auch seine Fingerknöchel zerschrammt und von Schorf bedeckt sind. Er *hat* sich geprügelt.

«Fuck», sagt er. «Wie soll ich das alles in einer Minute unterbringen?»

«Ich kann auch gleich gehen.»

«Nein, geh nicht!» Er fasst so schnell nach meinem Arm, dass ich ihn nicht wegziehen kann. Sein Mund wird weicher. «Es tut mir leid, *Chica.*»

«Was tut dir leid?»

«Alles.» Er schließt für eine Sekunde die Augen und öffnet sie wieder. «Nein, das stimmt nicht. Es tut mir nicht leid, dass ich dich gefunden habe. Es tut mir nicht leid, dass wir miteinander ausgegangen sind. Und der Sex», seine Augen blitzen, «der tut mir auch nicht leid.» Mit einem kleinen Ruck zieht er mich näher zu sich. Unwillkürlich steige ich die eine Stufe hoch, die uns noch trennt. Sein Duft streift meine Nase. Salz und Kaffee und ein Hauch von Aftershave. «Aber es tut mir leid, dass ich dir das Onyx-Kärtchen untergeschoben habe, und es tut mir leid, dass ich dir zwei Identitäten vorgespielt habe. Und das, was ich im Theater und gerade eben zu dir gesagt habe, tut mir auch leid.» Seine Stimme wird leiser. «Ich wollte dich nicht beleidigen. Aber die Vorstellung, ein anderer Mann könnte dich anfassen, treibt mich in den Wahnsinn.»

«Und warum musstest du dieses Doppelspiel abziehen? Warum hast du mich nicht einfach nach unserem ersten Date gefragt, ob ich noch mit zu dir komme?»

Er stößt den Atem aus, sein Gesicht nimmt einen entschlossenen Ausdruck an. «Ich erkläre es dir, aber eine Minute reicht dafür nicht. Lass mich dich zum Essen ausführen. Wir brauchen

Ruhe und guten Wein.» Er küsst meine Finger, bevor er mich loslässt. «Bitte, Choice. Es kostet dich doch nichts. Wenn dir die Erklärung nicht gefällt, fahre ich dich nach Hause und verspreche dir, dich nie mehr zu belästigen. Okay?»

Was soll ich darauf erwidern?

Meine Finger kribbeln, dort, wo seine Lippen sie berührt haben. «Okay», flüstere ich.

► Weiter auf Seite 271

Nein. Jetzt nur nicht einknicken. Ich kann nicht aufhören, die Schrammen auf seinen Knöcheln anzustarren. Mir fällt die Pistole wieder ein, die ich in seinem Gürtel gesehen habe. Er ist und bleibt ein Gangsterprinz. Das würde auch erklären, wo die Kohle herkommt, die er im Onyx mit beiden Händen ausgibt. Er ist jähzornig, er hat mir hässliche Dinge an den Kopf geworfen. Nein, so tief sind meine Gefühle für ihn nicht. Da ist zu viel, das mir Angst macht.

«Sorry», sage ich. «Die Minute ist vorbei.» Bevor er mich zurückhalten kann, schnappe ich mir die Tüte und haste die Stufen wieder hinunter. Ich weiß nicht, ob ich enttäuscht oder erleichtert sein soll, dass er mir nicht folgt.

► Weiter auf Seite 311

12

Als wir uns zwei Tage später treffen, fühlt sich alles so unwirklich an wie in einem Traum. Der warme Abend. Der Wind, der salzige, kühle Luft vom Pazifik in die erleuchtete Stadt trägt. Mein Kleid, das mir um die Fußknöchel flattert. Der Nachthimmel, der so dunstig ist, dass die Lichter auf den Spitzen der Hochhäuser in Downtown zu Farbnebeln verschwimmen.

Vicente.

Vicente in ungewohnt edlen Klamotten. Wie er mich ansieht, als er mir die Tür seines Wagens aufhält. Das hat er bei unseren früheren Dates schon gemacht, aber da trug er dabei diese abgerissene Lässigkeit zur Schau, diese Coolness, die zu sagen schien ‹Leg dich besser nicht mit mir an›.

«Lust auf Italienisch?», fragt er.

«Italienisch ist super», versichere ich.

Er schließt die Tür und steigt auf der Fahrerseite ein. Für zwei Sekunden herrscht angespannte Stille, dann spüre ich seine Hand in meinem Nacken. «Choice», sagt er.

Ich sehe ihn an und weiß nicht, was ich tun soll. Ich bin überdreht und nervös, schwanke zwischen Angst und freudiger Erregung. Ich hatte zwei Tage Zeit, um mir die wildesten Sachen auszumalen. Mir ist klargeworden, dass ich mich in einen Mann verliebt habe, von dem ich so gut wie nichts weiß. Mich auf ihn einzulassen könnte die Hölle sein – oder der siebte Himmel.

«Danke, dass du mich nicht versetzt hast.»

«Das liegt daran, dass ich darauf brenne, deine Erklärung zu hören.» Eigentlich sollte sich das locker anhören, ein bisschen scherzhaft. Stattdessen klingt es bissig. Aber er lächelt, lässt mich los und startet den Motor.

Ich wusste nicht, ob ich mich in Schale werfen sollte. Jetzt bin ich froh, dass meine Eitelkeit gesiegt hat. Ich trage mein einziges Abendkleid, eine Robe aus mitternachtsblauem Samt, bodenlang, schulterfrei und mit Trägern, die sich über dem Rücken kreuzen. Ich hatte es erst zwei Mal an. Beim Highschool-Abschlussball in Wickenburg, Arizona, und zur Hochzeit einer Cousine in Illinois, was mir vor allem deshalb im Gedächtnis geblieben ist, weil ich auf dem Rückflug den schlimmsten Kater meines Lebens hatte. Seit meinem Umzug nach Los Angeles verstaubte das Kleid im Schrank. Ich musste den Bauch einziehen, um den Reißverschluss zuzubekommen, und es kneift an der einen oder anderen Stelle. Die Highschool ist eben doch schon ein paar Jahre her. Aber es steht mir immer noch hervorragend, und zum Glück fällt es nicht auf, dass es ein wenig eng ist.

Vicente im Sonntagsstaat sieht so aus, wie ich mir Icarus vorgestellt habe. Er hat das Haar zu einem ordentlichen Zopf gebunden und trägt ein weißes Leinenhemd. Die hellgraue Hose sitzt so gut, als wäre sie maßgeschneidert. Vielleicht ist sie es auch. Dazu feine Lederschuhe. Er strahlt eine coole, selbstbewusste Lässigkeit aus. Kein Mensch würde in ihm den Typen aus South Central erkennen, bei dessen Anblick die Cops noch auf der anderen Straßenseite nervös werden.

Ein bisschen unheimlich, diese Verwandlung. Ich kann nicht aufhören, ihn anzustarren.

Wir parken direkt vorm Zucca, einem teuren Italiener im 801 Tower in der Figueroa Street, nur zwei Blocks vom Variety Arts Theatre entfernt.

«Wow, wie nobel», sage ich.

«Ich will dich schließlich beeindrucken, *Chica.*» Es ist verstörend, dass er aussieht wie Icarus, aber redet wie Vicente. Anscheinend wechselt er mühelos zwischen South-Central-

Slang mit spanischem Akzent und anständigem College-Englisch.

«Musst du nicht.»

Er hält mir die Tür auf. Der Kellner freut sich, Vicente zu sehen, und gibt uns einen guten Tisch in einer Nische. Offenbar ist Vicente öfters hier zu Gast. Man reicht uns knuspriges Ciabatta, frisch aus dem Ofen, und Vicente bestellt einen leichten Weißwein. Ich bin ganz verzaubert von dem Ambiente. Stuhlpolster aus rotem Samt, Damasttischdecken, Kerzen in Silberleuchtern. Ein großer Kristalllüster in der Mitte des Raums verbreitet sanftes Licht. Klaviermusik mischt sich mit leisen Gesprächen. Vicente greift über den Tisch nach meiner Hand, sein Blick sucht meinen. Sein Mund verzieht sich zu einem schiefen Lächeln, der einzige Hinweis, dass er nicht so selbstsicher ist, wie er vorgibt.

Irgendwie beruhigt mich das. Ich bin nämlich auch nicht selbstsicher. Ganz und gar nicht. Daher beschäftige ich meine nervösen Hände mit dem Brot und dem Weinglas. Als er mich so intensiv ansieht, bekomme ich Herzklopfen und muss schlucken.

«Weißt du eigentlich, wie schön du bist?» Ein selbstvergessener Ausdruck tritt auf sein Gesicht. Dann grinst er jungenhaft, als hätte ich ihn bei etwas Verbotenem ertappt. «Die Dinge, die man liebt, findet man schön. Hat das nicht irgendein Philosoph gesagt?»

«Ich weiß es nicht», gebe ich zu.

«Ist auch egal.» Sein Lächeln wird breiter. «Er hat jedenfalls recht. Ich würde dich wahrscheinlich auch noch schön finden, wenn du ein Auge und zwei Nasen hättest.»

Erst jetzt begreife ich, was er da gerade gesagt hat. War das eine Liebeserklärung? Ich werde feuerrot.

«Ich weiß so wenig über dich», stottere ich. Etwas unpassend, schon klar. «Ich meine, ich kann an kaum was anderes denken als an dich, aber ich weiß nicht einmal, wer du bist.»

«Du hast Angst, du hättest dich in einen Psychopathen verliebt?»

Ich nicke.

«Hast du dich denn verliebt?»

Die Temperatur im Raum scheint plötzlich anzusteigen. Ich sehe nichts anderes mehr als seine dunklen Augen. Das Blut rauscht mir in den Ohren, der Wein prickelt auf meiner Zunge. «Ja», sage ich. «Ich glaube schon.»

Sein Blick wird weich. Zärtlichkeit, Leidenschaft, ein wunderbares Versprechen. «Choice, du bist mein Untergang.»

«Ich hoffe nicht.»

Er küsst meine Fingerspitzen. Mir ist schwindlig. Ich bin verliebt, und zwar rettungslos. Wenn er mir jetzt beichtete, dass er sein Geld mit Autoklau und Heiratsschwindelei verdient, würde ich es ihm womöglich verzeihen. Tut er aber zum Glück nicht. Er lehnt sich zurück und hebt sein Glas. «Cheers. Auf uns. Ich will dein Herz gewinnen und dich nie mehr verlieren.»

«Dann erklär es mir.»

«Was willst du wissen?»

«Alles. Was es mit Icarus auf sich hat. Warum du zwei Leben lebst. Wie alles zusammenhängt.» Ich mache eine weit ausholende Armbewegung und haue beinahe den Weinkühler um. Vicente hält ihn fest, bevor sich unser Wein über den gesamten Tisch ergießen kann. Wir müssen beide lachen. Ich merke, wie er sich entspannt und entspanne mich auch.

«Alles ist eine Menge», sagt er. Aber ich sehe an seinen Augen, dass er den Einwand nicht ganz ernst meint.

«Es wäre nur fair. Du weißt viel mehr über mich als ich über dich.»

«Ja, das stimmt.» Er lächelt wieder. «Ich mache dir einen Vorschlag. Ich erzähle dir meine ganze, tragische Lebensgeschichte, und wenn du mich danach noch willst, lässt du dich heute Nacht von mir verführen.» Die Art, wie er es sagt, entzündet einen Funken in meinem Unterleib. Ich bin verliebt und heiß auf ihn. Jetzt schon. Auch ohne die Geschichte zu kennen.

«Einverstanden», sage ich.

Nachdem der Kellner die Vorspeisen serviert hat, lehnt Vicente sich zurück. «Meine Großmutter hat uns aufgezogen», sagt er. «Mich und Isabel. Ihre Mutter war für ein paar Jahre im Gefängnis, ihr Vater ist ein versoffenes Arschloch. Und was mich betrifft», er grinst, «ich bin vom Himmel gefallen. Grandma hatte kein Glück mit ihren Töchtern. Sie redet nicht drüber.»

Ich nippe an meinem Weißwein, höre ihm zu und behalte meine tausend Fragen erst mal für mich. Ich will ihn nicht unterbrechen.

«Mit zwölf wurde ich bei den Estrada Locos aufgenommen. Wir gehörten zur 18th Street Gang.» Er lacht. «Das war das Größte für mich. Jede Menge Waffen, Mädchen und Respekt.»

Es aus seinem Mund zu hören, haut mich mehr um, als ich dachte, immerhin hatte ich schon halb damit gerechnet. «Bist du noch dabei?», frage ich.

Mein Unbehagen steht mir wohl ins Gesicht geschrieben, denn er streichelt beschwichtigend mit dem Daumen über meinen Handrücken. «Keine Sorge, *Chica*. Die Zeiten, in denen ich von Bankraub und Schutzgeld gelebt habe, sind vorbei.»

«Bankraub? Wie beruhigend.»

Er hebt eine Braue. «Ich dachte, Mädchen finden Gangster aufregend?»

«Nur von weitem.»

«Dann hatte ich wohl Glück, dass du mich näher herangelassen hast.» Das belustigte Funkeln in seinen Augen ist wieder da. «Wie auch immer, ich habe bei den Estrada Locos Karriere gemacht. Mit zwanzig fühlte ich mich wie der König der Welt. Alle hatten Respekt vor mir, ich hatte Geld und das schönste Mädchen in meinem Viertel. Die Cops kamen nicht an uns ran. Die Bloods und die Crips pinkelten uns nicht ans Bein, weil wir stark waren und sie keinen Krieg riskieren wollten. Das Leben war gut.» Er spießt eine Olive auf und schiebt sie sich in den Mund.

«Wie hieß sie?», frage ich.

«Das Mädchen? Angelica.»

«Hübscher Name.»

«Ja, sehr hübsch. Ich wollte sie heiraten und viele Söhne und Töchter mit ihr zeugen. Ich war unsterblich in sie verliebt.»

«Was ist passiert?», frage ich.

Er bedankt sich bei dem Kellner, der uns Wein nachschenkt und sich diskret wieder zurückzieht. «Angelica machte einer ganzen Menge Typen schöne Augen. Irgendwann fand ich heraus, dass sie mit einem Kerl zwei Straßen weiter schlief. Ich war außer mir. Also schnappte ich mir einen großen Schraubenschlüssel aus der Autowerkstatt meines Cousins und ging ihn besuchen.»

Ein ungutes Gefühl breitet sich in meinem Magen aus.

«Ich habe ihn nicht umgebracht, keine Sorge», sagt er. «Was denkst du von mir?»

«Ich weiß nicht. Du erzählst mir ja nie etwas.»

«Tue ich doch gerade.» Der Ausdruck verletzter Ehre auf seinem Gesicht bringt mich zum Lachen. Er stutzt einen Augenblick, dann muss er grinsen. «Seine Kumpels kamen ihm zu Hilfe. Das Ganze mündete in einer Riesenschlägerei. Irgendjemand rief die Cops, was wahrscheinlich gut war, weil sie auf den Hof rollten, als gerade einer sein Messer zückte. Wir kamen alle glimpflich davon. Aber ich fand bald heraus, dass dieser Kerl nicht der Einzige war, mit dem mich Angelica betrogen hatte. Das ganze Viertel wusste von ihren Affären. Und keiner hat es mir gesagt.»

«Vielleicht hatten sie Angst, dass du ausrastest?»

«Vielleicht.» Er schaut nachdenklich in die Ferne. «Sie hat mir das Herz gebrochen. Danach ließ ich mich auf riskante Geschichten ein, weil ich allen beweisen wollte, was für ein harter Kerl ich war. Raubüberfälle und Drogenschmuggel über die mexikanische Grenze. Eine Zeitlang ging das gut. Irgendwann gab einer den Cops einen Tipp, und sie nahmen uns hoch. Ich habe zehn Jahre gekriegt. Bei der Schießerei wurde ein Polizist schwer verletzt, und sie haben es mir in die Schuhe geschoben.»

«Warst du es denn?»

«Keine Ahnung. Es war die Hölle los. Wir dachten alle, wir würden diesen Tag nicht überleben.»

Ich stürze den Rest meines Weins hinunter, um die unerwartete Beichte zu verkraften. «Und dann?»

«Im Gefängnis lernte ich jemanden kennen. Einen klugen Mann, der mir klargemacht hat, dass es ein Leben ohne Gangs gibt. Ich habe ein Studium angefangen.»

«Im Gefängnis?»

Er lacht auf. «Du würdest dich wundern, wie viele College-Abschlüsse im Knast gemacht werden. Es ist todlangweilig, was willst du mit der ganzen Zeit anfangen? Jedenfalls, nach fünf Jahren ließen sie mich vorzeitig raus. Wegen guter Führung. Der Typ hatte Kontakte und verschaffte mir einen Job. Die Dinge liefen besser als erwartet.»

«Und was machst du jetzt?»

«Ich besitze ein Import-Export-Geschäft.»

«Aha.»

«Nicht, was du denkst.» Er grinst. «Obst und Gemüse aus Mexiko. Alles bio, das ist *der* Markt im Moment. Avocados, Erdbeeren, Zitronen, Orangen, nur aus ökologischem Anbau. Fleisch von glücklichen Rindern. Wirft fast mehr ab als die Drogen.»

«Wow.» Ich weiß nicht, was ich sagen soll.

«Ich habe ein paar Zulieferer, die ich noch aus meiner Zeit bei den Estrada Locos kenne. Neue Produkte über alte Kanäle. Die Jungs finden es ganz entspannend, ihre Kohle zur Abwechslung mal legal zu verdienen. Die Gewinnmarge auf zertifizierte Avocados ist zwar kleiner als auf Koks», er zwinkert mir zu, «aber das Risiko ist auch viel geringer. Man muss nicht einkalkulieren, die Hälfte der Ladung zu verlieren. Man braucht keine bewaffneten Eskorten. Man spart Schutz- und Bestechungsgelder.»

«Das ist eine interessante Betrachtungsweise.»

«Ja, nicht wahr?»

«Ich habe mich also in einen Gemüsehändler verliebt», konstatiere ich.

«Vergessen wir nicht meine Beteiligung an der Betreibergesellschaft des Variety Arts Theatre. Entertainment-Industrie, verbessert das meinen Sex-Appeal?»

«Du … Was?» Ich bin so perplex, dass mir die Worte fehlen.

«Keine Sorge,» sein Grinsen ist entwaffnend, «das Casting hast du allein geschafft. Ich mische mich nicht in künstlerische Belange ein. Ich kümmere mich nur um die Finanzen.»

«Du Mistkerl!» Ich schlage mit meiner Serviette nach ihm, aber mehr aus Spaß als aus echter Empörung.

Er hält sie fest. «Ich liebe dich gleich noch mehr, wenn du aufgebracht bist.»

Und ich weiß nicht, ob ich ihn küssen oder ohrfeigen soll. Wie kann jemand gleichzeitig so charmant und so unverschämt sein? «Bevor wir vom Thema abkommen, warum diese Icarus-Geschichte?»

«*Du* hast mich Icarus genannt, schon vergessen?»

«Hör auf, dich rauszureden.»

Er lehnt sich zurück. «Ich habe die Sache mit Angelica nicht gut verkraftet. Ich habe mir geschworen, mir nie wieder das Herz brechen zu lassen. Der Onyx-Club –» Er seufzt. «Ich war scharf auf dich, ich fand die Vorstellung heiß, dich in den Club einzuladen. Ich wollte einfach herausfinden, was passiert. Dann habe ich beobachtet, wie sie dich angesehen haben, wie gierig sie auf dich waren. Da wusste ich, dass ich dich nicht teilen will. Aber ich konnte es nicht rückgängig machen, also habe ich mir Exklusivität erkauft.»

«Du hast dafür bezahlt, dass mich niemand sonst anrufen darf?»

«Ganz genau.» Er lächelt mich frech an. «Das war nicht billig, Süße.»

«Und warum die keuschen Dates unter deiner echten Identität?»

«Ich wollte dich unbedingt richtig kennenlernen. Also nicht nur deinen sexy Körper, sondern dich als Frau. Ich wusste nicht genau, was ich für dich empfinde.» Er macht eine kleine Pause, als müsste er nach den richtigen Worten suchen. «Damals, nach Angelica habe ich mir geschworen, es langsam angehen zu lassen, sollte ich je wieder eine Frau treffen, die mir wirklich was bedeutet. Ich hatte immer Angst, dass es wieder so enden könnte wie mit ihr. Dass der Sex so gut ist, dass alles andere unwichtig wird, dass wir uns keine Zeit geben, uns richtig kennenzulernen. Ich wollte herausfinden, was für ein Mensch du bist, Choice.» Um seine Mundwinkel zuckt ein entschuldigendes Lächeln. «Tja, Ideal und Wirklichkeit. Ich schätze, ich hatte meine Triebe nicht im Griff, deshalb habe ich weiter den Icarus gespielt. Ich habe die Kontrolle verloren. Irgendwann wusste ich nicht mehr, wie ich da jemals wieder rauskommen soll. Ich habe gehofft, dass die Probleme sich von selbst lösen.» Er zuckt mit den Schultern. «Aber dann haben sich die Dinge überstürzt.»

«Weißt du, wie verrückt das klingt?» Aber ich kann ihm nicht böse sein. Ich bin zu erschöpft. Und erleichtert, weil seine Story zwar abgefahren ist, aber irgendwie auch beruhigend. Ein gebrochenes Herz ist ja wirklich ein harmloser Grund. Es hätte stattdessen auch eine krankhafte psychische Störung sein können. Oder irgendwelche Ganggeschichten. Und ich bin froh, weil es am Ende Hoffnung für uns gibt.

Der Kellner kommt mit dem Hauptgang und erspart ihm die Antwort.

«Jetzt weißt du alles», sagt er. «Willst du es immer noch mit mir versuchen?»

Okay, *alles* ist übertrieben. Aber ich weiß sehr viel mehr als vorher. «Warum eigentlich ich?», frage ich.

«Weil ich mich in *dich* verliebt habe und nicht in jemand anderen.» Er schiebt sich eine lose Haarsträhne hinters Ohr. «Warum fließt das Wasser von den Bergen zum Meer? Warum kann ich mich kaum auf dieses Essen konzentrieren und muss mir die ganze Zeit vorstellen, wie deine Haut schmeckt, wenn ich dich heute Nacht verführe? Du willst das doch noch, oder?»

«Ja», sage ich heiser, «ich will.»

► Weiter auf Seite 299

■ Am Ende gehe ich nicht als sexy Schneekönigin auf den Maskenball im Onyx, sondern als Zauberfee in einem Abendkleid aus dunkelblauem Samt. Ich habe das Ding in der hintersten Ecke meines Kleiderschranks gefunden. Es ist eine schulterfreie Robe mit Trägern, die sich über dem Rücken kreuzen. Meine Mom hat sie mir vor Urzeiten für den Abschlussball an der Highschool gekauft. Danach habe ich das Kleid nur noch ein einziges Mal getragen, und zwar auf der Hochzeit einer Cousine in Illinois, die ich nicht ausstehen kann.

Ich habe seither ein paar Pfunde zugelegt und musste den Bauch einziehen, um den Reißverschluss zuzukriegen. Aber in Kombination mit Amys silbernen Plateau-Sandaletten sieht es scharf aus. Auf meinem Kopf glitzert eine Eisprinzessinnen-Krone aus Acryl und Draht, und in meinem Dekolleté ruht ein Plastikanhänger mit Drudenfuß, der wie Altsilber aussieht. Mein Zugeständnis an die Zauberfee.

Ich bin nervös, als ich aus dem Taxi steige. Ich fürchte mich davor, Vicente über den Weg zu laufen, und wünsche mir gleichzeitig, dass es passiert.

Vor der unscheinbaren Stahltür überprüfe ich mein Spiegelbild in den Scheiben der Autos. Amy hat mit Gel und Lockenstab Wunder mit meinen Haaren vollbracht und mich so sexy geschminkt, wie ich es selbst nie hinkriegen würde. Vicente soll tot umfallen vor Eifersucht, wenn andere Männer mich hofieren.

Doch Amy hat natürlich recht, wenn sie sagt, dass ich enttäuschte Liebe mit Hass verwechsle. Ich weiß ja nicht mal, was ich eigentlich will.

Am Eingang begrüßen mich zwei Türsteher in weißen Anzügen, deren Ärmel und Revers mit weißem Pelz besetzt sind. Sie sehen so verkleidet aus, dass ich mir ein Lachen verkneifen muss.

Der Saal erstrahlt in winterweißer Pracht, dass es mir den Atem verschlägt. Ich will gar nicht wissen, wie sie es geschafft haben, diesen riesigen Luxus-Harem in einen Eispalast zu verwandeln. Und das wahrscheinlich an einem einzigen Tag, denn ich bezweifle, dass der Club geschlossen wird, nur damit ein Stoßtrupp Dekorateure in Ruhe die künstlichen Eiszapfen an die Decken hängen kann.

Jede Wand und jede Säule ist wie mit funkelnden Schneekristallen besetzt. Wenn man genau hinschaut, sieht man, dass sie alles mit Netzen überspannt haben. Der Effekt ist spektakulär. Auf jedem Leuchter glitzern Eistropfen, in denen sich das Licht bricht. Künstliche Eisschollen treiben auf dem Pool. Von der Decke hängen zwei große Käfige herab, in denen Vortänzer die Menge anheizen, zwei Frauen in dem einen Käfig, ein muskulöser Schönling mit knapp bekleideter Partnerin in dem anderen. Ich wette, zu fortgeschrittener Stunde werden sie mehr tun, als sich nur lasziv zur Musik zu bewegen. Trance-Beat erfüllt den Saal wie der Herzschlag einer gewaltigen Kreatur. Die Bars und die Tanzflächen sind voller gut gekleideter, gutaussehender Menschen. Manche tragen wie ich nur ein paar Accessoires als Kostüm. Andere haben sich so aufwendig verkleidet, dass ich meine Augen gar nicht abwenden kann.

Ich merke, dass ich selbst einige Blicke auf mich ziehe. Es fühlt sich gut an, die männliche Aufmerksamkeit ist wie Balsam auf einer brennenden Wunde.

Ohne ein bestimmtes Ziel lasse ich mich in Richtung Pool treiben. Die Baldachine rings um das Becken sind mit Kristallketten geschmückt. Einer der Typen am Beckenrand zieht mich förmlich aus mit seinen Blicken.

Er ist barfuß und nur mit einer weiten Leinenhose bekleidet. Vermutlich ist er gerade aus dem Wasser gestiegen, denn sein

Haar ist nass. Er ist schlank und breitschultrig und gerade so muskulös, dass er nicht massig wirkt. Ein attraktiver Mann. Scharf geschnittene Züge mit einer aristokratischen Nase, sonnengebräunt, strahlend blaue Augen und Wimpern, um die ihn viele Frauen beneiden würden. Seine Lippen verziehen sich zu einem ansteckenden Lächeln. Ich lächle zurück.

Er kommt auf mich zu. «Hallo, Prinzessin. Wie kommt es, dass ich dich noch nie hier gesehen habe?»

«Vielleicht, weil ich nicht von jedem gefunden werden will», kokettiere ich. Ich habe mich vor der Party mit Wein und Schokolade gestärkt, und beides scheint seine Wirkung zu tun. Ich bin in der Lage, drei zusammenhängende Wörter zu einem Mann zu sagen, ohne rot anzulaufen.

«Dann hat es sicher etwas zu bedeuten, dass *ich* dich gefunden habe.» Er streckt mir die Hand hin. «Ich bin Kalden.»

«Freut mich, dich kennenzulernen, Kalden.» Sein Händedruck gefällt mir. Kühl und fest und zugleich sinnlich, weil er meine Finger etwas zu lange festhält. Ich bin mir sicher, dass er im Gegensatz zu mir genau weiß, was er will.

«Hast du auch einen Namen?»

«In der Tat.»

«Aber du verrätst ihn mir nicht?»

Ich setze mein charmantestes Lächeln auf. Der Abend lässt sich gut an, denn Kalden sieht blendend aus und ist eindeutig interessiert.

«Okay.» Er lächelt. «Was wäre eine Frau ohne ein kleines Geheimnis? Kann ich dich auf einen Drink einladen?»

«Gern.» Ich fühle mich ausgesprochen mondän. Vicente, hoffentlich siehst du zu. Mistkerl, verdammter. Kalden beschwört mich, nicht wegzulaufen, und verschwindet unter einem der Baldachine, um sich etwas überzuziehen.

Um den Pool herum wird es mit jeder Minute voller, und auch im Wasser tummeln sich gut zwei Dutzend Menschen. Eine dunkle Schönheit zieht sich auf eine der Eisschollen hoch, und ich sehe, dass sie splitternackt ist, bis auf ein Kettchen um die Hüften. Ich weiche ein paar Schritte vom Beckenrand zurück, um keine Wasserspritzer abzukriegen. Auf der anderen Seite befindet sich eine Tanzfläche aus beleuchteten Acrylplatten, auf der sich zahlreiche Menschen bewegen, die meisten mit viel Körperkontakt. Die Atmosphäre ist erfüllt von Sex und ausgelassener Fröhlichkeit, und ich merke, wie sich die Stimmung auf mich überträgt. Die Menge scheint nur darauf zu warten, dass jemand eine erotische Vorstellung abzieht.

Als Kalden wieder auftaucht, hat er flache Lederschuhe und ein Leinenhemd angezogen. Ein blonder Mann winkt uns von der anderen Seite des Beckens zu. Kalden winkt zurück. «Das ist Saul», erklärt er. «Ein guter Freund von mir. Wir teilen fast alles miteinander.» Die Art, wie er *fast alles* sagt, löst einen kleinen Schauer in mir aus. Welcher normale Mensch fragt sich bei so einem Satz als Erstes, ob das auch für Sex gilt? Mir fällt nichts Besseres ein, als mir vorzustellen, wie es wäre, mit beiden Männern … Die letzten Monate haben mich ganz schön verdorben. Ich weiß nicht mal mehr, ob ich kichern oder schamvoll erröten soll. Die Frau mit dem Hüftkettchen quietscht und reißt mich aus meinen verruchten Gedanken. Jemand hat ihr ein Glas voller Eiswürfel in den Schoß geschüttet.

Kalden lotst mich zu einer kleinen Bar an der Stirnseite des Pools. Der Barkeeper trägt den gleichen pelzbesetzten Anzug wie die Türsteher, aber er nimmt es mit Humor. Er hat sich einen Streifen Fell um den Kopf gebunden wie ein Pirat. Während Kalden unsere Drinks bestellt, lasse ich meinen Blick über die Menge schweifen. Keine Spur von Vicente. Selbst wenn er hier wäre, bräuchte es viel Glück, ihn zu finden. Im Club tummeln sich locker ein paar hundert Leute, viele maskiert. Die Galerien und der verwinkelte Saal sind voller dunkler Nischen. Es wäre reiner Zufall, wenn wir uns über den Weg laufen würden.

«Cheers.» Kalden reicht mir ein Glas Champagner mit Erdbeeren. «Darauf, dass ich dich heute Nacht gefunden habe, Prinzessin, obwohl du nicht gefunden werden wolltest.»

Wir lassen die Gläser gegeneinanderklirren und nehmen einen Schluck. Er fragt mich, ob mir der Club gefällt. Ob ich schon lange dabei bin. Ob ich den Velvet Room kenne? Als ich verneine, bekommt sein Lächeln einen hintersinnigen Zug. «Ich könnte ihn dir zeigen. Magst du Abenteuer, Prinzessin?»

«Kommt darauf an», gebe ich vorsichtig zurück. «Was ist denn der Velvet Room?»

Er schaut mir in die Augen. «Im Velvet Room weißt du nie, was dich erwartet. Die Überraschung ist der Reiz daran.»

Tja, warum eigentlich nicht?

«Dann überrasch mich», sage ich und bin stolz auf meinen Mut. Der Erdbeerchampagner macht meinen Kopf ganz leicht. Mir geht es viel besser als in den letzten Tagen. Endlich habe ich wieder das Gefühl, mein Leben selbst in die Hand zu nehmen, statt Vicente ausgeliefert zu sein.

Als wir gerade aufstehen wollen, gesellt sich Kaldens Freund zu uns. Aus der Nähe betrachtet, ist Saul fast interessanter als Kalden. Er hat ungewöhnlich helle Augen und einen blonden Dreitagebart. Er wirkt kühl und beherrscht und ein wenig melancholisch. «Stellst du mir deine hinreißende Begleiterin nicht vor?»

Kalden hebt eine Augenbraue. «Das würde ich gern, aber sie verrät mir ihren Namen nicht.»

Sauls Blick wandert zu mir. «Dann bist du eine schöne Unbekannte?»

«Die Dame liebt es geheimnisvoll», sagt Kalden. «Deshalb zeige ich ihr den Velvet Room.»

«Du kennst den Velvet Room noch nicht?» Ein unverfrorenes Lächeln. «Dabei ist er das schönste Geheimnis des Clubs.» Sauls Stimme senkt sich ein wenig. «Erlaubst du, dass ich mitkomme? Um Kalden bei den … Erklärungen zu unterstützen?»

Plötzlich habe ich das Gefühl, dass ich etwas Wesentliches nicht mitkriege. Ich bin nicht mehr sicher, ob ich mich wirklich mit anderen Männern ablenken möchte. Ich bin noch nicht mal eine Stunde im Club und werde schon von zwei gefährlich attraktiven Typen bedrängt, die sicher mehr wollen als mich auf ein paar Drinks einzuladen. Aber ich weiß nicht, ob ich das überhaupt will. Vor ein paar Tagen war ich unsterblich in Vicente verknallt und seinem Alter Ego Icarus praktisch sexuell hörig. Jetzt fühle ich mich von ihm verraten. Aber reicht das, um Gefühle von solcher Intensität einfach zu vergessen?

«Komm, Prinzessin.» Kalden legt mir eine Hand auf die Hüfte, eine leichte Berührung. Dennoch macht sie mir seine körperliche Präsenz überdeutlich bewusst. Saul schlendert auf der anderen Seite neben mir her. Ich kann nicht aufhören, nach Vicente Ausschau zu halten.

Wir drängen uns durch den großen Saal zur anderen Seite. Ich erhasche einen Blick auf einen recht unzüchtig gekleideten weiblichen Engel und frage mich, wie die Frau es schafft, mit ihren großen Flügeln nicht überall hängen zu bleiben.

Kalden führt uns ein paar Stufen hinauf und durch einen Gang mit verspiegelten Säulen, zwischen denen Grüppchen von Gästen stehen. Die Musik ist hier gedämpfter als drüben am Pool. Alles ist in bläuliches Licht getaucht.

Die Säulen enden vor einer Plattform, in deren Zentrum ein glatter schwarzer Kubus steht. Er misst etwa drei mal drei Meter und hat in der Mitte eine Tür, zu der ein weißer Teppich führt. Neben der Tür leuchten zwei blaue Lämpchen.

«Er ist gerade frei», sagt Saul. «Wir könnten ihn dir gleich praktisch demonstrieren.»

«In der Tat», stimmt Kalden zu. Seine Hand rutscht von meiner Hüfte ein Stück tiefer. Die Berührung verliert schlagartig jede Unschuld. Er steht so dicht vor mir, dass sich unsere Körper beinahe berühren. Mit dem Daumen fährt er die Vertiefung zwischen meinen Pobacken nach, während seine Handfläche über die Rundung streichelt. Dabei schaut er mir direkt in die Augen. Seine Liebkosung ist erotisch und unverschämt, und er weiß das genau. Mein Schoß reagiert mit einem lustvollen Pochen, doch ich weiß immer noch nicht, was ich will. Ich bin hin- und hergerissen zwischen dem Impuls, die Flucht zu ergreifen, und der Verlockung, mich in dieses Abenteuer zu stürzen. «Okay.» Ich bleibe ganz still stehen. Ich ermuntere Kalden nicht, aber weiche seiner Hand auch nicht aus. «Was ist dieser Velvet Room?»

«Du trittst ein», murmelt Saul an meinem Ohr.

«Es ist dunkel», fügt Kalden hinzu. «Du kannst nichts sehen. Du spürst nur die Hände, die dich ausziehen.»

«Oder auch nicht.»

«Oder auch nicht», stimmt Kalden zu. «Man fesselt dir Hände und Füße.»

«Mit Bändern aus Samt», wirft Saul ein.

«Genau. Es heißt nicht umsonst Velvet Room.»

«Du kannst dich nicht bewegen. Du weißt nicht, was dich erwartet.»

Saul lacht. «Also natürlich hast du eine vage Ahnung, was

dich erwartet. Aber du weißt vorher nicht, wie es genau geschieht.»

«Und wann.» Unter Kaldens Blick steigt mir die Hitze ins Gesicht. Und nicht nur dorthin. Ich bin heilfroh, dass mein Kleid bis zum Boden reicht und so eng geschnitten ist, dass Kalden es nicht einfach hochziehen kann. Ich hätte sonst Angst, dass er etwas tun könnte, das meinen Verstand außer Kraft setzt und mich zu allem ja sagen lässt. «Und ob es nur einer von uns ist.»

«Oder ob wir dich zu zweit verführen.»

«Möglicherweise laden wir Freunde ein.»

«Vielleicht nicht beim ersten Mal», wirft Saul ein.

Kalden scheint das einen Moment abzuwägen.

«Aber später …»

Ich erfahre nicht, was später wäre, denn in diesem Moment wird Kalden so heftig zurückgerissen, dass er taumelt und stürzt.

In dem Dämmerlicht und mit den Spiegeln hinter uns erkenne ich nicht sofort, was passiert. Kalden steht auf und reibt sich den Ellenbogen. Saul weicht vor dem Neuankömmling zurück, der uns so rüde unterbrochen hat. Um uns entsteht Unruhe, weil ein paar andere Gäste bemerkt haben, dass etwas nicht stimmt.

Bevor ich das Gesicht erkenne, höre ich die Stimme. *Seine* Stimme. Icarus. *Vicente.* «Lass die Finger von ihr, oder ich breche sie dir, das schwöre ich.» Der Klang ist vertraut, doch es schwingt eine solche Bedrohung darin mit, dass ich Angst bekomme, es könnte etwas wirklich Schlimmes passieren. So habe ich ihn noch nie erlebt. Eine gefährliche Anspannung erfüllt die Luft. Ich kann die Aggression, die von ihm ausgeht, fast greifen.

Wie in Zeitlupe nehme ich Details an ihm wahr. Er trägt

Schwarz, eine schmal geschnittene Hose und ein Hemd, darüber eine matt glänzende Weste. Klamotten, die nicht zu Vicentes Street-Gang-Style passen, dafür umso besser zu Icarus. Das Haar fällt ihm auf die Schultern, die obere Partie hat er hinten zusammengebunden. Ich habe das Gefühl zu fallen. Ein Teil von mir reagiert mit idiotischer Freude auf seinen Anblick, ein anderer mit Panik, weil sein Charme und sein Charisma einem Raubtier gewichen sind. Mir wird klar, dass er keine Skrupel hat, die Sache mit den Fäusten auszutragen. Kalden wird wahrscheinlich den Kürzeren ziehen, denn Vicente steht da wie jemand, der sich nicht zum ersten Mal prügelt. Breitbeinig, sämtliche Muskeln angespannt, strotzend vor Kraft, die sich jeden Moment in einem Gewaltausbruch entladen kann.

Ich weiche zurück, bis ich mit dem Rücken gegen eine Säule stoße.

«Du!», stößt Saul hervor. Es klingt so wütend, dass ich mir sicher bin, dass sie nicht zum ersten Mal aneinandergeraten. Da ist eine Feindseligkeit zwischen ihnen, die eine Vorgeschichte haben muss.

«Ja, ich», gibt Vicente zurück. «Willst du es darauf ankommen lassen?»

«Fick dich.»

«Vielleicht später.» Vicente wendet sich mir zu. Mein Puls hämmert wie irrsinnig in meinen Ohren. «Choice», sagt er, sanft und gefährlich. «Wir müssen reden.»

«Müssen wir?» Ich lasse mich nicht einschüchtern. Wenn er so mit seinesgleichen umgeht, okay. Nicht mein Problem. Icarus' Dominanz-Spielchen hatten zwar was. Aber wenn Vicente glaubt, mich im echten Leben so herumkommandieren zu können, hat er sich geschnitten.

«Kommst du jetzt mit oder nicht?» Er packt mich am

Handgelenk. Er tut mir nicht weh, aber seine Finger sind wie Stahlringe, aus denen es kein Entkommen gibt. Das Schweigen zwischen uns dehnt sich. Sein Kiefer arbeitet, und sein Gesichtsausdruck spiegelt meine eigene Anspannung wider.

Will ich mir überhaupt anhören, was er zu sagen hat? Oder bin ich konsequent und mache einen sauberen Schnitt, erspare mir das Gefühlschaos und womöglich das Desaster?

Der Ausdruck in seinen Augen wird ein wenig weicher. Eine schweigende Bitte, die mich daran erinnert, warum ich mich überhaupt in ihn verliebt habe. Natürlich ist er zu stolz, diese Bitte auszusprechen, aber er hofft, dass ich sie auch so verstehe.

Okay, was soll's. Wenn ich ihn nicht wenigstens anhöre, mache ich mir vielleicht ewig Vorwürfe. Falls mir der Verlauf unserer Unterhaltung nicht gefällt, kann ich schließlich auch in einer Stunde noch entscheiden, alle Brücken zwischen uns abzubrechen. «Na schön», sage ich. «Ich hoffe nur, dass du eine verdammt gute Erklärung hast.»

► Weiter auf Seite 291

Will ich mir wirklich einen Mann antun, der nie das ist, was er zu sein scheint? Einen, der mich monatelang belogen hat, aus Gründen, die mir schleierhaft sind? Der bereit ist, sich mit Gewalt zu nehmen, was er haben will?
«Nein», sage ich. In dem Moment, wo ich es ausspreche, fühle ich eine ganz besondere Klarheit. «Nein, ich komme nicht mit. Und ich fände es schön, wenn du aufhören würdest, mir nachzustellen.»

► Weiter auf Seite 298

■ «Schade», sagt Kalden, der sich inzwischen wieder aufgerichtet hat. Er mustert Vicente mit einem langen Blick. «Wir sprechen uns noch.»

«Wir können jederzeit vor die Tür gehen», erwidert Vicente lässig. Kaldens Blick verdunkelt sich, doch er sagt nichts.

«*Bastardo*», murmelt Saul, als wir an ihm vorbeigehen. «Damit kommst du nicht durch.»

Statt ihm zu antworten, legt mir Vicente besitzergreifend einen Arm um die Schultern. Er führt mich am Velvet Room vorbei, durch einen Korridor und hinaus auf einen überdachten Balkon, von dem aus man die Stadt überblicken kann.

«Wieso lässt du dich mit diesen Arschlöchern ein?», fragt er.

«Die beiden waren sehr charmant.» Ich werde mich bestimmt nicht vor ihm rechtfertigen. «Und sie haben wenigstens keine Zweifel an ihren Absichten gelassen.»

Er stützt die Unterarme auf dem Geländer ab. Die wütende Energie, die er eben noch ausstrahlte, ist von ihm abgefallen. Nun wirkt er müde und verletzlich auf eine Art, die ich noch nie an ihm bemerkt habe. Ich kann *sehen,* wie er sich innerlich windet, wie er nach den richtigen Worten sucht. «Gott, Choice, was soll ich sagen? Ich habe so eine Scheiße gebaut, dass ich mich selbst dafür grün und blau schlagen könnte. Was muss ich tun, damit du mir verzeihst?»

«Vielleicht fängst du mit einer Erklärung an», sage ich. «Einer, die nicht total irre klingt. Am besten sagst du mir einfach die Wahrheit.»

«Du musst mich für einen Psychopathen halten.»

«Überzeug mich vom Gegenteil.»

«Ich warne dich, das wird eine lange Geschichte.»

«Kein Problem.» Ich setze mich auf den Boden, weil mir die Füße in den High Heels weh tun, und lehne mich mit dem Rücken an die Brüstung. Es ist kühl, aber nicht so, dass ich fröstle. Die Steinplatten strahlen noch einen Rest Wärme ab, nachdem sie sich den ganzen Tag in der Sonne aufgeheizt haben. «Ich habe Zeit.»

Er dreht sich um und setzt sich neben mich. Es fühlt sich wie ein Verlust an, dass er nicht einmal die Hand nach mir ausstreckt. Vielleicht findet er es unpassend, mich zu berühren, solange ich wütend auf ihn bin. So viel Feingefühl hätte ich ihm gar nicht zugetraut. «Wo fange ich an?»

«Erklär mir, warum du mich angelogen hast. Wozu das bescheuerte Doppelspiel?»

«Das ist ganz einfach. Ich habe mich in dich verliebt und wusste nicht, wie ich damit klarkommen soll.»

«Wie bitte?» Ich weiß nicht, was mich mehr verblüfft. Die beiläufige Liebeserklärung oder die völlig absurde Begründung.

Er lacht ohne Humor. «Ich wusste, du würdest es nicht verstehen.»

«Weil du in Rätseln sprichst.»

«Es hat mit einer Frau namens Angelica zu tun. Und es ist schon sehr lange her.»

«Lass mich raten. Sie hat dein Herz gestohlen, ist darauf herumgetrampelt, hat es in einer Kiste eingeschlossen und den Schlüssel auf den Grund des Meeres geworfen.» Der Ausdruck auf seinem Gesicht bereitet mir Unbehagen. Ich wollte eigentlich einen Witz machen, aber so wie es aussieht, habe ich ins Schwarze getroffen. «Verdammt. Sag nicht, dass es genau so eine Story ist.»

«Es ist genau so eine Story.»

«Fuck. Eine Geister-der-Vergangenheit-Story?»

«Sozusagen.»

In der Ferne heulen Polizeisirenen. Hoch über uns schwebt

ein Hubschrauber. Eine Weile sitzen wir schweigend nebeneinander und starren die gegenüberliegende Wand an.

«Ich habe noch nie jemandem die ganze Geschichte erzählt», sagt er endlich. «Die Einzige, die sie kennt, ist Isabel.»

«Ihr steht euch nahe, oder?»

«Wir sind zusammen aufgewachsen. Sie ist so was wie meine große Schwester. Sie ist auch die Einzige, die weiß, wie das mit dir und mir gelaufen ist.»

«Und sie hat dir nicht rechts und links eine runtergehauen?»

«Doch, hat sie.»

«Ich hoffe, es hat weh getan.»

Ein schiefes Grinsen fängt sich auf seinem Gesicht. «Sie ist der Meinung, dass du das Beste bist, was mir je passiert ist. Und weißt du, was ich wirklich an ihr hasse? Dass sie am Ende immer recht behält.» Er streckt seine langen, kräftigen Beine aus. «Sie wird kein Wort mehr mit mir reden, wenn ich es nicht schaffe, dich von meinen guten Absichten zu überzeugen.»

«Das kannst du natürlich nicht riskieren.»

«Natürlich nicht.» Sein Lächeln wird breiter. «Also muss ich dir die Angelica-Story erzählen und hoffen, dass du Gnade walten lässt.»

Es ist nicht zu glauben, aber ich merke, wie ich schon wieder seinem Charme erliege. Meine Wut hat nachgelassen. Stattdessen fühle ich eine versöhnliche Stimmung in mir aufsteigen. Ich kann es ihm nicht einmal übelnehmen, dass er mich um den Finger wickelt.

«Okay, wir fangen mit dem Anfang an. Damit du es verstehst, *Chica.*» Es ist verwirrend, dass er aussieht wie Icarus, aber im spanisch gefärbten Slang von Vicente spricht. «Fangen wir damit an, dass ich in der Kloake von South Central aufgewachsen bin. Ich weiß nicht, welcher Bastard mich gezeugt hat.

Meine Grandma hat mich großgezogen, weil meine Mutter sich aus dem Staub gemacht hat. Wir hatten kein Geld, aber dreimal die Woche die Bullen im Haus. Mit elf habe ich Schnapsläden überfallen und Autos geklaut. Meine Gang war meine Familie.»

«Deine *Gang*? Du meinst eine richtige Gang, mit Waffen und Drogen und all dem Scheiß?» Also ist doch was dran an den Gerüchten. Oh Gott. Eine Gang gehört zu den Dingen, die aus der Nähe betrachtet entschieden an Romantik einbüßen.

«Mit all dem Scheiß, genau.» Er verzieht einen Mundwinkel. «Die *Estrada Locos* gehören zur *18th Street Gang*. Wir waren eine ziemliche Hausnummer in der Gegend. Uns hat kaum jemand Ärger gemacht. Es war die Pforte zum Paradies für mich. Autos, Mädchen, Geld, Respekt. Als später mein Cousin das Kommando übernahm, hat er mich zum Prinzipal gemacht. *La vida loca,* ich war zwanzig und der König der Straße.» Seine Stimme nimmt einen spöttischen Ton an. «Und Angelica, das schönste Mädchen weit und breit, war meine Königin. Gott, ich war so unsterblich verliebt, wie man es nur mit zwanzig sein kann. Ich wollte sie heiraten und ein Dutzend Kinder mit ihr kriegen.»

«Was ist passiert?»

«Ich fand heraus, dass sie mich mit einem anderen betrog, und habe dem Typen einen Besuch abgestattet. Die Cops tauchten rechtzeitig auf, bevor es hässlich wurde. Aber das war nur der Anfang. Bald kam raus, dass Angelica allen Jungs in der Nachbarschaft ihren süßen Hintern hingehalten hatte. Und niemand traute sich, es mir zu sagen.»

«Also hast du beschlossen, dass alle Mädchen Schlampen sind», konstatiere ich trocken.

«Tja», sagt er.

«Tja, das ist ganz schöne Machoscheiße», wiederhole ich.

«Ich habe mir geschworen, nie mehr guten Sex mit Liebe zu verwechseln.»

«Vielleicht hast du es ein bisschen übertrieben mit deinen selbstaufgestellten Regeln. Warum hast du Icarus erfunden?»

«*Du* hast mit dem Namen angefangen», frotzelt er.

«Du weißt, was ich meine.» Ich deute auf die Tür, die in die Clubräume führt. «Versteckst du dich vor dem LAPD und haust deine illegalen Drogendollars unter falschem Namen auf den Kopf?»

Er lacht, was mich ernsthaft verärgert.

«Das ist nicht lustig, okay?»

«*Chica,* diesmal liegst du meilenweit daneben.» Er schiebt sich eine Haarsträhne aus dem Gesicht. «Nach der Sache mit Angelica wollte ich nur noch eins, nämlich mir und der Welt beweisen, dass ich's draufhatte. Also ließ ich mich mit den großen Brüdern von der *Mara Salvatrucha* ein und fing an, Koks und Marihuana aus Mexiko zu schmuggeln. Hohes Risiko, hoher Gewinn. Natürlich haben sie mich eines Tages erwischt. Es gab eine Schießerei, drei Verletzte, einer davon war ein Cop.»

«Warst du es?»

Er hebt die Augenbrauen. «Die Jury sagt nein.»

«Und was sagst du?»

«Ich sage, es war ein einziges Chaos, und am Ende wusste niemand, wer wen erwischt hat. Ich habe zehn Jahre gekriegt, aber ich hatte Glück. Im Knast lernte ich jemanden kennen, der mir praktisch das Leben gerettet hat. Er hat mir gezeigt, wie man es zu was bringt, ohne die Regeln zu brechen. Ich habe ein Studium angefangen …»

«Im Gefängnis?»

«Du würdest dich wundern, wie viele College-Abschlüsse

hinter Gittern gemacht werden. Es ist todlangweilig, du hast alle Zeit der Welt, und es gibt diese Bildungsprogramme. Ich wurde vorzeitig entlassen, und mein neuer Mentor half mir, einen Job zu finden. Später half er mir dann auch, mein eigenes Geschäft zu gründen.»

«Also schmuggelst du keine Drogen mehr über die mexikanische Grenze», sage ich hoffnungsvoll.

«Nein.» Er grinst.

«Sondern?»

«Rindfleisch, Avocados, Orangen, Limetten.»

Ich bin mir nicht sicher, ob er mich auf den Arm nimmt. «Du bist *Gemüsehändler*?»

«Ich ziehe die Bezeichnung *Import-Export* vor.»

«Und das wirft so viel ab, dass du Mitglied im Onyx sein kannst?»

Er hebt die Arme und hält die Handflächen nach oben. «Hast du mal gesehen, was Avocados bei Whole Foods kosten?»

«Ich kann's mir nicht leisten, bei Whole Foods einzukaufen», sage ich säuerlich. «Aber die sind auch aus biodynamischem Anbau von lokalen Farmen, wo sie von Hand –»

«– von meinen glücklichen mexikanischen Bauern gepflückt werden. Drei Stunden später liegen sie in meinem Lager in Long Beach. Lokaler Anbau, garantiert keine Chemie.» Er ändert seine Position, um mir ins Gesicht zu sehen. Sein Charme und sein Lächeln lassen mich das Raubtier, das unter der Oberfläche lauert, vergessen. Er sieht einfach hinreißend aus. Und er amüsiert sich prächtig über meine Verwirrung. «Süße, unterm Strich würde ich jedem empfehlen, lieber mit Avocados zu handeln als mit Koks.»

«Du hast einen Knall», sage ich und meine es aus tiefstem Herzen.

«Und du bist unglaublich schön.» Er beugt sich vor, sodass unsere Lippen sich fast berühren. Sein Duft steigt mir in die Nase, Salz und Kaffee, und weckt eine heftige Sehnsucht. Ich will diesen Mann nicht aufgeben. Ich habe nicht das Gefühl, dass er mich anlügt. Im Gegenteil, seine Geschichte klingt so irrwitzig, dass sie nur wahr sein kann. «Ich wollte dich vom ersten Tag an», fährt er fort. «Jedes Mal, wenn ich dich auf der Treppe gesehen habe, habe ich mir vorgestellt, wie es wohl mit dir wäre. Deshalb habe ich dich ins Onyx eingeladen. War eine blöde Idee. Denn mich hat schon am ersten Abend dein Anblick am Arm eines anderen in den Wahnsinn getrieben. Da wurde mir klar, dass mehr dahintersteckt. Dass ich dich *wirklich* kennenlernen möchte.»

«Aber da hattest du Icarus schon erfunden, mit all den Trieben, die sich deiner Meinung nach nicht mit Romantik vertragen», mutmaße ich.

«*Chica*», murmelt er in versöhnlichem Ton, «du hattest recht, und ich hatte unrecht.» Er streift meine Lippen mit seinen. Ich ziehe mich nicht zurück. Die Berührung durchfährt mich wie ein elektrischer Schlag, der sich kribbelnd im ganzen Körper ausbreitet. Mein Gott, ich habe ihn so vermisst. Wie konnte ich eine Sekunde lang glauben, ihn einfach aus meinem Leben streichen zu können? «Ich habe es wirklich bitter bereut, dich ins Onyx geholt zu haben. Die Vorstellung, wie die Hände eines anderen dich berühren, hat mich fast umgebracht.»

«Warum hast du nicht aufgehört, mich auf dem Onyx-Handy anzurufen? Nachdem du –», ich zögere, «Gewissheit hattest?»

Er küsst meine Mundwinkel. «Weil du so wahnsinnig heiß bist.»

«Bastard.» Ich lächle.

«Ernsthaft.» Mit einer Hand streichelt er meinen Fußknöchel und wandert hoch bis zum Knie. «Ich bin praktisch süchtig nach unseren Telefonaten.»

«Hör mal», flüstere ich, «wollen wir uns vielleicht von diesem Ball fortschleichen und privat weiterfeiern?»

«Ich hatte gehofft, dass du das sagst.» Sein Blick ist wie eine Liebkosung meiner intimsten Stellen. «Vielleicht fahren wir einfach zu mir.»

► Weiter auf Seite 299

■ Meine Worte hängen zwischen uns wie kleine Tropfen aus Eis. Für ein paar Sekunden jagt sein Blick mir richtig Angst ein.

Doch der Moment geht vorbei. Vicentes Gesicht wird zu einer ausdruckslosen Maske. «Das ist dein letztes Wort? Du bist sicher, dass du nichts von dem hören willst, was ich dir zu sagen habe? Keine Erklärung, nichts?»

«Mein letztes Wort.»

«Dann trennen sich unsere Wege hier.» Die Endgültigkeit in seinen Worten lässt mich frösteln. Aber das ist es, was ich will. Vielleicht nicht mit dem Herzen, aber mit dem Verstand. Ich habe das Gefühl, dass ich mich ganz bestimmt ins Unglück stürzen werde, wenn ich das jetzt nicht durchziehe.

«Mach's gut, Vicente», sage ich.

Er nickt mir förmlich zu, dreht sich um und verschwindet zwischen den Säulen. Die Leute um uns herum wenden sich wieder ihren Gesprächen zu und tun so, als wäre nichts passiert. Vielleicht kommen Hahnenkämpfe um eine Frau hier häufiger vor.

Kalden tritt auf mich zu. «Tut mir leid, Prinzessin. Ich wusste nicht, dass du zu ihm gehörst.»

«Ich gehöre zu niemandem.»

«Das hat er wohl anders gesehen», sagt Saul.

«Ein Missverständnis», gebe ich so souverän wie möglich zurück. Ich bin ziemlich durch den Wind. Halb erleichtert, halb wehmütig. Und wild entschlossen, mich nicht mit Liebeskummer in meinem Kämmerchen einzuschließen.

Saul lächelt, offenbar beeindruckt davon, wie rasch ich den Zwischenfall beiseiteschiebe.

«Also der Velvet Room», meine Stimme ist heiser, «was ist, wenn es mir nicht gefällt?»

«Dann sagst du das Safeword», erwidert er.

«Das du vorher bestimmst. Dann hören wir sofort auf.» Kalden streckt eine Hand aus und hält sie nahe an mein Gesicht. Als ich nicht zurückweiche, berührt er meine Wange. «Hast du diese Art von Spiel schon einmal gespielt?»

«Nicht wirklich», sage ich. Die Erleichterung in mir wird stärker. Das Gefühl, klare Fronten geschaffen zu haben, beflügelt mich. Ich habe nichts mehr von Vicente zu erwarten, also schulde ich ihm auch nichts. Egal, was ihn angetrieben hat, ich will es gar nicht mehr wissen. Es ist besser so, wie es jetzt ist.

▶ Weiter auf Seite 320

■ Auf dem Weg zum Auto schwebe ich wie auf Wolken. Vicente hat den Arm um meine Hüften gelegt, seine Finger landen unanständig tief auf meinem Hintern. Wir sind albern und ausgelassen.

Er hält mir die Wagentür auf und steigt auf der anderen Seite ein. Statt den Motor anzulassen, küsst er mich. Wie ein Verhungernder fällt er über mich her, presst meinen Kopf gegen die Nackenstütze und zieht mein Kleid ein Stück hoch, während er mit den Lippen und Zähnen meinen Mund erkundet. Er schmeckt nach Wein und salziger Leidenschaft, und ich bin schon feucht, bevor seine Hand auch nur mein Knie berührt.

Ich fasse in sein Haar, in die wunderbar kräftigen, glänzenden Strähnen. Ich bin berauscht von seinem Duft, seinem Atem, von der Art, wie seine Zunge zwischen meine Lippen dringt, wie seine Bartstoppeln meine Wange kitzeln.

«Dieses Kleid», knurrt er, «ist schlimmer als ein Keuschheitsgürtel.»

Ich muss lachen. Der Rock ist eng geschnitten und nicht so hoch geschlitzt, dass man bequem darunterfassen könnte. «Dann wirst du dich wohl gedulden müssen.»

«Du aber auch.» Provokant streichelt er den Samt, der sich über meine Oberschenkel spannt, genau an der Stelle, wo ich mir seine Berührung am sehnlichsten wünsche. Dann lässt er von mir ab und startet den Wagen. Zu meiner Überraschung fahren wir nicht in Richtung South Central, sondern ins Herz von Downtown.

«Ich dachte, wir gehen zu dir?», sage ich.

«Tun wir auch.»

Die nächtliche Stadt glitzert wie tausend Diamanten. Scheinwerfer spiegeln sich in den prachtvollen Glasfassaden. Lichter aus den Schaufenstern malen bunte Flecken auf den Asphalt.

Wir halten vor einer Garageneinfahrt in der Flower Street. Wie von Geisterhand gleitet das Gittertor auf. Es ist eines der wunderschönen alten Hochhäuser aus den 1930er Jahren mit verwitterter Stuckfassade und neuen, stahlgerahmten Fenstern und Türen. Eine beleuchtete Betonrampe führt in die Tiefe hinab. Wir parken zwischen deutschen und italienischen Luxuskarossen.

«Wieso wohnst du in diesem Dreckloch in South Central,

wenn du das hier hast?», frage ich, während wir auf den Fahrstuhl warten.

«Weil South Central ein Teil von mir ist.» Er sieht mich ernst an. «Ich bin der, der ich schon immer war. Nur weil ich jetzt Geld habe, habe ich nicht vergessen, wo ich herkomme. Ich hänge immer noch mit den *Estrada Locos* rum, aber ich versuche den Kids beizubringen, dass es da draußen mehr gibt als Gangs und Drogen.»

Ich muss an den Jungen denken, Rafael, den wir am Abend der Party zum *Día de los Muertos* auf dem Parkplatz getroffen haben und dem Vicente einen Dollar für eine gute Note in Englisch zugesteckt hat.

«Ich versuche ihnen das zu geben, was mir mein Freund im Gefängnis gegeben hat. Einen Blick dafür, wie die Welt funktioniert. Wie man etwas erreichen und sich trotzdem an die Regeln halten kann. Das geht nicht, wenn ich mich nur in diesem Palast hier verschanze.»

Mit einem melodischen Ton öffnet sich der Aufzug. Die Kabine besteht aus Glas und poliertem Edelholz.

«Die müssen kapieren, dass ich einer von ihnen bin. Außerdem mag ich meine Bruchbude in der 18th Street.» Er setzt sein jungenhaftes Grinsen auf. «Das hier ist zwar nett und ziemlich präsentabel. Was man eben so braucht, um Investoren zu beeindrucken. Hält mir bestimmt auch die Feds vom Hals. Ich wette, die würden mir Geldwäsche anhängen, wenn ich meine Adresse in South Central in die Steuererklärung schriebe.» Er hebt eine Braue. «Ganz zu schweigen von meiner Sammlung goldener Ferrari-Schlüssel, die würden doch sofort geklaut, wenn ich die in South Central an die Küchenwand hänge. Und wo sollte ich da meine goldenen Pin-up-Girls aufstellen, die ich –»

Ich muss lachen. «Idiot.»

«Was?»

«Ich weiß, dass du den Leuten gern was vorspielst.» Wenn ich nur daran denke, wie überrascht ich war, bei unseren ersten Dates den anderen Vicente kennenzulernen, den nachdenklichen und erstaunlich vielschichtigen Typen hinter der Macho-Pose.

Er zuckt mit den Schultern. «Die meisten Leute sehen das, was sie sehen wollen.»

«Zum Beispiel jemanden, der in einem Apartment für mindestens achttausend Dollar im Monat wohnt.»

«Es ist ja nicht so, als müsste man mich mit vorgehaltener Waffe zwingen, hier ab und zu vorbeizuschauen.» Sein Grinsen wird breiter. «Aber ich will mich auch in einer Jeans unters Auto legen können, ohne Angst vor Ölflecken zu haben. Ich mag es, so zu reden, wie meine Grandma es mir beigebracht hat. Ich könnte South Central niemals hinter mir lassen.»

Kaum hat sich der Aufzug in Bewegung gesetzt, küsst er mich erneut. Seine Hände streichen meine samtverhüllten Hüften hinauf, mit der Zunge teilt er meine Lippen und gibt mir einen Vorgeschmack auf das, was mich erwartet. Sein Apartment liegt im zehnten Stock, der Weg vom Aufzug zur Tür ist nicht weit. Eng umschlungen taumeln wir in die Dunkelheit seiner Wohnung.

«Willst du was trinken», fragt er mit belegter Stimme, «oder gleich ins Bett?»

Ich bin trunken von seinem Duft, seinen Berührungen, dem unmissverständlichen Druck seiner Hüften gegen meinen Schoß. Unter dem Stoff seiner eleganten Hose ist er hart. Ich will, dass er mit mir schläft. Ich kann an nichts anderes denken. Mein Mund ist trocken, aber nicht vor Durst, sondern weil ich so heiß auf ihn bin.

«Ins Bett», wispere ich.

«Dein Wunsch ist mir Befehl.» Er hebt mich ohne Vorwarnung hoch, und mir entschlüpft ein kleiner Laut der Überraschung, dann trägt er mich im Dunkeln in einen anderen Raum. Kühl ist es hier, die Luft angenehm klimatisiert. Er lässt mich hinunter und stellt sich hinter mich. «Augen zu», sagt er.

Ich gehorche.

Ich höre Rascheln, ein leises Zischen. Zündet er Kerzen an? Kurz darauf steigt mir ein aromatischer Duft in die Nase.

«Mach sie wieder auf.»

Oh ... mein ... Gott.

Die Überraschung ist gelungen. Ich bin so überwältigt von dem Anblick, dass ich kein Wort herausbekomme, obwohl ich tausend Dinge sagen will. Ich stehe vor einem Kingsize-Bett, das vollständig von roten, weißen und orangen Blüten bedeckt ist. Sie sehen so frisch aus, als hätte er sie gerade erst gepflückt. Es müssen Hunderte sein. Tausende. Es ist ein Blütenteppich.

Zwei Wandlämpchen spenden gedämpftes Licht. Vor den Fenstern hängen schwere, kupferfarbene Vorhänge, die bis zum Boden reichen. Zwei Kerzen in Gläsern flackern auf der Kommode an der gegenüberliegenden Wand.

«Hast du mit Damenbesuch gerechnet?», bringe ich endlich hervor.

«Ich bekenne mich schuldig.» In seiner Stimme schwingt der dunkle, amüsierte Tonfall mit, der mir von unseren erotischen Telefonaten vertraut ist. «Ich war wild entschlossen, dich hierherzubringen. Andernfalls hätte die Putzfrau eben morgen früh viele vertrocknete Blumen vom Bett fegen müssen.»

«Du bist ja vollkommen verrückt.»

«Verrückt nach dir.» Seine Lippen berühren meine Ohrmuschel. «Ich will dich auf einem Bett aus Blumen verführen.

Jeden Quadratzoll deiner Haut küssen.» Seine Finger tanzen federleicht über meine Hüften. «Jede deiner Körperöffnungen will ich verwöhnen. Erst mit dem Mund.» Er fährt die Kontur meines Ohrs mit der Zunge nach. «Dann mit den Fingern.» Sein Atem streift warm meinen Nacken. Mit einem Ruck zieht er mich an sich. Ich spüre seine Erektion an meinem Hintern und will nur noch, dass er mir endlich das verdammte Kleid vom Leib reißt.

«Oh Gott, ja», flüstere ich.

«Du bist so süß, Choice.» Seine Lippen wandern meinen Nacken hinab, an den gekreuzten Trägern des Kleides entlang. Ich spüre seine Finger am Reißverschluss. Er zieht ihn auf, unendlich langsam. «Du schmeckst so gut.» Er küsst mein Rückgrat, jeden einzelnen Wirbel, er schiebt seine Hände unter den samtigen Stoff, bis sie vorn gegen die Schalen meines BHs stoßen. Er streift mir den Stoff vom Leib, zieht den Samt über die Hüften und fährt mit den Fingerspitzen die Rückseite meiner Beine hinab bis zu den Kniekehlen. Der Stoff sammelt sich um meine Füße wie dunkles Wasser.

«Bleib so stehen.» Mit beiden Händen umfasst er einen meiner Oberschenkel und streicht nach unten. Es ist so unbeschreiblich erotisch, dass mir der Atem stockt. Ich höre, wie er sich hinter mir auf einem Knie niederlässt. Er küsst meine empfindliche Kniekehle. Ich kann ein Zittern nicht unterdrücken. Mit den Daumen wandert er an den Innenseiten meiner Oberschenkel empor, bis er gegen den durchnässten Stoff meines Höschens stößt.

«Bist du feucht?»

«Das ist ja wohl nicht zu übersehen», keuche ich.

Er lacht leise. Es ist das Lachen eines Eroberers, erotisch und vielversprechend. Es jagt einen Schauder über meinen ganzen

Körper. Leicht streicht er mit den Fingern über den nassen Stoff, massiert die zarte Haut darunter. Als ich ihn um mehr anbetteln will, lässt er von meinem Höschen ab, und seine Finger wandern wieder nach unten. Er zieht mir die High Heels aus, erst den einen, dann den anderen, und liebkost dabei meine Füße, als wären sie Kostbarkeiten. Während er sich langsam wieder aufrichtet, zieht er eine Spur aus Küssen meine Beine hinauf, über die Pobacken, das Rückgrat entlang. Beiläufig hakt er meinen BH auf und legt seine Hände auf meine Brüste. Eine Welle purer Lust überzieht meinen Körper mit Gänsehaut. Ich will mehr von ihm spüren, unbedingt. Mehr Haut, mehr Wärme. Ich trage nur noch mein Höschen, während er vollständig bekleidet ist. Als er meinen Nacken küsst, drehe ich mich zu ihm um. Unsere Münder finden sich in einem hungrigen Kuss. Vor lauter Eile brauche ich drei Anläufe, um sein Hemd aufzuknöpfen. Sein schöner Körper macht mich wie immer sprachlos. Vicentes Haut ist glatt und hat den makellosen, goldbronzenen Ton, für den viele Frauen so einiges tun würden. Dunkelblau zeichnen sich die Tattoos darauf ab. Seine Muskeln sind die einer griechischen Statue. Nicht zu ausgeprägt, aber doch gut definiert. Der Körper eines Mannes, der nicht nur trainiert, sondern auch körperlich arbeitet. Ich streife ihm das Hemd halb über die Schultern, dann löse ich den Gürtel seiner Hose und befreie den harten, pulsierenden Schwanz. Einen Schwanz, der so schön ist wie der ganze Mann. Es ist ein gutes Gefühl, als er unter meiner Berührung zusammenzuckt. Ich liebe diese Momente, in denen er mir ausgeliefert ist. Mit beiden Händen umfasse ich seinen Ständer, massiere die samtige Haut, dann benetze ich die Fläche meines Daumens mit der Zunge und verreibe die Feuchtigkeit auf der bläulich schimmernden Eichel. Er stöhnt auf vor Lust, packt meine Arme und schiebt mich rückwärts zum Bett.

Der Rahmen stößt gegen meine Kniekehlen, und ich setze mich ins Blütenmeer. Kühl und weich schmiegen sich die Blumen an meine Oberschenkel. Vicentes Hüften sind nun auf Höhe meines Gesichts, sein prachtvoller Schwanz ragt vor mir auf. Ich lege eine Hand um seinen Hintern, um ihn näher an mich zu ziehen. Mit der anderen fasse ich nach seiner Erektion und halte sie so, dass ich mit den Lippen seine Eichel umschließen kann. Glatt und riesig füllt sie meinen Mund, und ich denke daran, wie sie sich anfühlen wird, wenn sie meine Schamlippen teilt. Ich bin so aufgeregt und so gierig, so voller Vorfreude, als wäre es das erste Mal.

Mit einem Keuchen bewegt er seine Hüften und stößt schwer in meinen Mund. «Oh Gott», murmelt er, «das ist so gut.»

Ich spüre seine Hand an meinem Hinterkopf. Er hält mich fest, während ich ihm einen blase. Seine Erregung steigert meine eigene Lust. Ich kann es nicht erwarten, endlich seine Hände auf meinem Körper zu spüren, seine Finger, seine Lippen auf meiner Klit, seinen Schwanz zwischen meinen Beinen. Der Geruch der zerdrückten Blüten steigt mir in die Nase und mischt sich mit Vicentes Duft.

«Warte», sagt er.

Doch ich will nicht warten. Ich spüre, wie er zwischen meinen Lippen zuckt, und lasse nicht zu, dass er sich zurückzieht. Ich sauge stärker, nehme ihn tief in meinen Rachen auf, lecke ihn und berühre ihn sacht mit den Zähnen. Er kommt mit einem Stöhnen, seine Knie zittern, er krallt die Finger in mein Haar. Ich schmecke seine Lust, ich spüre seine Kraft, ich lausche seinem schweren Atem. Eine Ewigkeit bleibt er vor mir stehen, beide Arme um mich geschlungen, ein intimer Moment, der ihn verletzlicher macht als jemals zuvor. Endlich löst er sich von mir und drückt mich sanft in die Blüten. Er zieht seine Kleider aus, dann ist er über mir und lässt sich schwer auf meinen Körper sinken. Er ist immer noch hart. Das Gefühl seiner Haut auf meiner ist unbeschreiblich. Sein Gewicht hält mich auf der Matratze. Er betrachtet mein Gesicht, einen seltsamen Ausdruck in den dunklen Augen. Nachdenklich, zärtlich, ein wenig rätselhaft. In diesem Moment wird mir klar, dass ich das einzig Richtige getan habe. Dass ich mich auf diesen Mann einlassen will, einlassen muss, weil er mein Schicksal ist. Weil ich nie wieder jemanden wie ihn finden werde. Weil ich für ihn bestimmt bin und er für mich. Wie sonst wäre es möglich, dass unsere Herzen in so perfekter Harmonie schlagen?

Er hebt die Hand und streicht mir das Haar aus der Stirn. Mit einem Zipfel des Betttuchs tupft er mir die Wangen und die Lippen ab. Es ist eine ungeheuer intime Geste. Er küsst mich, zuerst auf die Nasenspitze, dann auf die Mundwinkel. Dann zeichnet er mit der Zungenspitze meine Lippen nach und teilt sie. Dieser Kuss ist anders. Süßer. Vorsichtiger und zugleich leidenschaftlicher. Er lässt sich Zeit und verwöhnt mich nach allen Regeln der Kunst. Obwohl er nicht viel mehr tut, als an meinen Lippen zu knabbern und das Innere meines Mundes mit seiner Zunge zu liebkosen, entfacht er die Glut in meinem Unterleib zum Flächenbrand. Instinktiv schiebe ich ihm meinen Schoß entgegen. Seine Erektion ruht an meinem Bauch, doch er ignoriert meine Bemühungen, der Mistkerl.

Er hebt den Kopf und sucht meinen Blick. «Wir sollten das von jetzt an öfter tun.»

«Oh ja», keuche ich. «Am liebsten jeden Tag.»

Er lacht. «Du Unersättliche.»

«Das ist allein deine Schuld.»

«Ah ja?» Er richtet sich auf, ohne den Blick abzuwenden, spreizt meine Beine und kniet sich dazwischen. «Soll ich lieber aufhören?» Während er das fragt, streicht er mit einem Daumen über mein klitschnasses Höschen. Die Berührung löst kleine Explosionen der Lust in meiner Klit aus.

«Untersteh dich!»

Sein Lachen ist wie ein warmer Regenschauer in dunkler Nacht. Er streift mir das Höschen ab und teilt mit seinem Daumen meine geschwollenen Schamlippen. Gierig wölbe ich mich ihm entgegen. Ich bin so empfindlich, dass ich jeden Herzschlag da unten spüre. Er bewegt den Daumen auf und ab, pflügt ihn tiefer in meine Spalte und bringt mich damit fast um den Verstand. «Also gefällt dir das?»

«Ja!»

«Und das?» Sein Kopf verschwindet zwischen meinen Beinen, sein Haar kitzelt die Innenseiten meiner Schenkel. Ich ringe nach Luft, als seine Zunge meine Klit berührt, ein herrlich warmes und erregendes Gefühl. Er leckt mich langsam und genüsslich, hört auf, wenn ich zu zittern beginne, und hält mich nahe am Abgrund. Ich giere danach, zu kommen, doch er zögert meinen Orgasmus gekonnt hinaus. Mit den Fingern zieht er meine Schamlippen auseinander und leckt die Spalte entlang, dringt mit der Zunge tief in mich ein, warm und weich, fest und züngelnd, ein Rhythmus, der mich in den Wahnsinn treibt.

«Oh Gott», stöhne ich, «ich will dich in mir.»

«So ungeduldig», neckt er mich.

Mit weit gespreizten Beinen und zitternd vor Lust liege ich unter ihm. Er richtet sich auf und sieht mich an, bis ich das Gefühl habe, dass nicht nur unsere Körper, sondern auch unsere Seelen gleich miteinander verschmelzen werden.

Er umfasst meine Hüften und hebt meinen Schoß an. Sein Schwanz stößt gegen die nasse Seide. Und dann, quälend langsam und unendlich lustvoll, dringt er endlich in mich ein. Ich komme schon, während er zum ersten Mal in mich stößt. Mit einem kleinen Schrei biege ich mich ihm entgegen, während mich die erlösende Welle überrollt und mich für einen Moment meiner Sinne beraubt.

Ich schwebe, und es hört nicht auf. Er stößt in mich, warm und schwer, langsam und zärtlich, wie er es noch nie zuvor getan hat. Die Glut in mir erlischt nicht, sondern entfacht sich neu. Ich nähere mich der Klippe ein zweites Mal. Noch während sich die Wärme tiefer körperlicher Befriedigung in mir ausbreitet, ballt sich neue Lust zusammen. Vicente hält mich umklammert und wälzt sich mit mir herum, sodass ich mich rittlings auf ihm wiederfinde. Er führt meine Hüften auf und ab und lässt mich bestimmen, wie tief ich ihn in mir will. Ich lehne mich zurück und lasse ihn ganz tief eindringen. Das Gefühl von Fülle überwältigt mich.

Beim zweiten Mal komme ich mit einem Seufzen. Während der erste Orgasmus einer Explosion glich, ist dieser wie träge fließende Lava, die alles in ihre Hitze einhüllt. Ich komme fast gleichzeitig mit ihm. Wir sehen uns an, als die Lust uns überwältigt. Keiner von uns schließt die Augen. Dann zieht er meinen Kopf zu sich herab in seine Halsbeuge, wo ich seinem Herzschlag lauschen kann.

▶ Weiter auf Seite 309

■ Später, viel später steigen wir hinauf zur Aussichtsplattform auf dem Dach des Gebäudes. Erschöpft, mit zitternden Beinen, ausgelaugt, aber glücklich. Wir halten uns den ganzen Weg nach oben an den Händen. Vicente hat sich eine alte Jeans und ein Rippshirt übergezogen und mir eine Hose und ein T-Shirt aus seinem Schrank gegeben, die mir beide zu groß sind, aber wunderbar nach ihm riechen. Ich trage sie wie eine Trophäe.

Es ist mitten in der Nacht, die Straßen in Downtown sind verlassen. Die letzten Clubgänger sind nach Hause gefahren, die ersten Arbeiter der Frühschicht noch nicht aufgebrochen.

«Ich werde immer in zwei Welten leben», sagt Vicente, als wir nebeneinander auf einem Betonsockel sitzen und über die nächtliche Stadt schauen. «Ich bin kein strahlender Ritter auf einem weißen Pferd. Wenn die *Estrada Locos* mal Hilfe brauchen, kann ich nicht versprechen, dass ich sie ihnen verweigere.»

«Ich weiß», sage ich.

«Und du willst mich trotzdem?»

Ich zucke mit den Schultern und sage leichthin: «Wo die Liebe hinfällt, nicht wahr?»

«Choice.» Er lächelt. «Du bist unglaublich, weißt du das?»

«Ich habe mich eben in dich verliebt.»

«Und ich mich in dich.» Er nimmt mein Gesicht in beide Hände. «Isabel behauptet, ich wäre ein grauenhafter Macho.»

«Ach wirklich?» Jetzt muss ich ebenfalls lächeln. Als wäre diese Erkenntnis irgendwie neu.

«Aber ich werde dich auf Händen tragen. Ich schwöre es.»

«Was ist mit dem Onyx?»

Er sieht mich forschend an. «Wieso? Willst du etwa dabeibleiben?»

Ich schüttle den Kopf. «Nein, die Frage ist, was du willst.»

Er entspannt sich wieder, seine Schultern lockern sich. «Ich gebe es auf. *Chica*, so erregend ich die Spielchen im Onyx finde, sie sind nicht halb so heiß wie du in einem Sommerkleid ohne Höschen.»

Ich schlage nach ihm. Er hält meinen Arm fest und zieht mich auf seinen Schoß. Sein Kuss ist nicht unschuldig und weckt neue Begierde in mir, obwohl ich schon wund zwischen den Beinen bin.

«Ich liebe dich», murmelt er. «*Ich liebe dich,* weißt du, wann ich das zuletzt zu einem Mädchen gesagt habe? Ich will mein Bestes geben, um dich glücklich zu machen. Und wenn es nicht gut genug ist, sagst du es mir, okay? Dann strenge ich mich mehr an.»

Himmel, ja. Ich liebe ihn auch. Sofern man das nach zwei Monaten sagen kann. Aber das Gefühl ist so intensiv, so überwältigend, so mächtig ... dass ich keine andere Wahl habe, als mich in das Abenteuer mit ihm zu stürzen. Dass es nicht einfach wird, das ist mir klar.

Aber hey. *C'est la vie.*

Das Leben ist voller Herausforderungen.

Und neben mir sitzt die größte und wundervollste von allen.

– FIN A –

Nein, ich will mich anders entscheiden.

◀ Zurück zu Seite 188

■ *Verzauberte Winternächte.* Alle Kellner und Angestellten im Onyx tragen heute Nacht kleine weiße Pelzkragen, die Frauen Haarschmuck mit künstlichen Eistropfen. Als ich durch die Stahltür von der Tiefgarage in die prachtvollen Räumlichkeiten des Onyx trete, wird mir bewusst, wie sehr ich den Club vermisst habe.

Ich bin sofort gefangen in dem Sog aus Sinnlichkeit und erregenden Versprechen. Die Lichter und die schönen Menschen, die Musik mit dem treibenden Beat. Gelächter, Gespräche, knisternde Stoffe und tausenderlei Düfte. Beschwingt tauche ich in die Menge der kostümierten Gäste ein, von denen wahrscheinlich die meisten in dieser Nacht noch Sex haben werden.

Für den Maskenball haben sie den großen Saal und die Galerien in einen Eispalast verwandelt. Kunstschnee glitzert auf den Balustraden. Von jeder Brüstung hängen Eiszapfen herab. Weiße Schleier umwehen einen gewaltigen Kristalllüster, bei dem ich mir nicht sicher bin, ob er beim letzten Mal schon an der Decke hing. Menschen, die ich nicht kenne, winken mir zu, und ich winke zurück. Mein Blick bleibt an einer schlanken Brünetten in einem Kostüm aus Silberfolie hängen. Ihr Röckchen enthüllt bei jedem Schritt die Pobacken, auf denen jeweils ein silberner Stern prangt. Ich beobachte, wie sich ein Mann mit venezianischer Maske zu ihr gesellt und seine Hand unter ihren Rock gleiten lässt. Wer weiß, was er da so beiläufig zwischen den wohlgeformten Halbkugeln anstellt.

Schlagartig wird mir heiß.

Ich habe mir vorgenommen, heute Abend zu feiern, dass es mir gelungen ist, mich von Icarus/Vicente zu lösen. Mein Outfit ist ein guter Anfang, es zieht jede Menge Blicke auf sich. In der Silberschuppen-Corsage habe ich ein sensationelles Dekolleté. Unter dem Folienrock sieht man meine silbrigen Hot-Pants, die eigentlich Teil eines Bikinis sind. Ein gewagter Aufzug, aber ich bin wild entschlossen, mich flachlegen zu lassen. Und zwar nicht von Vicente.

Es vergehen nur wenige Minuten, bis mich der erste Mann anspricht – etwas kleiner als ich, muskulös wie ein Stier und mit einem einschüchternden Lächeln. «Sweetheart, darf ich dich zu einem Drink einladen?»

Ich lehne freundlich ab und lasse mich tiefer in die Menge ziehen. Jemand drückt mir eine *Mimosa* in die Hand, Champagner mit Orangensaft. Der Rand des Glases ist mit Zuckerkristallen verziert. Ich nehme einen Schluck und sehe mich um. Die Gäste drängen sich um die Bars. Auf den Baldachinen rund um den Pool glitzert noch mehr Kunstschnee.

«Was macht eine Meerjungfrau auf einem Winterball?» Der Mann, dem die Stimme gehört, tritt mir mit einem charmanten Lächeln in den Weg. Er ist ganz in Weiß gekleidet, hat kurzgeschnittene, blonde Locken und durchdringende helle Augen. Sehr skandinavisch. Breite Schultern, schmale Hüften, ein gut aussehender Typ.

Meerjungfrau? Ach ja, die Silberschuppen. «Sie lauert nichtsahnenden Männern auf und lockt sie in die Tiefe.» Die Mischung aus Aufregung und Champagner macht mich so mutig, dass ich sogar halbwegs schlagfertig flirten kann. Ich bin ausgesprochen zufrieden mit mir, als mein Gesprächspartner ein amüsiertes Gesicht macht.

«Von dir würde ich mich gern in die Tiefe locken lassen», gibt er zurück. «Ich bin Saul. Wie heißt du, Süße?»

Ich setze ein Lächeln auf, das hoffentlich mysteriös wirkt.

«Verstehe. Jede Frau hat ihr kleines Geheimnis.» Er bietet mir seinen Arm an. «Tanzt du?»

Ich lege meine Hand in seine Armbeuge. Unter dem Stoff der Jacke ertaste ich wohlgeformte Muskeln. Er riecht nach einem teuren Herrenparfüm. Irgendetwas mit Sandelholz und Bergamotte. Wir bahnen uns einen Weg zur großen Tanzfläche auf der anderen Seite des Pools. Auf einer der Stufen müssen wir stehen bleiben, weil sich vor uns zu viele Menschen drängen, und ich lasse meinen Blick über die Köpfe und hinauf zur Galerie schweifen.

Ein heftiger Schreck fährt mir in die Glieder, als ich *ihn* entdecke.

Vicente.

Das glänzende schwarze Haar hat er zum Zopf gebunden, er trägt ein Hemd mit hochgestelltem viktorianischem Kragen, gehalten von einer silbergrauen Schleife. Er sieht aus wie ein Gentleman aus einer anderen Ära. Unverblümt starrt er mich an. Trotz des Halbdunkels und der Distanz zwischen uns spüre ich seinen Blick so deutlich, als hielte er mein Handgelenk umklammert. Dunkel, intensiv, latent bedrohlich. Wie in Trance lasse ich meine Hand von Sauls Arm gleiten.

Für einen Moment scheint die Zeit stehenzubleiben. Mein Herzschlag übertönt alles andere. Die Menschen um mich herum verblassen zu Schatten, während *seine* Silhouette umso deutlicher aus der Menge hervortritt.

Ich sehe, wie er eine Hand an sein Ohr hebt. Etwas blitzt auf, wahrscheinlich das Handy, das er in den Fingern hält.

Fast im selben Moment beginnt das Onyx-Handy in meinem Handtäschchen zu vibrieren. Ich glaube zu erkennen, wie sich Vicentes Lippen zu einem Lächeln verziehen.

Automatisch zuckt meine Hand zu dem Telefon, doch dann zögere ich. Ich spüre, dass dies der Moment der Entscheidung ist. Ertrage ich es, dass ich ihm nie mehr nahe sein kann? Oder lasse ich mich erneut auf sein Spiel ein, dieses Mal wohl wissend, dass er es liebt, sich hinter Masken zu verbergen?

Das Telefon vibriert unter meiner Handfläche. Was jetzt? Was soll ich tun?

Der Augenblick zieht sich in die Länge, während ich das Gefühl habe, im Auge eines gewaltigen Sturms zu stehen.

Ich nehme ab. Meine Finger zittern, als ich das kleine Gerät umklammere. Aber ich habe mich entschieden. Ohne den Blick von Vicente abzuwenden, halte ich das Handy ans Ohr.

► Weiter auf Seite 320

Ich lasse es klingeln und nehme nicht ab. Es bleibt dabei. Ich werde meine Entscheidung nicht zurücknehmen. Mit einer enormen Kraftanstrengung löse ich meine Hand vom Telefon und lege sie zurück auf Sauls Arm. Als er mir das Gesicht zuwendet, lächle ich ihn an.

▶ Weiter auf Seite 315

■ «Gehst du nicht ans Telefon?», fragt er.

«Ich habe doch schon ein Date.»

Sein Blick wird intensiver. «Du erlaubst mir also, dich zu verführen, aber deinen Namen verrätst du mir nicht?»

«Warum ist mein Name so wichtig?» Es macht Spaß, mit Saul zu flirten. Und dass er mich mit den Augen förmlich auszieht, verleiht der Sache zusätzlichen Reiz. Kurz schaue ich hoch zur Galerie, doch Vicente ist verschwunden.

Als wir die Tanzfläche erreichen, wechselt die Musik zu einem psychedelischen Trance Beat, bei dem man gar nicht anders kann, als rhythmisch die Hüften zu schwingen. Saul ist ein guter Tänzer und führt mich geschickt zwischen den anderen Pärchen hindurch, die mit viel Körperkontakt tanzen. Er tritt hinter mich und hält mich mit beiden Armen. Seine Handflächen ruhen auf meinem Bauch und folgen jeder Bewegung. Wie zufällig finden seine Fingerspitzen den Spalt nackter Haut zwischen Rock und Korsage und verharren dort.

Vicente ist immer noch in meinem Kopf, aber sein Bild verblasst allmählich. Ich versuche, nicht an ihn zu denken und mir stattdessen vorzustellen, wie es sein wird, wenn mir Saul das Höschen vom Leib zieht. Mit den Zähnen.

Ein anderer Tänzer gesellt sich zu uns und sucht meinen Blick. Seine strahlend blauen Augen faszinieren mich sofort.

«Das ist Kalden.» Sauls Lippen sind dicht an meinem Ohr, damit ich ihn bei der lauten Musik verstehe. «Ein guter Freund von mir.»

Kalden streckt eine Hand nach mir aus und wirbelt mich herum, sodass ich in seinen Armen lande. Unter seinem Shirt zeichnet sich ein kräftiger Körper ab. Saul scheint kein Problem damit zu haben, dass wir nun zu dritt tanzen. Es macht nicht nur Spaß, es ist auch ziemlich heiß. Die beiden übernehmen abwechselnd die Führung. Ihre Hände werden mit jedem Mal dreister und regen meine Phantasie an. Der Rhythmus der Musik, die funkelnden Lichter, das Wogen der Menge und die erotisch aufgeladenen Bewegungen berauschen mich. Adrenalin fließt durch meine Adern, ich fühle mich unglaublich lebendig.

Später gehen wir zu einer Bar, verschwitzt und außer Atem. «Du tanzt gut», sagt Kalden. «Wie heißt du?»

«Sie ist Arielle, die Meerjungfrau», antwortet Saul für mich. Die Art, wie sie miteinander umgehen, lässt keinen Zweifel daran, dass sie sich sehr gut kennen.

Kalden lacht. «Und heute Nacht bist du aus dem Meer gestiegen, um die Freuden in den Armen eines Mannes zu erleben?»

«Oder vielleicht auch mehrerer Männer?», murmelt Saul. Mir wird heiß. Deshalb findet er also nichts dabei, dass sein Freund noch unverschämter mit mir flirtet als er selbst.

Kalden hat uns eine kleine Lounge gesichert. Wir sitzen in tiefen Clubsesseln aus rotem Samt, ich in der Mitte, meine beiden Verehrer rechts und links von mir. Mein Folienrock knistert bei jeder Bewegung. Ein Kellner bringt uns eine Glasschale mit Schokoladenfrüchten, die auf einem Bett aus Eiswürfeln liegen. Kalden nimmt eine der kleinen Köstlichkeiten und bietet sie mir an. «Für die Dame nur das Beste.»

Ich steige auf sein Spiel ein und lasse mir die Frucht von ihm in den Mund schieben. Seine Finger verharren etwas länger als nötig auf meinen Lippen. Eine Sekunde später schreie ich überrascht auf, als er einen Eiswürfel in mein Dekolleté fallen lässt. Unsere Blicke treffen sich, wir müssen beide lachen. «Entschuldige», sagt er. «Ich rette dich.»

Er beugt sich über meinen Ausschnitt, sodass sein Mund meine Haut streift. Die Albernheit weicht sinnlicher Hitze. Da ist nichts Unschuldiges mehr an der Art, wie er mich berührt. Unter dem Vorwand, den Eiswürfel zu suchen, schiebt er mir eine Hand in die Korsage und umfasst meine Brust. Erschrocken sehe ich mich nach den anderen Gästen um, doch die Situation scheint niemanden zu befremden. Ich spüre, wie sich mein Nippel unter seiner Berührung aufrichtet. Saul nimmt meine Hand und küsst meine Fingerspitzen. Die ganze Situation ist so erotisch, dass nicht nur meine Wangen, sondern auch tiefer gelegene Körperregionen anfangen zu brennen.

Kaldens Sex-Appeal überwältigt mich. Außerdem weiß er seine Finger zu gebrauchen. Die Virtuosität, mit der er sie in meiner engen Korsage einsetzt, weckt in mir die Lust auf mehr. Er birgt den Eiswürfel mit den Zähnen, nachdem er mir mit seiner Zunge ein hinreißendes kleines Muster zwischen die Brüste gemalt hat. Als unsere Blicke sich wieder treffen, glüht mein Gesicht, und ich bin etwas schockiert über mich selbst, weil ich seine Unverschämtheit so erregend finde.

Saul fragt mich, wie lange ich schon im Club sei. Ob es mir gefalle. Ob ich schon mal in ihrer beeindruckenden Bibliothek gewesen sei. Und ob ich den Velvet Room schon kenne.

«Den Velvet Room?», frage ich. «Nie gehört. Was ist das?»

«Das süßeste Geheimnis, das das Onyx zu bieten hat.» Saul lehnt sich zurück, ohne meine Hand loszulassen. Mit dem

Daumen streichelt er über meine Handfläche. «Jedes Mal eine Überraschung. Mögen Meerjungfrauen Überraschungen?»

«Kommt darauf an.»

«Wir könnten dir den Velvet Room zeigen.»

«Natürlich nur, wenn du willst», wirft Kalden lässig ein. Sein Tonfall verrät, dass er fest davon ausgeht, dass ich will.

Wir trinken unsere Gläser aus. Ich nehme mir noch eine Himbeere in weißer Schokolade, bevor Saul mir aus dem Sessel aufhilft und mir einen Arm um die Hüfte legt, um mich zu einer Reihe verspiegelter Säulen zu führen. Kalden folgt dicht hinter uns. Wir bleiben vor einer Plattform stehen, in deren Mitte sich ein etwa drei mal drei Meter großer, schwarzer Kubus befindet. Ein Teppich führt zu einer Tür in dem Kubus, die von zwei kleinen blauen Lämpchen angestrahlt wird. An diesen Teil des Saals kann ich mich gar nicht erinnern, aber das Labyrinth aus Bars und Nischen, Tanzflächen, Treppenaufgängen und Séparées ist ohnehin so verwirrend, dass ich Google Maps bräuchte, um mich zurechtzufinden.

«Bist du bereit?», fragt Kalden. Sein Atem streift mein Ohr. Es ist ein sinnliches Gefühl. Vielleicht nicht so umwerfend wie bei Vicente, aber ich will ihn ja schließlich nicht heiraten. Ich will nur auf andere Gedanken kommen.

Unschlüssig betrachte ich die mitternachtsdunkle Box. Sie weckt meine Neugier, aber sie wirkt auch bedrohlich. «Okay, aber was *ist* der Velvet Room?»

«Ein Ort der Inspiration.» Saul streicht mit seiner Hand über meine Hüfte. «Du gehst hinein und weißt nicht, was dich erwartet.»

«Es ist dunkel», sagt Kalden. «Du siehst nichts. Du spürst nur die Hände auf deinem Körper, die dich ausziehen.»

«Oder auch nicht», wirft Saul ein.

«Oder auch nicht», wiederholt Kalden. «Vielleicht beschränken sie sich darauf, dich zu fesseln.»

«Das tun sie aber in jedem Fall.»

«Mit Bändern aus Samt.»

Ein Lächeln umspielt Sauls Lippen. «Es heißt nicht umsonst Velvet Room.»

«Du kannst dich nicht wehren und nicht davonlaufen. Wenn jemand den Raum betritt, weißt du nicht, wer es ist. Vielleicht bin ich es.»

«Oder ich. Oder wir beide.»

«Du weißt nicht, was dich erwartet, bis du eine Hand zwischen deinen Beinen spürst.»

«Oder etwas anderes», wirft Saul ein, für den Fall, dass ich nicht von selbst darauf komme.

Mir ist schwindelig. Okay, ich wollte ein Abenteuer, aber ich hatte an ein weniger abgefahrenes Setting gedacht. Ich spüre das lustvolle Pochen in meinem Schoß, aber ein Teil von mir möchte lieber die Flucht ergreifen.

Was soll ich jetzt tun?

Ich blicke von Saul zu Kalden und wieder zurück zu Saul. Eine Ménage-à trois mit zwei gefährlich attraktiven Männern. Vielleicht ist es genau das, was ich brauche. Einen Paukenschlag, um mein Leben ohne Vicente zu beginnen.

«Was ist, wenn es mir nicht gefällt?», frage ich.

«Dann sagst du das Safeword», erwidert Saul. «Das du zuvor bestimmst. Du sprichst es aus, und wir hören sofort auf.»

Ich glaube ihm. Sie werden mich zu nichts zwingen. Und ich bezweifle eh, dass ich das Safeword brauchen werde.

► Weiter auf Seite 320

■ Vor mir liegen Tausende funkelnde Möglichkeiten. Von der Club-Mitgliedschaft, für die Vicente so großzügig bezahlt hat, sind noch zehn Monate übrig. Ich werde aufregende neue Abenteuer im Onyx erleben. Ich werde mir meinen Traum erfüllen, auf einer richtigen Bühne zu tanzen. Ich werde über Vicente hinwegkommen.

Saul hat schöne Hände. Seine Finger sind schlank und kräftig wie bei einem Pianisten. Finger, wie geschaffen, um einem Mädchen Freude zu bereiten.

«Okay.» Ich setze einen Fuß auf den Teppich, der zur Tür des Velvet Room führt. Wer nicht wagt, der nicht gewinnt. Wie soll ich wissen, ob ich etwas mag, wenn ich es nicht ausprobiere? «Dann lasst die Spiele beginnen.»

– FIN B –

Nein, ich will mich anders entscheiden.

◄ Zurück zu Seite 188

■ «Hallo, Choice.» Diese Stimme, die mir so vertraut ist, dass ich sie unter Tausenden erkennen würde. Wie Karamell und dunkle Schokolade, wie Wärme an meinen empfindlichsten Stellen.

«Hallo», sage ich, plötzlich heiser vor Aufregung. Ich lasse mich zurück in Richtung Pool treiben und hoffe, dass Saul nicht merkt, dass ich dabei bin, mich abzusetzen.

«Hast du Lust auf ein Abenteuer, Choice?» Mein Mund wird trocken. Das Gefühl, ein Déjà-vu zu erleben, überwältigt mich. Es ist wie bei seinem allerersten Anruf und zugleich vollkommen anders. Es ist wieder ein Spiel, aber jetzt kenne ich die Regeln. Noch weiß ich nicht, was er plant. Aber seine Dreistigkeit beeindruckt mich. «Choice? Bist du noch da, meine Schöne?»

«Ja», stoße ich hervor.

«Du siehst hinreißend aus in deinem Schuppenkleid. Ich wette, die Hälfte der Männer in diesem Saal fragt sich, wie es wäre, dir dieses enge silberne Höschen vom Hintern zu ziehen und herauszufinden, wie du darunter schmeckst.» Der Zauber ist wieder da. Die Sinnlichkeit in seinen Worten, die mir jeden klaren Gedanken raubt. Zwischen meinen Beinen erwacht ein lustvolles Kribbeln. «Wie fändest du es, wenn *ich* dir das Höschen vom Hintern ziehe?»

«Das klingt … verlockend.» Ich bleibe stehen und suche ihn auf der Galerie, aber er ist verschwunden.

«Oder möchtest du etwas anderes probieren?» In seine Stimme schleicht sich eine amüsierte Note. «So wie ich Saul kenne, ist er Experimenten gegenüber aufgeschlossen.»

«Du kennst Saul?»

«Ich bin schon eine Zeitlang in diesem elitären Club, Süße. Da lernt man eine Menge Leute kennen. Er ist es übrigens nicht gewöhnt, dass Frauen ihn einfach so stehenlassen.»

Es bereitet mir Mühe, ruhig zu atmen. Ich bin so heiß, dass Vicente mich jetzt sofort gegen die nächstbeste Säule drucken könnte, und ich würde mich mit Freuden von ihm vögeln lassen. Allein beim Gedanken an seinen Penis zwischen meinen Beinen kriege ich einen Schweißausbruch.

Ich weiß sein Angebot einer Ménage-à-trois durchaus zu schätzen. Vor zwei Tagen hat er sich aufgeführt wie ein gehörnter Ehemann. Dass er unser Spiel unter neuen Vorzeichen wiederaufnimmt, nötigt mir Respekt ab, denn das fällt ihm sicher nicht leicht. Es ist ja nicht so, dass ich ihn nicht anziehend fände. Im Gegenteil, mit niemandem hier würde ich lieber im Bett landen. Ich hatte nie zuvor so großartigen Sex wie mit Vicente und seinem Alter Ego Icarus. Ich will mich nur nicht entscheiden müssen. Jedenfalls jetzt noch nicht. Aber wer weiß, vielleicht wird am Ende doch mehr aus uns?

Zumindest spielen wir jetzt mit offenen Karten. Und dieses neue Spiel gefällt mir.

«Wo bist du?», frage ich.

Er lacht sein leises Lachen. «Wer weiß? Vielleicht stehe ich gerade neben Saul und frage ihn, ob er dich von vorn oder von hinten nehmen möchte?»

«Ich wäre auch mit dir allein zufrieden.»

«Tatsächlich?», flüstert er mir ins Ohr.

Ich erschrecke und fahre herum. Er steht so dicht vor mir, dass ich die Wärme seines Körpers spüre. Und er sieht umwerfend aus.

Ich lasse die Hand mit dem Telefon sinken und weiche zurück, bis ich mit dem Rücken gegen eine Säule stoße. Er folgt mir und bleibt so nahe vor mir stehen, dass ich gefangen bin. Für einen Augenblick stelle ich mir vor, wie er es gleich hier und jetzt tut, mir den Plastikrock hochstreift, das Höschen herunterzieht und mich vor den Augen von mindestens hundert Leuten zum Orgasmus leckt.

Doch er belässt es dabei, sich an mir zu reiben und mich spüren zu lassen, dass das Spiel ihn ebenso erregt wie mich.

«Was jetzt?», wispere ich.

«Wir könnten in die Bibliothek gehen.» Mit zwei Fingern streift er meine Wange, zeichnet meine Lippen nach, wandert tiefer bis zu meinem Dekolleté. «Dort gibt es sehr verschwiegene Ecken.» Mit der anderen Hand streicht er meinen Rücken hinab und schlüpft unter den Rocksaum. «Und eine illustrierte Ausgabe der *Sonetti Lussoriosi.*»

Keine Ahnung, was diese *Sonetti* sind, aber so wie er die Silben ausspricht, muss es etwas Unanständiges sein.

Seine Hand rutscht tiefer. Er hält einen Finger an den Ansatz meiner Poritze. «Wir könnten uns inspirieren lassen.»

Etwas *sehr* Unanständiges, wenn Vicente es für eine Quelle der Inspiration hält. «Ah ja?» Sein vorwitziger Finger ist eine süße Folter.

Er schiebt ihn noch tiefer, bis ich keuche.

«Einverstanden.»

«Dann komm.»

Die Bibliothek des Onyx ist eine eigene Welt. Die Bässe der Musik verhallen zu einem fernen Wummern, sobald wir die ledergepolsterte Tür hinter uns zuziehen. Die kleinen Schirmlämpchen zwischen hohen Holzregalen schaffen es, mehr Schatten als Licht zu spenden. In kleinen Nischen träumen antike Lehnsessel vor sich hin. Kein Mensch stört die Stille. Der Teppich schluckt jedes Geräusch. Ich komme mir vor, als würden wir nachts durch ein Museum schleichen. Vicentes Hand liegt besitzergreifend auf meinem Hintern und macht mir bei jedem Schritt lustvoll bewusst, warum wir die Einsamkeit dieser Räume gesucht haben.

Wir betreten ein Kabinett voller Bücherschränke, und ich blicke mich neugierig um. In einem Erker steht eine Chaiselongue mit Löwenfüßen. Die einzige Lichtquelle sind zwei winzige Leselampen, die auf Pulten angebracht sind. Es duftet nach Holz, nach teurem Tabak und Zitronenpolitur.

«Moment», sagt Vicente, «es muss hier irgendwo stehen.»

Ich schaue ihm zu, wie er die Regalreihen absucht und sich immer wieder vorbeugt, um einen Titel zu entziffern. Es ist unglaublich, wie gut er sich in diese Umgebung einfügt. Als wäre er ein Aristokrat, der mit dem goldenen Löffel im Mund geboren wurde und ein Studium in Harvard absolviert hat. In diesem Moment ist mir unbegreiflich, dass das derselbe Mann ist, der auf den Stufen des Drecklochs in South Central abhängt und mit seinem spanischen Akzent Frauen wie mir charmant-schmutzige Komplimente hinterherruft.

«Ich verstehe dich einfach nicht», entschlüpft es mir.

«Keine Sorge», sagt er, ohne sich umzudrehen. «Ich verstehe mich meistens selbst nicht.»

«Nein, ich meine –»

«Da ist es ja», unterbricht er mich. Er zieht ein dünnes Büchlein mit einem abgegriffenen Ledereinband aus dem Regal und legt es auf eines der Pulte. «Die wollüstigen Sonette von Pietro Aretino. Bettgeflüster aus der italienischen Renaissance. Die sind hier sehr stolz auf diese Ausgabe. Eine kleine Kostbarkeit.» Er schaut mich an. «Was wolltest du sagen?»

«Wie ist es möglich, dass du dir diesen Luxus leisten kannst und trotzdem in South Central herumhängst?»

«Lange Geschichte.» Er schlägt das Buch auf.

«Komm schon.»

Er blickt hoch, in den Mundwinkeln sein spöttisches Lächeln.

«Ich will es wissen.»

Das Lächeln wird breiter. «Wie sehr?»

Mir wird noch heißer, wenn das überhaupt möglich ist. «Sehr.»

«Dann verdien es dir.» Es ist wie ein Tanz auf dem Rand eines Vulkans. Der leichte flirtende Tonfall täuscht nicht darüber hinweg, dass er mich mit seinem Blick verschlingt.

«Was soll ich tun?»

«Lass mich nachdenken.» Er legt einen Finger an die Lippen, als müsste er eine schwierige Entscheidung treffen. Ich wette, er weiß längst, was er will. Betörender Bastard. «Komm her zu mir.»

Ich bleibe dicht vor ihm stehen. Er sieht mich lange an, dann tritt er hinter mich und schiebt mich zum Pult. Sein Atem in meinem Nacken macht mir eine Gänsehaut. «Das ist der Deal: Wenn du es schaffst, ein Sonett laut vorzulesen, ohne ins Stocken zu geraten, erzähle ich dir alles, was du wissen willst.»

«Was?» Irritiert mustere ich die aufgeschlagenen Seiten. Rechts ist ein historischer Kupferstich abgedruckt, beschriftet mit *Bacchus und Ariadne*. Ein lorbeerbekränzter Muskelprotz – vermutlich Bacchus – lehnt an einem Baumstumpf und besorgt es seiner Gefährtin in einer abenteuerlichen Pose. Er hält sie an den Beinen hoch, sodass nur ihr Kopf auf dem Boden ruht, und vögelt sie von oben in den Hintern. Mir wird ganz schwindlig bei der Vorstellung, was sie da tun.

«Fang an.» Aus Vicentes Stimme ist ein unterdrücktes Lachen herauszuhören.

«*Questo cazzo vogl'io* ...» Ich stocke. Ist das Italienisch? Wie zur Hölle spricht man das aus?

«Weiter», ermuntert er mich.

«*Vogl'io, non un tesoro* ... Was steht da?»

«Sinngemäß?» Er nestelt an den winzigen Häkchen, die die Korsage an meinem Rücken zusammenhalten. «Deinen Schwanz begehre ich, er ist mir lieber als alle Schätze der Welt.»

«Wie bitte?»

Sein Lachen kitzelt warm meinen Nacken. «Liest du es jetzt vor oder nicht?»

«Okay.» Ich konzentriere mich auf die kleingedruckten Zeilen. Was nicht so leicht ist, weil er die letzten Häkchen öffnet und meine Brüste aus den silbrig glänzenden Schalen befreit. Er nimmt sie in beide Hände, er knetet und streichelt sie, während seine Lippen über meine Schulterblätter streifen. «*Questo é proprio un cazzo da Imperatrice!*» Meine Zunge stolpert bei den letzten Silben. «*Questa gemma val più ch'un pozzo d'oro.*»

Langsam und verführerisch arbeitet er sich mit den Lippen nach unten vor. Er küsst jeden meiner Wirbel. Er liebkost mit den Daumen meine Nippel, bis sie hart sind und so empfindlich, dass ich unter jeder Berührung zusammenzucke.

«*Ohimé, mio cazzo …* Oh!» Er entlockt mir einen überraschten Seufzer, als er mir mit einem Ruck den Plastikrock herunterreißt. Mir wird bewusst, was für einen Anblick ich biete. In nichts als High Heels und dem Bikini-Höschen stehe ich vornübergebeugt am Lesepult, eine anzügliche Einladung.

«Weiter», erinnert er mich.

«*Padrona mia, voi dite ben il vero …* »

Er hakt seine Finger rechts und links in den Bund meines Höschens und zieht es hinunter bis zu meinen Knien. Sein Atem trifft den Spalt zwischen meinen Pobacken und jagt mir einen köstlichen Schauder durch den Schoß.

«*… in cul fotti dì e notte.*» Ich verspreche mich bei jedem Wort, weil er von den Knien aufwärts die Innenseite meiner Oberschenkel entlangstreicht, bis er gegen meine Schamlippen stößt. Ich bin so nass, dass sein Finger von selbst in mich gleitet. Mit dem Daumen malt er kleine Kreise um meine Klit, jeder erzeugt ein lustvolles Beben in mir. Mit dem Finger dringt er tiefer ein, ein zweiter gesellt sich hinzu, dann ein dritter. Er schiebt sie hinein und zieht sie wieder heraus. Rein und raus.

«*Del cazzo tanto*», keuche ich. Die Buchstaben verschwimmen vor meinen Augen. Meine Fingerknöchel färben sich weiß, so fest umklammere ich das Pult. «*E tanto ci par lieto …* »

Er vögelt mich mit den Fingern und züngelt zwischen meinen Pobacken entlang, fordernd und fest. Seine Zunge pflügt eine warme Spur hinunter zu meinem Geschlecht. Ich glaube, ich löse mich gleich in Luft auf. Ich bin so erregt, dass ich keinen klaren Gedanken mehr fassen kann. Ich will kommen, aber er lässt mich nicht. Er spielt mit meiner Lust, treibt mich an der Klippe entlang und scheint es jedes Mal zu wissen, wenn ich nur noch einen Herzschlag von der Erlösung entfernt bin. Er reizt mich mit seiner Zungenspitze, zart wie ein Schmetterlingsflügel, beinahe zu viel und doch nicht genug.

«... che terrem la guglia tutta drieto!», schreie ich die letzten Worte des Sonetts hinaus. Augenblicklich hält Icarus inne. «Mach weiter, verdammt!»

Ein Lachen. «Gut gemacht, Choice. Ich dachte, du willst die Geschichte hören?»

«Vielleicht ... später? Bitte!»

«Vielleicht.» Sein Daumen ruht an meinem Hintern, halb Drohung, halb köstliches Versprechen. Die Finger hat er in meiner Spalte versenkt, doch er bewegt sie nicht. Ich zittere am ganzen Leib vor Erregung. «Willst du nicht wissen, was du gerade vorgelesen hast?»

«Ich weiß nicht, ob ich das wirklich wissen will.»

«Es wird dir gefallen.» Seine Worte erregen mich fast so wie seine Berührungen. «Es ist ein Duett. Sie erörtern die Vorzüge, die es hat, von vorn und hinten gevögelt zu werden. Möchtest du gern von vorn und hinten gevögelt werden, Choice?»

«Egal wie», stoße ich hervor, «Hauptsache, du tust es.»

«Mal sehen, ob wir noch ein schönes Sonett finden.» Ich stöhne auf vor Enttäuschung, als er seine Finger von mir nimmt und sich aufrichtet, um weiterzublättern. Auch er ist längst nicht mehr entspannt. Sein Atem geht schwer, und als ich ihm meinen Hintern entgegendrücke, spüre ich, wie er zusammenzuckt. Der Stoff seiner Hose spannt sich über einer steinharten Erektion.

«Hier», sagt er. «Lies das vor.»

«Bitte.» In meinem Schoß wütet eine solche Gier, dass ich überhaupt nicht mehr anders kann, als mich an ihm zu reiben. Ich will keine verdammten italienischen Verse rezitieren, auch wenn sie noch so obszön sind. Ich will, dass er die brennende Leere zwischen meinen Beinen füllt. «Ich kann nicht!»

«Natürlich kannst du.» Er schlägt eine Seite weiter hinten auf. «Hier.»

«*Ove il mettrete voi?*» Es kostet mich eine unbeschreibliche Mühe, die Silben aneinanderzusetzen.

«Wo willst du ihn haben?», flüstert er mir ins Ohr.

«Steht das da?»

«Hmhm. Sinngemäß.» Er klingt wie eine träge, zufriedene Raubkatze. «Lies weiter.»

«*... dietro o dinanzi?*»

«Vorn oder hinten?» Metall klirrt leise gegen Metall. Seine Gürtelschnalle. Plastik knistert, dann ein leises Geräusch, als er sich das Kondom überzieht. Eine Hitzewelle überrollt mich. Mit beiden Händen umfasst er meine Hüften.

«*Madonna, no, perché la potta sazia ...*» Ich spüre den köstlichen Druck seines Schwanzes zwischen meinen Beinen. Er teilt meine Schamlippen, so langsam, dass ich schreien könnte. «*Il cazzo sì che v'ha poco piacere.*»

«Ich liebe es, wie du das sagst.» Dann, ohne Vorwarnung, dringt er in mich ein. Prall und schwer füllt er mich aus, es ist unglaublich erregend. «Lies weiter», keucht er.

«*E pigliatelo con man, mettetel' dentro ...*»

Er vögelt mich mit langen, kräftigen Stößen, die mich so lustvoll dehnen, dass ich kaum atmen kann, so sehr fiebere ich dem Höhepunkt entgegen. Es braucht nicht mehr viel. Mit beiden Händen hält er meine Hüften. Der feste, schonungslose Griff steigert meine Lust. Das Gefühl, ihm ausgeliefert zu sein, zu wissen, dass er mit mir machen kann, was er will, berauscht mich.

«*… che tanto utile al corpo sentirete.*» Die letzten Worte bleiben mir in der Kehle stecken, weil ich so heftig komme, dass ich in die Knie gehe. Vicente hält mich, sein Penis tief in mir, mein Schoß eine Explosion aus Ekstase und Lust. Ich sinke nach vorn gegen das Pult, und er bewegt sich in mir, verlängert das Nachglühen der wundervollen Kontraktionen. Und ich war ernsthaft bereit, auf das hier zu verzichten? Zwischen meinen Beinen ist noch immer glühende Lava. Mein Herzschlag dröhnt mir in den Ohren. Ich habe schon wieder den besten Sex meines Lebens gehabt – so wie immer, wenn Vicente es mir besorgt. Er ist verdammt noch mal der beste Liebhaber, den sich ein Mädchen wünschen kann.

«Wir sind noch nicht fertig», wispert er an meinem Ohr.

«Was?» Ich bin völlig verwirrt.

«Das Sonett. Lies weiter, Süße.»

Das kann nicht sein Ernst sein.

Doch.

Das macht er klar, indem er mir zwei Finger von vorn zwischen die Beine schiebt und mit verführerischen kleinen Bewegungen meine Klit massiert. Es ist fast zu viel. Die Stimulation ist schmerzhaft, so überreizt, wie ich bin. Doch unter dem Protest meiner Sinne entzündet sich neue Lust.

«*Ma poi ch'il cazzo in cul tutto volete …* Oh mein Gott!»

Gnadenlos reibt er die empfindliche Schwellung und entzündet ein Gewitter köstlicher kleiner Blitze, die sich in meinem Unterleib entladen.

«*Come vogliono savi, io sono contento …* » Ich kann die Worte kaum noch erkennen. «Was heißt das, verdammt?»

Er zieht sich ein wenig aus mir zurück, sodass unsere Körper verbunden bleiben, aber er mit der anderen Hand meine Pobacken spreizen kann.

«Wenn es mein Schwanz ist, den du in deinem Po begehrst, so bin ich glücklich, ihn dir zu geben.» Seine Finger sind glitschig von meinen Säften. Er massiert mein Hintertürchen mit hingebungsvoller Zärtlichkeit. Ich weiß genau, wie er es genießt, mich ausgerechnet dort um den Verstand zu streicheln. Und er weiß, dass ich es weiß. Es sind die verbotenen Früchte, die am süßesten schmecken. Er überwindet den festen Muskelring und erkundet meinen Anus mit einem Finger. Das Brennen verwandelt sich sofort in Lust.

«*Che voi fate del mio ciò che volete*», stöhne ich. Wahrscheinlich heißt das, gib's mir härter, denn er schiebt einen zweiten Finger neben den ersten und dringt so tief ein, wie er es nie zuvor getan hat. Er stößt hinein und zieht sich zurück, immer wieder, und seine andere Hand fällt in den Rhythmus ein. Mit der ganzen Handfläche reibt er meine Klit. Die doppelte Stimulation überwältigt mich. Ich bestehe nur noch aus Lust. Jeder Muskel meines Körpers zittert vor Ekstase. Himmel, ich will mehr davon!

«Ist das gut?», flüstert er.

«Ja», stöhne ich. «Willst du mich dort –»

«Ja, das will ich», sagt er weich. Rein und raus. Seine Finger sind magisch. Ich spüre, wie sich tief in mir die Spannung aufbaut, die sich in einem zweiten Orgasmus entladen wird.

«Bist du sicher, dass das passt?»

«Glaubst du, er ist zu groß?» Ein leises Lachen. «Ich bin geschmeichelt.»

«Sag du's mir.»

«Vertrau mir. Er ist genau richtig. Du wirst es genießen.» Er zieht die Finger zurück. Kurz darauf steigt mir der Duft von

Orangen in die Nase. Eine kühle Flüssigkeit rinnt die Ritze zwischen meinen Pobacken hinab. Gleitgel.

Seine Erektion an meinem Anus fühlt sich riesig an. Erschrocken schnappe ich nach Luft. Er zieht mit beiden Händen meinen Hintern auseinander und dringt unbarmherzig ein. Die Dehnung ist nicht schmerzhaft, aber … beängstigend. Er hält einen Moment inne und gibt mir Zeit, mich an ihn zu gewöhnen. Es ist ein Gefühl unbeschreiblicher Fülle. Fremdartig und reizvoll und wahnsinnig erregend. Auf dunkle Weise gut.

Seine Hand gleitet wieder hinab auf meine Klit.

Besser als gut.

Dann, als er sich in mir zu bewegen beginnt, wird die Lust so intensiv, dass ich jeden Sinn für meine Umgebung verliere. Genussvoll und langsam stößt er in mich hinein. Das Gleitgel macht sein Eindringen geschmeidig. Ich kann kaum glauben, dass das geschieht. Von Anfang an wollte er *alle* meine Körperöffnungen in Besitz nehmen. Nun hat er es geschafft. Er besorgt es mir durch die Hintertür, und es ist so gut, dass ich bei jedem Stoß meine Lust hinausstöhnen möchte.

Ich komme langsamer als beim ersten Mal. Eine dunkle Flutwelle türmt sich tief in meinem Innern auf, dann bricht der Damm, und ich tauche ein in die schwarze Wärme. Ich fliege, ich versinke, ich treibe in Öl. In träger Glückseligkeit spüre ich, wie sein Schwanz in mir zuckt, ich höre, wie Vicente scharf den Atem ausstößt. Für ein paar Sekunden stehen wir regungslos da. Dann zieht er mich mit sich auf den Boden. Rücken an Bauch sinken wir auf den flauschigen Teppich. Eine lange Zeit bleiben wir liegen und lauschen dem Herzschlag des anderen.

«Ich teile dich», flüstert er, «wenn ich unbedingt muss. Wenn du es unbedingt willst. Aber nur, weil ich dich sonst ganz verlieren würde, und das will ich nicht.»

«Keine Sorge», necke ich ihn. «Du bist einzigartig. Du übertriffst alle anderen.»

«Das ist immerhin ein Anfang.» Er richtet sich halb auf und zieht eine Brokatdecke von der Chaiselongue zu uns herunter. «Ich werde dir so viele Orgasmen bescheren, dass du gar keine Lust auf andere Männer mehr haben wirst.»

«Angeber.»

«Wart's ab.»

«Ich bin gespannt.»

Er zieht sich aus mir zurück.

Ich bin satt, zufrieden und ausgesprochen glücklich. Und neugierig. Schließlich habe ich das Sonett vom Anfang bis zum Ende vorgelesen. Jedenfalls das erste.

«Vicente?»

«Hm?»

«Was ist mit der Geschichte?»

«Ach, die Geschichte.» Er spielt mit meinen Haaren. «Da kann ich mich jetzt nicht rausreden, was?»

«Nein, kannst du nicht.»

«*Bueno.* Na schön.» Sofort fällt er in seinen spanisch gefärbten South-Central-Slang. «Ich bin in South Central aufgewachsen. Typische Street-Gang-Karriere. Mit siebzehn hatte ich alles durch, Autoklau, Schutzgelderpressung, Drogen, die übliche Scheiße. Mord war so ziemlich das Einzige, was nicht auf meinem Kerbholz stand. Meine Familie waren die *Estrada Locos.* Nach ein paar Jahren ging unser *commandante* ins Gefängnis. Einer meiner Cousins rückte nach und machte mich zum Prinzipal.» Er erzählt das so gleichmütig, als würde er das Leben auf einer idyllischen Farm beschreiben. «Mit zwanzig war ich der König der Straße. Zu viel Geld, zu viel Selbstbewusstsein, keine Vernunft hier oben.» Er tippt sich an die Schläfe. «Dann habe ich mich unsterblich verliebt. Sie hat mir das Herz gebrochen, und danach dachte ich, ich muss der Welt beweisen, dass ich's draufhabe. Ich habe mich auf ein paar große Nummern eingelassen. Kokainschmuggel über die mexikanische Grenze für die großen Brüder von der *Mara Salvatrucha*. Ich konnte mich abreagieren, meine verletzte Ehre aufpolieren und verdiente viel Geld. Aber eines Tages nahmen uns die Cops hoch. Ich bekam zehn Jahre. Sie haben versucht, mir den Tod eines Polizisten in die Schuhe zu schieben.»

«Zu Recht?»

Er schnaubt verächtlich. «Natürlich nicht. Ich war Drogenkurier, kein Cop-Killer. Ich habe eine Menge krummer Dinger gedreht, aber ich bin kein mordender Irrer. Zum Glück gab es keine richtigen Beweise, und der Richter verknackte mich nur wegen der Drogen. Im Knast lernte ich dann einen klugen Mann kennen, der mir beibrachte, dass man auch auf legalem Weg Geld verdienen kann. Ich habe angefangen zu studieren.»

«Im Gefängnis?»

«Du würdest dich wundern, wie viele Typen ihren College-Abschluss im Gefängnis nachholen. Ich hatte gleich noch mal Glück. Es gab ein Resozialisierungsprogramm, und ich kam da rein. Nach fünf Jahren durfte ich raus – vorzeitige Entlassung wegen guter Führung. Mein neuer Mentor besorgte mir einen Job und half mir, ein eigenes Geschäft aufzubauen.» Er lacht. «Zufällig verdanke ich ihm auch die Mitgliedschaft in diesem exklusiven Club.»

«Und was ist das für ein Geschäft?»

«Import-Export.»

«Ist das nicht eine geschönte Bezeichnung für Geldwäsche-Läden?»

«Ist alles streng legal.» Er stützt sich auf einen Ellbogen und beugt sich über mich, um mich zu küssen. «Wenn du brav bist, nehme ich dich mal mit auf eine Tour zu meinen Lagerhäusern unten in Long Beach.»

«Lager*häuser*? Gleich mehrere? Dein Motto ist klotzen statt kleckern, was?»

Er grinst mich gut gelaunt an.

«Also, wenn du ein wohlhabender Geschäftsmann bist, warum lebst du in diesem heruntergekommenen Dreckloch nur einen Block vom Freeway entfernt?»

«Um Frauen wie dich kennenzulernen.»

«Idiot.»

Er unterdrückt ein Lachen. «Weil ich nicht vergessen habe, wo ich herkomme. Die *Estrada Locos* sind immer noch meine Familie. Ich versuche den Kids beizubringen, dass ein guter Schulabschluss wichtiger ist als die paar Dollars, die sie beim Crack-Dealen an der Straßenecke verdienen. Aber die hören mir nur zu, solange ich einer von ihnen bin.»

Ich bin überrascht. Wieder einmal. Wie viele Facetten hat dieser Mann eigentlich? Er küsst mich wieder, dieses Mal sehr viel sinnlicher. Seine Zunge schiebt sich zwischen meine Lippen und macht neue, süße Versprechungen.

Ein Klingeln lässt uns innehalten. Es ist mein Onyx-Handy, gedämpft durch den Stoff der kleinen Handtasche. Erst mit Verzögerung wird mir bewusst, dass Vicente nicht der Anrufer sein kann, schließlich liegt er auf mir. So, wie sich seine Erektion an meiner Hüfte regt, ist er schon wieder zu allem bereit und wild entschlossen, seine Versprechen in die Tat umzusetzen.

«Wer ist das?», frage ich.

«Vermutlich ein Date», entgegnet Vicente leichthin. «Du wolltest Freiheit, jetzt hast du sie. Willst du nicht rangehen?»

Das Klingeln reißt ab und setzt gleich wieder ein.

«Dieses Büchlein», er lächelt verschwörerisch, «enthält übrigens noch vierzehn weitere Sonette.»

«Die ich laut vorlesen könnte.»

«Ganz recht.» Wie zufällig gleitet seine Hand tiefer und bleibt dort liegen, wo sich meine Schenkel treffen. Mein Puls beschleunigt sich.

«Auf Italienisch.»

Er hebt eine Braue. «Dein Italienisch ist ziemlich heiß.»

Das Telefon klingelt noch immer. Ich mache keine Anstalten, nach meinem Täschchen zu greifen, obwohl es in Reichweite auf dem Boden liegt. Plastik knistert. Ein frisches Kondom. Wenn das keine Einladung ist.

«Vierzehn Sonette?» Ich verlagere mein Gewicht, sodass seine Erektion wie von selbst zwischen meinen Beinen landet. «Ach, weißt du was? Wer braucht schon Dates mit Unbekannten, wenn er obszöne italienische Sonette haben kann?»

Das Klingeln verstummt.

Ich bin so feucht, dass Vicente mühelos in mich eindringt. Er schiebt seine Arme in meine Kniekehlen und zieht mich auf seinen Schoß.

«Was ist mit dem Buch?», flüstere ich.

«Wir improvisieren.» Er beugt sich hinunter, bis seine Lippen meine Scham streifen. «Sonett Nummer fünf. Wie man die Dame mit dem Schwanz und der Zunge zugleich beglückt.»

Vierzehn Sonette.

Ich bezweifle, dass wir die alle in einer Nacht schaffen werden.

Aber morgen ist ja auch noch ein Tag.

– FIN C –

Nein, ich will mich anders entscheiden.

◄ Zurück zu Seiten 188

MIX
Papier aus verantwortungsvollen Quellen
FSC® C083411

Das für dieses Buch verwendete FSC®-zertifizierte Papier *Lux Cream* liefert Stora Enso, Finnland.